遍访西欧
赏落红

高秋福◎著

新华出版社

图书在版编目（CIP）数据

遍访西欧赏落红/高秋福著.——北京：新华出版社，2016.11
ISBN 978－7－5166－2963－5

Ⅰ.①遍… Ⅱ.①高… Ⅲ.①散文集—中国—当代 Ⅳ.①I267

中国版本图书馆 CIP 数据核字（2016）第 271291 号

遍访西欧赏落红

作　　者：高秋福	
责任编辑：刘　飞　王　婷	封面设计：臻美书装
责任印制：廖成华	

出版发行：新华出版社
地　　址：北京石景山区京原路 8 号　　　邮　　编：100040
网　　址：http://www.xinhuapub.com
经　　销：新华书店
购书热线：010－63077122　　　　中国新闻书店购书热线：010－63072012
照　　排：彩丰文化
印　　刷：河北鑫宏源印刷包装有限责任公司
成品尺寸：170mm×240mm　　 1/16
印　　张：24.25　　　　　　　　字　　数：280 千字
版　　次：2016 年 11 月第一版　　印　　次：2016 年 11 月第一次印刷
书　　号：ISBN 978－7－5166－2963－5
定　　价：48.00 元

目　录

历史风云篇

文艺殿堂篇

情难割舍说西欧（代序）

　　一辈子研究国际问题，主要研究方向是非洲和中东。但是，对欧洲，特别是对西欧，我总觉得有一种难以割舍之情。这倒不是因为那里得天独厚，土地丰腴，气候温润，经济比较发达，而是因为那里人杰地灵，慕求自由，崇尚创新，一批批哲人墨客光耀千秋，科学、文化、艺术长期在世界上独领风骚。

　　欧洲位于东半球的西北部，与亚洲一脉相连，犹如伸入大西洋和北冰洋的一个巨大半岛。欧洲总面积 1016 万平方公里，从地理上说，可分为东西南北中五部分。但是，在人们的习惯上，无论从人类文明发展来说，还是从 1945 年二战结束后开启的"冷战"地缘政治学来看，欧洲一般又分为东西两大部分。西部居住的主要是拉丁人、日耳曼人、高卢人，以基督教文明为主导，属于发达的资本主义世界；东部居住的基本上都是斯拉夫人，以斯拉夫文明为主导，有近半个世纪曾属于以苏联为首的社会主义世界。而单就西欧而言，又有狭义与广义之分。狭义的西欧通常指欧洲西部濒临大西洋的陆地及附近岛屿，包括英国、爱尔兰、荷兰、比利时、卢森堡、法国、摩纳哥等国家。广义的西欧，除上述地区外，还包括整个北欧、南欧及中欧部分地区。这样算下来，广义的西欧有 24 个国家，面积 377.4 万平方公里，人口约 4.1 亿。就面积和人口来说，西欧国家大多属于中小国之列；而从经济发展水平、人均国民生产总值和文明发展程度来说，所有这些国家则都排在世界前列，

1

英国、法国、德国、意大利等还被视为世界大国。

广义的西欧虽有阿尔卑斯山、亚平宁山、比利牛斯山、斯堪的纳维亚山等山脉，但大部分地区是平原，地势低平，河湖交汇，水量充沛，资源较为丰富。这里海湾和内海较多，海岸线曲折绵长，与世界各地的海上交通便利。这里人口密集，城镇化和知识化程度较高，经济和文化发展一致性趋向和整体性意识较强。这里的文明形态虽是发生在本地区，但追根溯源，最早可追溯到地中海东部地区。那里的居民吸收古代埃及文明和巴比伦文明的成果，创造了自己独特的文明，使之由东向西、由南向北不断扩展，先是在希腊半岛形成古希腊文明，然后继续扩展，创立古罗马文明、中世纪文明、文艺复兴文明、以启蒙运动为开端的西欧近代文明和为工业革命促生的西欧现代文明。西欧文明的持续发展，启迪人们的心智，解放人们的思想，促进了现代科学技术的萌生和资本主义生产方式的发展。随之而来的是，无论是以千年计的西欧古典文明，还是以百年计的西欧近现代文明，科学、哲学、文学、艺术、建筑等皆得到全面发展和繁荣，各个领域都涌现出一大批光耀于世的杰出人物。他们站在时代潮流的前头，开拓进取，忘我献身，为人类社会进步做出了巨大贡献。

西欧在历史上有光辉的一页，也有不大光彩的一页。世界资本主义首先在西欧发生和发展，但那里的人很快就发现，本地地盘实在狭小，以葡萄牙、西班牙、英国、荷兰、法国为代表的"时代列强"，利用积累起来的资本、技术和依水傍海的便利航运条件，随即向非洲、亚洲和美洲大规模拓展、入侵和殖民。这个被西方称之为"地理大发现"的壮举，既开启了人类发展的新时代，也给世界带来无穷的灾难。殖民主义的横行，将自己的发展建立在他人苦难的基础上。殖民者自视高人一等，睥睨和蹂躏其他民族。在这种氛围之下，西欧逐渐滋长了自奉高贵的"欧洲中心论"思想，孵化出优越种族论和宗主霸权意识，将其他种族和民族视为粗鄙和低下，将他们的文明视为野蛮和落后。这种霸权主义的历史观和文化观，反过来又为欧洲列强对外从事大规模征服活动提供了思想武器。

二战之后，以英国为代表的一些西欧列强开始走向衰落，其长期拥有的霸主地位逐渐被美国抢占。西欧国家试图联合自强，组建了欧洲联盟。联盟不断发展，后来又吸收一些中东欧国家参加。目前，西欧面临一系列难以解决的新问题：经济发展迟滞，金融危机魔影憧憧，失业率普遍偏高，外来移民和难民大量涌入，社会安定受到严重威胁，一向奉行的文明包容政策受到排外言行的严重干扰。最近，英国坚持退出欧洲联盟，长期追求一体化的西欧各国开始出现中途梦断的担忧。

讲述这一切，并非想对西欧今后的发展做出什么判断，而是想为本书所涉内容提供一点粗浅的背景资料。作为一个以国际新闻报道为业者，本应具有强烈的现实感，但不知为何，我最感兴趣的却不是西欧困顿的现状，而是它辉煌的往昔，尤其是其悠久文明的历史演化。因此，无论走到哪里，我总是进博物馆，入教堂，访城堡，谒名人墓地，瞻文人纪念馆舍，总想在不大为人留意的地方发现一点人类文明演进的踪迹，钩沉一点不大为人关注的历史遗痕。但是，我自愧不是研究历史的学者，能否遂心所愿，说到做到，那当然就是另一回事了。

西欧24国，除了冰岛、挪威、安道尔和马耳他，我都曾到访过，有的国家还去过多次。较有影响和较为熟悉的大国，自然去得多一些，也写得多一点，影响不大或不大熟悉的小国，自然去得少，也写得少。笔触涉及较多的大国，也没刻意去追求平衡的想法；涉足较少的小国，也没有硬着头皮强做文章来凑数的打算。不过是随心所欲，走到哪里，略有所感或所悟，就随手记下，回头查阅资料，拓展视野，加深印象。心弦动、手发痒之时，再将一些粗浅的认知和感受整理成文。正因如此，本书篇什不少，但不成系统，只能算是兴致所至的挥洒，没有什么缜密的思考与精心的推敲。

我之所以有这点雅兴，不能不说同自己的经历有点关联。我最早接触国外事务，是从英国开始的。大学时期学的是英文，毕业后专习英国文学。研习英国文学，不能不兼及整个欧洲的文学、艺术乃至历史。可是，我们这代人生不逢时，不能按照自己的意趣行事。研习英国文学刚上路，我就被要求转向非洲文学，后又转行从事新闻工作。我长期心感憋闷，但又"很听话"，以螺丝钉为榜样，"拧放在哪里就在哪里发光"。长期从事新闻报道工作，不敢说搞得多么出色，但可毫无愧疚地说"是尽了力的"。不过，在"尽力"的过程中，坦白地讲，我没有做到"专心致志，心无旁骛"。这是因为，我还一直惦念着文学，惦念着英国乃至整个西欧。

从事国际新闻报道几十年，我在国外工作的时间大多消磨在非洲和中东，但在国外的游踪，很大一部分却留在西欧。这不是随心所欲的安排，而是工作上需要的巧合。而正是这种巧合，又成为加重我对西欧情有所钟的另一个缘由。这份情，不敢说有多么浓重，但我相信，笔下还是不时有所流露的。这几十篇不成样子的小文，也许可为佐证。

(2016 年 7 月 11 日)

社会万象篇

法国阴影下的两个袖珍国

欧洲西南部有两个袖珍国，一曰摩纳哥，以赌博之邦名闻遐迩，二曰安道尔，因地处偏狭而鲜为人知。两国一东一西，均与法国为邻。法国是欧洲大国，历来难逃以大欺小的诟病。因此，要了解这两个小国，自然避不开法国这一话题。

摩纳哥是略大于梵蒂冈的世界第二袖珍小国。它从东北到西南地形狭长，东南濒临地中海，其他部分皆为法国所包围。国境最长处 3 公里，最窄处仅 200 米，总面积 2.02 平方公里，只有半个颐和园大。全境均为阿尔卑斯山余脉，临海多悬崖峭壁，被称为"悬挂在巉岩上的国家"。所到之处，无不青峰蜿蜒，绿水荡漾，两相交映，令人如置身风景画屏之中。记得初次往访，一因道路不熟，二因沉迷于路旁美景，从法国入境后不到十分钟竟又回到法国。再折回来，旅馆难找，且价格昂贵，不得不又回到法国解决食宿问题，第二天再回领略这一小国的芳容。就这样，一次访问，折腾来折腾去，出入境竟达三次。这实际上也是从一个侧面反映出摩纳哥确实为一弹丸之地。

摩纳哥传说为古希腊神话英雄赫拉克勒斯所建。但有文字的记载是，这里早在史前时期就有人居住。从公元前 10 世纪起，先后有腓尼基人、希腊人、罗马人、阿拉伯人前来，临海修建城堡。到公元 1162 年，来自意大利西北部的热那亚人赶走阿拉伯人，把这里变成热那亚共和国的领土。1297 年，热那亚的格里马尔迪家族独占摩纳哥，开始长达 700 多年的统治。在此期间，摩纳哥赢得法国承认，于 1358 年宣布为独立的公国，地盘比现在大好多倍。后来，西班牙王国和撒丁王国取代法国成为摩纳哥的保护国。法国于 1861 年又夺回对摩纳哥的保护权。此时，芒通和罗克布伦两个地区对格里马尔迪家族统治不满，意欲分立。摩纳哥统治者无力阻拦，就以 410 万法郎的开价将这两个地区卖给法国。结果，摩纳哥的领土由原来的 20 多平方公里缩小到不足 2 平方公里，基本形成现今摩纳哥的版图。1911 年，摩纳哥颁布宪法，宣布为君主立宪国，君主称"大公"。

摩纳哥的统治者从血脉上讲是意大利人，但历任大公及其家族成员大多长时间居住在巴黎，并同法国贵族通婚，思想感情逐渐法兰西化。第一次世界大战期间，摩纳哥表面宣布中立，实际上却一直为法国军队提供医疗帮助，路易斯亲王还作为骑兵上尉参加法国军队。战后，两国签订政治关系条约，法国承认摩纳哥是独立的主权国家，摩纳哥则承诺在尊重法国的政治、经济、军事、航运利益的前提下行使主权。第二次世界大战期间，两国先后被德国和意大利侵占。战后，年轻有为的兰尼埃三世继承摩纳哥大公之位。他于 1962 年修改宪法，重申摩纳哥为君主立宪制国家，大公即国家元首，实行家族世袭统治。2002 年，摩纳哥同法国签订新的条约，规定即使格里马尔迪家族今后没有继任人，公国仍作为独立国家存在，从而消除了摩纳哥最终被法国吞并的担忧。但是，摩纳哥的主权终究有限，外交和防务均由法国负责，相当于首相的国务大臣由法国人担任。

摩纳哥人口 3.64 万，其中本国人 8400 名，占 23%，法国人 10200 名，占 28%，意大利人 6200 名，占 17%，其余的来自上百个国家。摩纳哥人口虽少，但却是世界上人口密度最大的国家，也是世界上幸福指数最高的国家：期望寿命近 90 岁，失业率为零，人均国民生产总值 15.86 万美元，居世界各国之首。这些成就的取得，摩纳哥人认为，主要是因为在发展中解决了两个问题，一是资金，二是空间。这就形成摩纳哥现今的两大特色，即兴建赌场带动全面发展，填海造地扩大生存空间。

摩纳哥早在19世纪初就提出发展赌博业缓解财政困难，但法国不同意。几十年后，摩纳哥再次提出这个问题，法国当政的拿破仑三世没有表示反对。于是，摩纳哥于1856年颁发赌博业启动准许证，把特许经营权卖给在德国经营赌博业成功的法国人布朗兄弟。经过勘察，他们决定把赌场建在海边，并以执政的夏尔大公之名命名为"夏尔山"。此即后来以动辄挥霍万金而闻名的"国际赌城"蒙特卡罗。两年后，蒙特卡罗赌场正式开张，法国和西欧其他国家的赌客蜂拥而至。赌博业的开启很快带动旅馆、餐厅、海滨浴场、划艇俱乐部、歌剧院、夜总会的兴建。一时间，以赌博业为中心的各种服务业成为摩纳哥最大的经济增长点，税收最高占到国民总收入的70%。现在，赌博业税收虽然不再是国民收入的主要来源，但旅游业被带动起来，年游客逾百万，收入占到

赌城蒙特卡罗

整个国民收入的 55％ 以上。摩纳哥因此被称为"世界富豪的游乐场，烧钱的俱乐部"。

摩纳哥不缺钱，但国土狭小，缺乏发展空间。兰尼埃三世继任大公之后，提出向天空、地下和海洋索要空间的设想。向天空，主要是修建高层大楼；向地下，主要是把购物中心、娱乐设施、停车场等均修建在地下。这样，摩纳哥土地的使用面积成倍增长。向海洋，除在海上兴建游泳场、划艇俱乐部之外，主要是填海造地。从 1964 年到 1972 年，摩纳哥在南部的丰特维耶区展开大规模填海造地活动，先后造地 0.22 平方公里，使国土面积增长十分之一。兰尼埃三世因此被称为"利用和平手段扩张领土的国君"，逝世八年后仍为其臣民所怀念。

与摩纳哥不同，安道尔是内陆国，历史与发展另具特色。

山谷中的安道尔

安道尔位于法国与西班牙之间的比利牛斯山东段南坡的山谷中，南北长48公里，东西宽38公里，面积464平方公里，相当于北京的海淀区。全国平均海拔1300米，是欧洲平均海拔最高的国家。气候属山地型，大部分地区冬季漫长寒冷，夏季干燥凉爽。积雪期最长可达8个月，即使初夏依然是一片银白世界。因此，安道尔是滑雪爱好者向往的地方。每年有近千万外国游客经法国涌入安道尔，旅游收入占其国民收入的80％。以人均接纳游客数量和人均旅游收入来说，安道尔堪称世界第一大旅游国。

安道尔人口8.5万，其中23％是属于加泰罗尼亚族的本地人，其他为外国移民，以西班牙人居多，其次是法国人。安道尔实行严格的户籍制度，只有父母双方均为安道尔公民的子女才有资格成为本国国民。人均国民生产总值4.1万美元，在西欧属中等偏下。国民预期寿命高达82岁，则位居世界前列。

安道尔原是来自西班牙东北部的加泰罗尼亚农牧民的祖居地，公元7世纪被阿拉伯人占领。公元800年，法兰克国王查理曼称帝，在当地居民配合下赶走阿拉伯人，在西班牙北部建立一些缓冲国，安道尔即为其中之一。819年，新皇帝路易一世（虔诚者）颁布"自由敕书"，授予安道尔独立权，但受西班牙北部边陲地区塞奥－德·乌格尔伯爵西塞布的辖制。西塞布的后裔则把安道尔交给乌格尔地区主教管理。1206年，封建领主卡斯特利布罗和卡贝强占安道尔。卡贝的后人因与相邻的法国富瓦伯爵联姻，逐渐把其所占安道尔的土地转移到富瓦伯爵手中。从此，富瓦伯爵同乌格尔主教为占有安道尔开始长期的纷争和冲突。1278年和1288年，法国和西班牙先后签订两个协议，决定两国分享安道尔的宗主权：法国的富瓦伯爵获得世俗统治权，西班牙的乌格尔主教获得宗教统治权。安道尔后来宣布为公国，但仍向宗主国缴纳象征性的贡金：每逢单年向法国缴纳贡金960法郎，每逢双年向西班牙缴纳贡金460比塞塔，另加火腿、山鹑、奶酪等一些食品。行使宗主权的方式后来几经变化，但纳贡的规定却始终未变，一直延续到 700 多年后的今天。

法国和西班牙分享宗主权之后，围绕安道尔的斗争并未结束。1789 年法国大革命发生后，新政府认为法国同安道尔的关系是"一种封建性安排"，遂放弃对安道尔的宗主权。17 年后，拿破仑一世当政，又恢复两国的隶属关系。1868 年，安道尔召开首届议会，制定新宪法，规定国家最高权力属于法兰西和西班牙两国元首。法国实行共和制后，其总统和西班牙乌格尔地区主教同为安道尔国家元首，称为"两大公"。他们的权力由各自指派的常设代表行使。法国总统的常设代表是与安道尔接壤的东比利牛斯省的省长，乌格尔地区主教的常设代表是教区助理主教。安道尔的立法和行政权由称为"总委员会"的议会行使，但重大事项须报请两大公批准。这些规定，至今一直在执行。

1993 年 3 月，经全民公决，安道尔通过有史以来第一部宪法，宣布安道尔是独立、法治、民主的主权国家，实行君主立宪制。但"两大公"体制继续沿用，只是仅限于仲裁和协调作用。同年 6 月，安道尔同法国和西班牙签署三方协议，法国和西班牙在同安道尔保持"特殊关系"的同时，承认安道尔为主权国家，并同其建立外交关系。安道尔实际上是法国和西班牙共管的国家，不但没有自己的国家元首，也没有军队，只有少数武警和交警负责维持社会秩序。安道尔也没有监狱，犯罪分子往往被送到法国或西班牙服刑。

安道尔和摩纳哥均生活在法国的阴影下，生存与发展都离不开法国。有人说，法国是这两个小国的保护伞，但"享受保护就要付出一定的代价"。另有人说，这两个小国犹如点缀在法兰西天边的两颗小星星，"发出的光亮再微弱，法国也要拿过来，烛照彻夜不眠的巴黎"。

（2013 年 7 月 26 日）

意大利怀抱中的两个"国中国"

前往亚平宁半岛，当然首先会安排访问意大利。但是，且不要忘记，半岛上同这个南欧大国并存的，还有两个袖珍小国。它们不但有独特的历史，还有独特的发展道路。它们展露的，既有世所罕见的精巧雅致，也有政治争斗的惨烈悲壮。

这两个袖珍国，一是梵蒂冈，二是圣马力诺。两者的四面皆为意大利领土所包围，有时被误称"位于意大利境内"。其实，它们都是独立的主权国家，并非属于意大利，只能说是"国中之国"。这样的国家世界上还有一个，即被南非领土所包围的莱索托。这种"国中国"地缘现象的生成，说起来有点话长。

梵蒂冈的正式名称为"梵蒂冈城国"，位于意大利首都罗马城西北角的梵蒂冈山丘上，是世界上唯一偏安于异国都城之一隅的国家。它的

梵蒂冈的圣彼得广场

面积只有 0.44 平方公里，同天安门广场一样大，是全球最小的国家，被称为"世界袖珍国之最"。人口 1380 人，常住居民 540 人，是世界上人口数量最少的国家，但按人口密度来说却位居世界前列。人口的 85％来自意大利，百分之百信仰天主教，并从事与教会有关的工作。这个世界上唯一的纯天主教国家，实行政教合一制度。教皇自称"基督在世间的代表"，拥有至高无上的神权，也拥有最高的行政、立法和司法世俗之权。教皇由全世界的红衣主教选举产生，终身任职。过去出任教皇的都是意大利人，而从 1987 年起，教皇则分别来自波兰、德国和阿根廷。尽管他们原来都是外国人，而就任教皇后就成为梵蒂冈人，不但是这个蕞尔小国的元首，也是全世界 8 亿多天主教徒的精神领袖。

梵蒂冈这种世所仅有的宗教政治体制，是由其独特的历史而形成。原来，梵蒂冈是古罗马帝国的一部分。公元 4 世纪，西罗马帝国开始衰亡，罗马城的天主教主教乘机掠夺土地，随后自称为"教皇"。751 年，教皇与法兰克王国结盟，共同对付来犯的伦巴德人。五年后，法兰克国王丕平（矮子）为酬谢教皇，将罗马城及其周围地区拱手相赠，史称"丕平赠土"。教皇对"赠土"拥有世俗统治权，从而奠定了教皇国的基业。此后，教皇势力日盛，管辖范围扩大到意大利中部，总面积达 4 万多平方公里。一个以教皇为君主、以罗马为首都的教皇国开始形成。历任教皇都居住在梵蒂冈，并在那里修建城墙、宫殿和教堂。梵蒂冈逐渐成为教皇的宗教与政治活动中心。

1870 年，四分五裂的意大利实现统一，教皇的世俗权力被剥夺，其统辖的罗马和其他一些地区被没收。只享有宗教特权的教皇被迫退居到狭小的梵蒂冈，原来的教皇国实际上不复存在。1922 年，墨索里尼夺得意大利政权，血腥镇压反对派，积极寻求同教皇和解。1929 年 2 月，他同教皇庇护十一世的代表签订《拉特兰条约》，承认梵蒂冈是一个独立的主权国家，教皇在其辖地享有世俗统治权。这样，梵蒂冈城国正式确立。

梵蒂冈没有任何自然资源，也没有工农业生产活动。其财政收入主要靠不动产出租、教徒捐款、银行盈利、邮票发行和旅游收入。它在世界各地有数百亿美元的投资，还有 100 多亿美元的黄金和外汇储备。它每年的游客逾百万，具有宗教色彩、印制精美的邮票每年发行数百万套，也是一笔不菲的财政收入。梵蒂冈的人均国民生产总值现居世界前列，高达 10 万美元。国民不向政府纳税，反而享受房租、水电、医疗等各种补贴，成为世界上"福利待遇最高的国家"。梵蒂冈没有失业现象，也没有犯罪行为，从 1952 年起不再设监狱。梵蒂冈也没有军队，只从瑞士雇用十多名警察象征性地守护教皇的驻跸之地。整个国家显示的是一片祥和气氛。

所有到访罗马的人，无不前往梵蒂冈一游。我曾有两次这样的经历。跨过流经罗马城的台伯河，穿过那扇日夜有人守护、终年总是洞开的城门，圣彼得广场、方尖碑、大教堂扑面而来，令人突然感到这个袖珍之国原来如此富丽辉煌。圣彼得广场呈椭圆形，长宽不过两三百米，面积 0.08 平方公里，说不上多么宏大，但就其占有全国总面积 18.5%

圣马力诺山巅的碉堡

来说，这却是世界上绝无仅有的。广场中央是直插云霄的方尖石碑，石碑顶端是作为天主教象征的十字架。广场两侧是半圆形的大理石柱廊，284根圆柱和88根方柱，分排成四列，造型和谐，气势恢宏。广场的底端是世界上9亿天主教徒心目中的圣地圣彼得大教堂。教堂融文艺复兴和巴洛克建筑风格为一体，辉煌壮丽。教堂不仅是庄严肃穆的宗教场所，还是精美绝伦的古典艺术的展厅。在其穹顶和四壁上，绘制有米开朗琪罗、拉斐尔、布拉曼特等艺术大师以《圣经》为题材的绘画和雕塑作品。缺乏自然资源的梵蒂冈，原来却拥有无比丰富的人文宝藏。

与政教合一的梵蒂冈绝然不同，位于亚平宁半岛东北部的圣马力诺是欧洲最古老的共和国。从罗马去威尼斯途中，可以看到西边蜿蜒有一座不高的山丘。沿着缓缓的山坡行驶，十多分钟后就看到一座用钢筋搭建的简陋门楼，旁边竖着一块醒目的标牌，上面用意大利文写着"圣马力诺海关"。海关其实只有这个牌子，没有任何设施，也没有值班人员，汽车可以长驱直入，不需办理任何入关手续。原来，这只不过是进入圣马力诺国境的一个标志，圣马力诺根本就没有海关。沿着山路再走十多分钟，就到达与国家同名的首都的城门。举目眺望，四野尽是青翠的山峦。据介绍，这个山丘之国南北长13公里，东西最宽处8.75公里，总面积61平方公里，比北京的西城区稍大一点。全国人口大约3万，90%是圣马力诺人。这个袖珍国拥有自己的主体民族，从一个侧面反映其历史比较悠远。

圣马力诺的建国，滥觞于一个悲凄的传说。这里原是罗马帝国的一部分。公元3世纪中叶，帝国东边的亚得里亚海上有一个名叫阿贝的小岛，岛民以凿石为业。他们忍受不了领主的欺压，在一个名叫马力诺的石匠带领下，于257年驾驶几叶扁舟，来到亚平宁半岛上的海岸城市里米尼。岂料，逃离政治迫害不久，又遇到宗教迫害。罗马皇帝为维护传统宗教，大肆迫害基督教徒。信奉基督教的马力诺不得不再次逃亡，逃到西南方一个名叫蒂塔诺的荒僻山冈，隐居在岩洞中。他一边采石，一边宣传基督教义。信奉基督教的人越来越多,就在蒂塔诺山上修建起一座修道院,建成一个"石匠公社"。蒂塔诺山本是里米尼一位贵妇的领地。她看到马力诺尽做善事,广受拥戴,就把领地赠送给他。不久,马力诺病故,被追认为"圣徒",获赠的土地被命名为"圣马力诺"。301年9月3日,圣马力诺宣布建国,圣徒被尊奉为"国父"。

圣马力诺不断发展,于1263年宣告成立共和国,改族长统治为两位执政官联合执政。此后,战争、入侵、掠夺仍不断发生,从罗马教皇到邻近的几个公国都想把圣马力诺纳入自己的势力范围。为保卫自己的疆土,圣马力诺人先后在蒂塔诺山的三座峰峦上修建三座碉堡。他们利用几个公国之间的矛盾,进一步拓展领土,大致奠定了现今的国家版图。19世纪中,意大利民族统一运动兴起,亚平宁半岛上诸多小国均被纳入新建立的意大利王国。圣马力诺因为从一开始就支持意大利的统一运动,意大利王国政府深为感激,没有将它兼并。双方缔结条约,意大利承认圣马力诺是主权国家,圣马力诺则把其外交、安全、海关等事务全部托付给意大利管理。

两次世界大战期间,圣马力诺均宣布保持中立,实际上支持意大利。二战之后,意大利共产党的影响力大增,圣马力诺共产党跟进,通过公民投票赢得国家政权,同社会党联合执政长达12年之久。这在世界共产主义运动历史上是比较鲜见的。1971年,圣马力诺同意大利签订《睦邻友好条约》的补充协定,确定两国之间保持"永久性友谊",外交关系由总领事级升格为大使级。根据协定,圣马力诺不建正规军,仅设几十人的警察队、仪仗队和军乐队,安全事务仍由意大利承担。

作为现今世界仍存的最古老的共和国,圣马力诺有一整套独特的民主共和制度。全国人口虽少,却有六七个政党,通过直选争夺作为一院制"大议会"的60个席位。大议会选举两名执政官,作为国家元首联合执政。被选中者如拒绝出任或中途擅自离职,则要罚款。他们的任期是半年,不能连任,但卸任三年后可以再任。国家领导人的这种"双行制"，且任期如此短暂，是其他任何国家都没有的。执政官月薪5美元，创世界上国家元首低薪之最。这种民主制在圣马力诺已实行几百年，其他国家都难以仿效。

圣马力诺政局稳定，经济发展较快。农牧业虽然比较发达，但国民经济的支柱还是旅游业。走进首都圣马力诺市，可以看到并不宽阔的街道两旁到处是旅店、餐馆和旅游纪念品商铺。这样一个小国，据说有大小旅馆800多家，每年接待游客四五百万，旅游收入占国内生产总值的一半左右。圣马力诺的人均国民生产总值约5万美元，虽然难以同梵蒂冈相比，但在世界排名中也处于前列。

大国有大国的辉煌，小国有小国的魅力。圣马力诺和梵蒂冈，历史不同，发展道路不同；相同的是，两国均在政治旋涡中挣扎，历史的机缘使它们生存下来，且日臻繁荣。当然，所有这一切都离不开意大利。因此，人称它们是"躺卧在意大利怀抱中过着幸福生活"。

（2013 年 7 月 26 日）

生存在历史夹缝中的列支敦士登

　　离开瑞士金融中心苏黎世，汽车向东南方行驶，不到两个小时来到莱茵河边。只见一座灰白色的廊桥横跨河上，桥中间竖立着一块金属牌。牌子的这面写着"瑞士联邦"，另一面则标明"列支敦士登公国"。原来，列支敦士登与瑞士以莱茵河为界，桥中央就是两国的分界线。可是，国境线上既无士兵巡守，也不设关卡，无须出示护照就可驱车过桥，从一国直抵另一国。这样的经历，我在欧洲其他国家也曾有过，倒也并不感到惊奇。然而，令人纳罕的是，金属牌上为什么书写的是德文，文字上方飘扬的显然是国旗的上角为什么镶着一顶金冠。我后来发现，这两个问题的解析，却是了解列支敦士登的关键。

　　列支敦士登位于欧洲腹地，夹在瑞士和奥地利两国之间。它本身是内陆国，而包围着它的两个邻国也是内陆国。这样的国家被称为"双重内陆国"，世界上只有两个，另一个是位于中亚的乌兹别克斯坦。这种罕见的地缘现象，对列支敦士登的历史发展影响深远。瑞士和奥地利均同德国接壤，瑞士东北部和整个奥地利都讲德语。列支敦士登总人口3.64万，大多属日耳曼族，也都讲德语。因此，列支敦士登虽然与德国并不搭界，但德语却是其母语和唯一官方语言。

　　列支敦士登国旗上的金冠，一般认为是这个公国元首的冠冕，是这个君主立宪制国家的象征；但也有人说那是神圣罗马帝国的皇冠，因为这个公国同神圣罗马帝国有着很深的历史渊源。公元5世纪，日耳曼族的阿勒曼尼人从北方迁徙到这里。12世纪，这里被神圣罗马帝国占领，随后作为采邑分封给施伦堡伯爵和瓦杜兹伯爵两个家族。17世纪末，一个叫列支敦士登的家族看中这两块领地。这个家族居住在奥地利首都维也纳附近，先后在奥地利、捷克、波兰等地购得大片土地，但却没有从帝国皇帝那里讨到一块封地。根据帝国规定，没有从皇帝那里得到封地者，不管多么富有，都没有资格在帝国议会中取得一席之地。因此，列支敦士登家族一直寻求得到一块封地。17世纪末和18世纪初，列支敦士登家族决定"以金钱买声望"，出高价购得施伦堡伯爵和瓦杜兹伯爵的两块领地。1719年6月，新当选神圣罗马帝国皇帝的奥地利君主查理六世将这两块领地一并敕令为公国，并以列支敦士登家族的名字命名。从此，列支敦士登公国正式建立，并以一个主权成员国的资格在帝国议会中得到一席之地。

列支敦士登公国是当今世界上除沙特阿拉伯之外唯一以家族名称作为国名的国家。但是，在公国建立之初的200多年中，作为国家元首的历任大公却从未踏上这片属于自己的土地。他们在维也纳、捷克东南部的瓦尔季采等地修建城堡和宫殿，作为寓公长期驻跸在那里。这说明，建立公国完全是出于政治需要，而不是生存需要。神圣罗马帝国1806年解体之后，列支敦士登公国先后加入拿破仑控制的"莱茵联盟"和奥地利皇帝主导的德意志邦联。1866年，德意志邦联瓦解，只有6000人的列支敦士登正式宣布建国，政体为君主立宪制。

两次世界大战期间，列支敦士登均保持中立。一战结束后的1918年，列支敦士登摆脱长期对奥地利的依赖，转而接受瑞士的保护，同瑞士订立关税同盟，海关、邮电等部门均交由瑞士管理，使用瑞士货币，外交事务由瑞士代理。1938年，法西斯德国吞并奥地利，列支敦士登面临亡国的危险。可是，德国担心同瑞士关系恶化，对列支敦士登并没有采取任何军事行动。战争结束后，捷克和波兰没收了列支敦士登家族在波希米亚、摩拉维亚、西里西亚等地的世袭土地，还有其赖以安身立命的一些城堡和宫殿。这就迫使列支敦士登家族不得不回到其先人受封、但从未常住过的以瓦杜兹为首府的公国。现任大公汉斯——亚当二世是首位居住在公国境内的君主。

作为君主立宪制的列支敦士登公国，大公是国家元首，家族世袭。但是，与欧洲其他仅具象征意义而没有政治实权的王室不同，列支敦士登家族拥有相当大的实际统治权。政府由五人组成，除首相和副首相之外，其他三人均为兼职人员。国家没有军队，边界、领空等国家安全事务完全由瑞士军队承管。这不由令人感到，这个大公国好似是瑞士的一部分。

汽车越过廊桥，景色同瑞士那边十分相似。远方高山回环，近处绿水萦绕。时值盛夏，山顶仍是皑皑白雪。白雪之下，松繁柏茂，一碧如黛。山脚河畔，绿草如茵，野花点点，牛羊成群。列支敦士登面积只有160平方公里，开车两小时即可周游其全境。国虽小，但高山、绿水、白雪和青草交相辉映，好像增加了立体感，显得天宽地阔。

汽车径直开到首都瓦杜兹。瓦杜兹依山傍水，人口大约5000，犹如我国的一个乡镇。一条大街南北纵贯，若干小巷东西杂布。大街不宽，小巷幽深，全都掩映在红花绿树之中。街上车辆川流不息，挂的大多是邻国牌照，来去匆匆，阒无声喧。路上行人熙熙攘攘，多半为身负行囊的游客。全城建筑，大多是红顶白墙的尖顶小楼，楼前楼后有小巧玲珑的花圃环绕，雅致清幽。据说国家设有几十名维持社会秩序的警察，但我们一个也未看到。置身这样的环境，

幽静的瓦杜兹

使人不禁顿生远避尘嚣、遁入世外桃源之感。

长期和平安定的社会环境，为列支敦士登的发展创造了有利的条件。二战之前，这里的大多数居民以农牧业为生，全国只有经营陶瓷和纺织的三家小作坊。战后，特别是近三四十年来，大量引进外国资本和先进技术设备，国民经济结构发生根本性变化。现在，全国人口中，从事农牧业生产者不到2％，其他都转向工业、金融业和服务行业。列支敦士登资源和能源严重匮乏，但劳动力受教育程度较高，集中精力发展的是精密机械、金属加工、光学仪器、陶瓷制品等高新技术产业。工业产品的95％供出口。另外，最具特色的产业是邮票印制和假牙制造。列支敦士登印制的邮票种类繁多，设计精美，每年都有几百万集邮袋发往世界各地，成为各国集邮爱好者竞相争购的珍品。每年销售邮票收入约占全国财政收入的15％，赢得"邮票王国"的称誉。列支敦士登的假牙产量据说占欧美各国假牙总产量的60％，每年制作5000多万套，行销全球上百个国家，收入几亿美元，因有"人类牙齿再生地"的美称。现在，一个原本以农牧业为主的贫穷小国，已经发展成为高度工业化的世界富国之一。国民生产总值虽然仅有50亿美元，但人均却高达14.31万美元，排在世界前十个富国之列。

俯瞰瓦杜兹的古堡是大公府邸

更令人惊羡的是，列支敦士登这样一个仅有30个居民点的"乡村国家"，竟有各种注册公司7.37万多个，人均两个，是世界上人均公司最多的国家之一。这种现象的形成，一方面是因为列支敦士登政局稳定，银行业有严格的保密制度，对外国企业有很大的吸引力；另一方面是因为列支敦士登是欧洲鲜见的低税率国家，不少外国企业为降低税赋支出而到这个被称为"避税天堂"的国家登记注册，一些富商巨贾争相申请成为列支敦士登的国民。这就造成两大奇特现象的出现：一是外裔公民的人数超过本国居民，二是国家的最大项财政收入靠征收外国公司的税款。因此，有人说，列支敦士登是利用自己的特殊条件，靠外国公司大老板"自动掏腰包"来养活。

为促进旅游事业的发展，列支敦士登政府于 2011 年 4 月曾推出一项"国家出租方案"。根据这个方案，任何人只要出资 7 万美元，就可把这个国家租借一天，当一天大公，"过一天国家元首之瘾"。这个方案实施的结果不得而知，其实不过是一种吸引游客的招数。这个看上去有点恶作剧味道的计划，恐怕也只有像列支敦士登这样的袖珍小国才想得出来。

大国有大国的活法，小国有小国的生存之道。像列支敦士登这样的蕞尔小国，处在大国争逐的夹缝之中，既要自尊自重，也要忍辱负重。从自身的条件出发，要立足于世界民族之林，委实不易。

（2013 年 7 月 21 日）

站在柏林墙的废墟上

　　35 年前，一堵大墙，突然竖起，横穿柏林城；28 年过去，这同一堵大墙，转瞬之间，轰然坍塌。这一竖一坍，集中反映了第二次世界大战后国际两极集团政治的兴衰。其中的是非毁誉，自有人评说，且一直有人在评说。我本人曾两度访问柏林，一次踯躅在大墙的东边，一次脚踏在大墙的废墟上，所见所闻，迥然不同，俯首沉思，不禁感慨系之。

　　我初到柏林是 1986 年 5 月。准确一点说，我到的是东柏林。那是一个周末的傍晚，灰蒙蒙的天空飘着细雨，天还有点凉。许多人出城度假，街上灯光昏暗，几乎阒无人迹，给人一种荒寂的感觉。汽车向前行驶，不知到了什么地段，只见一个巨大的阴影猛然扑压到车窗上。我发现那是一堵墙，一堵看不到尽头的灰色大墙。"柏林墙！"我脱口而出，有点惊诧。"是的。"陪同的民主德国友人肯定了我的判断，再没有多说一句话。大墙的阴影在车窗上迅速闪过，历史的篇章在我头脑中缓缓翻转。

　　第二次世界大战结束后，苏、美、英、法四大战胜国对德国及其传统首都柏林实行分治，德国一分为二，柏林也一分为二。东、西柏林遂成为东西方两大政治与军事营垒对峙的缩影。五十年代以后，东西方之间"冷战"加剧，东、西柏林成为渗透与反渗透、颠覆与反颠覆的前沿阵地。正是在这种背景下，民主德国同苏联经过密商，决定在东、西柏林之间修建一堵高墙，将这个城市的社会主义东部与资本主义西部完全分开。从 1961 年 8 月 13 日开始，民主德国在这个城市的东、西区边界线上堆石头、打木桩、拉铁丝网。随后，将一块块预先秘密制作好的水泥板竖起来，正式建成隔离墙。这种隔离墙后来又从柏林市向外延伸。到 1975 年 5 月，这堵整个以"柏林墙"名之的隔离墙全长达 160 多公里。墙高 3.5 米，钢筋水泥结构，墙顶呈圆管状，使人难以攀越。沿墙建有许多瞭望台、碉堡和警犬桩，军警日夜监视，防止有人偷越。

在柏林逗留三天，我几次从大墙前经过，但因那里属于军事安全要地，没能靠近。可是，每想到大墙的那一边就是凶狠的帝国主义、腐朽的资本主义，就不由产生一种如临大敌的恐怖感。当地的友人私下告诉我，沿墙有几个过境通道，经过特许可以到西边去看看。说实话，一墙之隔，两个世界，两重天地，这确实足以撩拨人的好奇心。我们同行的几个人很想到"那一边"去看看。但得到的答复是：一般说是可以去的。但由于我们代表团的领导是位名人，从政治影响考虑，还是不过去为好。这样，大家也只好受其"连累"，未能过去，留下无限遗憾。

1995 年底，我再访柏林，东、西德国统一，柏林也统一。我最惦着要看的还是柏林墙。我当然知道，1989 年下半年，随着苏联和东欧各国的政治剧变，民主德国也震荡起来，要求拆墙的呼声越来越高。11 月初，民主德国政府经过讨论，决定拆墙。11 月 19 日，成千上万的人涌上街头，铲子、镐头、推土机并用。没几天时间，这堵巍峨的高墙就被拆除。我首先来到当年大墙封锁最严密的地段——波茨坦广场。我早就听说过，这里曾并列着修了两座高墙，两墙之间是一片开阔地，地上布满地雷和防坦克用的三角铁，人称"死亡地带"。而今，墙拆雷除，地面铲平，形成一片真正的开阔地。据友人说，这片靠近市中心的黄金地皮已被德国奔驰、日本索尼等国际知名大公司高价买下，不久将在这里大兴土木，修建高楼大厦。我又来到著名的勃兰登堡门。这座德国历史上颇多记载的门楼，位于菩提树大街的尽西头。我记得很清楚，上次来访时，我不能接近它，只能离它 100 多米用长镜头拍个照，因为大门那一边是不容接近的另一个世界。现在，大墙不见了，几个门洞大开，人们可以自由穿过。我走过大门，发现西边几步之遥就是原德意志帝国国会大厦。大厦在 1933 年 2 月被纳粹分子焚烧，现正修缮，准备 1998 年迎接德国国会还都柏林。就在离修缮大厦搭起的脚手架不远的马路旁，铁栏杆上挂着十六七个带黑十字架的大幅人头像。原来，这些人是当年不听劝告，在偷越人墙时被打死的东德人。在大墙存在的 20 多年中，遭到这样不幸的人有多少，没听说过具体数字。当年，这些人偷越大墙是单纯出于同亲人团聚，还是有什么政治原因，已难一一查考。不管怎么说，他们都是"冷战"的牺牲品，这是确定无疑的。

柏林墙拆除后，那大量的水泥残料弄到哪里去了呢？一位目击者告诉我，墙推倒后，一辆辆卡车将残料运走，大多用于重新去修公路，特别是柏林通向各地以及德国东部和西部之间的公路。这样，那些曾将柏林乃至德国分隔开来的东西，又把柏林和德国东西两部分连接起来。对此，一家德国报纸评论说，历史总是爱跟人开玩笑。水泥本是用来将不同的东西黏结在一起的，而"冷战"时期它却被用来将一个完整的东西分裂开来。而今，"冷战"结束，水泥被扭曲的作用终于又恢复过来。同一位目击者还告诉我，大墙推倒之后，一些颇有眼光的市民、甚至不少来自世界各地的外国人，将一块块水泥残片收藏起来，作为人类那段特定历史的纪念品。还有一些生活困难的市民和无就业机会的外国难民，利用这些水泥的残垣断壁做起无本生意。他们把水泥板砸成碎块，稍加装饰，作为纪念品向外国游客兜售。这种独特纪念品的价格，按体积大小和质地不同而论定。所谓质地，主要是看采自何处和有无修饰。标明采自勃兰登堡门、波茨坦广场等著名地段的，或表面绘有优美图案的，特别受人青睐，价格因而也就特别高。我在勃兰登堡门前，亲眼看到许多小商贩在兜售这种"冷战纪念品"。我出 10 马克买了一件。那是一个不大的白色有机玻璃方盒，里边装着一块仅有掌心大小的水泥片。水泥片上嵌着一段长不足 10 公分的黑色铁丝，下边用红色油漆写着大墙修建与拆除的日期。我同小贩攀谈起来，得知他是来自土耳其和伊拉克边界地区的库尔德人。他向我解释，这块水泥片采自勃兰登堡门前的大墙，上边的铁丝来自墙上的电网，很有收藏价值。但一位颇为内行的德国友人说，这可能是赝品，因为当年的墙上根本没有这样的铁丝网。他还说，大墙从1989年年底拆毁至今5年多，真正的大墙残片已经很难找到。于是，一些吃大墙饭的小贩就开始仿制水泥片，做成纪念品出售。听了这番话，我也怀疑刚买的纪念品是真货。但是，我还是把它带回国来，因为我认为，真的也罢，假的也罢，反正一看到它，在我的头脑中总会唤起对"冷战"的可怕记忆，激起对和平的热切期盼。这样，收藏就值得。

柏林墙倒了，分裂的德国于1990年10月统一。我曾盘桓在几片大墙的废墟上，与不同背景、不同职业的德国朋友交谈。我发现，他们对德国统一的看法有很大差异。有人认为，有形的墙倒了，但无形的墙仍然存在。柏林的东西两部分，从经济发展、城市建设、就业机会、工资数额到生活水平，都有很大差别。《法兰克福评论报》说，德国东西两部分"在若即若离的情况下混合在一起"，它们之间"实际上仍存在一道深渊"。来自西部的人埋怨，为实现国家统一，在东部已投入几千亿马克，自己的实际利益受到影响。东部有的人原以为墙一倒，一切都会改观，但实际并非如此，他们不免感到失望。有一位西柏林人说："我们过去住在'围城'里，面对苏联的威胁，整天战战兢兢，但我们同时享有一些特权，诸如减收个人所得税，工薪比其他地区平均高8%。大家戏称这些为'战栗奖金'。现在，倒是不再战栗了，但'奖金'也就没有了，实际收入受到影响。"几位东柏林人则说，他们不但遭受高失业率之苦，而且政治上受歧视，心理上很压抑。虽然不再希望回到过去，但仍不时产生怀旧之思。

新华社驻德国的记者朋友告诉我，这种社会动向与个人心态，不仅嗅觉敏锐的大众传媒有反映，连动作总是慢半拍的文学作品也有反映。

1995 年 8 月,德国当代著名作家君特·格拉斯出版长篇小说《说来话长》。小说以德国统一为主题,描写两个经历不同的德国人在大墙倒塌后漫步柏林街头,评说大墙的兴废史和德国近 200 年的分裂与统一史。一个是德国多次历史事件的目击者,其观点是,德国历史的延续就是分裂与统一的不断重复,德国目前的统一"很难说对将来意味着什么"。另一个是"永远立于不败之地"的告密者,其看法为,统一的德国并不值得留恋,因而决定远走高飞,去西班牙谋生。作家对德国统一持批评态度,认为统一进程是上层权力机构操纵的,人民的意愿没有受到应有的尊重。作家这一看法,在德国政界和舆论界引起轩然大波。不少人认为,这位老作家的新作没有反映历史的真实,是一部失败的作品。另有少数人对这位老作家的不同政见进行抨击,甚至提出要烧掉这本书。

我在柏林逗留两天,去了不少地方。我发现,柏林墙其实并未完全拆毁,至少有三段作为历史的见证保存下来。一段在柏林市的南部郊区。从原来曾是东柏林政治中心的马克思-恩格斯广场出发去滕珀霍夫机场的路上,我从车窗中看到,在马路右边一个较为空旷的地带,昏黄的天空下兀立着一段有四五十米长的灰色大墙,显得异常冷峻而孤寂。还有一段是在国会大厦附近看到的。并不太宽的施普里河从大厦旁边静静流过。隔河相望,有一段长约几十米的黑、红、白三色相间的大墙由东向西延伸,将原来位于西柏林的国会大厦与位于东柏林的一家工厂隔开。再有一段位于柏林市东南部的米伦大街。这里的柏林墙原来也是并列两堵,中间有施普里河流过,河中有雷区,河上的大桥被截断。现在,河中的地雷已扫除,河上的铁桥已连通,河西岸的大墙已拆掉,只剩下河东岸长约 1000 米的一堵墙仍留在那里。这堵墙里里外外涂画满各种抽象派图画,简直成了一个大画廊。这些画,多数是拆墙时所画,少数为后来所画,有的地方现在还在画。其实,有些是画的,有些不是画的,而是用油漆喷的。画中有勃列日涅夫、戈尔巴乔夫、昂纳克等政治人物的变形头像,或加以嘲弄,或寄予某种政治含义。但大多为各种构思奇诡的图案，色彩斑斓，对比鲜明，据说代表了人们在大墙倒塌后各色强烈感情的宣泄。我们来到这里时，有两个土耳其失业青年正在墙上用油漆喷画。我问他们喷这干什么，其中一人说："没有事干，心中苦闷，拿这开开心。"再仔细看，我发现图画的画面上或缝隙中还有一些文字，德文、英文、俄文、日文都有。有

残留下来的柏林墙成为涂鸦画廊

的写道："由铁锁、栅栏、铁丝网封闭的大门，今天终于打开。"有的写道："克里姆林宫的飓风已经逝去。"有的还写道："在许多地方，许多小人物在做许多小事情，但却能改变世界的面貌。"这些文字，也许有助于我们了解其中某些图画的思想内涵。

米伦大街上这段大墙可以说是现今保留下来的最完整的一段柏林墙。它是整个柏林墙的缩影，是"冷战"的佐证，是历史的文物，也被称为"现代艺术画廊"。也许正因为这样，它成为柏林的一大景观，每天吸引成千上万名来自世界各地的游客前来参观。在这里，人们从不同的政治观和价值观出发，评说历史，议论现实，展望未来，臧否人物，倒也显得十分热闹。不幸的是，据说在这"冷战"的废墟上，至今仍有人在鼓吹"冷战"。这不由使我想起捷克革命作家伏契克临终前告诫他的同胞那句话：人们啊，我爱你们，但可要警惕啊。

（1996 年 8 月）

无书的图书馆

　　馆舍内无图书却称图书馆，这有点不可思议。但世界上确实有这样一座图书馆，不久前我还参观过。它就在柏林市中心的倍倍尔广场上。

　　倍倍尔广场位于德国著名的洪堡大学前面。广场由一块块方石铺地，中央的地面上镶嵌着一块 1.2 米见方的钢玻璃。几经游人践踏，玻璃有点发毛。但透过有点模糊的玻璃面，仍可看到下边是一个密封的幽洞。洞深 5 米，洞底是一个约 50 平方米的暗室。暗室的四周是一排排木制的书架。据说，书架上可摆放两万册图书，但却一本也没有摆。离这个别致的"图书馆"不远的地方，地面上并排嵌着两块铜牌。一块铜牌上镌刻着：

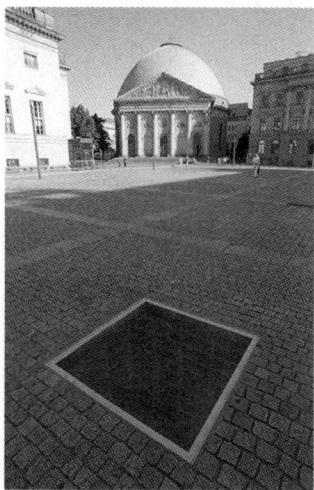
倍倍尔广场上的无书图书馆

图书馆　米夏·乌尔曼设计
1933 年 5 月 10 日焚书纪念碑
1994—1995 年修建

另一块铜牌上刻的是：

1933 年 5 月 10 日，在这个广场的中央，纳粹学生焚烧了几百位自由作家、出版家、哲学家和科学家的著作。

　　这两块铜牌标明，这个"图书馆"实际上是一座"焚书纪念碑"，是为纪念 1933 年 5 月纳粹分子焚烧图书于 1995 年修建的。原来，在世界反法西斯战争胜利五十周年即将到来的时候，德国文化艺术界人士于 1994 年达成一项共识，决定建立一座纪念碑，声讨法西斯当年焚烧图书、摧残人类进步文化的罪行，使后人铭记过去，并昭示未来。他们委托以色列著名雕塑家乌尔曼进行设计。考虑到三四十年代德国法西斯对犹太人的大屠杀，委托他来完成这一任务看来是再合适不过了。他没有辜负重托，提出一个大胆而新颖的方案，以当年的焚烧图书事件为题材，设计出一个无图书的图书馆。当年的焚书事件发生在倍倍尔广场，无书的图书馆当然就放置在那里。但是，为不破坏广场的整体性，没有将图书馆修建在地面上，而是安置在地下。这个别致的地下图书馆，只摆放一些书架，书架上空荡荡的，没有一本书。这就昭示人们，无数的图书均被法西斯党徒们烧毁。德国文化艺术界人士非常赞赏这一设计方案，认为它"以令人震惊的方式"揭示了六十多年前希特勒上台后大肆摧残人类文化的罪行。这座创意独特的"图书馆"于 1995 年 3 月 20 日正式建成。

　　曾是无赖和流氓的希特勒，于 1933 年 1 月 30 日登上德国政府总理宝座。为巩固他及其纳粹党的统治，他旋即制定了"对赤色恐怖进行斗争的方针"，签署了所谓"保护德意志人民紧急条例"，声言要"切除民主制的毒瘤"。为此，他指使其党徒在 40 天的时间里放了两把火。

　　第一把火是焚烧国会大厦。1933 年 2 月 27 日晚上 9 时许，在希特勒的头号帮凶赫尔曼·戈林的指派下，一伙纳粹党徒从地道偷偷溜进柏林的国会大厦，洒上汽油，摆上易燃化学品，然后点着火，大厦很快被焚毁。他们随即嫁祸于德国共产党，逮捕其领导人，查封其报刊，捣毁其办公室和印刷所。在不到六周的时间内，1.8 万共产党员和进步人士被捕下狱，工会被解散。全国上下立时陷于一片白色恐怖之中。

　　第二把火是焚烧进步图书。如果说第一把火是纳粹党徒们玩弄的政治阴谋，矛头所指是德国共产党，那么，这第二把火却是在光天化日下点燃，搞的是"阳谋"，攻击的目标是坚持进步与正义的知识界。希特勒鼓吹"德意志民族至上论"、"生存空间论"等沙文主义思想，否定德国文化上的人道主义传统，焚烧进步书刊，迫害进步文化人士。1933年5月10日，这种摧残进步文化的活动达到高潮。这天午夜时分，掌握纳粹党宣传大权的约瑟夫·戈培尔策动成千上万名大专学校的学生上街游行。他们手举火把，高唱《威塞尔进行曲》、《德意志高于一切》等纳粹歌曲，向市中心的倍倍尔广场进发。倍倍尔广场旁边是1809年由普鲁士著名学者威廉·洪堡创办、大哲学家黑格尔曾任校长的洪堡大学。在游行队伍到达之前，法西斯党徒们已奉命将这所大学收藏的200多位作家的两万多册图书堆放到广场中央。游行队伍一到，火炬抛向书

德国法西斯当年焚书的场面

堆。顿时，烈焰升腾，火光冲天。这时，又有一辆辆满载图书的卡车从其他地方开来。一些受法西斯蛊惑的年轻人爬上卡车，发疯似地将车上的图书扔进火堆。在国会大厦纵火案发生仅仅一个多月之后，柏林市又一次陷入烈火的恐怖之中。

这天晚上，德国其他城市也发生了类似的焚书行动。在被焚烧的图书中，有德国和其他各国大量文史哲名著，还有一些自然科学著作。马克思主义的哲学著作以及德国共产党作家贝托尔特·希莱希特、安娜·西格斯、史太凡·海姆、路德维希·霍恩等人的文学作品首当其冲。德国进步作家亨利希·曼、托马斯·曼、阿尔弗雷德·安施德、阿尔弗雷德·德布林等人的作品，甚至连一向宣称"不问政治"的著名作家埃利希·雷马克、厄尔恩斯特·维歇尔特、埃利希·凯斯特纳等人的作品，还有包括亨利希·海涅、阿诺尔德·茨威格在内的几乎所有犹太作家的作品，统统被烧掉。包括举世闻名的化学家弗里茨·哈伯和物理学家艾伯特·爱因斯坦在内的一些自然科学家，其著作也被付之一炬。未能幸免的还有杰克·伦敦、厄普顿·辛克莱、海伦·凯勒、赫伯特·乔治·威尔斯、马塞尔·普鲁斯特、安德烈·纪德等一大批欧美著名作家的作品。参与焚书活动的学生们发表的一份宣言称，凡是"对我们的前途起破坏作用的，或者动摇德国思想、家庭和人民的动力根基"的作品，统统属于被焚毁之列。面对广场上几万册图书化为灰烬，戈培尔宣称："在这火光下，不仅一个旧时代结束了，这火光还照亮了一个新时代。"他所说的"新时代"，其实就是希特勒在政治、思想、文化各方面推行法西斯专政的时代。

在这个时代，遭殃的不仅有图书，还有图书的作者。在刻有这座焚书纪念碑修建日期的那块铜牌的上方，还镌刻着德国19世纪大诗人海涅的三行诗：

这不过只是个前奏：

在焚毁图书的地方

最后也势必会焚毁作者。

海涅确实伟大，在德国刚刚进入帝国主义阶段，他就以非凡的历史眼光洞察到它在政治上和文化思想上走向反动的必然。他这一预言，没想到近百年后竟应验了。被法西斯分子焚烧的书籍的作者，有的受到骚扰，有的遭到通缉，有的则被捕入狱。一时间，德国成为著名女作家莉卡达尔·胡赫所说的"地狱帝国"。几年内，有几千名作家、艺术家、学者、科学家忍受不了法西斯的政治迫害和精神折磨，被迫逃离德国。连被称为和平主义者的作家雷马克都说："我不得不离开德国，因为我的生命受到威胁，虽然我既不是犹太人，在政治上也并不左倾。"法西斯党徒加给他的罪名是对第一次世界大战"采取反英雄主义态度"，将他的作品烧毁的同时，还向他本人下达了通缉令。亨利希·曼、托马斯·曼、布莱希特、爱因斯坦等也都先后流亡国外，最终成为反法西斯斗争的战士。

焚烧进步书刊，迫害进步作家、科学家的事件，在中世纪的欧洲就曾经发生过，但其规模和惨烈程度都不及这一次。其实，大规模焚毁图书和迫害知识分子的事件，不只在欧洲，在我国也曾发生过，诸如"焚书坑儒"和"文化大革命"事件。这些事件虽然发生在不同的国度，不同的时代，但却有惊人的相似之处。当然，书籍是永远也焚烧不完的，书籍的作者也是永远坑不完、杀不绝的。但这种事件的一再发生，确实值得全人类警惕。"无书的图书馆"，或称焚书纪念碑的建立，我想其意义正在于此。

(1999 年 12 月)

在欧美看大字报

　　大字报在世界上之缘起，实难考稽。但大字报在中国"文化大革命"期间十分泛滥，作用恶劣，恐怕为其最"鼎盛"之时。现在，大字报在中国已被禁绝。可是，这几年到国外访问，我发现它在欧美一些地方仍在流行。每当看到，总不免唤起昔日的记忆，心头一阵震颤。但细读之下，又总觉得其中隐含一些问题，令人思索。

　　我第一次在国外看到大字报是在乌克兰首都基辅。那是苏联刚刚解体的时候。友人带我去市中心的十月广场瞻仰列宁雕像。广场虽然难同我们天安门前那片水泥地相比，倒也还算宽阔。广场四周大厦林立，中央有五彩的瀑布流泻。列宁的雕像在广场的一端，高大雄伟。广场上游人如鲫，但他们似乎对那里的景物都不大感兴趣，而是涌向广场的东北角去观看什么。友人带我也走上前去。透过人墙，我惊奇地发现，人们原来在围观我们已久违了的那种大字报。一张张白色的新闻纸，有的摆在地上，有的贴在木板墙上。纸上用黑墨水或蓝墨水写满俄罗斯文字或乌克兰文字。两种文字的字母差不多都是核桃大小。按照我们"文革"中的分类，这些洋大字报严格地说也许可称为中字报。贴在墙上的最长的一份用了18张纸。精通俄文的友人告诉我，那是十几位参加过苏联反法西斯战争的老红军战士所写，讲述他们的光荣历史，陈述他们对目前政治与经济待遇的不满。记得其中有这样的话：我们胸前的军功章今天竟成了一堆废金属，我们存在银行的卢布成了一叠废纸。对此，有谁给我们解释，我们又该到哪里去讨个公道？显然，字里行间充满激愤。这是苏联解体之初在一些原加盟共和国普遍存在的问题。我们向身边的一位看来是当地的老人探听他对大字报的反应。他摇摇头，什么也不说。他用手有力地指点一下大字报，扭头就走了。那意思好像是说，还说什么呢，都写在大字报上面了。他的那一份无奈表露得一览无余。

我们于是转到广场上另一个人声鼎沸的地方。只见几十个人围着铺在地上的一张大字报，旁边站着两个中年妇女提高了嗓门在激动地讲话。原来，她们是大字报的作者，正在宣讲其作品的内容。大意是说：她们是一所学校的老师，新上任的校长"政治上很反动"，"经济上又很不干净"，"弄得老师们既没法工作又没法生活"。她们曾告到有关当局，但问题不但没有解决，她们反而丢了饭碗。她们要求社会舆论主持公道，给有关人员以应有的谴责。事情的真相如何，我们当然无法判断。但可以理解的是，在社会大变动的年月，出现这种现象一点都不奇怪。她们自己似乎也意识到这一点。据友人后来告诉我，她们在答观众问时就曾说，过去有不平事，憋在心中不敢说；现在敢说了，但说了又有何用！看来，她们是在万般无奈的情况下，才把大字报当成一种武器来使用的。但这种武器能否解决她们的问题，只有天晓得。

我又一次看到大字报是在北美。去北美之前，我听说美国一些图书馆收藏有我国"文革"期间的大量文字材料，包括大字报。到美国国会图书馆参观时，我倒是意外地看到"文革"期间我国各地出版的一些小报，但没有看到大字报，不免有些遗憾。后来，在加拿大首都渥太华，这种遗憾得到一点补偿，因为我在那里看到了美洲式的大字报。

那是在参观加拿大国会大厦时。大厦位于水流湍急的渥太华河畔。在那片被称为国会山的高地上，有一群雄伟的哥特式建筑，国会的参议院和众议院都在那里。国会大厦南边，是群众经常聚会的联邦广场。那一天，听说国会在开会辩论讲法语的魁北克地区能不能独立的问题。大厦内在辩论，大厦外的广场上则有一帮青年人在示威。他们来自魁北克，有男有女，三四个人一组，每组都抬着一块大木牌，上面用法文详细地写着他们要求独立的主张和理由。他们绕着广场一边走，一边不时停下来，让四周的观众仔细阅读大木牌上的文字。他们一声不吭，读者也一声不响。即使有不同意或反对他们的主张者，也不过一笑了之，掉头走开，并不像我们"文革"时期那样，跳出来高声辩论或指责。双方的认识和感情就这样在无声中交流。观众读罢，他们又继续往前走。他们转了一圈又一圈，不知疲劳地宣传自己的政治主张。他们木牌上的文字被称为"流动的大字报"。

看完这种群体性的流动大字报，我又看到一种个体性的流动大字报。那是我从联邦广场来到国会大厦正前方的时候。我举起相机正想拍照，只见一位满头白发的老人闯入我的镜头。他独自一人，步履蹒跚，胸前挂着个硬纸板做的牌子，上面写着两个英文大字：No Abortion（反对堕胎）。加拿大是个英、法双语制的国家。这个老人据说是讲英语的爱尔兰裔的天主教徒。他对由民族和文化引发的魁北克问题显然毫无兴趣，但出于宗教热情却对堕胎问题情有独钟。其时，国会并未辩论堕胎问题，他不过是在主动宣传自己的主张而已。只见他在国会大厦前面的台阶上从东向西、又从西向东走来走去，表情严肃，目不斜视。他不同任何人说话，也没有什么人打扰他。据说，他这样独自示威每天五个小时，已进行七八天了。不管你赞成不赞成他的主张，他表现的那种执着精神却实在令人钦敬。与我同行的朋友将这一独特的场景，戏称为加拿大"活的大字报广告"。他说，这就是西方一些政治家所宣扬的"尊重少数"的原则的展示。只要不危及现存的社会政治制度，任何人都可自由地表明自己的主张。至于有关当局听不听，那就另当别论了。

当然，最让我难忘的大字报是在德国的科隆市看到的。那是前年秋天的一个周末。周末的工作活动不便安排，朋友们就建议我去参观科隆大教堂。科隆位于德国中西部的莱茵河畔，有悠久的历史，又有浓厚的现代化气息。德国人说，不去科隆，就等于没有到过德国。而到科隆，必得参观科隆大教堂，因为大教堂向来被称为科隆的标志。远远望去，典型的哥特式建筑，高达 157 多米的双塔，显得威武而壮观。大教堂内部，金碧辉煌，壁画精美。据说一周七天，来这里祈祷或参观的人，天天如潮涌。奇怪的是，我们来到教堂时，里面却很空旷。原来，我们进的是旁门。待走出正门，我才不由一惊，那里人群熙攘，简直像个闹市。有的人在拍照，有的人在嬉戏，但更多的人却簇拥在门口左边的台阶上在观看什么。

好奇心驱使我走上前去。啊，原来那里是一堵琳琅满目的大字报墙。几根木杆子竖立着，上面拉着一道道铁丝，铁丝上挂着一块块规格一致的硬纸片，纸片上写着不同文种的字迹。这是德国式的大字报。我后来数了一下，书写大字报的文字主要有德文、英文、法文、西班牙文、荷兰文、俄文、中文、日文、朝鲜文，作者恐怕来自几十个国家。这简直也可以说是"联合国大字报墙"了。仔细瞧，各种文字书写得大

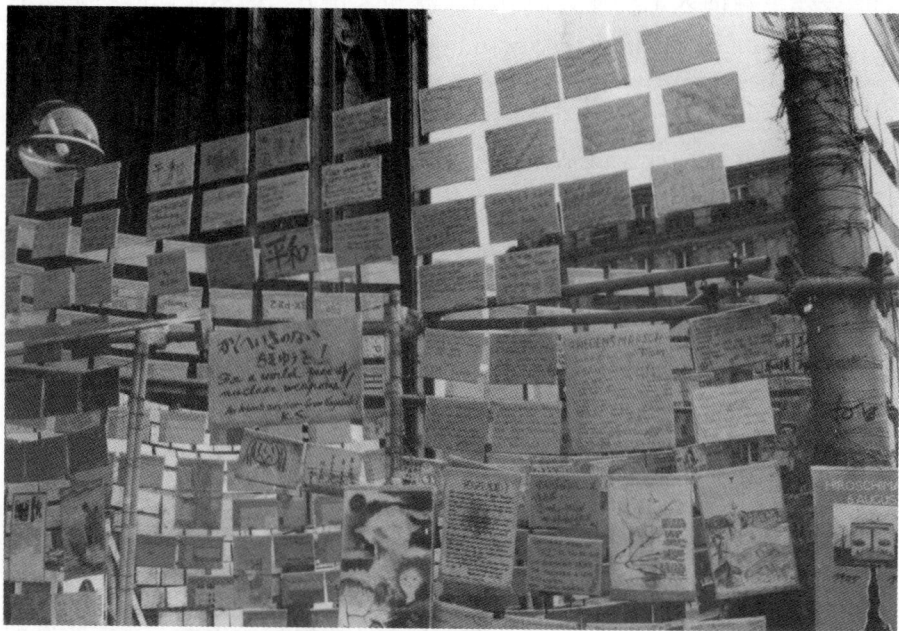

科隆大教堂入口处的大字报墙

小不一，大者如拳头，小者如红枣。我粗略地数了一遍，大字报共有三百多张。那么，上面都写了些什么呢？就我所能看懂的中文、英文以及勉强能懂的法文浏览了一下，内容大致可分四类：一是议论时政的，如"新纳粹该死"、"法国必须立即停止核试验"；二是祈祷和平与吉祥的，如"人人献爱心，个个是兄弟"、"天下太平，永久和平"；三是感戴上帝和向上帝忏悔的，如"感谢万能上帝，我们夫妻已和好如初"、"我犯了罪，请我主饶恕"；四是抒发个人感受的，如"今天的阳光明亮又温暖，让我们尽情享受吧！"另外，还有向亲友表示祝福或问候的，也有给旅伴留下游踪的，如"施特劳斯，明天早班飞机去柏林"。单就中文的大字报而言，作者有来自中国大陆的，有来自台湾、香港、澳门的，也有来自世界各地的。他们大多赞扬中国的发展和进步，但也有少数反华、反共的。许多德国人和外国旅游者聚集在大字报墙前面，认真地阅读，有的还在抄录。

　　德国报刊将科隆大教堂门前这堵大字报墙称为"和平墙"。为什么有这样一个称呼，说法不一。一种说法是：六十年代，在首都柏林东西部之间修了一道大墙，世称"柏林墙"。那实际上是一堵"战争墙"，因为它是东西方之间"冷战"的产物。而科隆这道墙是九十年代人们乞求和祝祷和平的产物，因而称为"和平墙"。还有一种说法是：第二次世界大战后期，科隆市同其他德国大城市一样，被盟军炸得一塌糊涂，90％以上的建筑毁于炮火。科隆市原有的150多座教堂，91座被炸毁。作为城市标志的这座双塔大教堂虽然没有被炸掉，但也中弹14枚，遭到一定程度的破坏，直到1965年才修复。后来，有人将包括大教堂被炸的六七张有关战争破坏惨景的图片贴到大教堂门前的墙上，以期引起人们对昔日战争的记忆，从而更加珍惜今天的和平。照片贴出去之后，很多人把自己的想法也写在纸上贴了上去。这样，连图片带文字满墙都是谴责战争、呼吁和平的纸片，被人称为"和平墙"。

　　"和平墙"原来只是教堂门口左侧那面墙。墙上的东西越贴越多，越贴越乱。这时，大教堂的管理人员就出面干预。他们为了使大字报更有秩序，就用木杆和铁丝在教堂门前搭起一道新墙，专供人们贴大字报使用。后来，他们又置备了长约70厘米、宽约50厘米的硬纸板，供人们写大字报使用。为防止日晒或雨淋，他们又置备了规格一致的塑料薄膜，用以套在写好大字报的纸板上。这样，大字报又可以长期保存。现在，我们可以看到，一排排带塑料薄膜的大字报非常整齐地挂在墙上。一位管理"和平墙"的神职人员对我说，无论是德国人还是外国人，谁要想写大字报，只要在他那里登记一下，就可得到几块硬纸板和塑料薄膜，还有几段细铁丝。大字报写好，不管什么内容，都可以用铁丝挂到墙上，但要挂整齐。新的大字报无处挂时，就把一些旧的拿下来，腾出一些地方。他带我到他的储藏室看了一下，我发现，那儿的确有许多供写大字报用的硬纸板和已经摘下来的大字报。

"和平墙"现在正式由大教堂经管。那么，大教堂对此怎么看呢？那位神职人员对我说："过去，人们有话不便对他人说，就悄悄来到教堂对上帝说，向神父忏悔。现在，教堂里神父少了，上帝自己也忙，哪能听那么多人来说话或忏悔呢。给他们一堵墙，让胸中有话要说的人把话都倾吐到墙上，自己图个痛快，也同别人交流一下，有什么不好呢？"

这位神职人员的话看来说得很轻松。对一些逢场作戏的外国旅游者来说也许是如此。但对德国人来说，这里边恐怕还有并不轻松的深层次的原因。友人告诉我，这几年，德国虽然统一了，陆地上的边界去掉了，可是，东部和西部人们之间"心理上的边界"并没有消失。德国政府为东部经济的恢复和发展支付了7000多亿马克，西部人不满，说这样加重了他们的负担。全国的经济发展速度放慢，每年有450多万人失业，失业率高达9%，在欧盟国家中居首位。同时，有报道说，在每年的16万名适龄青年中，至少有7万人拒绝或逃避服兵役。从1985年至1993年，全国7800万人口中，已有320万天主教徒和基督教徒放弃任何宗教信仰。在这种情况下，人们的不满情绪增加。过去心中有事还可以去教堂，向上帝诉说。现在，不信宗教或宗教信仰淡漠了，心中的愤懑情绪无处发泄，大字报于是就成为一种宣泄的出口。

这种分析虽然不一定完全准确，但恐怕也不是没有一点儿道理。德国如此，其他西方国家也有类似的情况。一位丹麦朋友同我谈及这种现象时，曾将一些西方国家出现的大字报称为"规范化的政治橱窗"。他说，那其实是一种政治展览，以显示西方的民主。人们也许不知道，这种展览是被有形或无形的手"规范"过的，因而它的民主就打了折扣。我同意他的见解，因为西方某些政治家对大字报的宽容，就含有其不便明言的深意。少数人借大字报得到了一点说话的民主，但他们可能不会料到，他们得到的那一点民主，却在广泛和深刻得多的层面上被用来掩饰了西方民主虚伪的实质。这样，欧美国家出现的大字报，实质上就成为点缀西方政治的一道独特的风景线。

(1997 年 10 月)

威尼斯狂欢节看热闹

　　我去威尼斯，本为寻访中国—意大利人民的友好使者马可·波罗的遗迹。岂料，他在那里的唯一遗迹、传说中的故居正在修缮，停止向游人开放。初衷未能实现，未免令人遗憾。但是，我却有个意外的收获，长久难忘的惊喜。这就是，我们在那里巧遇一年一度的盛大狂欢节，亲历了 10 多万人如醉如痴的狂欢场面。

　　那是去年 2 月 26 日。汽车一到威尼斯，只见这个著名水城的大街小巷，船头桥尾，到处是彩旗飘扬，气球高悬，人流涌动。原来，从 2 月 14 日到 27 日，欧洲规模最大的狂欢节在这里举行。当晚是最后一个狂欢之夜。我们一行人只是在电视上看到过狂欢节的场面，没有亲身经历。因此，不顾旅途的劳顿，放下行装，带上几个面包，我们就乘高速火车直奔狂欢活动的中心、著名的圣马可广场。到达广场，已是晚上九时许。能容纳几万人的广场上，只见灯火辉煌，明亮如同白昼；只闻鼓乐震天，人声喧腾如同海潮。走近来看，广场上挤满了人，几乎都是年轻男女。他们几十人一团，几百人一伙，有的放开喉咙高歌，有的扭动腰肢狂舞，有的抱着酒瓶豪饮。那一片又一片欢腾雀跃的气氛，那一个又一个狂放不羁的神态，使人感到如堕忘情的仙人之境，再也不知人间还有什么烦恼。什么是狂欢节，我平生第一次初步有所领略。

　　威尼斯狂欢节是当今世界上历史最久、规模最大的狂欢节之一。欧洲的狂欢节据说都起源于古代的神农节。每年的冬去春来之际，人们自动聚集在一起，载歌载舞，欢庆新的一年的农事活动开始。而威尼斯狂欢节的起源则另有一说：公元 12 世纪，古老的威尼斯城邦共和国日渐强盛。1162 年的初春，它战胜附近的阿奎莱亚封建城邦国，称霸一方。为庆祝这一胜利，威尼斯人走上街头高歌欢舞，一连数日不休。从此，他们每年在这个时候都举行欢庆活动。时到 100 多年后的 1296 年，这个尊崇天主教的城邦国根据宗教节日的安排，正式把一年一度欢庆活动的时间固定下来，即从 2 月初到 3 月初之间到来的四旬斋的前一天开始，延续大约两周时间。到 18 世纪，狂欢活动盛极一时，欧洲各国的王公大臣、富商巨贾、绅士淑女都赶到威尼斯，观赏精彩的室内音乐和戏剧演出，参与街头和广场上的民众狂欢。威尼斯遂赢得"狂欢节之城"的称号。19 世纪之后，威尼斯共和国逐渐衰亡，狂欢节逐渐失去活力。直到近 20 年，随着旅游事业的发展，威尼斯的狂欢活动才重新恢复，而一经恢复，就更加多姿多彩。

当地的朋友告诉我们，在过去的十几天中，已有五六十万人前来参加狂欢活动。这样，只有 40 多万人口、平日相当宁静的威尼斯，就陡然喧闹起来。从室内到街头，音乐会、戏剧演出、歌咏比赛、服装表演、化装舞会，一场接一场，每天都不断。2 月 27 日是狂欢节最后一天，也是狂欢活动的高潮。这一天，将在全城举行化装大展示。

这天的一大早，我们就赶往威尼斯城内。为了一览这个水城的旖旎风光，我们以步当车，边走边看。一路之上，尽是幽静的小巷，整洁的广场，狭窄的河道。而河道之上，尽是造型别致的小桥，桥下清幽的河水中尽是首尾高高翘起的小舟"贡多拉"。若是在平日，我们满可以尽情领略这座古城的建筑之美，这座水城的灵秀之气。但这一天却不同，因为更为惹人注意的，则是那满街满巷、满河满舟参加狂欢活动的男女。他们身着奇装异服，脸挂怪诞的面具，头佩奇特的巾饰。他们边走路边与围观的人群打趣，边划桨边与河岸上"作壁上观"的人招手。他们的装扮，他们的做派，给这个春寒料峭的季节带来勃勃生机，给这座恬静的城市平添浓烈的欢愉气氛。

很明显，所有的人流，无论是陆上的还是河中的，都在向作为市中心的圣马可广场汇聚。几百年来，这个曾被拿破仑赞叹为"世界上最美丽的广场"，一直是来自世界各地游客瞩目的中心。广场四周矗立着一座座体现欧洲古典建筑艺术风格的佳作：既是宗教纪念性建筑、也是威尼斯城邦政治权力象征的圣马可教堂；既是雄伟的宫殿、威严的城堡，又是辉煌的艺术殿堂的总督宫；100米之高、500年之久的圣马可钟楼，既是城市的制高点，也是威尼斯城的象征。平时，游人观赏的是这些建筑的艺术之美，而这一天，艺术之美却被汇聚在这里的狂欢人群的海洋所淹没。在东西长175米、南北宽57米的圣马可广场上，在这个广场东面的另一个小广场上，在广场东、西、南三面的拱廊上，参加狂欢的人群拥挤得水泄不通。不少人还涌到广场东边大水道旁的空地，涌到广场周围的街巷。据第二天当地报纸报道，在狂欢节达到高潮的午后时

装束艳丽奇特的狂欢者

分，仅圣马可广场就聚集有近 10 万人之众。

这 10 万人，除了像我们这样的极少数看客之外，都有不同程度的化装。其中，一部分人是简单化装一下。他们或在脸颊上画个逗乐的图案，或在头顶上扎个怪诞的发式，或在身上披件奇异的外衣。这些人基本面目可见，真实人形可辨。他们有的是早有准备，带装而来；有的是逢场作戏，临时在路旁的店铺买个面具套在脸上，或者到现场后请人在脸上描画几笔。我看到，在广场的各个入口处，在广场的一些边缘地带，摆放着一排排专门代人化装的摊位。只要交上折合一两个美元的意大利里拉，不消五分钟时间，那些技艺娴熟的化妆师，就可根据顾客选定的图案或顾客特定的脸型，给他或她画上一副动人的脸谱。

当然，聚集在广场上的狂欢者大多是浓妆艳抹。据说，为了参加这一年一度的狂欢节，他们往往要花好几个月的时间做准备，自己动手或请人代劳设计脸谱和服饰。他们刻意追求的是，脸谱和衣饰要与众不同，要怪诞离奇，有的还要求具备一定文化品位。他们化装之后，近的从城区，远的从几十公里、甚至几百公里赶来。一路上，不知招惹多少人围观，不知赢得多少人的激赏。他们当中，有的扮装成动物，诸如憨态可掬的企鹅、纵身欲跃的花豹、双目炯炯的老虎、踽踽独行的大象；有的扮装成各种肤色的靓男美女，诸如袒胸露臂的黑非洲班图族少女、头插五彩鸟羽的南美洲印第安射手、脸罩流金溢彩面纱的穆斯林贵妇、热情奔放地狂舞不休的吉卜赛女郎；有的化装成不同类型的古代人物，诸如眉慈目善的神父、风流倜傥的骑士、凶神恶煞般的蒙面人、热恋中的公爵与贵妇；还有的化装成童话或神话中的角色，诸如金发双面武士、红衣双身女妖、振翅欲飞的天使。而最引人围观的则是坐卧在小广场中央的一个妖魔。她金身青面，头发是一堆纠结盘绕的毒蛇，浑身披着鳞甲，上肢长着利爪，下肢有三米多长，拖在地上缓缓蠕动。原来这是古希腊神话中的女妖墨杜萨。她作恶多端，后来被英雄佩尔修斯斩杀。所有这些奇形怪状的狂欢者，都不露一丝真容，都不说半句话语。

人们可以从他们的形体和动作作出种种猜测，但最后还是分不清他们究竟是男还是女，是老还是少。这就愈发增加了观众的好奇心，也愈发增加了表演者的神秘感。一位装扮海神的女士在散场后显露出真容时说，她对这样的自娱又娱人，甚感欣慰和开心。

参加威尼斯狂欢节的人，自然大多来自意大利。但是，也有不少来自欧洲其他国家，特别是意大利周边的法国、德国和奥地利。远在大洋彼岸的美国，也有不少游客专程赶来凑热闹。据记载，1769 年，连奥地利的皇帝也曾乔装成平民前来威尼斯参加狂欢节。而今，有些西欧国家的皇室成员和达官显贵，据说也有化上浓妆，隐去真身，混迹于狂欢的普通百姓之中。我在广场上碰到两位讲法语的女士。她们告诉我，她们是母女关系，特别喜欢读大仲马和小仲马父子的作品《基督山伯爵》和《茶花女》。她们经过精心设计，特制了各自的衣帽，母亲兼扮两部作品中的两位男主人公，女儿则兼扮两位女主人公。她们两情依依，在

参加狂欢者一般都戴独具特色的面具

"热恋中"来到狂欢节,"重新回味"那发生在上个世纪的动人的浪漫故事。我问她们的来历,回答只有"巴黎"二字,不愿透露自己的真实身份。从她们雍容的举止、不凡的谈吐和高雅的意趣来看,我敢断言,这母女二人肯定是来自法国的上流社会。

威尼斯狂欢节为什么竟如此吸引人?对这个问题,不同的人也许有不同的回答。如果说几百年前举行狂欢节是为了奉天祭神或欢庆战争胜利的话,那么,随着时间的流逝,狂欢节的宗教色彩和政治色彩现在都已很淡漠。对绝大多数人来说,参加狂欢节就是为了娱乐。在这个冬去春来的时节,敞开胸怀,彻底放松一下,抛却烦恼,抖掉积淀一冬的沉郁之气,以轻松的心情迎接新的一年。当然,这也不单是一种寻欢作乐的纯娱乐活动。从节日期间的文艺演出来看,这也是一项颇具思想底蕴、各种艺术形式纷呈的积极文化活动。从上演的诸多歌舞节目来看,从化装展示中那别致新颖的衣饰来看,我们甚至可以说,这也是意大利和欧洲各国人民聪明才智的一次集中大展示。

俗话说,内行人看门道,外行人看热闹。威尼斯狂欢节当然是热闹非凡,但它毕竟是一种很特殊的社会文化现象,需要认真研究。我对意大利的社会文化了解不多。因此,在威尼斯狂欢节上,也就只能是看热闹,看不出多少"门道"。

(1999 年 1 月 5 日)

北欧的海盗文化

海盗是一种野蛮的海上劫掠行为，也能成为一种文化现象吗？在世界别的地方，我没有调查，不好作答。但在北欧，我惊异地发现，许多大城市都有海盗博物馆，收藏有大量海盗使用过的船只、武器和各种生活用品；许多地方都有海盗墓葬，并作为文物完好地保存下来；以海盗为题材的文艺作品比比皆是，受到人们的喜爱；连海岛的形象也备受崇奉，不少组织、团体、球队、旅店竞相以其命名。这一切表明，海盗在北欧确实是一种独特的历史文化现象。

海盗是伴随人类航海活动的出现而产生的。史籍记载，早在三四千年之前，爱琴海和地中海水域就出现挥舞着棍棒或刀剑杀人越货的强盗。他们大多是腓尼基人、摩尔人、希腊人或罗马人。后来，海盗活动向世界其他地区蔓延，并越来越猖獗。北欧的海盗产生较晚，但来势凶猛，组织化、甚至国家化色彩较强，影响深广。

所谓北欧，现在是指挪威、丹麦、瑞典、芬兰、冰岛等五国，古时则指挪威、丹麦、瑞典等三国，因为当时冰岛尚无人居住，芬兰比较弱小，依附于瑞典。三国居民不同，但皆属日耳曼人的北支，统称斯堪的纳维亚人，或者诺曼人。公元9世纪之前，他们尚未建立各自统一的国家，社会分裂为不同的氏族。他们利用濒临波罗的海和北大西洋的地理条件，同周边其他民族进行海上贸易。当时的欧洲，西欧和南欧比较发达，但长期处于封建割据状态，日渐成为落后但勇猛的北欧"野蛮人"

的掠夺对象。起初，这些野蛮人大多是单枪匹马，以劫掠财物为主，后来发展成团伙行动，开始抢占土地。793 年 6 月，有组织的丹麦海盗从日德兰半岛出发，跨过北海，侵占英格兰东北部的霍利岛，摧毁那里的基督教修道院。西欧人感到无比震惊，没想到那些野蛮人竟掌握高超的航海技术。后来的欧洲史学家就将这一事件作为北欧"海盗时期"的发端。从 9 世纪末开始，丹麦、挪威和瑞典先后建国，北欧的海盗活动开始演变成国家行为，向海外进行移民和殖民扩张。他们兵分两路，西路以挪威和丹麦的海盗为主，活跃在北大西洋地区，向北征服和占领法罗岛和冰岛，侵入格陵兰和纽芬兰，向西征服英格兰和爱尔兰，向南在塞纳河流域建立诺曼底公国，并试图进入地中海。东路主要是瑞典人，先是侵扰和占领相邻的芬兰，然后跨过波罗的海，占领爱沙尼亚和以诺夫哥罗德为中心的现今俄罗斯西部大片领土，再沿着伏尔加河和黑海南下，直抵博斯普鲁斯海峡，侵扰君士坦丁堡。1066 年，来自欧洲大陆的诺曼底公爵威廉跨海西征，征服英国，赶走丹麦占领军。从此，北欧的海盗活动渐趋衰微。史家将此视为前后持续近 300 年的北欧"海盗时期"的终结。

海盗在英语中一般称为"pirate"，而北欧的海盗则有一个特殊的称谓，叫作"viking"。这个称谓的来源，说法不一。有人说来自古斯堪的纳维亚语，有人说来自古英语。在瑞典发现的古代鲁纳文碑刻中，其本意是海上距离的计量单位，后转意为"海外远征"。也有人说，其本意是"海湾"，即船舶停靠或遭受袭扰的地方，在冰岛的英雄史诗中则演变成海盗活动。

北欧海盗乘船出海

还有人说，这个词原是瑞典西南部的一个地名，因为那里的人经常到海上进行劫掠活动，后来就用它专指海盗行为。值得注意的是，所有这些说法都是对北欧人海上活动的客观描述，不含任何贬义。到 18 世纪，这个词被收入英语，还隐含"浪漫的海上英雄行为"的意蕴。到 20 世纪，词义又加扩展，不仅指北欧的海上袭扰活动，还指"海盗时期"的北欧人。

北欧人特别注重海盗历史的研究和文物的收存，挪威、丹麦和瑞典均建有多座海盗博物馆。其中，有的是综合性的，展出有与海盗有关的各种文物；有的是专题性的，以展出海盗船只和墓葬者较多。位于首都奥斯陆的挪威海盗博物馆规模最为宏大，展出的不仅有多种海盗船，还有海盗的武器、赃物、葬品、生活用品等十多万件，都是研究海盗活动的珍贵文物。斯德哥尔摩的瑞典航海历史博物馆，收藏的大多也是与海盗有关的文物和资料。丹麦的罗斯基勒海盗船博物馆规模较小，但其展出的海盗船只不但数量多，而且保存完好，是了解海盗航海活动的重要资料。丹麦还保存着一座海盗城，那是海盗活动最猖獗时期修建的一座城堡，保存有当年海盗修建和居住的房舍，使用的刀剑。类似的博物馆还有不少，因为北欧国家总是在哪里发现一批重要海盗文物，就在哪里修建一个博物馆。因此，北欧的海盗博物馆究竟有多少，恐怕很难统计。

海盗文物中最重要的是海盗船。从现在的发现来看，海盗船主要有两种，一种称长体船，另一种称木节船。长体船，顾名思义，就是船体长，装备有桨和帆，行驶灵巧快捷，便于调头和登陆，用于征战和探险。木节船船体较宽，吃水较深，桨数较少，主要用于运送货物。在罗斯基勒的海盗船博物馆，展出有 1962 年发掘出来的 5 艘海盗船，用爱尔兰所产的木头建造。时逾千年，尚保存完好。2007 年 7 月，其中一艘重修后命名为"海马号"，从罗斯基勒还能直航都柏林。在挪威海盗博物馆，陈列着 3 艘"海盗时期"曾出没于北欧海域的海盗船。其中最古老的一艘建于公元 800 年，长约 20 米，船身宽大扁平，首尾尖细，向上高高翘起。船舱中心竖立着一根很高的桅杆。这三艘海盗船是从奥斯陆峡湾打捞出来的，据说是目前世界上保存最完好的海盗船。

海盗船不仅是航运工具，小型的还是殡葬用品。对海盗来说，船只是其一生不可须臾或缺的东西。这就使他们产生一种"海船情结"，认为今世和来世生活均离不开船只。因此，在北欧三国和德国北部，许多海盗，特别是海盗头目，还有一些氏族头人，死后都要用船来安葬。他们生前就为自己准备好木制或石制的小船，死后将骨灰或遗体安放进这种特制的棺椁，或就地土葬，或放到海上水葬。他们相信，船葬不仅可以使逝者乘船顺利到达阴界，到阴界后还可像生前一样继续从事海盗活动。

说到海盗的船葬，就不由使人想起海盗的墓地。在瑞典第三大城乌普萨拉，在丹麦的西兰岛和德日兰岛，公路两旁不时出现一座座冈丘，或一片片土堆。据友人指点，这些要么是实行土葬的海盗的孤坟，要么是他们家族的公墓。坟茔的大小和形状各不相同，完全依照死者生前的身份和地位来确定。在丹麦的林霍尔姆地区，许多坟茔前竖立着船形的石碑，或者用石块在地上摆成的船只模型。这是生者在祝祷死者乘船顺利到达阴界。死者不同，坟茔中祭献的物品种类和数量也不同。从现在挖掘的情况来看，作为祭品的武器、食物和日常用品，任何坟墓中都是不可或缺的。个别尚有妻室陪葬，富裕和官宦之家更有女性家奴殉葬，以便逝者在阴界仍有人侍奉。据古籍记载，有些地方还有一种恶俗，即女奴殉葬时当

海葬用的海盗船

众用药酒被灌醉，然后让她同在场的男子一一交媾。人们相信，她在人世间的欲望得到充分满足，到阴间后才能更好地为主子效劳。据说，这是动荡不定的海盗生活所生成的一种奇特的人生信仰。

北欧海盗活动遗留下来的文字材料不多，主要是在冰岛发现和整理的一些神话和英雄史诗。冰岛人大多是挪威移民的后裔，其先人把北欧大陆上的神话和史诗带来，本意是通过阅读来度过极地那漫长的黑夜和冬日。不料，现在却成为研究北欧"海盗时期"社会生活的珍贵史料。此外，瑞典也发现一些"海盗时期"用古文字鲁纳文镌刻的石碑，碑文虽然都非常简短，但提到海盗的生活或征战情况，也具有较高史料价值，弥足珍贵。还有少数关于北欧海盗活动的材料保存在诺夫哥罗德的纪年、阿拉伯旅行家伊本·法德兰的游记以及一些基督教神父遗留的文献中。关于海盗活动的正式出版物，最早是13世纪丹麦历史学家萨科索·格拉马提克斯编撰的《丹麦人的业绩》，后来则是瑞典历史学家奥劳斯·马格努斯编著的《北方民族史》。这两部史学著作搜集、整理、记录下大量北欧海盗活动的珍贵史料，成为北欧海盗研究的奠基之作。

以北欧海盗为题材的文学艺术作品很多。公元991年，在英格兰与海盗发生冲突的莫尔登，有人写了一首题为《莫尔登战斗》的纪念诗，被某些文学史家称为"海盗文学的发轫之作"。11世纪以后，冰岛整理出大量神话和英雄传说，德国出现民间史诗《尼伯龙根之歌》和《谷德命》，其中都夹带有不少北欧海盗事迹的记述。当然，大量海盗文学作品是在18世纪之后出现的。当时，欧洲各国向海外大肆扩张，引发一股"海盗复兴"热潮，人们竞相进行海盗考古发掘，竞相创作以海盗为题材的作品。在瑞典，诗人兼历史学家埃里克·古斯塔夫·耶伊尔的抒情诗作《海盗》较早地宣扬海盗的勇猛精神；诗人埃萨亚斯·泰格奈尔根据冰岛英雄传说创作的《弗里蒂奥夫英雄史诗》，成为描写海盗活动的著名诗作；作家维克多·累德贝里的《波罗的海上的海盗》和诗人兼小说家弗兰斯·本特松的《长体船》，则都是根据真实的海盗事件创作的历史小说。在深受北欧海盗之害的英国，赞颂海盗"忠勇精神"和谴责海盗"罪恶行径"的作品同时出现。其中，有作家威廉·吉尔伯特同作曲家阿瑟·沙利文合写的讽刺轻歌剧《彭赞斯海盗》，作家弗里德里克·马里亚特、罗伯特·迈克尔·巴兰坦等创作的情节惊险曲折的海盗小说。作家詹姆斯·巴里 1904 年发表的剧本《彼得·潘》，描述北欧海盗蒙住受害者的双眼，强迫他们沿着悬在船舷外边的跳板前行，最后落水而亡。这种残忍的谋财害命的方式，创造了"走跳板"（walk the plank）这样一个英语新短语。

北欧的海盗活动虽然在一定程度上促进了欧洲南北的交流，但总体上却对社会经济发展造成极大的破坏。因此，人们普遍对其持批评态度。可是，在北欧及其邻近地区，不少人则对其持肯定态度，甚至视之为"民族的骄傲"。受北欧海盗影响较大的法国诺曼底和俄罗斯诺夫哥罗德，均将海盗船奉为地区和城市的标识。在同属日耳曼人的德国，北欧海盗是某些种族优异论者的崇奉对象，纳粹分子曾借助他们宣扬征服世界的法西斯思想，至今甚至还有人将其组建的政党命名为海盗党。上个世纪 70 年代，美国向火星发射的两个航天器，均以"viking"命名。对此，许多人感到莫名其妙。而美国人的解释是，他们崇尚北欧海盗当年的"勇敢探索精神"。

北欧的海盗活动是一种独特的历史文化现象，确实值得认真研究。

（2012 年 10 月 9 日）

魅力无穷的郁金香

又值郁金香盛开季节。在北京和我国其他一些城市，又出现万众竞观的热闹场面。大家都知道这种雍容华贵的"洋花"来自荷兰。可是，其原产地是哪里，如何成为荷兰的国花，它给人带来多少忧伤与欢乐，则未必人人都清楚。

荷兰有"郁金香王国"之誉。抵达其首都阿姆斯特丹，却并未发现有想象中的那么多郁金香。原来，郁金香大多集中在荷兰西部沿海从哈勒姆到海牙的沙土地带。有的在田野栽种，有的在温室培植。海牙北面不远的莱顿，是集中产区，公路两边姹紫嫣红，一望无际，尽是郁金香花田。在一个名叫莱斯的小镇，我发现，街巷两侧，房前屋后，到处都栽种着一片片郁金香，连门楣、窗棂和电线杆上，也都悬挂着一盆盆郁金香。镇郊的哥根霍夫公园，占地 30 多公顷，更是一个郁金香的世界。那里栽种有郁金香上千万株，花色艳丽，有雪白、金黄、粉红、深红、天蓝、赤褐、深紫等几十个色调，被冠以金皇帝、雪王子、月夫人、红火炬、紫星辰、黑云影等富含诗意的名字。娇艳、富态、高贵，确实不负"花中之王"的赞誉。

郁金香在植物学分类上属百合科，多年生草本，靠地下球茎繁殖。每株基部萌生两三片肥厚的叶子，呈浅蓝绿色；叶间于春初抽出高高的花茎，花茎顶端绽放出一朵朵像高脚酒杯一样的花枝，亭亭玉立，光华照眼。郁金香的根与花虽可入药，但主要还是供观赏之用。作为世界花卉生产大国的荷兰，郁金香种植面积一万多公顷，每年生产球茎 33 亿个，鲜花 50 亿支，80％以上供出口。郁金香年出口收入大约 7 亿美元，占国民生产总值的近 2％。

荷兰是世界上郁金香栽种与出口大国，但却不是这种花卉的原产国。这种花卉原产在亚洲，具体是哪个国家或地区，人们却莫衷一是。有的说是现今的土耳其。早在公元 10 世纪，那里就开始栽种。郁金香学名 tulipa，是突厥文 tulpen（缠头巾）的变异形式。有的说是伊朗及里海沿岸，从那里传播到包括土耳其在内的地中海东岸一带。还有的说是中国，主要是青藏高原地带。法国籍伊朗学者阿里·玛扎海里在所著《丝绸之路：中国—波斯文化交流史》中考证：郁金香在波斯文中的意思是"中国罂粟"，是公元八九世纪丝绸之路开通之后从中国传入伊朗，又从伊朗传到

荷兰的郁金香花田

小亚细亚，最后传到欧洲。这在 14 世纪的《农艺学》、《珍品荟萃》等波斯典籍中均曾提到。但据李时珍《本草纲目》征引，一说郁金香来自中国史称的大秦国，即位于小亚细亚一带的东罗马帝国，一说来自位于现今克什米尔一带的罽宾国，还有说来自曾向唐太宗献贡的伽毗国。三种说法不同，但结论相同：此花卉"越自殊域"，"国人种之"。

不管郁金香原产地是哪里，史家的一致看法是，它是经由现今的土耳其传入奥地利，再从奥地利传入荷兰。在这一传播过程中，有两个历史人物发挥了特殊的作用。

一位是奥吉耶·吉兰·德·比斯贝克。比斯贝克 1522 年出生在比利时靠近法国边境的科明地区，自幼兴趣广泛，好学博闻，对考古学、动物学、植物学均有深湛的研究，深受奥地利皇帝斐迪南一世赏识。从 1554 年起，他奉命两度出任奥地利驻奥斯曼帝国大使。期间的一天，他游访离帝国首都伊斯坦布尔不远的阿德里安堡（现今的埃迪尔内），看到一簇簇漂亮的花枝怒放，酷似穆斯林男子的缠头巾，遂以此相称。这就是郁金香学名的由来。他喜爱这种花卉，就索要了一些球茎送回奥地利首都维也纳。时为 1556 年，亦即郁金香在欧洲传播的开端。很快，郁金香从维也纳传到瑞士、捷克、法国等国，成为欧洲上流社会人士观赏的一种奢侈品，富贵与荣耀的一种象征。

如果说是比斯贝克最早把郁金香从亚洲引进到欧洲，那么，将其在欧洲推广的则是卡洛鲁斯·克鲁西乌斯。克鲁西乌斯 1526 年出生在法国北部的阿拉斯，先学法学，后改学医学和植物学，精通至少八种语言。1573 年，他受奥地利皇帝斐迪南一世的继任人马克西米连二世的邀请来到维也纳，担任御医和皇家花园主管。他同比斯贝克是好友，将其从伊斯坦布尔带回的郁金香球茎精心培植。1587 年，他因宗教原因辞职，辗转来到荷兰的莱顿大学执教，不久被任命为这所大学的植物园园长。他把从维也纳带来的郁金香球茎栽种到园中。荷兰湿润的气候非常适宜郁金香生长。经过几年的辛勤培育，郁金香的品种很快从原来的几十个发展到二三百个。这些郁金香新品种，有的以高价出售，有的则不时被人窃走。不几年时间，郁金香就植遍荷兰，名扬全欧，并发展成为一种生产与销售产业。

荷兰当时不仅是世界上的殖民强国，也是世界上的海上贸易强国。随着资本主义的发展，银行、信用、保险、证券等金融体系在荷兰迅速兴起，人们投机发财的心理加速膨胀。这种大的情势，促使荷兰出现一个崭新的郁金香市场。在这个市场上，不同花色品种的郁金香需求极为旺盛，而供给却远远跟不上。特别是一些稀有品种的球茎，更是一块难求。这就导致价格飞涨，爆发一场"郁金香投机狂潮"。

17世纪初，有的郁金香感染病毒，花瓣上出现条纹。起初，人们担心这将把花枝毁掉，岂料，后来发现，花枝不但没有毁掉，反倒因条纹而平添美艳。这种变异的植株被称为复色郁金香，更是受到人们如醉如痴的追捧。它的一块球茎，在荷兰可以充作富人迎娶新娘的一份厚

17世纪的郁金香狂徒在荷兰画家笔下就像一群发疯的猴子

礼，在法国可以换取一座兴隆的酿酒厂。到 1633 年，这种郁金香的价格进一步暴涨。据 1942 年出版的《荷兰郁金香投机生意》一书记载，一株比较罕见的"总督"品种的郁金香，竟卖到近 2500 荷兰盾。这相当于两车小麦、四头肥牛、八头肥猪、十二只肥羊、两桶葡萄酒、四桶啤酒、四吨黄油、上千磅奶酪、一张婚床、一个银杯，再加上拉走这些东西的一辆大车的价值的总和。而带火红条纹的白色"永远的奥古斯都"品种的郁金香，其球茎不是论个卖，而是像黄金一样按盎司起价，一块中等个头的球茎可卖到近 6000 荷兰盾，相当于阿姆斯特丹两座不错的房产的价格。

高档郁金香价格暴涨，也引起一般郁金香价格的浮动。这就不仅只涉及富人，也涉及普通百姓，几乎是人人都想借助郁金香寻求发财机会。这种情况颇似我国多年前出现的那场"疯狂的君子兰热潮"。不少荷兰人将首饰、房产、店铺、作坊作抵押来购买球茎。一见价涨，就转手以高价出卖。有的种植园主，甚至球茎尚埋在土中，就标价出售。这就出现了最早的期货交易，不少买主买到的实际上只是一张期票。就这样，郁金香就从一种观赏花卉变异为一种金融投机的筹码。而最后拿到球茎或花枝者，往往时过境迁，再也无法倒卖出去。这种情况促使不少人警觉：郁金香的超高位价格究竟能维系多久？怀疑情绪一露头，极度敏感的市场就出现价格暴跌风潮。1673 年 3 月，泡沫终于破灭，郁金香的价格一跌千丈。上千美元一个的球茎，竟跌到只有几美分。不到两个月时间，成千上万人因此而破产。他们手拿球茎默默流泪，慨叹心爱的郁金香竟成为"无情的草芥"。

人类历史上最早的投机狂潮就这样过去。可是，郁金香仍为人们所钟爱。通过异株授粉等多种手段，又培育出多种花瓣肥大、色彩斑斓的新品种。现在，荷兰的郁金香已经有 3500 多个品种。为保证花种不退化，荷兰建立诸多花卉研究机构，建立了检验和保障花卉质量的组织。每年 5 月中旬，荷兰都举办郁金香节，组织花车巡展。荷兰驰名画家，诸如伦勃朗、莫奈，均有以郁金香为题材的画作传世。1998 年，在阿姆斯特丹的一次艺术品拍卖会上，仅以郁金香为题材的各种画作就有几百件。一种墨色的郁金香，被法国著名作家大仲马看中，以其为题材创作了名著《黑色的郁金香》。不知什么人还编造了一个带有神话色彩的传说：古代有一位美丽的少女，同时被三位勇士追求。一位送她一把宝剑，一位送她一顶桂冠，另一位则送她一块金砖。岂料，这些她都不喜欢，弃之如敝屣。花神深感其情趣之高雅，就把宝剑变为绿叶，把桂冠变为红花，把金砖变为球茎，合在一起成为一朵芬芳馥郁的郁金香。

郁金香被荷兰奉为国花，成为宣示和平与友好的使者。第二次世界大战期间，纳粹德国军队入侵并占领荷兰。为确保王位继承人朱丽安娜公主的安全，荷兰女王威廉明娜将她送到加拿大首都渥太华。1943 年 1 月，朱丽安娜怀胎十月，即将临盆。根据荷兰王位继承法，王子或公主必须在本国出生方能被视为王室成员。可是，朱丽安娜这时根本不可能返国分娩。为解决这一难题，加拿大破例通过一项法案，把渥太华一家医院的一间产房的主权临时给予荷兰。这样，朱丽安娜才在"自己的领土上"顺利生下第三个女儿。1945 年 5 月，纳粹德国被打败，荷兰解放。这时正值郁金香盛开之季，朱丽安娜公主回到祖国，代表荷兰政府将 10 万个郁金香球茎赠送给加拿大，感谢在困难时刻的友好相助。朱丽安娜 1948 年 9 月登上王位后，每年还赠送加拿大上万个球茎。象征和平与友谊的郁金香在加拿大扎根，加拿大成为世界上除荷兰之外拥有郁金香最多的国家。

现任荷兰王太后贝娅特丽克丝 1977 年 5 月作为王储访问北京，带给中国人民的珍贵礼物也是一批郁金香球茎。这批球茎栽种在北京的中山公园，每年春季鲜花怒放，给公园增添无限光彩。近些年，中国从荷兰进口大量郁金香球茎，全国各地到春季都能见到郁金香娇艳的花枝。

现在，荷兰的郁金香已传播到世界各大洲。土耳其、匈牙利等国也都将郁金香命名为国花。魅力无穷的郁金香的光影在全球闪耀。

（2014 年 4 月 10 日）

感慨系之"叹息桥"

　　一生跨越过多少桥，实在说不清。只记得有的高大雄伟，将隔海的两大洲连成一片；有的风姿绰约，将隔河的两个国家系在一起；有的小巧玲珑，将两条街道结为一体。这些记忆，随着时间的流逝，大多也渐趋模糊。唯有一种微型小桥，名曰"叹息桥"，仍不时清晰地映现在脑海，令人慨叹不已。

　　叹息桥最早见于意大利著名水城威尼斯。威尼斯位于意大利东北部亚德里亚海之滨，除西北角有一条长堤与大陆相连外，四周皆为海水环绕。这里有170多条大小河道纵横交错，把全城分割成120多个小岛。岛与岛之间有400余座大小不一、形式各异的小桥相连。其中，最小的一座联结的是隔水相望的两座建筑。一座是融拜占庭式、哥特式和文艺复兴式建筑风格于一体的四层楼宫殿，那既是威尼斯作为城邦国家的总督官邸，也是法庭所在地；另一座则是关押各种罪犯的三层楼监狱。1602年，为方便法庭和监狱之间的来往，在水上半空中修建了这座小天桥。桥面朝西，是观看夕阳西下美景的好去处，故而定名为"落日桥"。桥用白色石灰石修建，长30多米，宽11米，

威尼斯的"叹息桥"

离水面20米。桥体呈拱形，上下两层，除两侧开有两扇石制小花窗外，整体紧密封闭。这座特制的石桥，实际上多用作提审和关押犯人的专用通道。被判徒刑者，获准通过花窗向外张望两眼，算是向自由的告别，然后被关进潮湿的牢房；被判死刑者，则获准通过花窗向外多看几眼，从而告别美丽的威尼斯，告别苦难的人世。而每到此时，无论徒刑犯人还是死刑犯人，都会不由自主地发出几声沉痛的叹息。因此，人们就把这座落日桥改称"叹息桥"。

叹息桥上走过多少人，谁也说不清。历史记载，从桥上走过的最著名人物是贾克莫·卡萨诺瓦。他是18世纪的意大利人，具有教士、作家、军人、间谍、外交官、企业家等多重身份，但主要以冒险家和浪荡公子为世人所知。1755年5月，时年30岁的他被告发从事巫术诈骗活动，判刑五年，关进大牢。次年10月，他串通难友巧妙越狱，逃到巴黎经营彩票，不日之间变成百万富翁。他于是衣锦还乡，不但徒刑撤销，还成为威尼斯当局的座上客。他在晚年撰写的回忆录中详尽地描述了坐牢的经历。意大利之外的欧洲国家这才知道威尼斯有这样一座风情独特的小桥。

真正使这座叹息桥扬名的是一些骚人墨客，特别是英国著名浪漫主义诗人戈登·拜伦。拜伦由于政治上不为上流社会所容，于1816年4月愤然离开伦敦，几经辗转于这年的11月来到威尼斯，一住就是三年。在此期间，他熟悉了这个城市的历史和现状，接触到那里的秘密革命组织。同时，他继续写作记游性长诗《恰尔德·哈罗尔德游记》。他在其中写道：我站在威尼斯的叹息桥头，一边是宫殿，一边是监牢。据说，这是"叹息桥"一词最早从民间口头传说正式见诸文人的文字记载，并很快在英国和其他欧洲国家流传开来。

英国最早采用这一说法的是拜伦的母校剑桥大学。剑桥大学位于剑河之上，其中的圣约翰学院1820年扩建。新建的校园与原来的校园被剑河隔开，师生活动很不方便。1831年，剑河上架起一座小桥。小桥是单孔拱形封闭式的廊桥，两厢各有五个落地式玻璃窗。小桥的式样虽然同威尼斯的叹息桥不完全相同，但名称却一样。有人说，这是沿袭校友拜伦在其诗作中的称谓。有人说，这是学生们对它的虐称。它位于学生宿舍区和教师工作区之间。平时，学生很少见到老师，只有考试过后才不得不去找老师查看成绩。去时，有的担心成绩不好遭受训斥，有的担心不及格要留级。因此，一踏上小桥，他们都不免长吁短叹。小桥因此被称为"叹息桥"。现在，"叹息桥"已成为这座小桥的正式名称，并被列为剑桥大学的一个旅游景点。

英国另一名校牛津大学也有一座叹息桥。在这所大学的赫特福德学院，新学院路的南北各有一片楼房，分别是行政办公区和学生宿舍区。两个楼群之间虽无任何水道相隔，但为办事方便，1914年修建一个拱形的封闭式天桥。天桥离地面不足5米，两廊各有四个落地式玻璃窗，桥上与桥下的行人相互都看得一清二楚。学院将这座天桥命名为赫特福德桥。但是，不知从何时起，人们改称其为"叹息桥"。一个学校不大认可的传说是，此桥建成不几年，学院进行学生健康状况调查，发现学生体重普遍增加，原因很可能是天桥修成后爬楼减少。因此，学院决定将天桥关闭，迫使学生们在两座楼之间活动时不得不爬楼梯。可是，实验的结果并未如愿，学校当局和学生都不免长声叹息。从此，天桥恢复使用，大家不约而同地改称其为"叹息桥"。而今，这座天桥已成为牛津大学的地标性建筑之一。

有了剑桥和牛津这样的名校作攀附，世界上出现不少以"叹息"相称的小桥。在德国、瑞典、秘鲁，我都见识过。但最多的恐怕是美国。在大都会纽约，在赌城拉斯维加斯，在汽车城底特律，

牛津大学的"叹息桥"

在宾夕法尼亚州名城匹兹堡，在名不见经传的加利福尼亚州小县城圣巴巴拉，都有出于不同因由而得名的叹息桥。在科罗拉多州的大峡谷，联结两个陡峭岩壁的大石头，大概是人见人惊叹的缘故吧，也被称为"叹息桥"。在内华达州西部城市里诺，特拉基河静静流过，河上有一座修建于 1905 年的钢筋水泥双孔桥。离桥不远的地方是法院。当年，里诺的离婚率很高，在美国有"离婚之都"的谥名。办完离婚手续的妇女，走出法院大门，大多经这座桥回家。既然前情已断，她们过桥时往往摘下手上的结婚戒指，随手扔到桥下的河水中。开始这只是个传说，有的人不大相信。后来，清理河道的潜水员从河底捞出不少戒指，人们才信以为真。此桥因而被称为"婚戒桥"。1961 年，好莱坞利用这个情节拍摄电影《乱点鸳鸯谱》，由著名女影星玛丽莲·梦露扮演的女主角在抛却婚戒的时候，发出一声声令人神伤的叹息。此后，人们也称这座桥为"叹息桥"。

当然，文学艺术中的叹息桥远不止此。早在 19 世纪中叶，英国诗人托马斯·胡德就创作有一首题为《叹息桥》的诗篇。这首诗描写一个无家可归的年轻女子，绝望中悲叹一声，旋即从伦敦的滑铁卢桥上纵身跳入泰晤士河自溺身亡。诗写得悲凉，韵律美妙，流传很广。此后，以叹息桥为题名或题材的文艺作品不断涌现。其中影响较大的，有当代英国女作家简·凯恩、美国作家奥伦·施泰因豪尔、理查德·拉索等出版的长篇小说，还有 19 世纪法国著名作曲家雅克·奥芬巴赫创作的歌剧。

人们钟情于叹息桥，但期望的却不是悲苦的叹息，而是欣喜和欢愉。但愿每个人都能顺利地跨过人生中一座座叹息之桥，走向美好的未来之路。

（2014 年 3 月 12 日）

大英帝国的马特罗炮塔

在英国和爱尔兰九曲八弯的海岸线上，矗立着一座座圆柱形的古老建筑。外来游人大多指其为"碉堡"，本地人则纠正说，那是"马特罗炮塔"。"炮塔"原本一听就明白，加上个修饰语"马特罗"，则把许多人给弄糊涂了：这究竟是一种什么建筑？

碉堡在西欧各国极为常见，孤零零的一座又一座，大多是封建割据时代庄园主为求自保而修建的防卫设施。马特罗炮塔不同，一座座联结在一起，属国家为防备外敌入侵而打造的军事体系。英国和爱尔兰皆为岛国，爱尔兰在 20 世纪 40 年代之前长期处于英国的统治之下。1789年，法国爆发资产阶级大革命，欧洲逾千年的封建体制被打破。作为封建专制势力的代表，英国联合欧洲其他封建专制国家对法国进行武装干涉。除陆上的军事进攻之外，英国还于 1794 年派遣舰队从地中海上包抄法国。这年 2 月，英国皇家海军地中海舰队司令塞缪尔·胡德率领两艘军舰炮轰法国统治下的科西嘉岛。法国军队利用位于小岛北部莫泰拉角上的炮塔顽强抵抗。英军从正面攻打不下，就采取迂回战术，从背后发动奇袭。经过两天激战，炮塔被攻破。英军惊异地发现，岛上坚固的炮塔，原是由长期统治科西嘉的热那亚人修建，是一种少见的坚固防御设施。两年后，英军撤离该岛时，命令工程兵将炮塔的结构记录下来，然后将其炸毁。遗憾的是，记录时有点疏忽，将莫泰拉角的原文Mortella 拼错，结果成为 Martello（马特罗）。英国人后来就将错就错，把按照其样式所建的炮塔一律称为"马特罗炮塔"。

英军撤离之后，科西嘉又回到法国统治之下。不久，出生在科西嘉的波拿巴·拿破仑掌握法国的军事大权。他于 1800 年 6 月打败奥匈帝国的军队，迫使欧洲封建专制国家结成的反法联盟解体。两年后，他成为法兰西共和国的终身执政，准备攻打英国。他在法国北部同英国仅有很窄的一道海峡相隔的港口城市布洛涅集结了 13 万军队和 2.2 万艘战船。英国紧急应对，一方面派遣军舰封锁法国港口，严防法国舰只进入英国水域，一方面筹划在自家的海岸上修建防御工事。1804 年 9 月，海军准将威廉·特威斯经过周密考察提出，采取"以夷制夷"的办法，在东南部面对布洛涅的多佛尔海峡修建马特罗炮塔式防卫链。这样，从锡福德到福克斯通之间 60 多公里的海岸线上，每隔 55 米修建一座炮塔，到 1808 年共修建 83 座。随后，又用 4 年时间，在英格兰东部、苏格兰、威尔士和英吉利海峡中一些小岛上又修建几十座。这样，前后 8 年时间，英国在其本土共修建马特罗炮塔 140 多座。所有这些炮塔，都按顺序编号，相互守望，彼此照应，形成一个完整的防卫链条，被称为维系英国本土安全的"海上长城"。

同时，英国担心，军力部署较弱的爱尔兰也许会成为拿破仑进攻英国的突破口。这样，在爱尔兰南部和东部海岸上，先后也修建炮塔 60 多座，其中 28 座位于现今爱尔兰首都都柏林附近的海岸上。到后来，英国还把这种做法向其海外殖民地推广，在澳大利亚、加拿大、牙买加、塞拉利昂、南非、斯里兰卡等地也修建不少马特罗炮塔。这些炮塔群落，驻扎的是英国殖民军，成为维系大英帝国统治的"海门岗哨"。

所有这些炮塔，形状、大小、结构、功能大同小异，基本上都是英国人所说的马特罗式。塔体看上去是圆柱形，多数用石块垒砌，少数使用烧砖和石灰。塔高约 12 米，周长约 13 米，墙壁厚约 3 米。面向大海一面的墙体较厚，便于抵御敌人炮火的攻击。墙体面向陆地的一面，离地面 3 米高处，开有一个悬门，守卫人员借助悬梯进入塔内，其他任何人休想进入。塔内面积大约 120 平方米，没有窗户，显得甚为幽暗。炮塔分为上下两层，两层之间有既陡且窄的楼梯相连。底层是弹药库，下面建有储存饮水和食物的地下室。二层是显得极为逼仄的守卫人员的住室。守卫人员根据任务的不同配备一个班，15 人到 25 人。炮塔的中央有一个圆柱，支撑着塔顶。塔顶外部是一个露天平台，周围修有堞口，便于向来犯者射击；中间摆放着一个或两个木制的旋转架，架子上一般安置滑膛式火炮，个别安置榴弹炮。炮架旋转起来，炮弹可以向任何方向发射。

炮塔可谓坚不可摧，具有很大的威慑力。法国人得悉，将这些炮塔称为"海上恶狗"，"进攻的可怕障碍"。拿破仑虽早就做军事准备，却不敢轻举妄动。后来，英国、沙俄、普鲁士、奥匈帝国等重新结成反法军事联盟，拿破仑疲于在大陆上应对，腾不出手来从海上进攻英国。再后来，他头脑膨胀，想称雄欧洲大陆，举兵进攻沙俄，结果于 1812 年全线崩溃。从此，他再也没有进攻英国的机会。1825 年 6 月，拿破仑在滑铁卢被英国和普鲁士联军打败。英国从此彻底解除了对法国从海上

英国仿建的马特罗炮塔

进攻自己的担忧。

对法国的戒备解除之后，英国觉得再也不需要那些马特罗炮塔，就把其中一部分移交给新建的海岸警卫队，用来对付猖獗的海上走私活动。到19世纪中叶，剩余的炮塔也大多弃之不用。有的逐渐被海水淹没冲毁，有的年久失修沦为废墟，有的干脆拆掉，把砖石改作他用。少数完好的，国防部就作为休憩或疗养之所出租，或干脆作为住宅出售，借以筹得一些额外的军事费用。这样，炮塔就逐渐失去建造时的军事防御功能，成为海岸线上一道凋残的历史古迹风景。

现在，较好保存下来的炮塔大约占原有数目的三分之一左右。其中，在英国有47座，在爱尔兰有20多座，在其他国家还有20多座。这些炮塔，经重新改装，普遍是加高顶层，增添门窗，装上空调，修建车库。有的变成私家宅第，有的变成假日别墅，有的变成诊所，有的变成学校。位于伦敦东部滨海克拉克顿的圣奥西斯炮塔，由于一架飞机曾在附近失事，就改建为一座小型航空博物馆。而其邻近的贾维克炮塔，则于2005年由一些艺术家集资改建成画廊。位于都柏林南边的布雷炮塔，上世纪80年代被爱尔兰著名乐队U2的成员邓恩·劳格海尔买去，经过豪华装修，成为轰动一时的摇滚乐演出场地。当然，最有名的是都柏林南郊的桑迪考夫炮塔。1904年，一个年轻人以每年8镑的租金将其租下，邀请后来成为爱尔兰大作家的詹姆斯·乔伊斯等朋友前来小住。18年之后，乔伊斯以这段经历为开篇，创作长篇小说《尤利西斯》。小说用"意识流"手法写成，被誉为欧洲现代文学的开山之作。这座炮塔因此遐迩闻名，1962年辟为"乔伊斯炮塔纪念馆"，成为世界各地乔伊斯粉丝们的"朝觐之所"。

斗转星移，200多年的时间过去，以马特罗炮塔为标志的"大英帝国海岸防御体系"就这样由迅速构建而逐渐瓦解。今日尚存的一座座孤零零的炮塔，似乎要我们再把大英帝国由兴而衰的那段历史重温一遍。

（2014年3月28日）

哥本哈根的两座女性雕像

世界各国首都均有一些所谓"地标建筑"。巍峨的宫殿象征权力的威严，壮丽的教堂代表信仰的诚笃，宏大的博物馆展示文化的璀璨，高耸的纪念碑伸张民族的尊严。这一切，丹麦首都哥本哈根也都有，但算不上地标建筑，因为还有另外两座建筑更广受关注，一是芬妮喷泉石雕，二是美人鱼石雕像。

丹麦位于北海和波罗的海之间，由日德兰半岛大部、西兰岛、菲英岛、洛兰岛等组成。作为国家政治、经济、文化中心的哥本哈根处于西兰岛的东部海岸。这里原来是一个小渔村，而随着海上贸易的发展，到 12 世纪成为商业城镇，1443 年成为这个北欧国家的首都。此后，宫殿、城堡、教堂、大学、博物馆等相继兴建。这些建筑或设施也有一定规模和特色，但在欧洲毕竟是普通又普通，没有引起人们的特别关注。19 世纪末和 20 世纪初，哥本哈根兴起街头雕塑建筑热潮，在丹麦语中意为"商人之港"的哥本哈根，骤然增添浓烈的文化艺术气氛。在总数有上百座的街头雕塑中，坐落在东海岸的杰芬喷泉和小美人鱼雕像最引人注目。

杰芬喷泉位于游人如织的朗厄利尼海滨步行大道上，紧靠游船码头。宽阔的林荫大道中间，有一座用石头垒砌的圆形大水池。水池四周有高达几米的喷泉涌射，形成一道道银灰色的云幔雾帐。帐幔围拢的水池中央有一个圆形的石台，石台上面矗立着一座深褐色石雕群像。群像

中最突出的是一位名叫杰
芬的中年女性。她头颅高
昂，秀发飘飞，左手扶犁，
右手挥鞭，驱赶着四头黑
牛在犁地。四头牛形态各
异，但都是躬身蹬腿，抻
头抵角，奋力在拉犁。一
道道水柱从黑牛的鼻孔喷
出，落下来潴成一泓池水，
象征浑身流淌的汗水汇集。

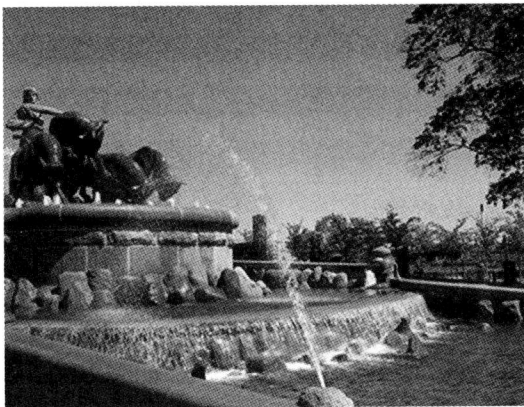

杰芬喷泉雕像

同时，犁杖后面也荡起一团团水花，四处飞溅，好似犁起的大量泥土在
翻滚。整个雕塑群规模不大，但气势恢宏。在大海岸畔，何以雕制这样
一座女人驱牛耕地的雕像？许多人在欣赏之余不禁疑窦骤生。

　　原来，这座雕像的创意来自北欧的一个古老神话。神话最早见于9
世纪冰岛的英雄传说《埃达》，但记载非常简略。13世纪，冰岛诗人兼
历史学家斯诺里·斯图鲁松在其著名的历史著作《海姆斯克林拉》中才
作了比较详尽的阐述。他说，很久很久以前，丹麦屡遭劫难，作为其领
土一部分的西兰岛面临沉入海底的危险。北欧人崇拜的丰腴大地女神杰
芬见此情景，就想方设法援救。她知道，邻国瑞典地广人稀，大片土地
无人耕种。她还知道，瑞典国王戈尔菲为人慷慨，喜欢游乐。她于是就
投其所好，先为他歌舞一番，然后向他求助。戈尔菲表示，给她一天一
夜时间，能拿走多少土地就给她多少。她于是就将自己同大力神所生的
四个儿子招来，把他们都变成力大无比的公牛，拉着犁杖在瑞典西南部
翻掘土地。翻掘起来的泥土，径直向南方抛去，把下沉的西兰岛填满。
西兰岛得救后，杰芬被丹麦人崇奉为"赐惠女神"。这位女神后来又嫁
给北欧神话中主神奥丁的儿子斯考尔德。他们夫妇被丹麦人推举为国王
和王后，在西兰岛建都。丹麦的王位从此在他们的子孙中传承。

这实际上是一则勤勉兴邦的传说，深受丹麦人喜爱。在哥本哈根兴建街头雕塑的浪潮中，丹麦著名的嘉士伯啤酒集团创始人之子卡尔·雅各布森看中了其精神内涵，慷慨捐资为杰芬女神修建雕像。从1897年起，热衷神话题材的丹麦雕塑家安德斯·邦加德用两年多时间完成女神和神牛的设计和制作。整个喷泉工程则到1908年才完成。这座石雕是人与牛共生，犁与水交并，浑然融为一体，巧妙地表现了杰芬女神拯救和开发西兰岛的历史功勋。西兰岛的历史，实际上也是哥本哈根的历史，整个丹麦国家的历史。杰芬女神不仅只是丰腴土地之神，还被奉为民族再生之神，国家复兴之神。在喷泉四周，我们可以看到，杰芬女神的崇拜者总是将大把的硬币投放到她脚下的泉水中，祈求得到她的保佑。

杰芬雕像的修建给日益商业化的哥本哈根注入巨大的精神力量。对嘉士伯啤酒集团来说，则无疑是成功地做了一个隐性商业广告。这使其老板雅各布森深受鼓舞，不久又采取一个更受人欢迎的行动，在离杰芬女神雕像不远处又修建一座小美人鱼雕像。

小美人鱼是享誉世界的丹麦童话作家安徒生1837年创作的童话《海的女儿》的主人公。她是海底王国的公主，出落得楚楚动人。一天，她发现来自人间的一位王子落水，就舍身相救。王子得救，她爱上他。为了得到他的爱情，她舍命割掉自己长长的鱼尾，呈现真正的人形。为了从水下来到人间，她还按照巫师指点，割掉舌头，换得双腿。但是，王子却移心他恋。这令她无比伤心，从不落泪的她落得个泪流满面。最后，她告别海底宫殿和亲人，承受着肉体和精神上的巨大苦痛，化为一团白色的泡沫，终日在海上漂游。

丹麦作曲家费尼·亨利克根据这个悲剧性的童话创作了芭蕾舞剧《小美人鱼》，于1909年在哥本哈根皇家剧院上演。雅各布森观看后深为小美人鱼的人格魅力和悲怆命运所打动。他决定再次捐资，给小美人鱼也制作一个雕像。他邀请著名雕刻家爱德华·埃里克森做雕像师，饰演小美人鱼的芭蕾舞女演员艾伦·普莱丝做模特。埃里克森计划制作小美人鱼的裸体雕像，可是普莱丝不愿在雕刻家面前展示自己的酮体。结果，雕像的面容是普莱丝的，而躯干则是雕刻家的夫人艾琳的。好在两相适应，天衣无缝。雕像用青铜浇铸，高1.25米，重175公斤，于1913年8月23日正式展出。

小美人鱼雕像安放在朗厄利尼海滨步行大道东侧的浅海中。深不足一米的海水中，堆放着几块花岗石作底盘，上面安放着一块椭圆形的大石板作基座，其上

小美人鱼雕像

则摆放着古铜色的小美人鱼雕像。雕像的上半身为一少女，整齐的秀发束在脑后，丰满的乳房高高隆起，右手抚在基座的石头上，左手搭在右腿上。下半身似人又似鱼，修长的双腿呈跪姿，腿的下端没有脚，而是细长的鱼尾。小美人鱼背对大海，面朝海岸，头颅低垂，似有所思，若有所待。她来自大海，但向往的显然是人间。她双眸脉脉含情，眉宇间隐含几分忧郁，恍若在等待心上人前来相迎，但却始终不见其踪影。

小美人鱼的单纯与善良，痴情与哀怨，不知打动多少人的心，赢得多少人的同情。据统计，每年至少有500万旅游者前来把她看望。他们同她合影，将她拥抱，与她亲吻。每年8月23日的雕像揭幕纪念日，被视为她的生日，有人给她献礼，有人跳到水中同她一起欢庆。在人们的心目中，她不但是自己的亲姊妹，更是忠贞与爱情的象征，一切美好品德的体现者。

　　小美人鱼备受人们喜爱，但也屡遭磨难，成为某些不同政见者或社会流氓的袭击目标。从 1964 年 4 月起，她的头颅两次被人锯掉窃走，一次找回后复原，另一次则始终查无下落，幸好当年的模具仍在，重新浇铸加以修复。后来，她的右臂被锯掉窃走，两天后找回复位。她的整个身躯还被人用炸药炸倒，掉到海水中。打捞起来之后发现，她的手腕和膝部均严重损伤，费了好大力气才修复。这仅是破坏行为中荦荦大端之举例，小的破坏行为几乎每年都有发生。有人在其身上喷洒彩色油漆，有人给她戴上穆斯林头巾，有人给她穿上神父的道袍。丹麦人认为这一切都是文化多元社会的常态，一方面坚决反对，另一方面也表示宽容。结果，在破坏与修复的恶性循环之中，她不但没有受损，反而声誉日隆。她被视为为民族的骄傲，她的雕像则被奉为国家的瑰宝。

　　小美人鱼不仅受到丹麦人的喜爱，还受到其他不少国家的欢迎。美国、加拿大、罗马尼亚等欧美国家都竖起她的雕像。2010 年，她作为丹麦的"国家首席代表"来到上海，出席世界博览会。这是她诞生近 90 年来首次出国旅行，受到国际舆论的广泛关注。在为期 6 个月的世博会期间，她在丹麦展厅接待仰慕者 550 万，几近丹麦全国人口的总和，为扩大丹麦的国际影响力"取得童话般的成功"。她因此被誉为丹麦的"最佳友谊使者"和"最佳公关大使"。

　　哥本哈根码头之外的水面上，商船往来如梭，汽笛冲天长鸣。船只运送的是物质财富，这对一个城市和一个国家来说当然不可或缺。海岸畔的杰芬女神和小美人鱼，傲然挺立，万人争睹，蕴含的是精神财富。这对一个城市和一个国家来说也是不可或缺的。记得一位丹麦朋友曾说："船只运送的财富代表现世，文化蕴含的财富则预示未来。"在哥本哈根和丹麦的存在与发展中，这两个传说中的女性已成为强有力的精神支柱。

（2012 年 10 月 31 日）

历史风云篇

帕特农石雕悲情录

希腊的"国宝石雕"流落英国 200 多年，一直未能回归。2004 年希腊举办奥运会，2009 年新建雅典博物馆，本应是回归良机，但英国坚持不还。这不禁令人忆起希腊前文化部长、女影星麦利纳·迈尔库丽愤怒的慨叹："强权在践踏我们的所有权。"

希腊所说的"国宝石雕"存展在伦敦大英博物馆二楼的杜文厅。我初次参观是在 1982 年，恰值迈尔库丽女士到访。杜文厅呈工字型，中间是宽敞的主厅，两端是有点逼仄的侧厅。主厅前后两面墙壁上，挂满各式各样的白石雕板；侧厅狭长的地板上，摆放着神态各异的白石雕像。这些雕板和雕像大多来自雅典卫城上的帕特农神庙。因此，人们统称其为"帕特农石雕"。

雅典的卫城坐落在一座石灰岩山冈上，是城市的制高点。根据希腊神话传说，雅典的建立和发展，完全仰仗智慧兼战争女神雅典娜的护佑。因此，雅典人对她极为尊崇。从公元前 510 年开始，作为城邦国家的雅典就为她在卫城上先后修建两座庙宇，但后来均被入侵的波斯军队焚毁。公元前 449 年，雅典联合其他城邦国击败波斯军队后，逐渐强盛起来，经济繁荣，文化艺术兴隆，出现一大批设计师、建筑师和雕塑家。作为雅典最高统帅的伯里克利于是决定，为感谢雅典娜女神的庇佑，在第二座神庙的原址为她重修庙宇。他任命当时最著名的建筑师伊克蒂诺和卡利克拉特负责神庙整体设计和修建，任命雕刻大师菲迪亚斯负责神庙的装饰。神庙名为"帕特农"，在希腊语中意为"处女"，因为雅典娜不但是雅典城的保护神，也是一位身心圣洁的处女。

帕特农神庙于公元前447年开始修建，所用材料不是当地的石灰石，而是来自潘特利克斯山的优质大理石。本体于公元前438年竣工，外部装饰则持续到公元前432年才完成。神庙呈长方形，长约70米，宽约31米，四周矗立着古希腊建筑中著名的多立克式圆形石柱。石柱高十多米，柱体挺拔，柱头简朴，显露出一种单纯而恢宏的庄重美。石柱共有46根，环绕神庙形成一个气势雄伟的柱廊。柱廊围拢的殿堂分为较大的前厅和较小的后厅两部分。前厅用来供奉雅典娜的雕像。雕像高12米余，主体是木制，脸、臂、脚用象牙雕成。这位女神头戴黄金冠，身披黄金袍，手持长矛和盾牌，俨然是一位英姿勃勃的武士，时刻准备保卫脚下这座城池。

整个神庙的造型比较简单，其真正的价值体现在雕塑上。雕塑是由菲迪亚斯组织上千名艺术家和工匠用十多年时间完成的，展现在神庙的外部，分为三大部分：一是柱廊上方檐壁上的饰带。饰带全长152米，由一块块高近一米的浅浮雕石板连接而成，描绘四年一度的泛雅典娜欢庆节期间雅典人游行和祭献的热闹场面；二是神庙东西两侧门楣上方山墙上的三角檐饰。檐饰由20多块高浮雕板组成，讲述雅典娜从其父宙斯的脑壳中砰然出世以及她同海神波塞冬争做雅典保护神的动人故事；三是檐饰下方的排档间饰。间饰由92块高浮雕嵌板组成，描述神话传说中神仙同巨人、拉庇泰人同半人半马的怪物、英雄赫拉克勒斯与亚马孙女人国、希腊人同特洛伊人等四次激战的场景，颂扬雅典和整个希腊的辉煌战绩。

古今艺术史家皆认为，神庙上千姿百态的石雕，精致优美，代表了古希腊雕刻艺术的最高成就，也是整个西方建筑艺术史上的经典。希腊古典作家普卢塔克称颂，这些雕塑不但最能反映古希腊人的审美观念，最能展示古希腊建筑艺术的神韵，也最有资格充任"权力、财富和艺术在雅典交相辉映的见证"。

但是，如此灿烂辉煌的艺术品，两千多年来却屡遭劫难。公元前3世纪初，雅典的当政者曾将雅典娜雕像上的黄金剐下来充作军饷发放。公元6世纪，随着基督教的传播，神庙被改成教堂。1460年，尊奉伊斯兰教为国教的奥斯曼帝国征服希腊，将神庙改成清真寺。1687年，奥斯曼帝国同威尼斯交战，神庙改作弹药库，遭到威尼斯炮火的猛烈轰击。结果，有的石雕被炸毁，有的被瓦砾掩埋，有的则被人趁机盗走。而最大一次破坏发生在1801年至1803年间，祸首是英国埃尔金伯爵的第七代传人托马斯·布鲁斯。

托马斯·布鲁斯1766年出生在苏格兰，长大后先是从军，官至上将；后转行搞外交，曾出使奥地利、比利时和德国，1799年被任命为英国驻奥斯曼帝国大使。此人据说酷爱古希腊文物，并以"鉴赏家"自命。早在四年前结婚时，他就向新娘许诺，为她在苏格兰封地修建一座豪华住宅。"豪华"的标准，就是仿照他崇尚的古希腊建筑修建。因此，他把这次去东方履新视为兑现自己诺言的机会。这年夏天，他偕夫人前往奥斯曼帝国首都伊斯坦布尔，而命其私人秘书威廉·理查德·汉密尔顿从意大利雇佣一批匠人，前往当时处于奥斯曼帝国统治下的雅典，"将那里最好的古建筑都描摹下来"。

雅典最好的古建筑自然是卫城上的帕特农神庙。可是，卫城被帝国驻军用作碉堡，不准外人接近。得悉这一情况，布鲁斯就在伊斯坦布尔上流社会活动。当时，正值奥斯曼帝国急欲同英国结盟来对付法国。作为英国大使的布

帕特农神庙遗址

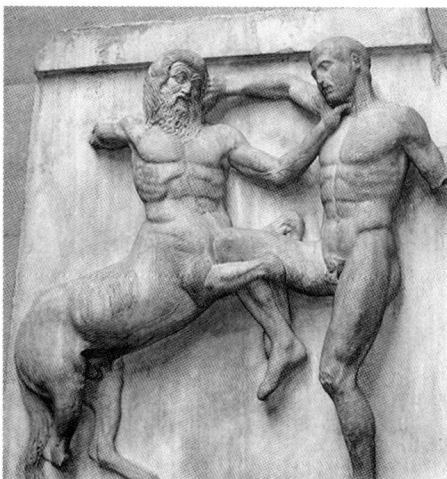

展览在大英博物馆的帕特农石雕

鲁斯，一方面抓住一切机会向帝国当局示好，一方面向伊斯坦布尔和雅典的帝国高官贿送金钱。最后，他从帝国首席大臣那里得到一纸特许证，不但可以将帕特农神庙全部描绘卜来，还可以弄走其"任何带有铭文和图像的石头"。他大喜过望，随即雇用300多名工匠，将神庙上尚存的大部分雕塑都拆卸下来。在拆卸过程中，有不少雕塑损毁，也有不少摔碎。来自英国的目击者爱德华·多德韦尔后来沉痛地说："这简直是一场灾难，一种贪得无厌的掠夺，把诸多精美的雕塑都给糟践了。"

拆卸完毕，布鲁斯催促尽快装箱。1803年，帕特农神庙的100多件石雕，还有另外两座神庙的一些石柱和雕像，装了满满200箱，调用英国皇家船舰启运。绝大多数货箱于1805年运抵伦敦，只有12个货箱因船只中途沉没，两年后打捞上来才运到。

布鲁斯于1806年回到伦敦。但迎接他的不是成功的喜悦，而是一连串沉重的打击。他在伊斯坦布尔的一场瘟疫中失去鼻子，面颊变形。这不但促使年轻的妻子弃他而去，也断送了他的外交生涯，并使他丧失贵族院的席位。他不得不放弃将石雕运到封地装饰私宅的初衷，而将其暂厝伦敦。他在雷恩公园搭建了一个巨大的棚舍，将拆卸得七零八落的石雕重新安整，然后公开展览。英国和西欧其他国家的文物专家和爱好者纷纷前来参观，赞叹者有之，指责者有之，一时间议论纷纷。

持批评态度的主要是英国艺术爱好者协会的成员。他们热爱古希腊的建筑艺术，指控布鲁斯犯有破坏文物罪和以诈骗手段掠夺文物罪。认同这种看法的社会贤达包括英国浪漫主义大诗人戈登·拜伦。他曾亲临雅典察看横遭破坏的帕特农神庙现场。他义愤填膺地说："连野蛮人都手下留情的东西，竟让这个苏格兰人给破坏了！"后来，他在一首题为《密涅瓦女神的诅咒》的诗作中，将布鲁斯比作一根令人诅咒的石柱，只能"永世站在那可鄙的基座上"。他还在其不朽长诗《恰尔德·哈罗德游记》中指责这位苏格兰贵族说：

> 他像其家乡海岸上的峭石一样冷酷，
> 他的头脑空虚，他的内心残忍无情。

在一片谴责声中，布鲁斯无计可施，只好在金钱上打主意。1816年，他提出以74240英镑的价格将石雕出售给英国政府。英国议会于当年6月成立一个特别委员会审议此事。委员会认为，这些石雕是"古代艺术中货真价实的一流作品"，值得收藏，但出价不能超过35000英镑。布鲁斯对这个开价极为不满，但除接受外也并无其他选择。这样，石雕被英国政府收购，交给大英博物馆。从此，希腊人民用辛劳和智慧创造的艺术珍品，成为大英博物馆"最值得骄傲的展品"。

杜文厅入口处挂着一块铜牌，上面赫然标着两个英文字：Elgin Mables（埃尔金大理石雕塑）。博物馆编印的一本中文小册子在解释这个称谓时说：埃尔金伯爵"对希腊的古典遗物所受之破坏很感忧虑，就调集了一批艺术家和建筑师对幸存物品予以记录。后来，当局允许他运走石雕"。这样几行淡然着笔的文字，不但隐瞒了布鲁斯觊觎和掠夺希腊国宝的真相，并将劫掠者美化为保护者，最后还以其贵族家世的爵号为石雕命名。

但是，无论更换什么名字，石雕的内涵及其所反映的时代精神是任何人也无法更改的。我们看到，石雕像上的那些武士和运动员，体格匀称，筋骨强健，是古希腊人崇尚健美的明证。高浮雕上人类同马首人身的怪物激烈搏斗的场面，想象丰富，构图奇特，生动地反映了古希腊人同大自然抗争的艰辛。在那些像连环画一样的浅浮雕上，鳞鳞滚动的战车，奋蹄疾驰的骏马，手挥刀剑的兵士，吹奏长笛的乐师，杀牲献祭的祭司，牵衣起舞的少女，怡然自乐的老翁，简直就像一幅幅世俗风情画，真实地记录了古代希腊人的生活情景。经历两千多年的风雨，石雕虽有不同程度的剥蚀，但线条仍然明晰，形象逼真，足见古希腊艺术家超凡入圣的刀笔功夫。

时间的流逝并未冲淡希腊人对石雕的热爱与怀恋。他们从不接受"埃尔金大理石雕塑"这样一个隐含着强暴的名称，而是一直称之为"帕特农石雕"。他们认为，石雕是光辉灿烂的希腊古老文明的标志，是民族荣耀与尊严的象征，所有权理所当然地属于希腊。石雕是在希腊人民不能主宰自己命运的时候被人用不正当手段掠走的，理所当然地应物归原主。因此，在1832年摆脱奥斯曼帝国统治之后，作为"第一个国家行动"，希腊就提出归还石雕的要求。1982年，在墨西哥召开的联合国教科文组织会议上，希腊重申这一吁求，得到许多与会国的支持。随后，希腊政府派遣文化部长迈尔库丽女士专程到英国，进行正式交涉。这位部长郑重表示："石雕是希腊民族特性的一部分，是希腊人民思想的一部分。它们代表着我们民族的精华和灵魂。我们决不能没有它们！"2004年，在雅典举办奥运会前夕，希腊发动了一个声势浩大的归还石雕运动，赢得国际社会的广泛同情和支持。据《星期日泰晤士报》报道，有四分之三的英国人也赞同归还，但大英博物馆却表示"绝不归还"。2009年6月，希腊新建的卫城博物馆开馆，展出许多价值连城的文物，帕特农石雕本该"回国聚首"，而大英博物馆仍拒不放行。

帕特农石雕的掠夺者，没想到同中国也有点"缘分"。1999年，我再次来到大英博物馆，参观杜文厅之后，来到展放中国艺术品的霍通厅。博物馆的一位官员介绍说，埃尔金家族"实为难得"，托马斯·布鲁斯"保护"了帕特农石雕，其公子詹姆士·布鲁斯又"保护"了一些中国艺术品。她所说的这位公子，就是中国近代史籍中经常提到的"额尔金"或"布鲁斯"。他是埃尔金伯爵的第八代传人，从 1857 年到 1861 年担任英国驻中国全权代表和公使。他曾先后指挥英法联军攻占广州、入侵塘沽、占领天津、打进北京，以武力胁迫清朝政府签订不平等的《天津条约》和《北京条约》。他像其父一样也有点"雅兴"，钦羡北京圆明园的园林艺术。1861 年 10 月，在英法联军攻进北京之前，他就骑马偷偷去察看，与法军头目"合议分派园内之珍物"。打进北京之后，他主使英法联军将园内的黄金、白银、瓷器、刺绣、书画等洗劫一空。还未尽兴，他又下令将抢不走的什物和整个园林付之一炬。惨淡经营一百多年的这座皇家宫苑，顷刻变成一片废墟。得悉这一浩劫，法国大文豪维克多·雨果曾愤怒地写道："我们号称自己是文明人，认为中国人是野蛮人；这就是文明人对野蛮人所干的好事。"

而今，雨果言犹在耳，拜伦诗未失传。岂料，两位大文豪曾分别严加申斥的罪人布鲁斯父子，有人却奉为功臣，并将他们劫掠文物的行径誉为对人类文明的"保护"。

离开大英博物馆，回望杜文展厅，我感慨万千。那一块块古拙不整的大理石雕塑，那一尊尊肌肤斑驳的大理石雕像，原本无情，却似有情，不知牵动着多少人的心弦与情脉。这些屡遭劫难的艺术品，至今有家难回，有国难归，又不知该怀有多少乡思国愁。这些问题在我脑海中不停地翻腾，令人至今仍愤懑不已。

（2011 年 3 月 22 日）

大卫雕像风雨五百年

　　在欧洲艺术史上，以《圣经》中的英雄人物大卫为题材创作的绘画和雕塑作品多不胜数。但是，最著名的恐怕还是意大利文艺复兴运动巨匠米开朗琪罗创作的《大卫》石雕像。几百年来，一方面对这座雕像好评如潮，誉其为文艺复兴运动的经典之作；另一方面，这座雕像一问世就不断遭到大自然风雨的袭击和人世间无意或蓄意的破坏。然而，这些袭击和破坏不但没有将其摧毁，反而为其增添无限的生命的光彩。

　　欧洲文艺复兴运动的发祥地是意大利中北部地区，其中心是佛罗伦萨。当时，意大利尚未统一，城市林立，商业兴隆，冲破中世纪神学羁绊的人文主义思想蓬勃兴起，在文学、绘画、雕塑、建筑等方面涌现出一大批杰出人物。达·芬奇、米开朗琪罗和拉斐尔是其中的三位艺术巨匠。达·芬奇和拉斐尔的主要成就在绘画方面，而米开朗琪罗则是绘画和雕塑兼行。他的绘画代表作是梵蒂冈西斯廷教堂的巨幅天顶湿壁画，而其雕塑代表作则是大理石雕像《大卫》。

　　米开朗琪罗于1475年3月出生在佛罗伦萨附近的卡普雷斯。来到人世不久，母亲就把他送到附近的塞梯雷诺小镇由一位奶妈养育。小镇盛产大理石，奶妈的丈夫就是采石场工人。因此，米开朗琪罗从小就与石头为伴，与石匠结缘，玩弄雕具，观看雕工。他后来回忆说："我一面吸吮奶妈的乳汁，一面掌握了使用斧凿的技巧。"年龄稍长，他流露出惊人的艺术天分。但是，作为没落贵族之后的父亲，自视血统高贵，坚决反对儿子做画匠或石匠。米开朗琪罗坚持自己的爱好，违逆父命，于 13 岁拜师学艺。他先是学习绘画，不到一年就经老师举荐转入佛罗伦萨的人文学院学习雕塑。这座学院是由佛罗伦萨最显赫的美迪奇家族经办，族长洛伦佐·美迪奇对才华出众的米开朗琪罗极为关注，邀请他到自己的宫殿居住了三年。在这段时间，米开朗琪罗受到周围强烈的人文主义思想感染，学业突飞猛进。他在 15 岁前后就雕刻出《圣母悼子》和《半人半马之战》等作品，轰动佛罗伦萨。

米开朗琪罗

佛罗伦萨是亚平宁半岛上最早的共和国之一，1494 年 4 月遭到法国的入侵。美迪奇家族失势被逐，米开朗琪罗先后流亡威尼斯、博洛尼亚和罗马。七年后，敌视文艺复兴运动的共和国领导人下台，局势趋于平静，米开朗琪罗悠然归来。这时，佛罗伦萨实力强大的毛纺业行会出面，邀请他完成一件弃置多年的雕塑作品。原来，早在 15 世纪初，佛罗伦萨教堂就决定根据《圣经·旧约》中的英雄人物制作一批雕像，安放在教堂东翼的屋顶上。1464 年，雕刻家阿格斯蒂诺受命制作大卫的雕像。他拿到的是一方从著名大理石产地卡拉拉采得的巨石，但刚刚动手，就发现石材有较大瑕疵，不得不停止。十年后，雕刻家罗塞利诺接手，发觉石质确实欠佳，又中止。这样，石材弃置在教堂院落里，一放就是三十多年。现在，行会经过认真研究，决定将雕塑任务交给年仅 26 岁的米开朗琪罗。米开朗琪罗爽快地接受了这一挑战性的工作。1501 年 9 月，他动手雕制。他知道石材的问题在哪里，就想方设法扬长避短，精心打磨。用了不到三年时间，他于 1504 年 1 月完成这座站立式人物雕像。雕像连同基座高 5.17 米，重近 6 吨，显然难以按原计

大卫雕像

划放置到教堂屋顶。经反复讨论，根据多数人的意见，最终决定将它安放在市政广场上。这年的 9 月 8 日，大卫雕像正式揭幕。雪白的 2.5 米高的大卫雕像站立在高高的基座上，在阳光下熠熠闪耀。据《圣经》记载，牧羊出身的大卫在以色列遭到非利士人入侵时挺身而出，战胜敌人，捍卫了国家的尊严和自由。此后，他屡建战功，30 岁即登上以色列王位，成为以色列统一王国的第二代国王。因此，佛罗伦萨人将其雕像视为捍卫四面受敌的共和国尊严和自由的象征。

在欧洲艺术史上，以大卫为主体的作品，无论画作还是雕刻，大多表现他将非利士人头领歌利亚斩首、脚踏其头颅或尸骨的得胜场景。米开朗琪罗颠覆了这一传统艺术手法，雕像中没有显露歌利亚的任何痕迹，而是把画面全部交付给大卫。《圣经》上说，大卫"面色红光，双目清秀，容貌俊美"。他利用牧羊时打死狮子的机弦，甩出手囊中的圆石，击中歌利亚的头颅，使这位不可一世的非利士巨人立即倒地毙命。米开朗琪罗的雕像忠实地反映了这一记载，大卫挺身而立，左手扶着肩上的机弦，右手下垂握着圆石，扭头向着前左方搜索敌人。雕像表现的不是战斗的胜利，而是战斗即将开始的那一瞬间。在这一瞬间，只见他面部和浑身的肌肉紧绷，显得有点紧张，但目光如炬，凝视远方，神情却十分坚毅。米开朗琪罗以静中含动的艺术手法，生动地表现了大卫在战前激情迸发的那一瞬间，使作品充满强烈的英雄主义色彩和强大的撼人心魄的力量。有人评称，这是雕塑家对主题人物在特定时刻特定表现的深思熟虑的把握和夸张性艺术处理的结果。整个雕像赞颂人体之美，赞颂人的力量和青春活力，是人文主义思想的具体而生动的表达。

在一片赞美声中，雕像也遭遇一些尴尬。刚刚完成时，一位执政者提出，大卫的鼻子太高，当需修改。米开朗琪罗知道这是蓄意挑剔，就爬上梯子，把雕刀在鼻子上虚晃一番，并随手撒下一些石粉。执政者以为真的按照他的指示办理，不由狂喜地喊道："很好。现在算是十全十美了!"在场的人会心一笑，心中不由赞赏雕塑家的机智和勇敢。雕像在广场上竖起后，又有一些卫道之士向其扔石头，认为把一个成年男子的裸体雕像摆放在大庭广众有失体统。后来，雕像腰间一度包围上铜制的无花果树叶来遮羞，但这些铜片很快不翼而飞。是有人看中这些金属片的价值，还是有人认为粘贴金属片是画蛇添足，均不得而知。在整体说来相当开放的欧洲，一件艺术品竟有这样的遭逢还是比较罕见的。

雕像后来遭遇的破坏更是接连不断。1512 年，一场闪电将其基座击毁。1527 年，在反对美迪奇家族统治的骚乱中，雕像的左臂被折断。好在断臂的残片保存下来，后来得以修复，只是断痕至今仍隐约可见。1843 年，雕像的一个脚趾被弄断，修复时顺便用盐酸将整个雕像擦洗。擦洗留下不少蚀痕，被后世文物保护专家讥为"一次野蛮的清洗"。

雕像站立在广场上，不但易遭受人世灾祸，风吹日晒，鸟粪污撒，还易遭受自然灾祸。因此，1873 年，雕像被搬移到佛罗伦萨学院的画廊，广场上另立一件复制品。岂料，不安全因素并未因此而完全排除。1991 年，有个男子暗藏斧头悄悄进入画廊，砸掉雕像左脚的第二个脚趾。后来，用大理石和塑料重新做了一个脚趾补上，但也留下清晰的瘢痕。陪同我们参观的画廊主管说，破坏者后来遭刑拘，发现他精神失常。至于犯罪受何驱使，就不得而知了。

雕像安放到画廊之后，安全上又出现新的问题。狭小的空间里，每年有上百万游客前来，浓重的气息给雕像带来新的严重污染。自 1843

年清洗之后，雕像已是浑身污迹斑斑，被称为"一个肮脏的大男孩"。因此，在雕像第500个生日前夕的2002年，佛罗伦萨市政府提出一个为期7个月的污垢清洗计划。岂料，这却引发一场轩然大波。意大利国内外一些文物专家认为，积垢是雕像生命的象征，不一定非要清除。而任何清洗都会给雕像带来损伤，添加现代化痕迹，造成永远无法弥补的灾难。他们在媒体上大肆宣扬清洗之弊，同时联合起来发表请愿书，向意大利政府施压。结果，在强大的反对舆论面前，原来聘请的清洗专家退缩，辞职不干。但是，佛罗伦萨市政府坚持清洗，认为只有这样才能恢复雕像随着时光流逝而失去的光彩。经过几番研究和论证，最后决定还是要清洗，但清洗不是湿洗，而是干洗，即使用专业的软布、洁白的棉签和柔软的毛刷剔除雕像表面百年积淀下来的污垢。从2003年9月中旬开始，对雕像进行"温柔的洁身"。这次洁身不搭脚手架，只使用升降机，保证继续对游人开放。到2004年5月，经过8个月的紧张工作，沉积160年的污垢基本清除。在诞生500周年那一天，雕像以崭新的面貌出现在游客面前。

一波刚平，一波又起。2010年初，佛罗伦萨市政府就这座雕像的所有权问题向意大利中央政府提出挑战。它认为，雕像产生在作为文艺复兴运动摇篮的佛罗伦萨市，一直是这个城市的精神象征。1865年，刚刚统一的意大利王国建都于佛罗伦萨，五年后迁都罗马时把包括雕像在内的所有市政资产都转交给佛罗伦萨市。因此，雕像理所当然地应为佛罗伦萨市所有。中央政府的文化遗产部则认为，大量历史文献表明雕像属于整个国家，而不是佛罗伦萨市。它给出的理由是，当年聘请米开朗琪罗创作雕像的是佛罗伦萨共和国。后来，这个共和国扩张成为托斯卡纳大公国，佛罗伦萨城只是大公国的一个市，无权代表大公国继承共和国的资产。1861年，托斯卡纳大公国并入意大利版图，雕像也就理所当然地转化为意大利的国家资产。

意大利媒体普遍认为，这场看似带有历史和学术色彩的雕像所有权之争，背后隐藏的实际上是巨大的经济利益。据统计，近年来，每年大约有 150 万来自世界各地的游客慕名前来佛罗伦萨一睹大卫的真容。这样，仅门票收入一项就有逾千万美元。扣除管理和维护费用，佛罗伦萨市必须把收益全部上缴中央政府。如果所有权发生变化，这笔巨额收益就会留在佛罗伦萨市。

双方均诉诸媒体，唇枪舌剑，争持不下，扬言不惜对簿公堂。就在这时，雕像石材所产地卡拉拉市的代表也站出来凑热闹，宣称大卫像本属于他们所有。同时，据报道，其他城市也准备效尤，就当地的一些著名文化遗存的所有权问题向中央政府发难。这使得中央政府担心，全国可能陷入一场此起彼伏的"文物争夺之战"。在这种情况下，文化遗产部部长桑德罗·邦迪站出来说，这场争执是"荒谬的，不适时宜，因为大卫雕像既是佛罗伦萨的也是意大利的文化统一体的象征"。他表示，这个问题"应在共同管理的框架下解决"。这显然是一个妥协的表示，佛罗伦萨市最后表示同意。一场延续半年的争论就这样暂时平息。

我在画廊逡巡良久，瞻望大卫雕像，回味意大利报刊就这场论争发表的诸多评述。确实，论争虽然不像以前的自然或人为的灾祸那样伤及雕像，但却伤及雕像的热爱者和崇拜者的心灵。他们谁都未曾料到，五百多年过去，一座被誉为世界雕塑艺术的丰碑，现在却沦为金钱的奴隶，令人可叹复可悲。

（2013 年 8 月 19 日）

政治风云笼罩下的旺多姆圆柱

　　巴黎的纪念性历史建筑很多，但 200 多年来被政治风云最紧密笼罩者，恐怕要属旺多姆圆柱。

　　旺多姆圆柱位于巴黎市中心地带的旺多姆广场上。17 世纪初年，广场一带是国王亨利四世同其情妇加布里埃勒的私生子旺多姆公爵塞萨尔的私产，后来落到卢瓦侯爵手中。17 世纪中，亨利四世之孙路易十四当政，多次发动对外战争，侵占邻近国家大片领土。为宣扬自己的战功，他下令收购这片黄金宝地修建广场。广场于 1702 年开工，1720 年竣工，长 224 米，宽 213 米，略呈四方形。周围统一设计立面，再卖给私人建造房舍。中央则竖立起他高大的骑马雕像。广场起初定名为"征服者广场"，后来干脆以自己的名号改称为"路易大帝广场"。1789 年 7 月，法国大革命爆发，封建专制统治被推翻，资产阶级共和制建立。路易十四的骑马雕像被愤怒的民众捣毁，广场遂改名为"旺多姆广场"。

　　就这样，广场及其上面的建筑从一开始就带有鲜明的政治色彩，并且越来越浓重。法国大革命发生不久，英国、俄国、奥地利等欧洲君主专制国家就联合进行武装干涉。1794 年 6 月，拿破仑·波拿巴指挥法国军队进行抗击。10 年后，拿破仑称帝，率领 18.6 万大军东征，在维也纳以北的奥斯特利兹与奥俄联军决战，击毙联军 1.5 万人，俘获 2 万人，几乎全歼其炮兵部队。为庆祝这一"史无前例的胜利"，拿破仑决定在巴黎修建凯旋门和凯旋碑。当时，欧洲最著名的凯旋碑在罗马。那是公元 101 年，罗马皇帝图拉真发动对外战争，获胜后修建了一座大理石圆柱纪念碑，碑体上雕刻着螺旋形饰带，饰带上布满浅浮雕，描写战争的激烈场面。这座壮丽的纪念碑被后人称为"图拉真圆柱碑"。奉命为拿破仑修建凯旋碑的法国建筑师雅克·贡杜安和让－巴蒂斯特·勒佩尔，久久苦思而无良策，就商定在旺多姆广场被砸毁的路易十四雕像的原址上仿照"图拉真圆柱碑"建造。

凯旋碑于 1806 年 8 月 25 日动工，花了 4 年时间，于 1810 年 8 月 15 日竣工。这座圆柱式纪念碑高 44.17 米，直径 3.67 米，内部修建有螺旋形楼梯，从底部可直达碑顶。碑体是大理石心，外包螺旋形饰带，饰带由 425 块青铜浅浮雕组成。浮雕由著名画家皮埃尔－诺拉斯科·贝热雷总体设计，几十名雕刻家参与制作。一块块雕版连接在一起，描绘

旺多姆圆柱

拿破仑前后指挥的 40 多个战役的战斗场面。石碑的顶端，巍然而立的是一尊拿破仑的青铜雕像。拿破仑虽然身高只有 1.68 米，但雕像却高达 3.7 米。他头戴罗马皇帝式桂冠，右手握着一柄长剑，左手持有一个镶饰着胜利女神像的地球仪，象征他将用武力征服欧洲、称霸世界的雄心壮志。凯旋碑柱头的顶板上刻着一行字：竖此碑献给拿破仑大帝麾下的雄师。

制作圆柱的大理石采自哪里不得而知。制作圆柱上螺旋形饰带和雕像的青铜则是来自拿破仑在奥斯特利兹战役中缴获的俄奥联军的火炮。一般的说法是，拿破仑在这次战役中共缴获联军火炮 1250 门，全部从战场上运回巴黎，熔化后用来修建这座凯旋碑。但是，有的历史学家认为，拿破仑缴获火炮的数目严重夸大，实际上只有 200 多门。凯旋碑修好后，最初命名为"奥斯特利兹圆柱"，后来觉得这一名称的含义不大清晰，就改称"雄师圆柱"。拿破仑失势后，人们以其所在广场改称为"旺多姆圆柱"。

这座巍然挺立的石心铜裹的圆柱，本是拿破仑炫耀战功的得意之作，但是，他没有料到，它却给他带来不少麻烦。首先，他麾下的一些将领抱怨，自己在圆柱上没能占有一席之地，因而心生不满。其次，圆柱碑也带来一些外交麻烦。1809 年底，40 岁的拿破仑因妻子约瑟芬未给他生育子嗣离婚后，本欲迎娶俄国沙皇亚历山大的妹妹安娜公主。可是，俄方不大情愿，原因之一是将沙皇作为战败者镌刻在圆柱上。后来，拿破仑迎娶奥地利皇帝弗朗索瓦二世的女儿玛丽亚·路易莎公主为皇后。可是，这位老岳丈对把自己作为战败者镌刻在圆柱上也甚感不悦。这样，两国关系也并未因联姻而改善。

拿破仑恐怕更没有想到的是，旺多姆圆柱还成为他政治生命的"克星"。1812 年 6 月，他率领 51 万大军远征俄国，9 月进入莫斯科。随后，俄军发动反攻，法军节节败退，损失兵力近 45 万。翌年 3 月，俄国、英国、普鲁士等国再次组建反法联军，最后攻占巴黎。4 月 6 日，拿破仑被迫退位，被放逐到地中海上的厄尔巴岛。这时，波旁王朝复辟，保皇党人将绳索套在拿破仑雕像的脖子上，用几匹马硬是将雕像从圆柱顶端拉下来。雕像被熔化，重铸成一尊亨利十四世的骑马铜像。1815年3月，拿破仑从厄尔巴岛悄然返回巴黎重新掌权，下令将新铸的亨利十四世雕像毁掉。三个多月后，滑铁卢一战，他惨遭失败，被流放到大西洋上的圣赫勒拿岛。于是，逃亡国外的法国国王路易十八返回巴黎，建立复辟王朝。他看到旺多姆圆柱顶端空空的，就下令在那里雕制和安放了一朵巨大的百合花，据说意在"祈祷永久和平"。四年多后的1830年，复辟王朝被推翻，新建立的"七月王朝"看到不少法国人怀念昔日拿破仑的辉煌，就迎合民意，取下圆柱顶端的百合花，重新竖起拿破仑的雕像。不过，这座雕像上的拿破仑，虽然身着戎装，但脚踏长靴，头戴三角帽，酷似"一个矮小的军士"，再也不像先前那样高大威严。

1848年2月，法国遭遇经济危机，巴黎的工人、市民和学生纷起造反，"七月王朝"被推翻。资产阶级夺取胜利果实，宣布建立第二共和国。拿破仑的侄子路易·波拿巴借助叔叔的余威当选为总统。1852年11月，他宣布恢复帝制，建立法兰西第二帝国，自任皇帝，称拿破仑三世。一登上皇位，他就把叔叔那尊"显得卑陋"的雕像从圆柱顶端取下来，由著名雕刻家奥古斯丁－亚历山大·杜蒙重新设计了一尊威风凛凛的罗马皇帝式的拿破仑雕像，安放到圆柱顶端，以表示对先人的追念和崇奉。

拿破仑三世的第二帝国命途多舛。法国完成工业革命，国家实力增强，但广大劳动人民的生活状况却日益恶化。为转移人们的不满，拿破仑三世于1870年7月向普鲁士发动战争。这是一场非正义的战争，法国人民普遍反对，军队连连溃败。9月，色当大决战，法军彻底失败，拿破仑三世被俘。次年2月，仓促组织起来的阿道夫·梯也尔政府同普鲁士签订丧权辱国的"和约"，割地赔款。这激起巴黎人民的极大愤怒，大规模武装起义爆发。3月15日，巴黎人民建立国民自卫军，三天后占领全城，组建起世界上第一个工人政权的巴黎公社，重新审视过去的一切。公社艺术委员会主席、著名画家居斯塔夫·库尔贝认为，旺多姆圆柱是"野蛮行为的纪念物，是武力和虚荣的象征，是对军国主义的赞颂"。因此，他建议立即拆除。4月12日，公社通过拆除法令，并决定将广场改名为"国际广场"，以体现"全世界无产者联合起来"的革命精神。5月8日下午，库尔贝主持圆柱拆除仪式。在雄壮的《马赛曲》声中，建成整整一个甲子的旺多姆圆柱被拆毁，拿破仑的雕像轰然倒地。

就在这时，盘踞在凡尔赛的梯也尔政府纠集军队进攻巴黎。从5月21日至28日，政府军大肆屠杀公社群众，史称"五月流血周"。由于缺乏有力的指挥和充足的弹药，国民自卫军失败，仅存72天的巴黎公社遭到残酷镇压。梯也尔来到巴黎，决定重修旺多姆圆柱，重塑拿破仑

巴黎公社社员捣毁旺多姆圆柱及拿破仑雕像

雕像。库尔贝因拆除圆柱先是被判处监禁 6 个月，后又被加判支付圆柱重修的全部费用，约计 32.3 万法郎。他根本无力、也不会支付这样一笔巨款，就在朋友们的帮助下流亡瑞士，不久客死异乡。1874 年，旺多姆广场的中央重新竖起圆柱，并按照最初的样式在圆柱顶端竖起拿破仑的雕像。而今，130 多年过去，圆柱和雕像仍矗立在那里，只是圆柱内部不再向公众开放。

从 17 世纪到 19 世纪，法国每个王朝和每股政治势力几乎都在旺多姆广场和旺多姆圆柱上遗留下自己的政治印记，而法国和其他欧美国家的诸多文人，从不同的视角出发，也都遗留下自己的墨迹。1827 年，法国大文豪雨果发表诗作《圆柱颂》，赞颂拿破仑征讨欧洲封建君主国家的武功。三年后，在国民请愿要求把拿破仑的骨灰埋葬在圆柱之下时，雨果又写诗《致铜柱》表示支持。19 世纪的法国画家亚历山大·奥古斯丁·皮尔斯和路易斯·雷米·萨巴捷，则以生动的画笔记录了圆柱被巴黎公社民众愤怒拉倒的欢庆场面。法国大作家巴尔扎克将圆柱称为巴黎的"一个巨大的标志性建筑"。另一位法国大作家左拉在其小说《小酒店》中两次提到圆柱。一次是描写一位铁匠参与推倒圆柱的回想，另一次是大段描写新婚的年轻人兴奋地登上圆柱顶端俯瞰巴黎全城。美国小说家司各特·菲茨杰拉德夫妇和海明威都曾在旺多姆广场边上著名的里茨酒店下榻，对圆柱做过生动的描述。著名波兰音乐家肖邦同法国女作家乔治·桑曾居住在旺多姆广场 12 号，面对圆柱谈情说爱。

德国大哲人马克思和恩格斯在赞颂巴黎公社时也都曾谈到旺多姆圆柱。马克思在其所著《法兰西内战》中说："为了更鲜明地表明由公社自觉地开辟的历史新纪元，公社一方面当着普鲁士胜利者，而另一方面当着波拿巴将军率领的波拿巴军队，推倒了象征战争光荣的庞然巨物——旺多姆圆柱。"恩格斯则在为马克思这篇著作撰写的导言中说，巴黎公社之所以决定毁掉旺多姆广场上的凯旋柱，是"因为它是沙文主义和民族仇恨的象征"。马克思认为，巴黎公社虽然失败了，但是，"它的英烈们已永远铭记在工人阶级的伟大心坎里。那些杀害它的刽子手们已经被历史永远钉在耻辱柱上，不论他们的教士们怎样祷告也不能把他们解脱"。

现在，旺多姆广场已被高级旅馆、驰名银行、华丽服装店和首饰店紧紧包围，金钱和时尚的气氛四处弥漫。旺多姆圆柱仍高高挺立在广场上，拿破仑的雕像仍站立在圆柱顶端。不管史家对拿破仑如何评说，他在很多法国人的心目中仍是一位英雄。昔日的政治风云已经飘散，旺多姆圆柱更多地成为法国首都巴黎的一个象征，默默地诉说着法国那些不平凡的历史途程，牵动着多情的巴黎人的民族情感。

（2012 年 8 月 6 日于养马岛）

千堡存废说不尽家国兴亡

　　西欧蕞尔小国卢森堡被称为"千堡之邦"。所谓"堡"，主要指城堡、碉堡、碉楼等防御性军事设施。在长达近两千年的历史上，卢森堡究竟有过多少此类设施，恐怕谁也说不清。"千堡"只不过极言其多而已。现在，卢森堡现尚存各种类型之"堡"130多座。这样一个恬静安适的世外桃源般的小国，何以要修建这么多带有军事性质的设施呢？

　　卢森堡位于欧洲西部偏北方向，东邻德国，南连法国，西部和北部与比利时接壤。这一独特的地理位置，使其成为从南欧到西欧和北欧的战略通道。早在公元一世纪，罗马远征军就曾来到这里。此后，它相继成为西班牙、法国、奥地利、荷兰、比利时、德国的争夺对象，领土大量丧失，只剩下现今的2586平方公里，只相当我国一个较大的县份。

　　正是在一场场兵燹之灾前后，这片土地的统辖者为寻求自保，外来的入侵者为巩固其占领，开始修建一座座城堡。史料记载，最早到来的罗马人曾修建一些岗楼和炮台。公元10世纪，阿登伯爵西格弗里德从罗马帝国得到阿尔泽特河畔一大块封地。他发现封地上的布克山岩地势险要，居高临下，易守难攻。为封地安全，他在那里修建围墙、城堡和地道，逐渐形成一个完整的防御体系。以防御体系为中心，形成现今卢森堡大公国的同名都城。到15世纪，西班牙军队攻占卢森堡城。为达到长期占领的目的，他们加固城墙，加修三座碉堡。17世纪末，法国军队攻占卢森堡城，重修城墙和碉堡，将这座城池变成欧洲最坚固的军事堡垒。不久，奥地利军队攻占卢森堡城，又加修碉堡和炮台。1795年，法国军队经过7个多月的激战，重新夺得卢森堡城。现今布克城堡北边的城楼和墙基，城内的沃班碉楼、兰伯特碉堡等建筑，就是经过整修保存下来的那时的军事设施。

卢森堡的城堡当然不只限于都城，更多的是在外乡。都城中的城堡是当时的本国行政当局和外国占领军修建，而外乡的大多是随着庄园经济发展由贵族、领主、富商等私家修建，旨在于兵荒马乱的岁月保护自家的产业安全。他们往往选择易守难攻的地势，中央修建主人居住的塔楼，四周加修高墙、壕沟、碉楼或岗哨，雇用大量家丁日夜值守。因此，从严格意义上讲，外乡的城堡基本上都是在豪门大户庄园或宅第基础上发展起来的。

从卢森堡城往北，高地和山丘颠连起伏，山林丘壑之间城堡较多。在小镇梅尔施，一条名叫埃希的小溪缓缓流过。小溪虽流短谷浅，但谷地中却有七座城堡，因有"七堡谷"之称。其中最大的克里希堡，是13世纪的一座贵族庄园。一座两层楼的罗马式方形小楼，两翼加修有文艺复兴式和巴洛克式的附楼。楼舍的两端修建有高大的尖顶碉楼。整个建筑的周围修建有11米高、3米厚的围墙。墙外有护城河，河上有吊桥。这样形制完备的城堡在卢森堡还是比较少见的。可惜的是，19世纪之后，庄园主无力维修，整个城堡只留下半截子碉堡和几段断垣残壁。20世纪50年代，这座城堡由国家接收，整修后辟为历史文化景点。

越过埃希小溪继续前进，穿过埃特尔布吕克镇进入城堡比较密集的北部地区。在小镇东边一个150多米高的山岩上，有一座叫拉罗歇特的城堡。城堡初建于11世纪，为一贵族采邑。后来，主人参加十字军东征，采邑被其他贵族占有。1565年，城堡因烧饭失火被焚毁，只有一个哨楼幸免于难。哨楼中有一眼水井，人称"母子井"。据传说，一次强盗来犯，采邑的女主人无路可逃，就怀抱婴儿投井，而管家却未援救。强盗见此，人性发现，下井将她母子救起，然后将管家抛到井中，因为他犯下不可饶恕的"叛主大罪"。传说真伪难考，但其所反映的，显然是中世纪封建主宣扬的"主贵仆忠"的道德理念。

从拉罗歇特堡往北，密密麻麻分布着一系列城堡，难以一一名之。其中特别值得一提的是一座叫菲安登的城堡。城堡位于一个同名小镇旁边的河谷中。在一块巨大的岩石上，从 11 世纪起，卢森堡东北部最有势力的封建领主菲安登伯爵及其后人修建了一条近百米长的环形围墙，墙内依凭山势建造一座座楼房，楼房的四角均有高大的圆锥形碉堡。整个建筑群恢宏壮丽，被称为欧洲最大、最漂亮的罗马式与哥特式交相辉映的贵族宅第之一。1871 年，法国大文豪雨果在流亡期间曾几次来这座城堡参观和小住，深为其建筑之美所感动，在《凶年集》等诗文中有详尽的描述。上个世纪 70 年代，卢森堡政府将这座城堡收归国有，修

雨果曾小住过的菲安登城堡

缮后辟为博物馆，每年有几十万人前来参观。

回过头来走向卢森堡南部地区。这里是维古特兰平原，地势平坦，土地肥沃，人口密集，城镇较多，城堡也较多。但是，这里因地处法国与德国交界地带，战争频仍，绝大多数城堡遭到破坏。而今，在美丽的小镇埃斯佩朗日，留存有一座同名城堡，为 13 世纪日耳曼贵族所建。15 世纪中叶，法国北部的勃艮第公国同奥地利争夺卢森堡，城堡被奥地利军队摧毁。后来，城堡一再重建，又一再毁于战火。300 多年后的 1796 年，法国军队最终夺得这座城堡，将其拍卖给私人。现在，城堡的遗址上修建有几处新房舍，但原有的岗楼作为"国家遗产"仍完好地保存下来。

从埃斯佩朗日往南走，在接近法国的边境小镇迪德朗日有一个小山丘。法国人和德国人对山丘有不同的称谓，隐含着两国在历史上的激烈争夺。15 世纪，日耳曼贵族在山丘顶端大兴土木，修建从住室、厅堂到碉堡在内的完整城堡群落。一时间，这座城堡在欧洲名声大震，许多重大节庆活动在这里举行。16 世纪中叶，法国同神圣罗马帝国在这里几度激战，这座城堡几度易手，每次易手都遭到不同程度的破坏，最后被法国军队彻底摧毁。从此，这里沦为一个采石场。而今，这里只残存一个破败的碉楼和一堆杂乱的建筑基石，荒蛮凄凉，难以让人想象当年的繁盛景象。

一座座城堡，完整也好，坍圮也罢，无不诉说着卢森堡家国兴亡之情。千百年来，卢森堡一直在欧洲各种政治势力征战的夹缝中讨生活，深陷"人为刀俎，我为鱼肉"的悲惨之境。卢森堡人逐渐意识到，城堡修建再多，也难以在被动的防御中求得安宁。因此，二战之后，他们转而采取主动的求生之道，大力发展工业和金融业。现在，卢森堡已成为世界著名的钢铁大国和金融之都，人均国民生产总值超过 11 万美元，位居世界前列，彻底摆脱了积贫积弱的落后局面。卢森堡再也不用修建自我防护的城堡，而昔日的那些城堡，则成为自我激励和自我教育的历史大课堂。

（2013 年 8 月 11 日）

无名小镇垂青史

  西欧有一个很不起眼的小镇，长期不为人所知。19 世纪初，一场战争竟使它遐迩闻名，史册永垂。从此，欧美有四十多个城镇竞相以它的名字命名，英语中还创制一个用它作代称的新词汇。这个有点神奇的小镇就是现今比利时的滑铁卢。

  滑铁卢（Waterloo）位于比利时首都布鲁塞尔以南 20 多公里处，早年只是一个小村落，18 世纪末发展成一个小镇。现在，面积 21 平方公里，人口不到 3 万，绿草茵茵之上，装点着一幢幢红顶碧瓦的房舍，显得极其优雅而宁静。谁曾料到，200 年前，欧洲历史上一场惨烈的战争正是在这里发生。

  战争的起因需要追溯到法国大革命。1789 年，法国民众在巴黎起事，废除王政，建立共和，资产阶级取代封建贵族登上历史舞台。欧洲君主专制国家见此惊恐万状，以英国为首迅即结成反法联盟，进行武装干涉。法国将军拿破仑·波拿巴支持大革命，多次参加反击外国武装干涉的战争。通过战争，他实力壮大，军权独揽，先是于 1799 年发动政变，夺权执政，随后又宣布称帝，建立军事独裁统治。他一时志得意满，接连对外发动战争，试图称雄整个欧洲。1814 年，英国同俄国、奥地利、普鲁士等再次结成反法联盟，联军直捣巴黎，迫使拿破仑退位，流亡地中海小岛厄尔巴。但是，他不甘心失败，于次年 3 月悄然潜回巴黎，重新执政。反法联盟见此再度结成，宣布拿破仑是"世界和平的扰乱者"，兵分多路进行征讨。拿破仑得悉，决定以攻为守，打一场先发制人的战争。

6月12日，他趁俄、奥军队尚未出动，调集10.5万人马，246门火炮，先行北上，袭击进入比利时境内的英普联军。16日，他击败布吕歇尔将军统帅的4.5万普鲁士军队，然后拨出3.3万人马由部将格鲁希率领继续追击，自己则统帅其余人马不失时机奔袭由威灵顿公爵统领的英国军队。英军有6.8万人马，火炮155门，驻扎在布鲁塞尔南边的一块高地上。17日，拿破仑率部抵达高地前沿，本欲当即发动进攻，岂料天不作美，忽降大雨，进攻不得不推迟。这就给了威灵顿公爵争取援军的大好时机。

18日上午11时，战斗在滑铁卢南边的田野打响。拿破仑先是用榴弹炮轰击敌阵，紧接着就命令步兵和骑兵联合发起冲锋。可是，雨后道路湿滑，泥泞遍地，步兵和骑兵难以相互配合，四次冲锋均被击退。傍晚时分，拿破仑下令再次发起攻击，眼看就要突破敌军防线。就在此时，侧翼的树林中出现一股黑魆魆的人马，拿破仑以为是部将格鲁希赶来增援，岂料却是布吕歇尔率部增援英军。这样，英普两军兵合一处，近12万人马，反守为攻，立刻使法军陷于两面受敌之境。20时许，疲于奔命的法军招架不住，期待中的格鲁希人马又未赶来，不得不丢盔弃甲仓皇逃命。自恃雄才大略、战无不胜的拿破仑就这样在滑铁卢一败涂地。但英普联军穷追不舍，很快再次威逼巴黎。拿破仑遂于22日又被迫宣布退位，其煊赫一时的军事和政治生涯从此终结。最后，他被流放到大西洋中荒凉的圣赫勒拿岛，于1821年客死在那里。

为时三天的滑铁卢鏖战结束，双方均损失惨重。法军伤亡2.7万人，联军伤亡2.3万人。长仅两公里的战线真可谓血流成河，尸横遍野。目睹这一惨状，连威灵顿公爵都泪流满面，慨叹"胜利是除失败之外最大的悲剧"，"但愿这是我一生最后一战"。这场战斗虽然战线短、时间也短，但却是"决定欧洲命运之战"。拿破仑帝国从此覆亡，封建王朝在法国再次复辟。

今天的滑铁卢，战争的痕迹虽已不多，但战争的记忆还是大量保存下来。其中，最有名的是铁狮山。铁狮山位于古战场南边的一片开阔地上，高约50米，是为纪念当年随从英军参加滑铁卢战斗的荷兰奥兰治亲王修建。这位王子作战英勇，身负重伤，但却不下火线，被荷兰人尊为"民族英雄"。战后的1820年，荷兰国王威廉姆一世下令，在他负伤之地修建一座纪念碑。于是，就发动荷兰和比利时的妇女用柳条筐从两公里外背来30余万立方米的黄土，堆成这座圆锥形的小山丘。沿着山侧的220多个台阶拾级而上，环绕山顶的平台走一圈，古战场的原野尽收眼底，四处散落着英普联军罹难将士的墓地。法国官兵阵亡最多，用法国大文豪维克多·雨果的话说，"整个地区都是法军的墓地"，但而今

滑铁卢雄狮

却不见他们墓地的踪迹。这也许正应了人们常说的那句话：败军死无葬身之地。

这座山丘纪念碑的点睛之笔在山顶平台的中央。那里耸立着一尊长4.5米、高4.45米、重达20多吨的铁铸雄狮。拿破仑叱咤风云之时，曾把1805年打败俄奥联军时缴获的几百门大炮熔化，在巴黎修建祝捷的旺多姆圆柱。这次，获胜的英普联军看来也是如法炮制，把法军丢弃在滑铁卢战场上的枪炮收集到一起，熔化后铸造成这尊雄狮。雄狮的右前爪紧紧抓着一个圆球，据说是象征拿破仑征服世界的野心。雄狮面朝法国方向，似在怒吼，又似在狂笑。怒吼据说是表现拿破仑发动战争时的狂妄，而狂笑则是嘲弄他的鲁莽行动最后以失败告终。

走下山丘，下面有一座滑铁卢战役纪念馆。在这座外形酷似倒扣铁桶的白色建筑里面，环形的墙壁上绘制有一幅滑铁卢战役全景油画。油画由著名画家路易·杜默兰带领一个团队于1912年制作，长110米，高12米，是世界上最大的画作之一，栩栩如生地描绘了滑铁卢鏖战的壮烈场景。也许因为画家是法国人的缘故吧，从画作中很难看到褒贬战争任何一方的笔触。纪念馆的对面，有一个小型电影院，终年放映一部为时15分钟的电影《滑铁卢战役》。看着那万千人马倒地惨死、无数辎重遗弃满地的惨烈景象，令人不禁产生犹如亲临两军搏杀现场之感，发出"一将功成万骨枯"的慨叹。

离开雄狮山，在古战场南部有一个名叫卡尤（小石）的农场。这里的一幢二层小楼，曾是拿破仑的临时指挥部，现称"拿破仑纪念馆"。小楼只有五个房间，其中一间叫"皇室"，摆有一张行军床和一些生活用品，作为皇帝的拿破仑当年曾在这里度过一个夜晚。另一间是餐厅，里面摆放着拿破仑指挥战斗时曾用的地图桌。在一个叫作"轻骑兵室"的房间，展放着拿破仑指挥作战的军刀和望远镜，还有一具法国轻骑兵的骷髅。这些展品是否当年的实物，说真心话，我不大关心。我想了解的是，拿破仑失败的主要原因究竟是什么。不同的人自然有不同的看法。有人说，他为确保皇位，匆忙作出这次征战决定，行事鲁莽，准备不足，没有不败之理。有人说，他刚从厄尔巴岛归来，部队仓促组建，缺乏训练，指挥不力，枪械和弹药不足，总体战斗力不强。也有人说，他过于自信轻敌，战略判断失误，没有料到威灵顿公爵会在滑铁卢顽强抵抗，更没有料到普鲁士军队在关键时刻赶来增援。还有人说，战前突降大雨，整个滑铁卢变成一片泥淖，使他的部队丧失用武之地，这真有点"天灭于他"的味道。不同的说法，着眼点不同，看来都有一定道理。

作为拿破仑在这场战争中主要对手的威灵顿公爵，当年把其参谋部设在滑铁卢一个叫老博登海姆的马车店。那是一座建于18世纪的二层小楼，现辟为"威灵顿纪公爵念馆"。他其实在这里只过了一夜，筹划对付拿破仑的战法，并起草了准备向英国政府报捷的报告。纪念馆内展示着英军的各种武器、军装、文件，保存着荷兰国王在战后封他为"滑铁卢亲王一世"的诏书。他不但得到滑铁卢周围1083公顷土地和森林作封地，他还被任命为派驻法国的欧洲联军总司令。拿破仑曾自命为"征服者"，而威灵顿公爵则被誉为"征服者的征服者"。英国人就这次战争创造了"meet Waterloo"（遭遇滑铁卢）这样一个英文新词，收录在新编的英文字典中。"滑铁卢"本是一个荷兰文和拉丁文的合成词，意为"林边湿地"，但在这个英文新词中，它却被赋予新的含义，成为"惨败"的代名词。

威灵顿公爵的威名不能说不大。但是，在滑铁卢勾留半日，我却发现，他声名再大好像也压不过拿破仑。人们来滑铁卢，想到的不是他，而是拿破仑。到拿破仑纪念馆参观的人，比去威灵顿公爵纪念馆的不知多几倍。看到电影中两军厮杀的场面，观众大多不是为威灵顿公爵的胜利而欢呼，而是为拿破仑的失利而扼腕。滑铁卢镇上的小商亭，出售与滑铁卢战争有关的纪念章、纪念册、明信片以及其他五花八门的纪念品，上面印制的几乎都是拿破仑的名字或头像。小镇中心地带竖立的一

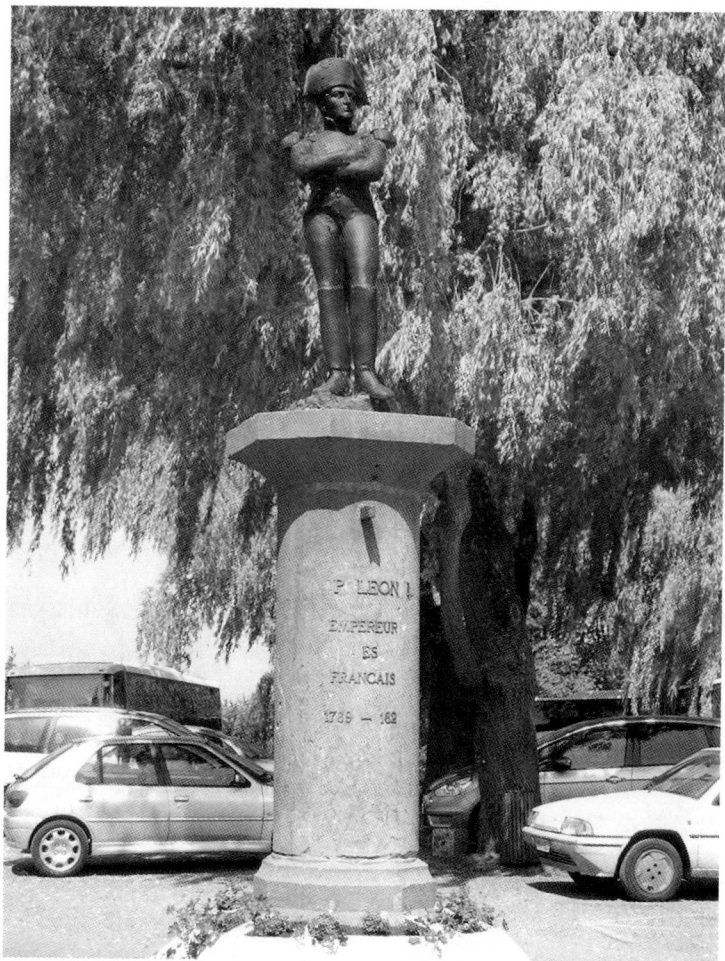

滑铁卢的拿破仑雕像

尊黄铜雕像，底座上镌刻着"法国皇帝拿破仑"。他头戴三角帽，全身戎装，双臂在胸前抱拢，双脚摆出类似军人"稍息"的姿势，显得既威严又轻松，没有半点落荒而逃的败将之相。他本来身材不高，只有1.68米，雕像却安放在3米多高的底座上，相形之下显得他更加矮小。雕塑家这样设计据说并非对他作为战败者的蓄意贬抑，恰恰相反，而是另有一番深意。有人解释，正因为底座太高，任何来到雕像前的人，对他都必须举头仰视，仰视则意味着尊崇。不管这种解释是否确属雕塑家制作雕像的本意，但却反映了不少人对拿破仑的敬重之情。战败者反而成为不少人心目中的英雄，这确实是一个耐人寻味的政治历史现象。

当然，稍加深思，纵观其大起大落的一生，对此一点也不感到奇怪。拿破仑从小就熟读伏尔泰、卢梭等启蒙主义思想家的著作，从军后支持法国大革命，统帅法国军队挫败了欧洲封建专制国家反法联盟的一次又一次军事进攻。他曾是站在历史潮流前头的杰出的法国军事家和政治家。只是到后来，他头脑膨胀，将具有进步性的民族解放战争逐渐演化为掠夺和奴役其他民族的侵略战争，屡遭挫败，最后在滑铁卢之役中葬送了自己的一生。大凡头脑清醒者，从来不以成败论英雄。马克思在谈到拿破仑早年的活动时曾说："他在法国境外则到处破坏各种封建的形式，为的是要给法国资产阶级社会在欧洲大陆上创造一个符合时代要求的适当环境。"恩格斯则称颂他"是革命的代表，是革命原理的传播者，是旧的封建社会的摧毁人"。对他在滑铁卢的失利，恩格斯认为："对拿破仑的胜利，在整个欧洲成了反动派对革命的胜利。"这导致法国乃至整个欧洲历史进程出现反复和倒退。法国是波旁王朝再复辟，欧洲则陷于英、俄、普、奥等封建君主国结成的"神圣同盟"的统治之下。

滑铁卢之战在法国被称为"王国集团对法兰西不可驯服的运动的颠覆"。最理解拿破仑及滑铁卢之战的法国人好像是雨果。他不但一再写诗赞扬拿破仑，还曾到滑铁卢实地了解当年的战争情况，在其著名的长篇小说《悲惨世界》中用很大篇幅描述这一重大历史事件，并不无惋惜地表示，"滑铁卢是一场头等战争，却被一个次等的将军领胜了去"。他认为，反法联盟"想阻挡时代前进，时代却从它头上跨越过去，继续它的路程"。雨果不是历史学家，但在对滑铁卢这场战争的理解和阐释上，他却超过不少历史学家。

拿破仑走了，滑铁卢永在。作为历史的见证，滑铁卢在用无声的语言向后来的一代又一代人讲述当年惨烈的战况，讲述当年新旧两种社会秩序之间的激烈争斗。

（2013 年 1 月 4 日）

汪达尔人推卸不掉的历史责难

在西方媒体上，经常看到有关"汪达尔主义"（Vandalism）的报道。但是，且不要望文生义，一见"主义"就以为这是什么新学说或新思潮。阿富汗的巴米扬大佛像被炸毁，马里的古墓群遭破坏，佛罗伦萨的大卫雕像脚趾被砸掉，纽约时代广场上的一幅广告牌遭涂鸦，这一切在西方的新闻报道中均被称为"汪达尔主义"。这就不难看出，"汪达尔主义"不过是一个含有"蓄意破坏"之意的泛文化用语。

"汪达尔主义"是因汪达尔人（Vandal）而得名。"汪达尔"的本意是"流浪者"、"漂泊者"。作为历史上的一个民族，他们原本是古代欧洲日耳曼人的一支，最早居住在北方的斯堪的纳维亚半岛，公元前 2 世纪之后迁移到波罗的海南岸。他们先是定居在现今波兰的奥得河与维斯瓦河之间地带，后来南迁到奥得河上游至多瑙河一带。公元 4 世纪后半叶，来自中国北方蒙古草原上的游牧民族匈奴人受到东汉军队的重创，其中一部分向西迁移，挤压汪达尔人的生存空间。汪达尔人于是又向西南方向转移，先是涌入高卢，后来进入西班牙。429 年，8 万多汪达尔人在其杰出的跛脚领袖盖塞里克率领下，渡过直布罗陀海峡进入非洲北部。当时，统治那里的罗马帝国已衰败不堪，土著的柏柏尔人又涣散无力，汪达尔人趁势攻城略地，占领大部分沿海城镇。所到之处，他们烧杀抢劫，被称为"天降灾星"。439 年，他们攻占位于现今突尼斯的千年古城迦太基，建立汪达尔王国。随后，他们回头渡海向北，先后侵占巴利阿里、撒丁尼亚、科西嘉、西西里、马耳他等地中海西部岛屿。这样，只用了十多年时间，一个原本居无定所的流荡民族就建立起一个西地中海强国，向统治北非 600 多年的罗马帝国提出严峻挑战。

455 年 3 月 16 日，沉迷声色、不理朝政的罗马皇帝瓦伦提尼安三世遭谋杀。次日，执政官佩特罗尼乌斯·

汪达尔国王盖塞里克

马克西穆斯篡夺皇位。盖塞里克认为，这是进一步打击和削弱罗马帝国的大好时机，当即率领一支舰队在亚平宁半岛登陆，于 5 月 31 日兵临罗马城下。罗马天主教教皇圣里奥一世请求他不要毁坏这座古城，也不要伤害城内百姓。他慨然应允，罗马城门遂为他敞开。当政刚两个半月的篡权者马克西穆斯仓皇逃走，在城外被痛恨他的民众擒杀，尸体被抛到流经罗马城的台伯河中。史籍记载，汪达尔军队进入罗马城之后，盖塞里克将他对教皇的承诺置诸脑后，放纵其麾下的士兵大肆抢掠，为时两周。罗马帝国王室和贵族的财产全部被没收。许多达官贵人，包括瓦伦提尼安三世的遗孀和两个公主均沦为俘虏。大批文化艺术珍品被毁坏。从此，汪达尔王国在北非和西地中海地区的统治更加巩固。

19 世纪俄国画家卡尔·布瑞洛夫笔下的汪达尔人洗劫罗马

477 年，盖塞克里去世，汪达尔王国迅速走向衰落。533 年，东罗马帝国的查士丁尼大帝为恢复当年罗马帝国的西部版图，派遣军队 1.5 万人和舰船 92 艘远征北非，打败汪达尔人，活捉其末代国王，绵延上百年的汪达尔王国顷刻覆亡。此后，汪达尔人逐渐与北非的土著人融合，或被后来的阿拉伯人同化，少数滞留在欧洲的汪达尔人也逐渐融入当地其他民族之中。作为一个民族，汪达尔人很快就从人们的视线中消失。

转眼 1000 多年过去，启蒙运动在欧洲萌动，古罗马被理想化，一些破坏其文明的"野蛮民族"被重新提起，并受到严厉谴责。英国诗人兼剧作家约翰·德莱顿在 1694 年写道："哥特人和汪达尔人，这些粗野的北方民族，确实是损毁了所有无与伦比的文物遗迹。"又过 100 年，法国资产阶级革命爆发。在革命的风暴中，封建专制当局与义愤填膺的革命民众均采取一些激烈措施，导致一些文化设施遭受破坏。1794 年 1 月，巴黎的布罗瓦主教亨利·格雷吉瓦递交给国民议会一份报告，在陈述激进的雅各宾派毁坏教堂藏书和宗教艺术品时，忆及汪达尔人当年在罗马的所作所为，创制和使用了 Vandalisme 这样一法文新词。四年后，这个词被收入法兰西学院编纂的权威字典中。从此，这个词很快在欧洲流行开来，并作为一个正式词条列入各种语言的字典中，用以指称恣意破坏文物的野蛮行为。

当然，这个新词的使用并非没有争议。在法国巴黎公社时期，作为公社委员的著名画家古斯塔夫·库尔贝分工负责博物馆管理和艺术展览。1871 年 3 月，他提出，竖立在巴黎市中心的旺多姆圆柱"是一座没有任何艺术价值的建筑，其表达的是王朝战争与征服思想的永久化，而这同民众国家的感情是相悖的"。因此，他建议，将这座为拿破仑发动侵略战争歌功颂德的建筑物立即拆除。一个多月后，巴黎公社投票通过他的倡议，遂于 5 月 8 日将圆柱拉倒。于是，法国社会上出现"拉倒圆柱是不是汪达尔主义"的激烈争论。四年后，阿道夫·梯也尔上台执政，在严厉镇压巴黎公社的同时，指责库尔贝是"破坏国家文物的汪达尔主义者"，并决定重建旺多姆圆柱。

这一早期的"汪达尔主义案例"体现的是现实政治上的争议。学术上的争议则更多更为激烈，且几百年来一直延续不断。西方有的历史学家提出，汪达尔人当年进入罗马时基本上遵守了同教皇达成的协议，并未因谋财而伤害百姓的性命，只不过从达官贵人那里抢劫一些珠宝和金银细软。因此，将这个民族视为"破坏"的同义语，委实有点不公平。权威的《不列颠百科全书》甚至认为，汪达尔人占领罗马的时间不长，造成的破坏远小于罗马人自己。在此前后的上百年中，罗马人为争夺建筑材料，特别是大理石，把不少建筑物和文物古迹都破坏了。另有学者说，公元前 264 年，罗马帝国为争夺海上霸权，同腓尼基人进行了百余年的布匿战争。公元前 146 年，罗马帝国军队击败腓尼基人，放火焚烧他们经营上千年的首都迦太基，大火持续了六天六夜，将这座兴隆一时的城市夷为一堆断垣残瓦。可是，有谁谴责过罗马人呢？有谁想到创造一个有"破坏"内涵的词汇"罗马主义"呢？

汪达尔人确实有过破坏行为，不只在罗马，从北欧走来一直到北非，一路之上都曾有劫掠和破坏。现在的问题是，为什么单单把"破坏"的帽子扣在他们头上，而让犯有同样罪过的另外一些民族从这顶大帽子底下悄然溜掉。单就与汪达尔人同属斯堪的纳维亚日耳曼族的哥特人来说，他们人多势壮，分为东西两支，是日耳曼人向南大迁徙的先锋。他们多次同罗马帝国发生冲突，远早于汪达尔人先后于396年和410年攻陷和洗劫雅典和罗马。他们在历史上虽然也有"野蛮人"的恶谥，但却从未遭到"哥特主义"的指责。究其原委，一般认为，汪达尔人破坏的惨烈程度也许超过哥特人，但将罪名都归咎于他们，显然有教派因素。原来，这两支日耳曼人都属于"异教徒"，走出斯堪的纳维亚半岛之后都皈依基督教。6世纪末，哥特人一度改信罗马天主教，而汪达尔人则一直属于基督教的阿利乌教派，同罗马天主教为敌。因此，笃信罗马天主教的西南欧拉丁语系各民族最忌恨的是汪达尔人，而不是哥特人。也有人认为，哥特人在欧洲长期生存，而汪达尔人作为一个民族则从6世纪中叶起逐渐消失。在这种情况下，人们就毫无顾忌地把历史的污泥浊水都泼洒到汪达尔人头上。久而久之，人们也就默认了由法国人带头、很快被西欧各国接受的对他们的严苛指责。

"汪达尔主义"的内涵在历史的发展中不断扩展。我国权威的辞书《辞海》对其释义为：指大规模地破坏文化古物和人类文明的野蛮行为。英语权威的《韦氏大字典》对其释义是：蓄意或恶意破坏或损毁公共或私人财产。两种解释显然不尽相同。而从一般新闻报道来看，汪达尔主义主要指对艺术品、文物古迹和文化设施的蓄意破坏。最常见的现象是，损毁著名雕像和绘画作品、破坏文物古迹、亵渎宗教设施、砸毁私人或公共墓地。也有人把在建筑物上涂鸦、毁坏路标街牌、涂抹广告标牌、砸毁橱窗玻璃、毁坏草坪花丛等行为也列入汪达尔主义范畴。最近几年，还出现"网络汪达尔主义"一说，将毁坏网址、恣意删削和篡改网上信息等现象均归并为此类。

汪达尔主义是对人类精精神文明的亵渎和破坏，受到社会的谴责和惩处是应该的。在欧洲国家，惩处的方式多为罚款、拘留或判刑。近些年，出现一个比较引人注目的新动向。随着复杂的社会问题增多，精神落寞、失常、错乱的人数增多。他们的情绪需要宣泄，造成汪达尔主义事件频发，破坏雕像、绘画等艺术品的现象尤为常见。经典绘画作品《蒙娜丽莎》、《夜巡》，著名雕塑《大卫像》、《小美人鱼》，都曾屡遭损毁。在作案者之中，有一个叫汉斯—约阿希姆·博尔曼的德国男子，从1977年起的十年中用硫酸毁坏伦勃朗、鲁本斯等欧洲经典画家的作品50多幅，价值达1.38亿欧元。他多次被判刑，可是刑满释放后照旧作案。最后，警方发现他精神错乱，只好把他送往精神病院。而对那些屡遭破坏的珍贵艺术品，别无其他办法，只有加上安全防护罩。但人们很快发现，这也并非万全之策。爱尔兰著名唯美主义作家奥斯卡·王尔德在巴黎的墓碑，近年频遭涂鸦。前不久，墓园管理当局不得不在墓碑四周加修一道玻璃防护栏。但是，仍有人越过护栏，在墓碑上涂写"我爱你"之类的文字，并留下无数涂着红色唇膏亲吻的印痕。这些人不是蓄意搞破坏的汪达尔主义者，而是王尔德的狂热粉丝。可是，他们的行为属于汪达尔主义，已对其所爱者的墓碑造成极大的损害。对这些人如何处置，据说有关当局深感头痛。

汪达尔主义发展到今天，已远非汪达尔人当年之所为那样简单。它也不再是一个特定民族劣行的指称，而是无论什么人破坏文化艺术行为的总代称。从目前情况来看，形形色色的汪达尔主义有日甚一日的发展趋势。因此，汪达尔人走了，而他们背负的历史责难和罪名看来永远也难以推卸掉。

（2015年12月30日）

走近葡萄牙航海纪念碑

葡萄牙是一个面积不到 10 万平方公里的欧洲小国，而一度却成为面积相当于其本土上百倍的殖民大帝国。这一"奇迹"是如何创造的？这本是一个很大的历史政治问题，但走近葡萄牙航海纪念碑，却发现问题的答案并不复杂：凭借一支强大的船队，横闯大西洋、印度洋和太平洋，征服非洲、亚洲和美洲大片土地，一跃而成为世界海上霸主。

葡萄牙航海纪念碑亦称"地理大发现纪念碑"，位于首都里斯本西部的特茹河畔。这里据说是当年葡萄牙人出海远征的集结地。一座银灰色石灰石和钢筋混凝土堆砌的高大建筑，横看像一堵峭然壁立的大墙，上方镶嵌着作为国家象征的盾徽；纵观像一艘起锚欲发的大船，樯橹威立，风帆高挂。船尾镌刻着一个巨大的十字架，十字竖长横短，酷似一

葡萄牙航海纪念碑

柄长剑。十字和长剑融为一体，喻示当年的征战者是"一手拿圣经，一手挥利剑"。宗教的精神教化和船队的武力讨伐相结合，体现了海外远征的特点。船头之侧安放着一个硕大的铁锚，上面用葡萄牙文书写着"献给恩里克王子

和所有发现海路的葡萄牙人"。不言而喻,这点明了修建这座纪念碑的要旨,称颂葡萄牙历史上诸多航海英杰。

葡萄牙地处欧洲大陆的西南隅,长期遭受异族入侵和统治,直到12世纪才获得独立,14世纪才建立起强有力的中央集权统治。1385年登基的国王若昂一世雄才大略,平息内部纷争,发展农业、手工业和商业,国家日渐强盛。但是,国内市场狭小,进一步发展只有向海外扩张。这一主观需求得到客观现实的强力支持。当时,航海术和造船术均取得长足进步,大型的轻捷多桅帆船出现,中国的指南针传入欧洲。葡萄牙人一直将中国、印度等东方国家视为"财富之源",但陆上交通阻隔,于是决定另辟蹊径,绕过非洲大陆通过海洋前往。

1415年,国王若昂一世亲率一支庞大的船队南下,一举攻占摩洛哥的要塞休达。"试水"的成功,坚定了他们进一步扩张的决心。随同远征的年轻王子唐·阿方索·恩里克从此全身心投入航海事业,创建航海学校,延聘国内外知名科学家训练水手,建造适合远航的大型帆船,为远航筹措粮秣和武器弹药。三年后,他派遣船队沿着西非海岸南下,先后发现佛得角、几内亚比绍、塞内加尔、塞拉利昂、圣多美和普林西比,掠得大量黄金、象牙、香料等物质财富,还有黑人奴隶这一宝贵的人力财富。这就刺激了葡萄牙船队继续远航。1488年5月,具有丰富航海经验的巴尔托洛梅乌·迪亚斯率船队抵达非洲大陆南端的海角。那里风狂雨骤,他即以"风暴角"名之。新国王若昂二世认为继续航行的前途看好,遂易风暴角为"好望角"。1497年7月,由4艘轻快帆船和

达·伽玛率船队抵达卡利卡特港

170名船员组成一支更大的远征队，在年轻干练的航海家瓦斯科·达·伽马率领下绕过好望角，驶入印度洋，于翌年5月抵达印度西南海岸。梦寐以求的东方航路终于打开。

葡萄牙并未就此止步。1502年，伽马奉命再次前往印度。这次的航船满载的是步兵和大炮，一路上袭击阿拉伯商船，最后攻打和占领印度西部城镇。葡萄牙遂以印度为基地，凭借武力进一步拓展势力范围，向西控制亚丁湾和波斯湾入口，向东攻占马六甲、苏门答腊、爪哇等地。1533年，葡萄牙强行侵占中国澳门，对那里实行长达460多年的殖民统治。葡萄牙就这样开创了欧洲殖民主义入侵亚洲的先河。

葡萄牙在向东方扩张的同时，还把部分注意力向西转移。1500年，佩德罗·卡布拉尔率领船队远征印度时，迷航后意外发现一大片新陆地，亦即后来所称的巴西。葡萄牙一方面就地捕捉印第安人，一方面从国内向那里移民，从非洲贩运奴隶，开矿掘金，建立种植园，很快把广袤的巴西变成其最大的殖民地。

葡萄牙不称其海外开拓是殖民主义扩张，而是"地理大发现"，并为这个"快速强国之道"不胜骄傲。葡萄牙国旗五分之二的旗面为绿色，表示对先辈航海家的崇敬；国徽中心设置一架航海专用的浑天仪，代表葡萄牙人漂洋过海的"历史壮举"；浑天仪中央的两个盾徽，象征武力征伐所取得的"辉煌战绩"；而国歌的歌词"海上的英雄，高贵的人民，无畏的民族"则颂扬昔日征战者的"勇猛和威武"。这一切，好像还不足以展示葡萄牙历史上海洋强国的荣耀。1960年，适值恩里克王子逝世500周年，葡萄牙修建了这座气势恢宏的航海纪念碑，进一步表达对往昔的神迷。

恩里克王子没有亲自率队远征，但他把毕生精力贡献给航海事业，实为葡萄牙航海事业的引领人，被尊奉为"航海王子"。在纪念碑的船头，他昂然站立在最前面，手中擎着一个轻快多桅帆船的模型，突出了他在葡萄牙航海历史上开拓者的地位。在他身后的船体两侧，各排着一列由 16 人组成的雕塑群像。群像中的人物身份不同，表情各异，但有一点是相同的，即都以不同方式参与过海外事业的开拓。其中，除著名航海家迪亚斯、伽马和卡布拉尔之外，还有国王、王后、科学家、作家、诗人、传教士。这一图景显示了葡萄牙人对海外大征战的"全民参与"。

纪念碑修建名为纪念恩里克王子，实际上不过是借题发挥，另有更深刻的历史背景。通过武力征讨建立起来的葡萄牙殖民帝国，建得快，衰落得也快。1580 年，葡萄牙遭到邻国西班牙的入侵和兼并，其不少海外殖民地随后相继落入他国之手。葡萄牙后来虽然摆脱西班牙的统治重获独立，但实力大不如前。1822 年，其最大殖民地巴西宣布独立。到 20 世纪 60 年代，亚非两大洲的民族解放运动风起云涌，葡萄牙殖民体系开始彻底分崩离析。执政的独裁者安东尼奥·萨拉查感到帝国末日来临，但又无力挽回颓势。在对民族解放运动加紧镇压的同时，他决定修建航海纪念碑，试图借缅怀"昔日的荣耀"，给帝国的遗老遗少们找来一点精神上的安慰。因此，纪念碑内展示的图片、文字、音像材料，显示的大多是葡萄牙海外征讨的"辉煌历史"，而对武力征服和殖民统治的残暴却略而不提。

纪念碑的顶端是一个观光平台。登高远望，大西洋波翻涛涌，不禁令人遐思。葡萄牙率先发起的地理大发现，无论对欧洲还是对世界的发展，都做出了历史性贡献。这是毫无疑义的。但是，"发现"也充满血污，给世界其他地区带来巨大的伤害。这恐怕也不能避而不谈。一个国家、民族乃至个人，理应客观、全面、公正地看待这一切，而不要随心所欲地摆弄和揉捏历史。

（2013 年 11 月 9 日）

边征战边建城的亚历山大大帝

马其顿国王亚历山大大帝公元前四世纪率军东征，边打仗边修建城镇。据古希腊著名历史学家普鲁塔克说，这位大帝十二年征战中修建城镇七十余座，并皆以自己的名字命名。我到过他征伐的一些地区，曾属意寻觅那些城镇，但发现大多已湮灭在历史的烟尘之中，个别仅存者，已是今昔难比。这并不令人失望，倒使人好奇：戎马倥偬之中，他为什么修建这么多城镇？

亚里士多德在给亚历山大讲课

历史的问题看来只能从历史的发展中寻求答案。

亚历山大大帝原名亚历山大三世，公元前356年出生在马其顿王国都城培拉。其父王腓力二世是个颇有建树的国王，不但征服了林立于希腊各地的诸多城邦，还矢志打败称霸西亚北非的波斯帝国。可惜，宏图未展，他就于公元前336年遇刺身亡。这时，20岁的王子亚历山大三世继承王位。这个年轻人从小练武习文，从父学习骑马射箭技艺，从著名哲学家亚里士多德学习科学文化知识。他雄才大略，志存高远，一心想完成其父的未竟之业。他以马其顿和希腊军队大统领的名义宣告，波斯在公元前 5 世纪两次侵略马其顿和希腊，杀人烧城，此仇必报。公元前 334 年初春，他将治理国家的大权交给母亲奥林匹亚斯和重臣安提培特，亲率大军出征。

亚历山大统领 4 万步兵和 6000 骑兵，分乘 160 艘战船和大批货船，浩浩荡荡渡过现称为达达尼尔海峡的赫勒斯滂海峡，踏上广袤的亚洲土地。他的战略是，先攻占波斯帝国统治力量薄弱的

亚历山大大帝

西亚北非"软肋区域"，再攻取其统治比较巩固的东部"心脏地带"。他率军沿着地中海东岸先是南下，于次年 11 月同波斯军队在现今土耳其南部伊苏斯地区遭遇。亚历山大的军队锐不可当，迅速击败四倍于己的敌人。为防止敌人反扑，亚历山大当即下令在战场南侧一块高地上修建一座城堡。城堡匆促修建，以他的名字命名为伊苏姆的亚历山大里亚（"里亚"这一后缀意为"城"）。土耳其友人说，这个城堡位于地中海东北海岸，确切地点现存争议。而并无争议的是，城堡后来演变成一个繁荣的小镇，被称为亚历山大大帝这次远征修建的首座城镇。

亚历山大留下部分将士驻守，然后率军继续南下，直取叙利亚、腓尼基、巴勒斯坦，于公元前 332 年 11 月几乎兵不血刃就进占埃及。他摧毁波斯帝国的残暴统治，赢得埃及人的拥戴，获得"法老"（国王）称誉。翌年 4 月，他抵达尼罗河注入地中海的河口三角洲，发现那里地势低平，土壤肥沃，灌溉方便，遂决定就地修建未来帝国的都城。据传

说，他办事果决，当即就把都城的具体位置确定下来。但是，一时找不到立标画线的材料，他就把士兵携带的军饷大麦粉收集起来，边走边抛撒，画出未来城郭的草图，标出修建市场、学园、神庙和民居的位置。这座未来的城市以他的名字命名，由著名建筑师蒂诺克拉迪斯按照希腊传统风格设计建造。他虽然没有看到这座城市建成，但他选定的城址背河面海，位置极佳，很快就发展成联结欧亚非三大洲的陆地与海上交通枢纽，发展成为东地中海地区的重要经济与文化中心，并有近千年时间一直是埃及的都城。这就是现今埃及的第二大城亚历山大。它是亚历山大大帝决定修建、并以他的名字命名的所有城市中历经两千多年而不衰、影响力最大的一座。

亚历山大不忘彻底征服波斯帝国的使命，没有在埃及久留，即于公元前331年率军折回亚洲，向东方腹地进发。大流士三世国王集结各行省军队几十万，在美索不达米亚地区的高加美拉摆开阵势。亚历山大的部队所向披靡，很快将波斯军队击败，占领巴比伦、苏萨、波斯波利斯等名城，并将波斯波利斯的王宫付之一炬，以报150多年前波斯军队焚烧雅典之仇。众叛亲离的大流士三世向东北方向狼狈逃窜。亚历山大率部穷追不舍，穿过现今伊朗北部，进入阿富汗境内。他夺取阿里安人聚居的城市赫拉特，将其易名为阿里安纳的亚历山大里亚。从那里迂回向东南，夺取重镇坎大哈，将其易名为阿拉霍西亚的亚历山大里亚。接着，他挥师北上，攻占现今阿富汗首都喀布尔及其以北重镇卡比沙。卡比沙即现今的巴格拉姆，位于兴都库什山南麓，地势险要。他随即下令在其附近修建城堡，屯驻自己统帅的军队7000人和雇佣军3000人。其时，兴都库什山被称为高加索，他因此将卡比沙改称高加索的亚历山大里亚，确定为率部越过兴都库什山北进中亚的前哨。

公元前330年7月，大流士三世在逃亡途中被其下属杀死。延续200多年的波斯帝国就此宣告灭亡。为消灭波斯军队之残部，亚历山大率军继续北上，进入中亚南部。翌年夏天，他攻陷波斯残军盘踞的马拉坎达，即现今乌兹别克斯坦名城撒马尔罕。这里河流纵横，物阜民丰，人杰地灵。他认定这是一方宝地，值得长期经营。于是，在南边的乌浒河（今阿姆河）与科克恰河汇流处，他修建城墙、宫殿、剧场和神庙，将一个重建的古波斯城市命名为乌浒河上的亚历山大里亚。在西南方，他率部攻占穆尔加布河上的古城梅尔夫，也将其以自己的名字命名。这座绿洲之城处于东西方贸易通道之上，后来发展成为现今土库曼斯坦的第二大城马雷。在东部的锡尔河上游南岸，他修筑一条长6公里的大墙，建立新城埃斯查特的亚历山大里亚。"埃斯查特"意为"最遥远的"，因为他认为这座城镇位于其征战所到达的最北地段。中亚的朋友告诉我，这座城市苏联时期叫列宁纳巴德，现改称苦盏市，位于塔吉克斯坦的西北角。亚历山大在这里屯驻正规部队1.3万人，还安置自愿留下来的退伍和受伤官兵几千人，以牢牢掌控欧亚大陆上这一交通要冲。

公元前327年初夏，亚历山大率军调头南下，穿过兴都库什山，进入印度北部，也就是现今的巴基斯坦。一路之上，他攻占多座城镇，皆以自己的名字重新命名。次年5月，在印度河支流杰卢姆河上游，他遇到当地人的顽强抵抗，身受重伤，心爱的坐骑战死。在这一伤心之地，他下令在河流两岸各修建一座城市。东边的命名为尼卡亚的亚力山大里亚，意即"亚历山大胜利之城"。西边的命名为布希法拉的亚历山大里亚，以纪念跟随他转战十多年的心爱战马布希法卢斯。此后，他继续南下，在印度河与阿塞西尼斯河交汇处以及印度河注入印度洋的河口处各修建一城，也皆以自己的名字命名。除屯驻步兵外，他在两地均修建港口和船坞，控制水道和海路。至此，他的部队几乎占领了现今巴基斯坦的全境。

亚历山大本想继续南进征服整个印度。但是，气候炎热，供应短缺，将士累年征战，感到十分疲惫。鉴于波斯帝国已彻底灭亡，东征的主要目的已达到，他于公元前325年10月决定，兵分两路西还。他率领主力走陆路，经现今的伊朗南部回巴比伦。一路之上，他又修建几座以自己名字命名的城镇，并留下一些军队驻守。在现今伊朗东南部修建的卡尔曼尼亚的亚历山大里亚，他竖起一根石柱，象征其帝国的南部边界。另一路由部将尼阿卡斯率领从海上回返。尼阿卡斯仿效主帅的做法，将途经的一个天然良港和波斯湾西北尽头登陆的地点皆命名为亚历山大里亚。公元前324年，这陆海两支部队在苏萨汇合，亚历山大及其帐下近百名将领招纳波斯如女为妻，并举行盛大的"集体婚礼"，欢庆胜利。岂料，几个月后的翌年6月10日，沉醉于功成名就的亚历山大大帝在巴比伦溘然病逝，终年只有32岁。

事情来得突然，亚历山大大帝又无子嗣，王位一时虚悬。部将之间随即爆发争夺权位和地盘的斗争。他用近十二年时间辛苦建立的亚历山大帝国很快分崩离析。在帝国广大的地盘上最后形成三个希腊化国家：埃及的托勒密王朝、西亚的塞琉古王朝以及东南欧的安提柯王朝。这些王朝的统治者在各自统辖的土地上开始以各自的名字建立城镇。城镇"亚历山大化"的现象从此戛然而止。

亚历山大大帝边征战边建城的做法，在世界征战史上具有开创性意义。古代各国的征战者大多是所到之处烧杀抢掠，原有的城镇被焚毁，遑论建造新的城镇。亚历山大不同，早在其称王之前代父出征马其顿东边的色雷斯时，就以他的名义修建新城亚历山德鲁波利斯。走出欧洲出征亚洲，他的口号是降服波斯帝国，心怀的梦想实际上是"建立世界帝国"。他的战略不是打了就走的"权宜之策"，而是要把所征服之地永远占领下去。因此，他一面进行武力征伐，夺取战略要地，一面在战略通道和交通要道上兴建城镇，作为长久统治的支撑点。根据希腊长期以来建立城邦国家的经验，城镇是行政管理、交通运输、商贸往来和文化传播的"多功能中心"。亚历山大既热衷征战，也热衷城建，这是实现其"建立世界帝国"的一种方略。有的西方历史学家说他"心存建城之癖"，显然是一种皮相之议。但他每建一城必以自己的名字命名，期冀以此传诸万世，倒确实是其追逐功名的一种"癖好"。

征战中的城镇建设，亚历山大起初主要依靠其部将。但随着征战的扩展，部将不够用，他就起用一些波斯帝国的降将归臣和地方头领。每置一新城，就交由他们组织管理，同时留驻一些马其顿希腊兵马，安置一些希腊移民。他起初认为，只有希腊人属"开化之民"，其他皆为蛮族，而蛮族只能由开化民族来统治。长期征战改变了他这一观念，使他看到波斯和其他民族也拥有高度文明，并非蛮族。因此，他逐渐将当初推行的民族歧视和仇视政策转化为民族融合与和亲政策。他先后招收5万多名波斯青年加入自己的远征军，带头与波斯人和其他当地人通婚，试图将希腊人和包括波斯人在内的一切臣民都融合为一个统一的民族。民族的融合促进了城镇的巩固和发展。大批新建的城镇不但是军事要塞，还逐渐发展成为希腊文化和波斯文化交融的中心。英国历史学家 Ａ·Ｒ·布恩认为，亚历山大大帝的最大业绩，也许不是他的武功，而是"用最迅速最深入的方式将希腊文化灌注到亚洲"，而"东方的影响也以席卷一切之势涌入西方"。这就开启了世界古代史上延绵 300 多年的"希腊化文明"的新时期。这一切恐怕是亚历山大大帝本人也未曾预想得到的。

亚历山大大帝是古代世界少见的一位英雄人物。他仅用十多年时间，就把一个东南欧小国扩展成为一个横跨欧亚非三大洲的大帝国，并开创了世界历史上一个"希腊化"的新时代。人们往往津津乐道其铁血武功，而忽略其苦心孤诣于文治。他以自己的名字命名的那么多城镇，有的是在战争中仓皇建立，有的是兵营、临时移民点或商贸驿站扩建，有的只是原有城镇的易名。随着征战的结束和帝国的瓦解，这些城镇有的不久即散，有的沦为废墟，有的恢复原名，像埃及的亚历山大城那样保存下来并繁荣至今者已是凤毛麟角。但是，作为历史发展的一种特殊符号，后人是永远也不会忘记的。

（2012 年 6 月 27 日）

亚历山大大帝的勋业与悲情

自古至今，许多伟人都落得这样一个归宿：功业甚伟，悲情甚巨。参观埃及的亚历山大博物馆，翻阅有关亚历山大大帝的史籍，发现这个归宿在他身上体现得尤为生动。这位旷世帝王挥马扬鞭，驰骋疆场，仅用十二年时间，就把东南欧面积只有几万平方公里的小王国马其顿，拓展成一个横跨欧亚非三洲的面积520多万平方公里的大帝国。人们盛赞他开创了历史性功业，可是却忽略他从小就饱受政治的困扰，最后竟落得人亡家破国灭，创痛巨大而深重。

那么，这一切究竟是如何发生的？2300多年过去，有些事确实很难说清楚，但历史的碎片粘贴在一起，总还可以呈现一个大致的轮廓。

公元前359年，腓力二世在马其顿王国首都佩拉登上王位。为解决严重的内忧外患，他动用武力四处征讨，联络感情八方应付。他联络感情的手段之一就是与不同邻国和不同势力缔结秦晋之好。他原本有几房妻室，登基两年后又迎娶毗邻的伊庇鲁斯王国公主奥林匹亚斯，一年后得子亚历山大。奥林匹亚斯声称，她在完婚之夜曾有一梦，梦见自己身遭雷击，引发火光四射，从而怀孕。对这个怪异之梦，古希腊历史学家普鲁塔克的解释是，颇有心计的奥林匹亚斯实际上是在暗示，她生的儿子绝非凡夫俗子，而是天神宙斯的情种。稍长，这个儿子也一再宣称自己是"宙斯之子"。母子两人的所作所为，明显是为亚历山大继承王位制造舆论。因此，可以说，从孩子一出生，围绕王权的明争暗斗就开始。

　　好在亚历山大确实天资聪颖。公元前 347 年的一天，有人牵着一匹毛色乌亮的高头大马来到王宫兜售。那是一匹烈马，无人能驾驭。刚刚 10 岁的亚历山大要求一试。他发现此马最怕自己的身影，于是就牵着它面向太阳站立。果然，那马不见自己的影子，显得异常温驯。亚历山大轻轻抚摸其脖颈，然后飞身而上，指向哪里它就跑到哪里。围观者无不惊叹。腓力二世欣喜异常，连声对儿子说："好孩子，看来马其顿对你来说是太小了，你需要一个同你的胆识相匹配的国家。"从此，他对儿子精心培养，延聘哲学家亚里士多德等名人为师，教授文史哲医等各种学问。后来，他率军出征，甚至把国家托付给刚刚 16 岁的儿子来管理。

　　就在亚历山大的王位继承人地位基本确定之时，王宫中发生婚变，父母子三人之间的爱恨情仇开始发酵。腓力二世本来就为人轻浮，发觉奥林匹亚斯生性乖戾，喜欢与蛇共眠，对她产生厌腻之情。公元前 338 年，他突然决定迎娶贵族阿塔鲁斯的侄女攸瑞迪丝为妻。在盛大的婚宴上，几杯薄酒下肚，阿塔鲁斯忘乎所以，当众向神祇祈祷，赐给马其顿王国"一个合法的继承人"。其言下之意是，亚历山大虽然受宠，但其母已失宠；其母来自异族，他只有一半马其顿血统。攸瑞迪丝深受国王宠爱，他们未来的孩子将是百分之百的马其顿血统，是最合法的王位继承人。闻听此言，亚历山大不由勃然大怒，当即将酒杯掷向阿塔鲁斯，高声吼道："你这个混蛋，说的什么话，难道我是杂种！"腓力二世见状跳起来，拔剑与儿子相向。可是，他这一跳没能站稳脚跟，扑通一声摔倒在地。血气方刚的亚历山大当即嘲笑其父王道："瞧，一心想远征亚洲的人，竟然跌倒在座椅之间。"一言失慎，亚历山大闯下大祸，不得不同母亲一道逃到她的祖国伊庇鲁斯，寻求王舅亚历山大一世的帮助。幸亏腓力二世的怒火很快平复，没有改变将亚历山大培养为继任人的考虑。六个月后，在友人的调停之下，亚历山大回到马其顿，但其母却拒

亚历山大大帝被后人描绘以欧洲中世纪的仪式举行加冕礼

绝回返。

公元前336年，为纾解奥林匹亚斯拒不回返给伊庇鲁斯王国造成的尴尬，腓力二世决定将自己同奥林匹亚斯所生的女儿克里奥帕特拉嫁给其王舅。甥舅联姻，在其他民族看来有乱伦之嫌，但在当时的马其顿和希腊却是司空见惯。婚礼在佩拉举行，一对新人刚刚出场，特来祝贺的腓力二世就被其贴身卫士包萨尼亚斯刺杀身亡。卫士何以有此举动，史籍大多语焉不详，但确实有奥林匹亚斯策划之猜测。为摆脱干系，聪明的亚历山大当即派人将凶手追杀，宣布事件是波斯帝国国王大流士三世制造，誓言要尽快出征波斯为父王报仇。

一场危机过去，20岁的亚历山大登上王位。他首先借故把阿塔鲁斯这个"最危险的人物"除掉。他母亲从伊庇鲁斯回返，又把腓力二世的新宠攸瑞迪丝及其孩子一起活活烧死。一俟国内政局和周边形势稳定下来，亚历山大就将国家的管理大权交给母亲和重臣安提培特，于公元前334年初春率军向波斯帝国进发。他攻城略地，从小亚细亚一直打到埃及。在这个非洲古国，他一方面极力安抚贵族和民众，一方面前往西北部的沙漠绿洲西瓦，向传说中的埃及最高神明阿蒙讨求神谕。他到底讨到什么，一直三缄其口，只是从此宣称，他也是阿蒙之子。这样，他就头顶"宙斯和阿蒙之子"的双重光环，于公元前331年重返亚洲，灭掉波斯，将其全部领土纳入马其顿王国的版图。

随着征战节节取胜，亚历山大得意地玩弄起小权术。他将惨死在部属之手的波斯国王大流士三世的遗体运回帝国首都波斯波利斯，厚葬于皇家陵寝。他趁此宣布，这位波斯帝王临终前已任命他这个马其顿人为波斯及所辖行省的"万王之王"。这时，他穿上传统的波斯王服，戴上波斯王冠，按照波斯的习俗要求臣属先吻其手，然后匍匐于地跪拜。他本欲借此增加同波斯人的亲和力以及对下属的威严感，不料却招致一些部将的反感，认为这是"屈尊迎合野蛮人"。个别情绪激动的马其顿将士，甚至试图向他行刺。他开始意识到，对跟随自己征战十多年的部属，需要采取措施加以安抚。

亚历山大此时也许是想起其先父经常采用的联姻之术。公元前324年，他将几千名随同征战的将士召集到苏萨城，举行各种庆祝征战胜利的活动。其中最引人注目的一项，是举行盛大的集体婚礼。据古希腊著名历史学家阿里安在《亚历山大远征记》中记载，在长期征战过程中，亚历山大有时感到寂寞，就借酒浇愁，从不随便染指女色。但在这次集体婚礼上，他却同时迎娶大流士三世长女斯塔苔拉和大流士二世小女帕瑞萨蒂丝两位公主为妻。这显然是出于化解同波斯帝国世代为仇、争取波斯人心的政治考量。同时，他还将波斯帝国王室、大臣、贵族、行省总督等各个方面的大家闺秀许配给贴身幕僚赫菲斯提昂、近卫军官托勒密等高级将领，共计有80人之多。婚礼按照波斯习俗进行，亚历山大大帝领头，全体行事如仪，同新娘执手亲吻，举杯敬酒。然后，新郎偕同新娘带着亚历山大大帝赠送的丰厚礼物，一一走进洞房。对其余迎娶亚洲女子的马其顿将士，共计万余人，他也都赠送不菲的礼物。婚礼连续举办五天，着实热闹了一番。可惜的是，多数婚姻带有强制性质，很少能有长期维系下去者。

亚历山大回到巴比伦，得悉留在国内摄政的安提培特与母亲龃龉不断，感到非常心烦。不久，他的密友兼姻亲赫菲斯提昂病故，给他造成巨大创痛，心理几近崩摧。他虽然策划了一系列新的军事行动，但再也无心实施。建立旷世奇勋的这位马其顿帝王没有料到，死神正在悄悄向他走来。公元前323年6月11日，他在巴比伦的古王宫中逝世，年仅32岁。对其死因众说纷纭，一般认为是高烧或伤寒，也有说是酗酒中毒，还有说是有人投毒。真相究竟如何，至今仍是个谜团。同时还有一个谜团，就是他的尸骨究竟葬于何处。通常的说法是，他的遗体安放在一具金棺中，原计划送回故乡马其顿安葬。这时，有占卜者预言，他埋葬在哪里，哪里就会成为福地。近卫军官托勒密抢先下手，将遗体从护送灵柩的人员手中夺走，运到他未来辖制的埃及，先是安葬在孟菲斯，后来迁葬亚历山大城。可是，迁葬的具体地点在哪里，说法不一，至今仍难确定。

亚历山大胸怀"建立世界帝国"之志，本来还想征服印度，占领阿拉伯半岛，根本没有料到刚过而立之年就赍志长逝。他对后事没来得及做任何安排，也没有指定继任人。按一般习惯，王位应该父传子。亚历山大有三房正式妻室，但谁也没有为他生下一男半女。最早迎娶的中国

19世纪画家所绘的亚历山大大帝发丧图

史籍所称"安息"的贵族之女罗克姗娜倒是身怀六甲,但尚不知是男是女。因此,一种说法是,在他弥留之际,身边人请示王位如何传袭,他只含糊答道:"传给最强者。"另一种说法是,他躺在病榻上已不能说话,只是把印玺戒指摘下来交给骑兵统领坡迪卡斯,似有指定他为继承人之意。坡迪卡斯不敢从命,建议由罗克姗娜腹中的婴儿为王,只要是男孩。步兵统领迈立杰持有异议,提出拥立阿里达埃乌斯为王,因为他既是亚历山大的弟弟,也是家族中现有的唯一男性。双方后来达成妥协,待罗克姗娜腹中的婴儿出生后与阿里达埃乌斯一起继承王位。几个月后,罗克姗娜生下男婴艾格斯,继其父之后被称为亚历山大四世,与其叔父阿里达埃乌斯共同为王。

阿里达埃乌斯此时在巴比伦。在亚历山大的心目中,这位异母兄弟是个心地善良之人。但是,亚历山大和母亲又总是把他视为承袭王位的最大威胁。据传说,狠毒的母亲曾对他下毒,造成他神智错乱,实际上沦为废人。东征开始时,亚历山大特命他随军前来,一方面是为保护他不再受母亲的残害,另一方面也是防止他被人利用向王位提出挑战。他在远征军中没有任何职务,纯属闲人一个。

一个废人,一个婴儿,叔侄两人被宣布承继王位之后,自认为是"最强者"的各路将领竞相争夺摄政官之职,以便掌控国家实权。不久,力挺阿里达埃乌斯的迈立杰遭杀害,力挺罗克姗娜及其幼子的坡迪卡斯得手,出任摄政官。

权力促使人理智丧尽。为坐稳母后宝座,亚历山大遗孀中排名第一的罗克姗娜自视为"正宫娘娘",将排名第二的斯塔苔拉处死,排名第三的帕瑞萨蒂丝则不知所终。亚历山大的异母妹妹西娜妮得悉哥哥阿里达埃乌斯在巴比伦称王,立刻从马其顿赶来,将自己的女儿攸瑞迪丝献给他当王后,结成叔侄姻缘。这位王后年龄不大,但野心勃勃,颐指气使,代行丈夫本来就有限的职权,招致满朝文武不满。

公元前321年,摄政官坡迪卡斯护送两位国王及全部眷属回到马其顿。权力欲一向甚强的奥林匹亚斯，当即将辈分属皇嫂的寡居女儿克里奥帕特拉嫁给这位摄政官，企图在国家权力掌控中分取一杯羹。可是，一直同她不和的安提培特很快将坡迪卡斯取而代之，弄得她处境极为尴尬，罗克姗娜母子也失去强有力的政治庇护。此后，安提培特的儿子卡山德同阿里达埃乌斯的王后攸瑞迪丝勾结在一起，夺得马其顿和希腊的半壁江山，企图对亚历山大的遗属狠下毒手。但是，大多数军官拒不从命。攸瑞迪丝无路可走，偕同丈夫逃亡，结果被奥林匹亚斯抓获。奥林匹亚斯看到这个无能的阿里达埃乌斯仍是祸患，于公元前 317 年 10 月将他处死，其妻攸瑞迪丝被迫自尽。翌年，奥林匹亚斯及罗克姗娜母子被卡山德抓获。对亚历山大向来心怀不满的卡山德毫不犹豫，当即将作为王祖后的奥林匹亚斯处死，后来又将王太后罗克姗娜和小国王秘密杀害。这样，亚历山大大帝的遗属全部消失，以其父王为代表的整个腓力家族彻底覆亡。

经过几十年的相互杀伐，亚历山大手下各路将领的势力此消彼长，一个个邦国你亡我立。最后，北非的托勒密、西亚的塞琉古和欧洲的安提格诺斯三个希腊化王国确立。亚历山大大帝生前在战场上从未打过败仗，身后却在宫廷斗争中吃了一个大败仗。他不但失去全部亲人，也失去苦心孤诣创建的大帝国。他呕心沥血谱写的一首世界历史上罕见的英雄史诗，最后就这样以饱含悲情的笔触草草收场。

（2012 年 7 月 15 日）

拿破仑与三个海岛的恩怨情仇

在巴黎塞纳河南岸，雄伟壮丽的荣军院大穹顶下，安放着法国一代奇人波拿巴·拿破仑的棺椁。睹物思人，人们总是津津乐道于他当年指挥千军万马驰骋国内外，不到 20 年时间就从炮兵少尉一跃而登上法国国王宝座，进而试图成为整个欧洲的霸主。那些辉煌的岁月固然是激动人心的谈资，但他生于海岛、囚于海岛、最后客死海岛，一生中同地中海和大西洋上三个小岛的生死情缘，苍凉悲壮，似乎也值得追溯。

（一）

拿破仑是法国的骄傲，但他却不是土生土长的法国人，而是来自归属法国不久的科西嘉岛。

科西嘉岛位于地中海西北部，北距法国本土 170 公里，面积 8680 平方公里。历史记载，这个山峦起伏、丛林密布的海岛，先是被希腊人、迦太基人、罗马人、汪达尔人、阿拉伯人等占领，13 世纪之后，逐渐沦为欧洲大陆城邦国家热那亚的领地。18 世纪中，在帕斯夸莱·保利领导下，科西嘉人展开反对热那亚统治、争取独立的斗争，于 1755 年建立科西嘉共和国。热那亚人感到再也难以在这个海岛立足，就于 1768 年 5 月将其秘密出售给法国。法国军队一进驻，又激起岛民新一波反占领斗争。斗争失败后，保利逃往英国。作为其助手之一的律师夏尔·波拿巴，却接受法国的统治，被任命为科西嘉首府阿雅克肖地区助理法官。

夏尔是意大利中部托斯卡纳地区一贵族的后裔，出生在科西嘉。1769 年 8 月 15 日，他又得一子，取名"拿破仑"，意为"荒野雄狮"。由于科西嘉这时已是法国领地，新生儿自然是天生的法国公民。夏尔做梦也没料到，正是这个儿子，后来成为法国命运的主宰者，搅动整个欧洲的一头雄狮。

1779 年 1 月，夏尔通过与法国有关当局的密切关系，把排行老大和老二的两个儿子约瑟夫和拿破仑送到法国本土学习，先是学法语，很快又学军事。小拿破仑生性孤傲，总觉得自己是外国人，难于同法国本土的同学融合在一起。他于是强制自己奋发读书，在布列讷堡军事学校学习五年，成绩优异，毕业后被推荐到巴黎军事学院继续深造，专攻炮兵学。这时，父亲病逝，供给出现困难，他就加紧学习，两年的功课一年就学完。毕业时，他获得炮兵少尉军衔，被分配到法国南部的炮兵团服役。

无论在哪个学校，拿破仑除学好规定的军事课程外，还阅读大量社会科学著作，开阔了视野。此时正值法国大革命前夕，启蒙主义思想广为传播。他最喜欢阅读伏尔泰、卢梭等启蒙主义作家的著作，萌生追求自由与平等的思想。他暗下决心，决不走父亲那种背叛故土之路，而是要同保利合作解放科西嘉。1786 年 9 月，他请长假回岛探亲，游走于各种政治势力之间，探寻科西嘉的政治前途。1789 年 7 月，法国大革命爆发，封建专制被推翻，新建立的制宪会议宣布，科西嘉人同全体法国人享有同等的权利。这使他这个科西嘉人颇受鼓舞。不久，长期流亡英国的保利回到科西嘉，拿破仑本想同他一起为科西嘉而战。但是，也许是因为他父亲的阴影尚在，保利却对这个年轻人不大信任。拿破仑感到失望，就回到法国本土继续从军。

随着法国大革命的深入发展，他开始把科西嘉的命运同整个法国革命联系在一起，不再坚持争取科西嘉独立的诉求。1791 年 9 月，他奉派回到科西嘉，担任国民自卫军副营长，发现保利想借助英国支持使科西嘉脱离法国统治，就断然与其决裂。1793年4月，保利率领部众袭击已升任营长的拿破仑的军队，后来又洗劫居住在阿雅克肖的拿破仑家人。从此，拿破仑坚定了他将法国视为自己祖国的决心，从科西嘉民族主义者转变为法兰西爱国者。

选定自己的政治方向之后，拿破仑屡建战功，在法国军中和政坛上逐渐崭露头角。1793年8月，他率军平复保王党在法国南部的复辟活动，赶走支持他们的英国和西班牙军舰。他的军事指挥才能备受执政的雅各宾派领导人罗伯斯庇尔的赏识，这年底，年仅24岁就被授予准将军衔。次年，罗伯斯庇尔倒台，拿破仑受到牵连，以叛国罪遭逮捕。一年后，保王党又在巴黎发动叛乱，他得到新政府起用，带兵镇压。胜利后，他升任少将，成为内防军司令兼巴黎卫戍司令，眼前展现一片更加广阔的新天地。1796年3月，他被任命为意大利军团司令，前往征讨占领意大利的奥地利军队，粉碎奥地利、英国、沙俄等封建君主国家结

拿破仑举行帝王加冕礼

成的反法联盟。两年后，他又奉命率军远征埃及，虽未取得大胜，但声名远播。1799年10月，因保王党复辟势力猖獗，他奉调返回巴黎，随即发动"雾月"政变，建立执政府，先后担任第一执政和终身执政。1804年11月6日，法兰西共和国改为法兰西帝国，35岁的拿破仑被推举为法兰西皇帝，称拿破仑一世。一个来自归顺法国不久的科西嘉岛民，一个具有意大利血统的年轻军人，从此执掌法国的政治权柄。法国人在拥戴之余，冷静下来想一想，也不禁惊愕不已。

（二）

拿破仑当政后，大刀阔斧改革法国的各项政治社会制度，加强中央集权统治。同时，他向奥地利、西班牙、普鲁士等国发动战争，多次粉碎反法联盟的威胁，确立了法国在欧洲大陆的霸主地位。他兼任意大利国王、莱茵联邦保护者和瑞士联邦仲裁者。无限的权力和称霸的野心促使他做出一系列狂妄决策。1806年11月，他颁布针对英国的大陆封锁令。次年，他又派兵占领葡萄牙。1812年6月，他率军远征俄罗斯，最终惨败而归。于是，沙俄联合普鲁士、奥地利等国向法国宣战，在莱比锡战役中重挫法军。1814年3月30日，反法联军20万直抵巴黎，拿破仑于4月6日被迫宣布退位。4月11日，法国临时政府与联军签署枫丹白露条约，剥夺拿破仑及其家族对法兰西帝国、意大利王国和其他一些国家的统治权，只准许拿破仑保留皇帝称号，仅拥有地中海上厄尔巴岛的主权，由法国提供200万法郎年金和400名卫士，前往那里度过余年。闻此，难忍其辱的拿破仑当即吞服随身携带的毒药。可惜药性不足，他最终得救，但十年的皇帝梦宣告终结。

走投无路的拿破仑只好挥泪告别长期追随他征战的将士，登上一艘英国军舰，被押送出法国本土。5月4日，他一行几百人抵达厄尔巴岛首府费拉约港。厄尔巴岛现今属于意大利，当时属于法国，东距意大利只有几十公里，北距法国本土大约 200 公里。这是一个面积只有 223 平方公里、人口三四千的小岛，但林壑幽美，物阜民丰，倒是个宜居的好去处。

拿破仑入岛后将位于费拉约港西南部的穆利尼别墅辟为皇宫。这是一座阶梯式花园建筑，四周有青翠的山丘，不远有柔细的海滩。但他无心欣赏这一切，忧心今后的日子怎么过。他骑马环岛巡视，看到岛民对他这个落魄的皇帝仍满怀崇敬和期待，倍受鼓舞。他虽然战败失国，但没有自暴自弃，决定先下手治理好这个小岛，其他再从长计议。他首先由随从人员和岛民代表组成微型议会和内阁，然后建立捕鱼船队，修建岛上道路，开发山区铁矿，发展沿海农业。同时，他修建学校，组织戏剧和音乐演出活动。在外人看来，他已安心岛上生活，准备在这里度过余生。岂料，年仅 45 岁、不甘心失败的他，不过是借小岛的开发，卧

拿破仑率部离开厄尔巴岛回法国大陆

薪尝胆，伺机东山再起。

入岛几个月后，拿破仑的母亲、妹妹以及波兰裔情妇玛丽·拉辛斯卡伯爵夫人相继前来探望。他们不但给独处孤岛的他带来极大精神安慰，还给他带来不少法国政坛信息。他获知人们对波旁王朝复辟甚为不满，压抑在心中的革命烈火不禁复燃。次年初，反对波旁王朝的人士乔装水手前来，向他详尽禀报巴黎政坛情况，希望他回去"发动一场革命"。他当即征询亲人和心腹的意见。他们均表示支持，只是担心势孤力单，行动能否成功。他满怀自信地告诉他们，他的名字"就是千军万马"。于是，2月26日深夜，流放厄尔巴岛近300天之后，他率领带来的几百名士兵，分乘7艘小帆船，悄然离开厄尔巴岛，扬帆北上。

厄尔巴岛附近的海面上平时总有英国和法国的军舰巡逻，监视拿破仑的行动。可是，这天夜里，没有发现英国舰船，法国舰船倒有两只，但没有拦阻。拿破仑认为暗有神助，不由心喜。他的人马于3月1日凌晨顺利抵达法国南部戛纳附近海岸。政府军得悉，当即前来拦阻。拿破仑高喊："是我拿破仑归来。谁胆敢冲撞皇帝！"政府军看到来者果然是皇帝陛下，立即脱帽致敬，高呼万岁。拿破仑马不停蹄，挥师向巴黎进发。一路上，兵不血刃，农民竞相投奔，政府军纷纷倒戈，他的队伍迅速扩大到7000多人，国王路易十八仓皇出逃。3月20日，拿破仑再次登上皇位，开始史称的"百日统治"。

拿破仑在巴黎重新现身震动整个欧洲。英国、奥地利、普鲁士、沙俄等国再次联合起来，声明"拿破仑违反了确定他蜗居厄尔巴岛的协议"，计划拼凑70万军队，讨伐"那个从厄尔巴岛潜回法国的篡权者"。这时，拿破仑也以超乎寻常的效能，组织起一支近30万的军队。考虑到力量对比悬殊，他决定以攻为守，首先调集10万人马北上，迎击集结在比利时的英普联军。6月18日，双方在小镇滑铁卢遭遇。结果，法国军队大败，拿破仑仓皇逃回巴黎。英普联军穷追不舍，威逼巴黎。6月22日，拿破仑眼见大势已去，在枫丹白露再次签署退位诏令，宣布"我的政治生命已经完结",为时近百日的第二次统治戛然而止。

(三)

拿破仑这次下野再也不能重返厄尔巴岛。他先是暂居法国东北部的马尔迈松,后得悉普鲁士军队捉拿他,就逃到西部海港罗什福尔,想从那里逃往美国。可是,英国舰船封锁了所有法国港口,他出逃无门。7月15日,无奈之下,他向英国请求保护。英国旋即应允,派船前来接应。可是,待拿破仑搭乘的英国船只靠近英国东南部海岸时,英国却拒绝他登陆。7月31日,英国正式通知他,不再承认他的皇帝头衔,将他作为战败将军放逐到遥远的圣赫勒拿岛。此时,拿破仑才感到上当受骗,一再表示抗议。但英雄末路,抗议无济于事,只有接受英国给他作出的安排。1815年8月8日,他同自愿陪护的贝特兰伯爵等四位将军和十多名扈从,乘坐英国的诺桑波兰号护卫舰南下。经过67天大风大浪的颠簸,于10月16日抵达圣赫勒拿岛首府詹姆斯敦。

圣赫勒拿岛是一个比厄尔巴岛还小的火山岛,面积只有122平方公里,人口不到2000。它孤悬南大西洋,离非洲西海岸最近,但也有1840公里。17世纪中叶,英国将其劫掠为海外殖民地,常年派兵驻守。海岸是阴森森的悬崖,内陆是荒无人烟的峡谷,整个小岛简直就像一座天然的牢狱。

登岛后的最初两个月,拿破仑借住在一个叫威廉·巴尔科姆的英国商人家中。这位落魄的法国皇帝,很快就同房主一家成为朋友。特别是房主14岁的小女儿贝特西,聪明伶俐,会讲法语,最令内心孤寂的拿破仑钟爱。他们相互逗趣,其乐融融。他后来搬走,她还经常去看他。她后来随父母回伦敦,还眼泪汪汪地前去向他告别。他握着她的一双小手,满怀感激地说,她的来访是他人生中最后一件快事。确实,拿破仑在圣赫勒拿岛被囚禁8年,只有这个不谙世事的小女孩给这位身处逆境的皇帝带来一点难得的安慰。

拿破仑及其随行人员后来搬进詹姆斯敦郊外的朗伍德别墅。新派来的英国总督赫德森·洛对他们看管得极为严格。为防止他们逃跑，小岛附近海域每天都有英国战舰巡游，任何外国船只都不准靠近，岛上的所有船只日落后一律不准进出。拿破仑只能在限定的范围内活动，其驻地四周日夜有英军巡逻，每天两次验证他的存在。也许是因为这位总督作为军人有在科西嘉常驻的经历吧，他深知多数科西嘉人仇视英国，就想方设法折磨拿破仑，给他提供发霉的面包，劣质的葡萄酒，湿漉漉的木柴。他有时还故意借一些小事同拿破仑争吵，气得当年的法国皇帝满脸通红，双手发抖，大叫"我就如同被关在监狱里。我要控诉"。他多次向英国政府提出抗议，但英国从不答复。连在滑铁卢战胜拿破仑的英军统帅威灵顿公爵都认为，派遣赫德森·洛看管拿破仑是"一个很坏的选择"。

比外界折磨更加痛苦的，还有内心百无聊赖的感受。除了几个长期追随他的将军之外，与流寓厄尔巴岛时不一样的是，拿破仑身边始终没有一个亲人，且没有通信的权利。除偶尔从过时的伦敦报纸上得知一点可怜的信息之外，他对外部世界简直是一无所知。对一个曾经的政治家和军事家来说，这不啻是一种最可怕的精神折磨。他清醒地知道，再也不会像在厄尔巴岛时那样，寻觅并把握东山再起的机遇，只能无奈地屈从命运的安排。开始，为消磨时光，他就戴上草帽同包括两个中国劳工在内的花匠们一起修剪花木，骑上马到溪水边的草地上徜徉。后来，他又没日没夜地读书，跟着博学多才的拉斯加斯伯爵学习英语，几个月下来就能阅读英文报纸。再后来，他同随行人员一起追述往昔辉煌的岁月，由拉斯加斯伯爵代笔撰写回忆录。

在生活和精神双重折磨下，拿破仑的健康每况愈下。1817年底，他胃病复发，随同前来的爱尔兰医生巴利·奥梅亚拉建议改换一下他的居住地，但那位英国总督不允许。1821年初，他的病情恶化，呕吐发烧,疼痛难忍。他意识到自己可能不久于人世,从 4 月 13 日起,开始口授遗嘱。他在遗嘱中写道:"我因遭受英国寡头政治及其雇用的刽子手的谋害而过早死去,法国人民迟早会为我报仇。"他决定,将他两亿多法郎的财产分成两半,一半留给曾在他麾下战斗的官兵,另一半捐给遭受外国入侵的法国各省人民。

1821 年 5 月 5 日下午 5 时 49 分,不可一世的拿破仑因胃癌不治而停止呼吸,差 3 个月不满 52 岁,眼角挂着几滴泪珠。随从人员见此泣不成声,把一件他在征战中经常披着的大氅轻轻覆盖在他身上。消息传出,连看守他的英国士兵都前来俯首致哀。4 天后,圣赫勒拿岛为这位"杰出的囚徒"举行了一场还算体面的葬礼。在礼炮轰鸣声中,他的遗体暂厝在离其驻地不远的托贝特谷地。19 年后的 1840 年,法国征得英国的同意,将其遗体运回巴黎隆重安葬。

拿破仑生于海岛,长于海岛,失势后流亡海岛,又东山再起于海岛,最终则亡命海岛,客死海岛。海岛成就了他,也毁灭了他。他同地中海和大西洋上的三个小岛结下难以割舍的爱恨情仇。这是历史的机缘,还是人生的宿命,看来很难说得清楚。

(2016 年 4 月 15 日)

拿破仑与三个女人的生死情缘

都说英雄爱美人，有"战神"之称的拿破仑·波拿巴亦不例外。在近20年的戎马倥偬之中，他到底爱过多少女人，没有准确的历史记载。而有准确记载的是，他一生中最宠爱的女人有三位，即前后两位皇后，中间一位波兰情人。他和她们之间不能说没有爱，但这爱中确实掺杂着不同的政治考量。

拿破仑1769年出生在地中海科西嘉岛一个没落贵族之家。一家10口人，完全依靠做律师的父亲维持生计。父亲去世后，生活的重担几乎全部落在军校刚毕业的拿破仑肩上。他知道，自己经济收入不高，相貌也不出众，没有哪个姑娘会把一生托付给自己。因此，很长一段时间，他只埋头读书和工作，不结交女朋友。后来，条件还不如自己的哥哥约瑟夫，不知怎么交上桃花运，竟娶了一个既有地位也较富裕的商家之女，这令他艳羡不已。他于是也决定一试身手，先后交了几个女友，但都无果而终。他这才领悟到，任何事情不能刻意追求，而只能等待时机。

1789年法国爆发大革命。拿破仑是这场资产阶级大革命的坚定支持者。从法国南部到首都巴黎，他积极参与平定保王党的叛乱活动，很快从一个默默无闻的炮兵少尉擢升为少校、准将和少将，被任命为法国内防军司令。刚届26岁，他就成为巴黎的显赫人物，要人与富豪竞相献媚，贵妇和美女争相邀宠。他感到，随着权势的迅速增长，期盼已久的情爱也在到来。

（一）

　　1796 年初，拿破仑在共和国督政官让·尼古拉·巴拉斯的沙龙里邂逅一位光彩照人、气质不凡的贵妇，爱情之火顿时在心中熊熊燃起。

　　这位贵妇名叫约瑟芬·德·博阿尔内。她 1763 年出生于法国西印度群岛的领地马提尼克岛，16 岁同该岛总督之子博阿尔内子爵亚历山大·弗朗索瓦在巴黎结婚，育有一子一女。法国大革

拿破仑的第一任妻子约瑟芬皇后

命爆发后，亚历山大先任国民公会议员，后任莱茵军团总司令。1794 年 3 月，雅各宾派实行"恐怖专政"，指控他指挥作战不利，以"勾结贵族"为名将他送上断头台。约瑟芬受其牵连，也被监禁。三个月后，"恐怖专政"结束，她无罪获释，混迹巴黎上流社会，同包括巴拉斯在内的多名军政显贵有染。拿破仑了解这一切，但情火难抑，对她还是一见倾心。他不顾她比自己年长六岁，也不顾她的婚姻背景，更不顾母亲的反对，于 1796 年 3 月 9 日同这位有两个孩子的寡妇结婚。

　　拿破仑初尝爱情虽然有点昏头，但他并未沉迷其中，而是渴望建立更大功业。因此，婚后仅两天，他就以意大利军团总司令的身份，率军出征意大利。远征途中，他想念新婚的妻子，利用战斗间隙给她写了许多情书，件件充满柔情蜜意。可是，这并没有加固她对他的感情，她趁丈夫不在身边又续写起新的浪漫情史。拿破仑获悉，坚持要她前来意大利相伴。她一再推拖，最后不得已来到米兰。军人聚少离多，拿破仑很快离开米兰重返前线，约瑟芬留在后方仍是纵情欢愉，很少把殊死作战

的丈夫挂在心上。拿破仑感到无比沮丧，不禁仰天长叹："赢得战争，失掉女人！"

从此，无论在意大利作战，还是后来远征埃及，拿破仑不再约束自己，也开始逢场作戏。他宣称，"权力就是我的情妇"，一再利用手中的权柄同下属的妻女调笑。1799 年 10 月，他从埃及回到巴黎，决定惩处不贞的妻子。他紧闭房门，对她置之不理。她知道大事不妙，彻夜啼哭，哀求他的宽恕。这位在战场上杀人不眨眼的铁汉，抵挡不住女人的眼泪，最后打开房门，伸出双臂将她拥抱。两人于是和好如初。

拿破仑在法国的声望不断高涨。他先是在 1799 年底被选为政府第一执政，三年后又被任命为终身执政，独掌国家军政大权，开始做起皇帝梦。对此，约瑟芬是又喜又忧。喜的是，有朝一日他当上皇帝，她将荣任皇后；忧的是，她已不能生育，皇朝无后就可能遭遗弃。因此，她屡屡劝说他不要当皇帝，而他却不予理会。"离婚"一词于是像梦魇一样日夜将她折磨。

1804 年 11 月 6 日，法兰西共和国改为法兰西帝国，拿破仑成为帝国皇帝，约瑟芬随之成为帝国皇后。在举国欢庆之时，约瑟芬却心怀忐忑。她知道，对她来说，封后就意味着离婚问题提上议事日程。根据历史惯例，皇位是要世袭的。拿破仑既登大位，就不能不考虑继承人问题，不能不考虑重新遴选皇后问题。约瑟芬在惶惶不可终日之中度过近五年时间，问题终于摆到桌面上。1809 年 11 月 30 日，约瑟芬一如往常同拿破仑一起进餐。拿破仑紧锁双眉，一语不发。最后，他屏退左右对她说："我在人世间得到的幸福是你赐给的。但是，我最珍贵的爱情必须服从于法国的国家利益。"约瑟芬当然知道他这番话的含义，听后当即晕厥过去。

对拿破仑来说，与约瑟芬离婚并不是一件轻松事情，因为她毕竟是他一生中真心爱过的第一个女人。离婚对约瑟芬当然更不是一件轻松的事情。她第一次婚姻遭遇坎坷，没料到第二次又出现这样尴尬的结局。

但是，她毕竟是个明白人，知道他的话既出口就无望挽回，只有表示同意。1809年12月14日，在皇宫举行隆重仪式，当着皇家全体成员和帝国所有大臣的面，拿破仑和约瑟芬正式宣布离婚。次日，约瑟芬搬出皇宫。拿破仑前来同她吻别，她晕倒在他的怀里。这凄楚的一幕，宣告他们十三年的婚姻生活就此结束。她后来说，不是他无情，而是她"欠他的账"，不能为他生儿育女。四年多后的1814年5月，她因病去世。这时，拿破仑作为皇帝已遭废黜，流亡在地中海的厄尔巴岛。得悉她去世，据说他两天闭门不出，拒绝会见任何人。一年多后，他又被流放到南大西洋的圣赫勒拿岛，回忆往事时一再诉说："我确实很爱我的约瑟芬，但是我没有尊重她。"他卧室的墙上一直挂着她的画像。他临终前在病榻上一再呼唤她的名字。

（二）

拿破仑虽爱约瑟芬，但在爱的过程中，他的"感情出轨"一再发生。其中广为人知之一例，就是他同波兰贵妇玛丽·拉辛斯卡的艳遇。

1806年10月，拿破仑率军进攻普鲁士，很快攻占柏林，旋即又向波兰挺进。12月下旬，他乘坐马车来到波兰首都华沙西边的小镇布洛涅，受到波兰人的热烈欢迎。这时的波兰已三次遭受俄罗斯、奥地利和普鲁士瓜分，面临亡国灭种的危险，视这位法国皇帝为"大救星"。一位年轻女郎从欢迎的人群中冲出，向马车中的拿破仑喊道："欢迎，热烈欢迎！我们在等待您拯救波兰。"拿破仑瞄了她一眼，秀美的身材，娇嫩的面庞，一头瀑布似的金发，两个蓝宝石般的眸子，简直像个天仙。他当即摘下帽子向她致意，并顺手把一束鲜花送给她说："华沙见！"她万万没有料到，她这一有点鲁莽的行为竟改变了她的人生。

这位名叫她玛丽·拉辛斯卡的女子于1786年12月出生在华沙，父亲在争取民族独立斗争中英勇献身。她一到18岁，母亲就将她嫁给68

拿破仑的波兰情妇
拉辛斯卡

岁的鳏夫安东尼·科隆纳·拉辛斯基伯爵。她无心家庭生活，时刻关心着国家命运。一睹法国皇帝的风采之后，她有好几天心情难以平静。可是，她没想到，那位法国皇帝也惦念着她。据她后来回忆，几天过后，一位华沙高官来到她家，邀请她参加法国皇帝也将幸临的舞会。他解释说，这位皇帝来到华沙之后，一再打听在布洛涅接受他花束的女郎。"我今天终于找到你，希望你在舞会上与他共舞。你要知道，我们波兰的命运就掌握在他手中。"闻此，她才明白这位高官的真正来意。

消息很快传开，丈夫高兴，朋友们竞相来她家祝贺。她开始犹豫要不要接受邀请，但大家无一不劝她一定前往，因为"这是为国家效力的大好机会"。1807 年 1 月 19 日，她壮起胆子赴约，没有化妆，只在头上插了几朵鲜花。一到舞场，拿破仑就走上前来，热情同她交谈，然后邀她共舞。她得体的谈吐，机敏的才思，优雅的举止，动人的舞姿，当即把这位正在征服整个欧洲的法国皇帝征服。一曲结束，聪明的她立刻就感到，他的话语中不无挑逗的意味，他的目光中充满火辣辣的渴求。他之所以惦记她，显然是另有所图。

此后，她几乎每天都收到拿破仑邀请她赴宴的信函。他明确表示，"我需要你"，"我心中只有你"。她则一再表示婉拒。消息传出去，波兰各方面的高官显贵竞相登门规劝。他们说，赢得法国皇帝的好感，不是个人的事，应从国家和民族的前途考虑。如果拒绝他，那将是"对身陷苦难的祖国的不忠"。在这种情况下，她作出决断说，出于国家利益需要，她"愿意做出个人的牺牲"。

就这样，她同拿破仑开始共度良宵。消息很快传遍华沙上流社会，没有人指责她，反倒将她视为"民族英雄"。她慢慢发现，他确实很爱她，答允帮助她的祖国尽早摆脱异族统治。她认为，只要法国牵制住普鲁士、奥地利和俄罗斯，对波兰就是一种援助。因此，无论拿破仑后来移师哪里，她就跟到哪里。不久，她发现自己怀孕。这使拿破仑兴奋不已，证实他有生育能力，能为法国留下"龙种"。

1810 年 5 月 10 日，她回波兰生下一个男婴，老公爵为其命名为亚历山大·弗洛里安·拉辛斯基。但是，任谁都明白，他是拿破仑的孩子，只是拿破仑不能公开承认。拿破仑还算有情有义，尽管此时刚刚招纳新皇后，还是邀请拉辛斯卡携婴儿前来巴黎，安排他们下榻一座豪宅。他不时悄悄前来看望，并把那不勒斯包括 60 多座农庄在内的一大笔房地产赏赐给她母子。他同她的亲密关系，实际上到此即宣告结束。

她对拿破仑十分感念。在他流放厄尔巴岛之后，她曾带着孩子秘密前往探望。次年，在他遭遇滑铁卢惨败之后，她曾前往法国东北部的马尔迈松，对流寓不定的他百般安慰。1817 年，她在巴黎去世，年仅 31 岁。流放在圣赫勒拿岛上的拿破仑得悉，不胜唏嘘。她被安葬在巴黎的拉雪兹神父公墓，后应其弟请求，遗体迁回波兰，心脏仍留在巴黎。她后来的法国丈夫菲利普·安托万·多尔纳诺将军在其回忆录中称赞她是"热诚的爱国者"，"在波兰有影响的政治人物"。

（三）

尽管拿破仑很爱拉辛斯卡，但她只不过是他的情人。因此，拿破仑同约瑟芬离婚后，一直忙于寻求新的皇后。

新皇后的遴选，不同于他当年同约瑟芬结婚时那样，只要自己钟爱即可。现在贵为法兰西皇帝，他首先要考虑的是国家尊严和皇朝永续问题。在为选后召开的大臣会议上，大家的一致意见是，皇后要从欧洲大国皇室中遴选。有公主待字闺中的国家，算来算去，当时只有俄罗斯、奥地利和萨克森三国。萨克森是小国，不予考虑；奥地利刚被法国打

拿破仑的第二任妻子路易莎皇后

败，也暂不考虑；这样，可考虑的只有俄罗斯。

拿破仑当即谕令法国驻俄罗斯使节向沙皇亚历山大一世提出联姻请求。可是，俄罗斯宫廷绝大部分人都不喜欢拿破仑，坚决反对这桩婚事。可是，亚历山大一世慑于法国的威力，不敢断然拒绝。经一再谋划，他以16岁的小妹安娜·巴甫洛夫娜年幼无知为由，提出来日再考虑。拿破仑知道这是俄罗斯在玩弄拒绝招数，就将注意力转向奥地利。奥地利公主玛丽·路易莎18岁，刚刚成人，不但长得漂亮，且懂七国语言。他迅即召见奥地利驻法国大使克莱门斯·冯·梅特涅，提出联姻问题。梅特涅是一位老谋深算的政治家，来巴黎任职的重要使命就是相机促使两国和解。现在，他认为时机到来，不几天就作出积极回应。

奥地利接受联姻请求，其实是出于无奈。奥地利地处中欧，到16世纪中叶全盛时期，其版图扩大到意大利、德意志和西班牙，其著名的哈布斯堡家族长期保有德意志帝国和神圣罗马帝国皇帝的称号。法国大革命发生后，奥地利同英国、俄罗斯、普鲁士等组成反法联盟，极力维护欧洲的封建专制统治，但却连遭失败。1806年，鉴于国家实力日渐衰微，弗兰茨二世宣布只做奥地利皇帝，放弃神圣罗马帝国皇帝称号。1809年4月，拿破仑率军两次打败奥地利军队，直捣维也纳，哈布斯堡家族悉数逃亡，弗兰茨二世被迫请求停战，同法国签订和约。梅特涅认为，同法国联姻是保全奥地利的最佳选择。他的建议遭到大多数朝臣的反对，弗兰茨二世也认为这是"一个屈辱的最下之策"。但是，考虑到国家的安危，他只能恩准。女儿玛丽·路易莎了解父亲的苦衷，表示"为了国家利益，准备牺牲自己的幸福"。

1810年2月6日，两国正式交换婚姻批准书。3月13日，奥地利派出一个由83辆马车组成的浩浩荡荡的车队，将公主送往巴黎。4月2日，她与拿破仑在卢浮宫小教堂举行隆重的宗教婚礼。次日，这对新婚夫妇接受政府、议会、军队、宗教领袖和社会名流的祝贺。于是，这位奥地利公主就随着夫婿成为法兰西皇后。拿破仑很快发现，新皇后为人温柔热情，百依百顺，觉得极为满意。使他更为满意的是，他迎娶她的本意是为得到"一个（生儿育女的）子宫"，而结婚刚三个月，她就怀孕，次年3月20日就产下一个男婴。年逾不惑，后继有人，他简直是喜不自胜。

这桩敌对国家之间的婚事给两国带来一个时期的和平。拿破仑同弗兰茨二世相互致信，彼此吹捧，两国于1812年3月缔结同盟。随后，拿破仑在路易莎陪伴下前往德累斯顿同其岳父大人会面，两人均表示将密切合作，"取得共同事业的胜利"。岂料，话音刚落，因法国入侵俄罗斯失败，奥地利就加入俄罗斯同普鲁士和英国结成的新反法联盟。1814年3月31日，包括奥地利在内的联盟国军队进入巴黎，拿破仑于4月6日被迫退位。

拿破仑退位时，本想让三岁的儿子继承皇位，由皇后路易莎摄政。奥地利和俄罗斯赞成，但英国和法国坚决反对，未能实现。在联军迫近巴黎时，路易莎本不想离开。拿破仑致信说："宁愿看到你母子二人沉入塞纳河水底，也不要落到外国人手中。"她这才于联军抵达巴黎前携子逃到巴黎西南方的布卢瓦。4月16日，她听从父皇劝说，从那里又逃到维也纳。反法联盟国家作出决定，将意大利北部的帕尔马、皮亚琴察和瓜斯塔拉三个公国交由她终身治理。拿破仑流亡厄尔巴岛之后，她本想前去相会，但被其父皇劝阻。拿破仑后来写信邀她携子前去，她不但没有去，连信也未回复。次年，拿破仑从岛上秘密返回巴黎，重新执政。她曾秘密托人向其传话说："希望理解我的困难处境。我绝不同意离婚。我相信你不反对我们友好分离。"从此，两人之间的联系中断。后人只是在拿破仑写于圣赫勒拿岛的遗嘱中看到这样的话：我对于我最亲爱的妻子玛丽亚·路易莎感到满意。我请求她悉心保护我的儿子。

可惜，路易莎未能满足他的请求。她晚年常驻封地帕尔马，儿子则被限制居住在维也纳，母子二人不能相聚。得悉拿破仑于 1821 年逝世后，她曾两次下嫁臣属。1847 年 12 月 17 日，她死于胸膜炎，遗体运回维也纳，安葬在奥地利皇家墓地。

拿破仑一生同三个女人相恋相伴，政治确实发挥了重要作用。政治使他们欢快地走到一起，政治又使他们痛苦地分离。有人说帝王家的男女之情是政治爱情，有人说是爱情政治。不管是哪一种，看来拿破仑都没有逃脱这个历史的宿命。

（2016 年 4 月 24 日）

文艺殿堂篇

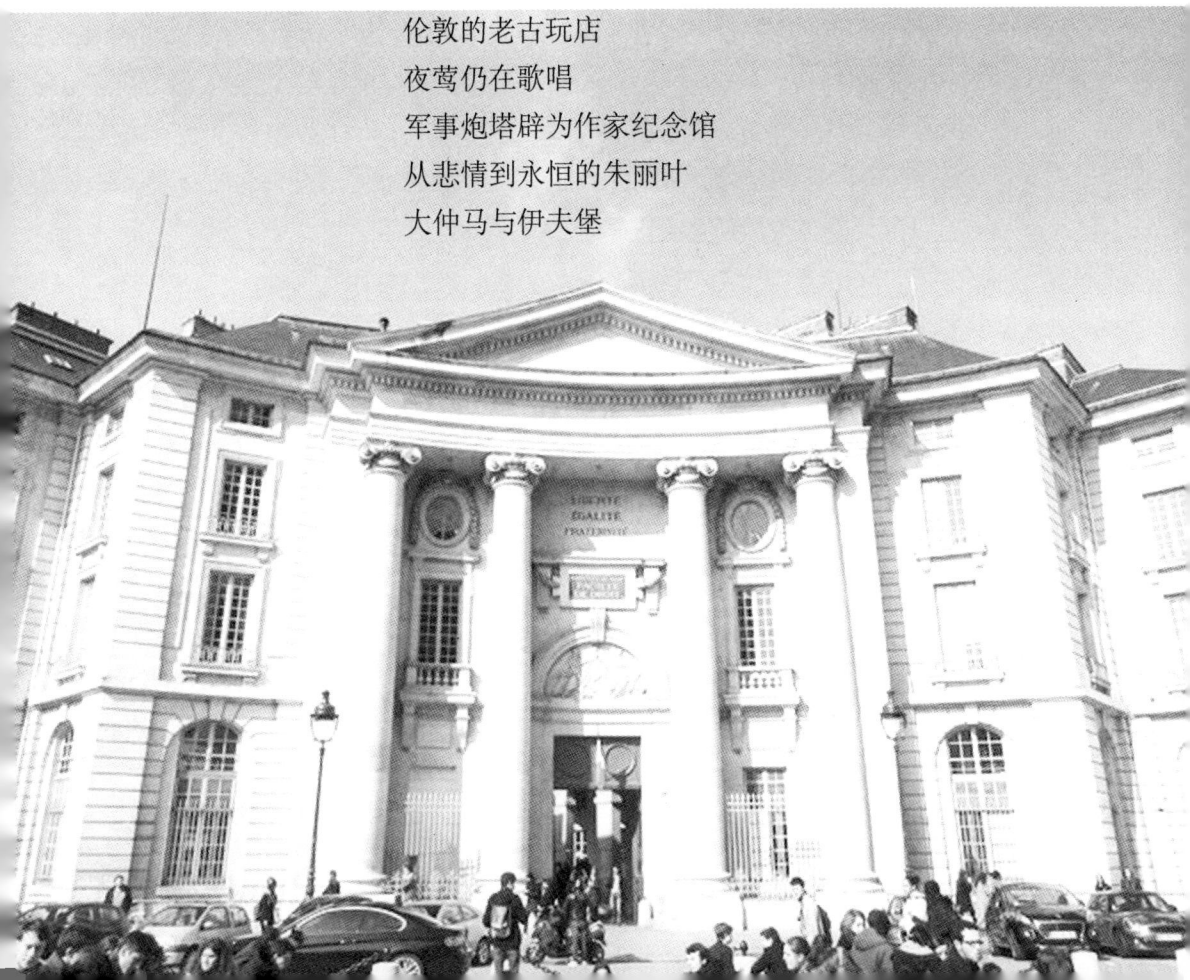

英国文学的神圣殿堂"诗人角"

　　也许是因为曾学过一点英国文学的缘故吧，一到伦敦，我就去访谒有"英国文学神圣殿堂"之称的"诗人角"。

　　诗人角在伦敦著名的大教堂西敏寺中。近千年来，西敏寺一直是英国君王加冕的地方，也是他们及其文臣武将身后的安息之处。我从东门踏进这座壮丽辉煌的哥特式建筑，看到光鉴照影的青石地板上，流光溢彩的金色墙壁上，气势恢宏的雕花廊柱上，到处都是英国历代名人的墓碑、雕像或铭文。十字形的大教堂全长 162 米，主堂宽 11.6 米，高 31 米。在偌大的一个厅堂中，究竟埋葬着多少英伦骄子，又为他们树立着多少歌功颂德的碑石牌位，实在难以尽数。据大教堂编印的一本小

"诗人角"所在的西敏寺

145

册子说，仅标明墓穴或牌位并有事迹介绍的王族贵胄以及政治、军事、宗教、科学、文学、艺术等历代的"英雄和伟人"就有 700 多位。我无意，也没有时间在他们那里流连，因为我最感兴趣的还是心仪已久的诗人角——英国文学史上著名诗人和作家的墓葬之地。

诗人角在大教堂的南翼廊。这个翼廊南北长约 24.4 米，东西宽约 15.2 米。公元 1400 年，英国文学史上第一位大诗人杰弗里·乔叟去世后埋葬在这里。此后，埃德蒙·斯宾塞等著名诗人也相继前来与他为伴。这样，诗人长眠的南翼廊就逐渐被人称为"诗人角"。600 多年来，这个面积约 371 平方米的翼廊，已成为 100 多位诗人、作家、音乐家、艺术家亡灵的栖息之地。

（一）

沿着规定的参观路线从北边进入翼廊，依东墙而行。我首先看到的是 17 世纪著名诗人兼剧作家约翰·德莱顿的半身像。德莱顿是英国"英雄双行诗"的写作大师。他因为写作歌颂封建王朝复辟的《归来的星辰》一诗，受到国王查理二世赏识，于 1670 年被册封为英国文学史上第一个桂冠诗人兼王家史官。1688 年英国资产阶级发动"光荣革命"后，他被褫夺桂冠诗人的称号和王家史官的职位。两年后，他在穷困潦倒中死去。也许是因为他曾为桂冠诗人，也许是因为他作为诗人兼剧作家确有一定成就，死后举行了隆重的葬礼，安葬在当时还很少有人能享有此等殊荣的诗人角。

在德莱顿墓地西边不远的一个廊柱上，是 19 世纪著名诗人兼版画家威廉·布莱克的半身铜像。这位运用清新流畅的歌谣体创作了大量歌颂资产阶级革命、诉说人民苦难的天才诗人，生前没有受到应有的重视，逝世时更无法在诗人角得到一席安寝之地。100 多年后，他的诗才才获得承认，他的作品才受到推崇。1957 年，在他诞辰 200 周年时，人们才为他在诗人角修建了这个半身像。

德莱顿墓地的南边，是17世纪剧作家鲍蒙特兄弟的墓地。墓碑上刻的是弟弟弗朗西斯的诗句：

死亡啊，看上去确实令人畏惧，
血肉之躯此刻发生何等变化啊！
试想，这里有多少王骨与皇骸
不得不和这一堆堆顽石同憩息。

诗句是冷峻的。但不知诗人是否领悟到，王骨与皇骸也许早被人遗忘，但那些民族的文心与诗魂却永远留驻在人们的记忆里。那一堆堆作为墓碑和雕像的"顽石"，岂不正是人们对他们怀念与崇敬的体现！

再往南走，我看到亚伯拉罕·考利的名字。考利现已鲜为人知，但在17世纪却很有名。他是把希腊文学中"公元体"诗歌引进英国文学中的第一人，开启英国诗歌发展与繁荣之先河。因此，有人给他写的墓志铭称他为"英国的品达罗斯、贺拉斯和维吉尔"。

紧靠考利碑石的大墙上，嵌着美国诗人亨利·沃兹沃斯·朗费罗的半身像。朗费罗从十几岁起开始写诗，75岁高龄临终时仍笔耕不辍。他在美国是家喻户晓，在英国也备受尊崇。1882年去世后，他的英国崇拜者在诗人角为他竖立了这个半身像。他是死后进入诗人角的第一位外国诗人。

（二）

继续往南走，一扇巨大的玻璃窗下，有一个十分惹人注目的哥特式的白色陵墓。有"英国文学之父"称誉的乔叟就长眠在这里。乔叟从14岁进入宫廷当侍从，以后升任国王侍从骑士、外交官、建筑大臣和国会议员。他为王室写了大量歌功颂德的诗篇。他晚年创作的《坎特伯雷故事集》，被称为"英国文学史上的开山之作"。他死后之所以能葬身西敏寺，有两种不同的解释。一般认为，这是因为他既是王室重臣，又是宫廷诗人，先后为王家效劳40多年。对他来说，跻身于这块当时为王家独占的墓地，是一种殊荣。另一种解释是，乔叟晚年不得志，在西敏寺当文书，请求死后葬在这里，教长开恩，就同意了。下葬时，只在墓旁的廊柱上挂了一块铅牌。直到他去世150多年后的1556年，他的崇拜者、诗人尼古拉斯·布里格姆才为他修建了现在的这座坟墓。坟墓实际上是一座衣冠冢，由白色大理石建成，四周镌刻着花纹，正面刻着他的名字，背面有他的肖像。在整个诗人角，乔叟这座墓可谓最奢华。

在乔叟墓地的西南边，安眠着著名诗人罗伯特·勃朗宁。勃朗宁是以创造"喜剧独白"这一诗歌体裁而闻名19世纪英国诗坛的杰出诗人。他于1889年客死威尼斯，遗体运回英国后安葬在诗人角。他曾同妻子、著名抒情诗人伊丽莎白·巴莱特旅居意大利15年。也许是为了抚慰诗人在冥冥中对意大利的思念，他的墓碑是用特地从意大利运来的大理石和斑岩雕成。

与勃朗宁为邻的，有当年与他齐名的艾尔弗雷德·丁尼生和1967年去世的约翰·梅斯费尔德。他们都是英国的桂冠诗人。另外，还有三位改变国籍的作家。其中，19世纪著名小说家亨利·詹姆斯和有"西方现代派诗歌开山祖"之称的托马斯·斯特恩·艾略特，均出生在美国，后来加入英国籍。而另一位西方著名的现代派诗人怀斯坦·休·奥登，1907年生于英国，1946年加入美国籍。奥登晚年客居奥地利，1937年去世后就地安葬。英国人一直把他视为"自己的诗人"，一般文学史家也把他作为英国作家来论述。他去世后的第二年，诗人角给他竖立墓碑，上面刻着他的姓名和生卒年月。

在詹姆斯和艾略特纪念碑的北面，是英国19世纪伟大浪漫主义诗人乔治·戈登·拜伦的纪念碑。以其在英国文学史上的巨大成就，拜伦本来是完全有资格在诗人角占有一席之地的。但是，由于他在政治上同情下层人民，在创作上表现出强烈的叛逆精神，英国统治阶级容不得他。他曾长期流亡国外，最后参加希腊人民争取民族解放的斗争，于1824年4月客死在军旅中。他的尸体从希腊经海路运回英国，本拟葬在诗人角，但遭到敌视他的上流社会的强烈反对，最后只好安葬在他的祖传封地纽斯台德附近的教堂中。1969年，亦即他逝世145年之后，他的仰慕者经过长期斗争终于取得胜利，以"诗学会"的名义在诗人角为他修建了一块白色大理石纪念碑。碑长100厘米，宽70厘米，没有任何雕饰，上面只是镌刻着他的姓氏、逝世日期和地点。我在这块简朴的碑石前默然肃立，表达对他的崇敬之情。我总觉得他的心在希腊，在被压迫人民中间。在他生前不屑一顾的地方为他竖碑，只是友人诚挚悼念的表示，并不符合他本人的心愿。

（三）

现在，我来到翼廊的最南端。一道长约6米的南北向隔墙，将翼廊分为东西两室。在东室的南墙上，集中镶嵌着几个大作家的雕像和纪念碑。最上方是本·琼生的纪念碑。琼生是英国最伟大的诗人兼戏剧家威廉·莎士比亚的同代人，一位学识渊博的学者和卓有建树的戏剧家。他在1616年被詹姆斯国王敕封为宫廷诗人，在当时的上流社会享有很高的地位。1637年去世时，他作为贵族被安葬在大教堂的中堂。据说，那里的墓地是他生前选定的。但是，下葬时，人们发现他选定的地盘早为他人占据。别无办法，只好委屈他一下，将他安葬在那里的两个坟墓的夹缝中。夹缝太窄，躺不下身子，只好再委屈他一次，将他站立着下葬。此说是否属实，大可存疑。我曾到中堂考察，发现埋葬在他四周的都是晚他八九十年去世的18世纪的人物，他们又怎能抢占他选择好的墓地呢？这点不去说它，但可肯定的是，琼生确实埋葬在中堂。后来，人们也许觉得这样一个大作家在诗人角不占有一席之地不太合适，才在1728年为他修建了这个纪念碑。纪念碑同他中堂的墓碑一样，上部为头像，下部为碑文。碑文镂刻的是继他之后成为宫廷诗人的威廉·戴夫南特的一句名言："稀世之才本·琼生"。

琼生下边是17世纪讽刺作家塞缪尔·巴特勒的纪念碑。巴特勒生前名气很大，死后本应葬在诗人角，但因家人无力支付一笔像样的安葬费，只好草草葬于他处。直到41年后的1721年，伦敦市长才出钱为他在诗人角竖立一块简朴的碑石。

巴特勒旁边，是16世纪大诗人埃德蒙·斯宾塞的纪念碑。斯宾塞因撰写长诗《仙后》献给女王伊丽莎白一世而得到恩宠。他于1599年逝世于西敏寺附近的国王街。他的同代人，包括莎士比亚，闻讯后都赶来送葬。据说，每个送葬者当场都写挽诗一首，连诗带笔一起扔进坟墓殉葬。他的墓碑上是诗人威廉·梅森题写的墓志铭：这里长眠的是埃德蒙·斯宾塞，他被时人称为诗坛王子。他的圣灵无须其他佐证，只需看他遗留下来的作品就已足够。

斯宾塞纪念碑下方是18世纪诗人马修·普赖尔的雕像。普赖尔曾在英王威廉三世治下担任多种官职，一度还曾担任喜欢延揽人才的法国国王路易十四的全权大臣。他崇拜斯宾塞，生前几次表示死后愿葬在斯宾塞脚下。他的遗愿终于实现。他的雕像是路易十四的赠品。他生前写过这样的诗句：

我注定要死，你注定也要死。
天啊，我们在刹那间是多么平等。
瞧吧，天意又是何等公允。

据说，他生前希望将这几行直白的诗句刻在自己的墓碑上。但是，西敏寺当局不同意。他的这一遗愿未能实现。

斯宾塞纪念碑的旁边是 17 世纪革命诗人约翰·弥尔顿的半身像。弥尔顿曾积极参加反封建的资产阶级革命，写下许多出色的政论文章和歌颂自由的诗篇。斯图亚特王朝复辟后，他受到迫害，双目失明，但革命意志不衰，以口授方式完成表达清教徒革命理想的著名长诗《失乐园》和《复乐园》。保守势力忌恨他，不承认他的诗才。因此，他在 1674 年去世时进不了诗人角，只能埋葬在一个极为普通的教堂里。直到 1737 年，在散文大家约瑟夫·爱迪逊的奔走下，才在诗人角为他竖立一个半身像。保守分子诬称，这是"对大教堂墙壁的污染"；进步人士则说，诗人角"因此而增辉"。

弥尔顿的半身像下边，是以长诗《墓园挽歌》而闻名的抒情诗人托马斯·格雷的坐像。格雷右手托着自己头像的圆形雕饰，左手指着上方的弥尔顿。这一独特的设计，据说是在表现诗人的自我珍视之情和对弥尔顿的仰慕之意。

（四）

转过隔墙来到西室，只见墙下茔墓累累，墙上的雕像和纪念碑一个又一个，连成一大片。

首先，我看到，在隔墙旁边的廊柱上雕有亚当·林赛·戈登的半身像。戈登 1833 年出生在英国，20 岁时移居澳大利亚，是澳大利亚早期的著名诗人。他爱好驯马，经常以驯马时所见灌木林的独特景色入诗。他多次从马背上跌落受伤，出版两部诗集后又受到批评。他身心均受到戕害，于 1870 年自杀身死。也许是因为他出生在英国的缘故，他这个澳大利亚诗人也被请进诗人角。

廊柱之侧，是 19 世纪著名抒情诗人托马斯·坎贝尔的墓地。坎贝尔死在法国，遗体运回来安葬于此。墓碑上镂刻着摘引自其著名诗作《最后一个人》中的诗行。坎贝尔墓地北边，是 17 世纪诗人托马斯·帕尔的坟冢。帕尔是一位寿命超常的诗人，据说活了 120 多岁，经历了十代君王。在英国文坛上，因有"耆宿帕尔"之称。

坎贝尔墓地南边，是 18 世纪著名文学评论家、诗人塞缪尔·约翰逊的坟墓。约翰逊编著了第一部《英语词典》，主编了《莎士比亚全集》，撰写了十多位诗人的评传，成为 18 世纪后半期英国文坛盟主。1784 年 12 月逝世后，他安葬在这里，墓前放着他的半身像。从半身像上看，他两眉紧锁，好像还在沉思默想；双眸炯炯有神，好像仍闪耀着睿智的光芒。

在西室的隔墙上，安排的是 19 世纪英国浪漫主义诗歌运动中湖畔派三位代表人物的半身像。这一诗派的领军人物威廉·华兹渥斯早年醉心于法国革命，中年以后趋于保守，晚年居住在英格兰西北部的湖区。他摒弃 18 世纪单纯追求形式完美而往往流于矫揉造作的古典主义诗风，开创了重视民间诗歌艺术传统、描写下层人民生活的浪漫主义新诗风，成为英国诗歌史上的一代大家。1850 年 4 月，他以八十高龄去世，埋葬在湖区的格拉斯米尔教堂。这一诗派的另一位代表人物塞缪尔·柯勒律治晚年家庭不和，兼有吸食鸦片的癖好，弄得贫病交迫，不得不寄居在伦敦友人家中。1834 年 7 月，他逝世后就地埋葬。诗歌主张同华兹渥斯和柯勒律治不尽相同、但一般也被归为湖畔派的诗人罗伯特·骚塞，1843 年 3 月去世，埋葬在湖区的坎伯兰。三人的长眠之地虽然不同，但在诗人角中却相聚在一起，不知是何人的精心安排。只见华兹渥斯的半身像下边有这样两句话："祝福他们，永远赞美他们吧，是他们给了我们崇高的爱怜和抚慰。"

在骚塞半身像旁边，有一个很小的白色石牌，上面写着著名小说《傲慢与偏见》的作者珍妮·奥斯丁的名字。这位生活在 18 世纪与 19 世纪之交的女作家，终生未婚，足罕出户，生活平淡无奇。但透过家庭生活这样一个小小的窗口，她却看透世态炎凉，将各种偏见与陋习给予无情的揭露与鞭挞。一个了无雕饰的白色小石牌，是象征女作家生活的平淡恬适，还是象征她思想的高洁不凡？也许是兼而有之吧。

（五）

同华兹渥斯半身像并排的，是英国最伟大作家莎士比亚的纪念碑。莎士比亚 1616 年 52 岁时在家乡斯特拉福德镇去世，葬于镇上的三一教堂。根据他的遗愿，墓碑上刻着这样一段话："好心的朋友，看在耶稣的面上，切莫移动埋葬于此的遗骸。不动碑石者会得到上帝的保佑，而令我尸骨不安者必受诅咒。"据说，不少人主张将他迁葬诗人角，而在看到这段话后只好作罢。这就触发了大诗人本·琼生的灵感，使他写下了这样的名句：

> 我的莎士比亚啊，醒来吧！我不会
> 把你安顿在乔叟或斯宾塞身旁，也不会
> 让鲍蒙特躺得更远一些，给你腾点地方。

琼生继而还称赞莎士比亚说："他不属于一个时代，而属于所有的世纪。"为了纪念"属于所有的世纪"的莎士比亚，在他去世 100 多年后的 1740 年，在诗人角修建了现在这座纪念碑。碑石上镌刻着摘自他的名著《暴风雨》中的诗句。基座上则刻着英王伊丽莎白一世、亨利五世和理查三世的头像。一个文人的纪念碑竟

"诗人角"中的雕像群，中间者为莎士比亚

刻上君王的头像作装饰，这在英国还是绝无仅有的，可见其人的分量。莎士比亚是诗歌和戏剧王国之君，他不仅属于英国，而是属于全人类。他产生的影响和受到的尊崇，是任何一个封建君王都难以比拟的。

在莎士比亚纪念碑的上方，并排放着两个椭圆形的小石牌，上面分别写着 19 世纪的两位著名浪漫主义诗人的名字：珀西·雪莱和约翰·济慈。雪莱和济慈生前是好友。当年，长三岁的雪莱在意大利得悉济慈患肺病后，写信邀请他前去疗养。不幸的是，济慈到罗马不久就殒命，年仅 26 岁，葬在当地的新教徒公墓中。一年后，雪莱因所乘游艇遭遇暴风雨颠覆，溺水而死，同济慈葬在一起。雪莱同拜伦一样，作为 19 世纪英国浪漫主义诗歌运动的杰出代表，死后是完全有资格进入诗人角的。但是，由于他具有鲜明的民主主义思想和无神论观点，英国统治阶级一直加以阻挠。直到他去世 130 多年后的 1954 年，友人才为他和济慈在诗人角争得一席之地，立了两个极为简朴的牌位。当然，牌位的简朴丝毫无损这两位卓越诗人在英国文学史上的地位。济慈是一位对美孜孜以求的诗体家；雪莱不但是卓有成就的诗人，还被卡尔·马克思称赞为"本质上是一位革命家，他永远是社会主义先锋队的一员"。

雪莱和济慈纪念牌的旁边，是著名民间诗人罗伯特·彭斯的半身像。这位终生保持着农民本色的苏格兰民歌手，1796 年 37 岁时在贫病交加中死去，安葬在其所住小镇的教堂。在其遗体下葬时，全镇人几乎全部出动向他致哀。18 年后，家乡公众自动捐款为他修建了一座大理石陵墓。89 年后，全国各阶层人士又捐款，为他在诗人角竖立了这个半身像。凝视着这个极为普通的半身像，我不由想，这位热爱人民的民歌手，如果九泉有知，看到乡亲和同胞对他如此厚爱，也该瞑目了吧。

彭斯半身像下面有一块石牌，专为纪念英国文学史上传为佳话的勃朗特三姊妹：《简·爱》的作者夏洛蒂，《呼啸山庄》的作者爱米丽和《艾格尼丝·格雷》的作者安妮。出身于偏僻乡村穷牧师之家的三姊妹，一生孤寂而短暂，但却展露了惊人的艺术才华，受到后人的喜爱。专门研究三姊妹作品的勃朗特学会为她们竖立了这块纪念牌,上面镌刻着引自爱米丽的作品《老禁欲主义者》中的一句话:"勇敢地去忍受。"这或许是三姊妹生活经历的一个侧影,或许是她们留给后人的劝诫之语。

(六)

翼廊西室的南墙上,纪念碑石不多,比较引人注目的只有奥列弗·哥尔德斯密斯和瓦尔特·司各特的半身雕像。

哥尔德斯密斯是 18 世纪中叶的杰出诗人、剧作家和散文家。他曾假托一个旅居英国的中国人的通信,评议英国时政和社会弊端,撰写了一系列有趣的小品文,后结集为《世界公民》出版。他一生勤奋写作,收入甚为丰厚。但是,他不善理财,挥霍无度,负债累累,最后在极度贫困中死去。他生于 1730 年,但雕像上却错为 1728 年,虽经人多次指出,迄未改正。

同哥尔德斯密斯半身像并列的是 19 世纪著名历史小说家司各特的半身像。司各特晚年同哥尔德斯密斯相似,因出版社合股人破产,债台高筑,生活困窘。他只有拼命写作以还债。这样,他后期作品显得粗糙。他因过度劳累于 1832 年逝世于阿伯茨福德,并埋葬在那里。诗人角中的半身像,是他墓葬地半身像的复制品。

离开南墙,沿着翼廊往北走是西墙。西墙上也布满碑石和雕像,但多是纪念音乐家、艺术家和文物鉴赏家的,只有地板上的碑石和廊柱上的雕像才是纪念作家的。

我首先看到的,是地板上的一块极为简陋的小石牌,上面只刻着作家的名字和生卒日期。这位作家就是 19 世纪的伟大小说家查尔斯·狄更斯。狄更斯多才多艺,精力过人。他不但创作了几十部小说,还喜欢戏剧,经常登台演出。晚年积劳成疾,曾在朗诵演出时昏厥。1870 年,他在自家的盖茨山庄去世。死讯传开,据说有成千上万人前来瞻仰遗容，献花祭奠。家人和朋友都希望把他葬在诗人角。但他有遗嘱，希望把他埋葬在自己喜爱的山庄上。他在遗嘱中还说："我坚决要求把我的丧事办得朴素而简单，不事张扬……用普通的字体在墓碑上刻上我的名字就行了，而不要冠以'先生'、'阁下'之类的字眼。我恳请我的朋友们不要为我建造纪念碑、撰写悼念文章。"他认为，"我的书会使人们记得我的——对我来说，这就足够了……"遵照逝者的遗愿，遗体安葬在山庄，丧仪很简单，只有十几个亲友在场。在诗人角，没有为他立碑，也没有为他雕像，只在地板上埋下这块不带任何称谓和颂词的小石板。此种情景，再次证实，人生一世，想不朽者，未必能不朽；不想不朽者，却反倒永远活在人们心里。

（七）

在狄更斯的纪念石牌旁，并排竖立着两个墓碑，那里安葬的是托马斯·哈代和拉迪亚德·吉卜林。

哈代是诗人，但以著名的带有鲜明社会批判色彩的小说《苔丝姑娘》广为人知。1928年，他以88岁高龄在英格兰东南部的家乡多切斯特逝世。他热爱自己的家乡，不少小说以家乡为背景写成。他生前表示，希望死后同家人一起埋葬在家乡。遗属本想按照他的愿望办理，但从伦敦前来奔丧的一些朋友考虑到他对英国文学的贡献，认为还是埋葬在诗人角为宜。亲属感到为难，就求教于教区牧师。聪明的牧师认为，逝者及其友人的意见都要考虑。他因而建议，将哈代的尸体葬在诗人角，而将他的心脏葬在故乡。人们照办了。可是，据传说，他的心脏没有保护好，给猫偷吃了。人们发现后，将猫捉住，索性将它也葬入哈代的棺木。传说究竟是否属实，不得而知。哈代虽然入葬诗人角，但其心永远留存在故乡，却是千真万确的。

如果说哈代基本上是位乡土作家的话，吉卜林则是一位最善于描写异域风光和人情的作家。他出生于印度的孟买，在英国受教育，到过世界不少地方。他的诗歌和小说，大多取材于英帝国的海外殖民地，特别是印度和缅甸。他无论描写英国军队在海外征战，还是描写殖民地人民的生活情景，笔下都流露出强烈的盎格鲁—撒克逊民族的优越感和英国殖民主义的扩张精神。因此，他有"帝国主义诗人"之谥号。1936 年，他在伦敦去世。英国政府在西敏寺为他举行国葬。灵柩上覆盖着英帝国的国旗，帝国首相率文武大臣前来送葬。葬仪之隆重，对一个文人来说是空前的。几十年后的今天，我站在吉卜林墓碑前，觉得他还是值得纪念的，因为他那些笔调清新的《林莽故事》仍拥有不少读者，他对英国文学的发展是有贡献的。但是，论及他当年的隆重葬仪，一位评论家曾说过这样的话：实际上，当时下葬的并不是英国的杰出诗人，而是英帝国的忠实代言人。

西墙附近的廊柱上，有 19 世纪英国文坛上同狄更斯齐名的小说家梅克皮斯·萨克雷和 18 世纪英国散文家约瑟夫·爱迪逊的纪念牌。萨克雷在其代表作《名利场》中，曾以辛辣的笔触揭露英国上流社会的势利和虚荣。他妻子精神失常，又有子女拖累，生活拮据。为养家糊口，他不得不奋力写作，并自画插图。1863 年，刚值 52 岁，他就因心力交瘁而终，葬在肯特尔·格林。社会对他很刻薄，而他对社会却很慷慨，身后遗留下一套 35 卷本的全集。

与萨克雷不同的是，爱迪逊走过的是一条官宦之途。他曾任议会议员、副国务大臣和爱尔兰事务大臣。他是一位文体优美的散文家，有"英国文学史上最崇高的净化者"之誉。他死后埋在西敏寺专葬王公贵族的亨利七世小教堂。在英国作家中，只有他和本·琼生在西敏寺中既有一墓穴还有一碑牌。墓穴是英国王室对他们终生效命的推崇，碑牌则是人们对他们为英国文学所做贡献的认可。

现在，我来到翼廊的西北角，接近诗人角的出口。在这里的地板上，有威廉·戴夫南特的墓穴。戴夫南特是 17 世纪的宫廷诗人。他既写诗，也写剧本，还经营剧院，有"美妙歌手"之称。他这个墓穴，据说原来埋葬的是 17 世纪英国内战期间议会派分子托马斯·梅。梅是剧作家，在写作中维护议会，反对国王查理一世。1650 年，亦即内战结束、查理一世被处死的次年，梅去世，埋葬在诗人角。10 年之后，斯图亚特王朝复辟，他的遗骸被勒令从诗人角迁走。1668 年，拥护王政的戴夫南特去世，安葬在梅原来的墓穴中。诗人角本是英国杰出文人身后的安息之地。梅和戴夫南特的墓穴之变再次说明，诗人角对谁开放，英国统治阶级总是把其政治态度放在首位。

（八）

离开戴夫南特墓地，走出诗人角，我舒口长气，感到由衷的满足。两个多小时时间，我漫游了长达几百年的英国文学史的长廊，重温了那渐次淡忘的英国文学的基本知识。同时，我又感到有点不满足，甚或说有点遗憾。英国文学史上群星灿烂，百家争辉。但不知为什么，有不少名家，诸如锡德尼、班扬、菲尔丁、笛福、蒲伯、梅瑞狄斯、高尔斯华绥，在诗人角中却不见踪影。我请教一位英国朋友，得到的回答是：并非每个杰出的英国作家在这里都有一席之地。那么，入选的条件究竟是什么？他耸耸肩膀，表示也不甚了然。

"诗人角"一角

我坐在泰晤士河边的长椅上，瞭望着西敏寺那巍然高耸的塔尖漫自思索。诗人角不同于法国的先贤祠。进入先贤祠基本上是一种国家行为，条件和手续都相当严格，先由为国家行政机构行使立法和监督职责的最高行政法院根据《民族英雄法案》推荐，最后由国民议会讨论批准。而进入诗人角则没有那样严格的程序，显得随意性较大，形式也就有墓葬、纪念碑、纪念牌、雕像等多种。目前，以不同形式进入诗人角的诗人和作家有七八十位。他们可以说是英国文学不同发展时期、不同文学流派和思潮的代表。但是，客观、公允地说，已进入诗人角者，未必都是真正的大作家；而未进入诗人角者，未必就不是名副其实的大作家。因此，还不能说诗人角代表了一部完整的英国文学史。但把它视为英国文学发展的一个缩影，则是一点都不为过的。也许正因为如此，来自世界各地的英国文学的爱好者，每到伦敦，不禁都要来这里瞻仰一番。

记得早在1815年，诗人角还仅限于翼廊东南一隅，进入的诗人和作家只不过三四十位的时候，有"美国文学之父"称誉的华盛顿·欧文就曾前来拜谒。他后来写道："我发现，前来大教堂的参观者，在诗人角逗留的时间总是最久。在这里，油然而生的是一种温馨和崇爱之情，而不是在瞻仰某些伟人或英雄的雄伟纪念碑时所产生的那种冷峻的好奇与含糊的崇拜。人们在诗人纪念碑四周逡巡，犹如在友人或伙伴墓前凭吊。诗人们以辛勤的劳动，给世人留下的不是浮名与壮举，而是智慧的整个宝库、思想的璀璨瑰宝和为文的华贵辞章。"

西敏寺的钟声响起。洪亮的声音在蓝天白云间悠然回荡，好像是同欧文的话语在呼应。但是，对诗人角中的每颗文心与诗魂来说，不管是荣耀与尊崇，还是悲凉与凄楚，却早就成为身外之物了。

（1987年7月旧稿，2013年3月补订）

法国精英的安息地先贤祠

到巴黎，去埃菲尔铁塔、凯旋门和卢浮宫，是必不可少的选择。但是，要了解法国的文化精神，认识创造和承继这种精神的历史精英，有一个去处是决不可忽略的。那就是法兰西历史名人灵魂的安息地先贤祠。

先贤祠位于市中心拉丁区的一块高地上，大体上是坐北朝南，俯瞰巴黎全城。整个建筑的平面呈十字形，长 110 米，宽 84 米。四翼是低矮的殿堂，中央耸立着一个高大的穹隆状圆顶。圆顶实为一座三层塔楼，高 83 米，塔尖直插蓝天，寓意天人相接。建筑正面的大门口，矗立着 22 根 19 米高的科林斯式圆柱，形成一个气势雄伟的柱廊。柱廊上方是一个三角形门楣，上面有祖国女神站在中央向两边的文臣武将散发桂枝花环的浮雕。门楣下方镌刻着六个法文大字：对伟人，国感念。这些字刻制于 1793 年，是这座建筑的点睛之笔，表示这里安息着国家与民族永远缅怀的历史先贤。

（一）

这座历史先贤的陵寝，原是一座破败的教堂。据记载，1744 年，国王路易十五染病，祈求巴黎守护女神圣热内维耶芙的神灵庇佑。他郑重许诺，病愈后定将重建这座教堂，作为她永久的栖息地。不久，这位国王病愈，为践行诺言就下令著名建筑师雅克·热尔曼·索夫洛大兴土木。索夫洛仿照罗马的万神殿（Pantheon）进行设计，工程于1764年奠基。后因财政困难，几经延宕，直到1789年才竣工，时称圣热内维耶芙教堂。恰在此时，法国大革命爆发，波旁王朝被推翻，路易十五的继

先贤祠

任人路易十六被送上断头台，圣热内维耶芙的金属棺椁被熔毁，遗骸遭焚烧，骨灰抛到塞纳河里。从此，逾千年的封建统治结束，资本主义开始确立和发展。1791年4月，作为大革命权力机构的制宪会议通过决议，将这座封建帝王修建的教堂世俗化，稍作改装，变成为国尽忠尽责的名人安葬地，也以Pantheon相称。同一个拉丁词，根据建筑的不同功用，中文在这里意译为"先贤祠"。后来发生波旁王朝复辟，政治风云变幻，先贤祠又几次改为教堂。直到1885年，大文豪维克多·雨果安葬在这里，先贤祠作为一座安葬历史名人的世俗建筑才最后确定下来。

踏上先贤祠高大的台阶，穿过柱廊，走进宽敞的大厅。大厅仍似教堂，墙壁和穹顶尽是油画和浮雕，有的描绘宗教故事，有的描绘法兰西历史上的重大事件，显得庄严而肃穆。我无心也无暇将这些一一观赏，因为最为神往的，是安葬先贤的地宫。从明亮的大厅沿着旋梯走下去，

光线骤然变得幽暗，空气显得分外凝重。只见一排排黄褐色的石柱挺立，撑起一个纵横交错的十字形巷道。巷道前后左右形成四个墓室群。每个墓室群都是一扇扇黑色的铁栅紧锁。其中，左翼的墓室群空荡荡的，尚无入葬者。前面和右翼的墓室群虽有入葬者，但也显得有点寥落。入葬者大多集中在后面的墓室群。有的墓室是一人独处，有的则是两人或多人共居。在过去的250多年中，这里总共安葬过77位法兰西历史名人。其中，大多安葬的是遗骸或骨灰，少数是装有心脏的瓷罐，个别是象征性的空棺或纪念牌。由于政治变化或家属意愿，有的遗骸后来迁出，有的丢失，而今安葬的实际上是71人。

什么人入葬先贤祠，起初没有特定标准，只是说"对国家和民族做出重要贡献者"。在那个特定的时代，入葬者因而几乎都是大革命中的风云人物。从一开始到1815年6月拿破仑·波拿巴倒台的24年中，几乎每年都有人入葬，最多时一年有7人，前后共有49人之多。这是先贤祠历史上入葬者最多、最集中的时期。其中，参与大革命的军官23人，政治家15人，都是随逝随葬。拿破仑当政的十多年，简直把入葬先贤祠视为笼络人心的一种政治手段。

（二）

第一位入葬者是米拉博公爵奥诺雷·加布里埃尔·里凯提。他是作家、外交官、演说家，以温和派政治家身份投身大革命，曾任大革命的权力机构制宪会议议长，被称为"大革命精神的化身"。1791年4月2日，他因病去世，制宪会议先是为他举行隆重葬礼，将他安葬在竣工尚不到两年的圣热内维耶芙教堂。随后即决定，这座建筑物"今后只接受从我们这个自由时代起始的伟人的遗骸"。这样，这座教堂就从封建君主旨意中的神殿变成新上台的资产阶级的名人陵寝。可是，米拉博公爵入葬不久，人们发现他生前被国王路易十六重金收买，以"秘密顾问"

身份暗中破坏大革命。此情一经揭露，米拉博公爵即被认定"不配享有国家荣誉"，其遗骸于 1793 年 11 月被迁出，安葬在巴黎郊区的一个公共墓地。

紧随米拉博公爵入葬的是两位著名作家兼哲学家。其一是伏尔泰。他创作有 50 多部剧本和多部哲理小说，在当时的法国文坛独树一帜。他还撰写有大量哲学

先贤祠中的伏尔泰墓

论著，被誉为 18 世纪法国启蒙主义运动的领袖。他于 1778 年 5 月逝世于巴黎，安葬在香槟省。他没有赶上参与大革命，但他生前一直谴责封建特权、反对宗教迷信、主张思想自由，以启蒙主义思想催生了这场大革命，被尊奉为大革命的先驱。因此，在他逝世 13 年后的 1791 年 7 月，制宪会议颁布法令，认定"伏尔泰确有资格被称为伟人"，遂将其遗骸迁入先贤祠。另一位是让－雅克·卢梭。他撰写的政治理论著作、小说和回忆录，无不充满激进的启蒙主义思想。他因此四面受敌，一生中到处奔波流离。他于 1778 年 7 月逝世于法国东北部的埃默农维尔。他也没有直接参加大革命，但他批判封建暴政，主张主权在民，同大革

命也有密切的思想联系。在他逝世 16 年后的 1794 年 7 月，制宪会议通过决议，也将其遗骸迁入先贤祠。

伏尔泰和卢梭原来安葬在先贤祠地宫后部的墓室群，后来搬迁到最显耀的入口处，各自独占一间墓室。左边的一间摆放着伏尔泰的石棺，石棺上镌刻着金光闪闪的字句："诗人、历史学家、哲学家，他拓展了人类精神，使人类懂得，精神应该是自由的。"石棺前面是他的全身雕像。他右手握着鹅毛笔，左手拿着一卷纸，昂首瞩望，好似仍沉浸在写作的思虑之中。右边的一间则属于卢梭。也许是因为他倡导师法自然的缘故吧，墓室酷似一座乡野小庙，深褐色的木棺上镌刻着谧语"自然与真理之人"。木棺冲外一端，镌刻着两扇门，门扉微启，从中伸出一只手，手中擎着一只熊熊燃烧的火炬，象征他的自由平等思想之火永不熄灭。卢梭受到伏尔泰哲学思想的影响，但两人的政治观点不尽相同，生前龃龉不断。现在，他们的墓室遥遥相对，好似人们期望他们在来世能够友好相处。

（三）

与卢梭同年迁葬先贤祠的是大革命激进派代表人物让－保罗·马拉。马拉本是名医，大革命爆发后弃医办报，宣扬反对君主专制，倡导改变贫富悬殊的社会状况。他毫不留情地抨击温和派领导人妥协退让，提出建立革命的专政，通过暴力实现民主和自由。1793 年 7 月 13 日，保守派的支持者将他暗杀于巴黎的寓所，遗体安葬在一个俱乐部的花园中。这年 11 月 25 日，普选产生的国民公会追认他为革命烈士，将遗体迁葬先贤祠。不久，政治形势发生变化，他遭到一些人的诋毁，遗体于 1795 年 2 月又迁出先贤祠。

大革命时期政局复杂多变，入葬先贤祠后又发生变故者，还有尼古拉·约瑟夫·伯勒佩尔将军和奥古斯丁·马里耶·皮克将军。他们都是同反对法国大革命的欧洲封建势力英勇作战的英雄。为国捐躯后，他们被安葬在先贤祠。但不知何故，他们的遗骸后来竟不翼而飞。另一位是大革命时期著名政治家勒佩勒提耶·德·圣－弗尔戈，曾任国民公会主席，以他决定性的一票通过处死国王路易十六的决议。他于1793年1月20日被保皇分子暗杀，安葬在先贤祠。可是，不知出于何因，其家人一年后将其遗骸迁出。

除文臣武将之外，大革命时期入葬先贤祠的还有其他方面的一些代表人物，诸如病理学家兼哲学家皮埃尔－让－乔治·卡巴尼斯、画家约瑟夫·马里耶、数学家兼天文学家拉格朗日伯爵以及来自意大利的三位红衣主教。

（四）

从1815年波旁王朝再度复辟到法兰西第三共和国初建的60年，政局又动荡不定，先贤祠的大门基本关闭，入葬的只有其设计和监者索夫洛一人。普法战争期间，地下墓室变成弹药库；内战期间，大堂则成为巴黎公社的总部。这种局面，直到1885年才被打破。

这年的5月22日，大文豪雨果在巴黎逝世。雨果是法国浪漫主义文学的旗手，在诗歌、小说、戏剧和文艺理论方面都有卓越的建树。同时，他积极参加反对封建复辟、维护共和的活动，并在普法战争爆发后投身保卫祖国的战斗。他的逝世引起举国哀悼。6月1日，法国政府为他举行盛大国葬礼，200多万人自动走上街头为他送行，其遗体被安放在地宫最后面的墓室群中，为伴者有后来入葬的著名作家爱密尔·左拉。

从此到第二次世界大战爆发前夕的1933年，40多年中有10人入葬先贤祠。他们大多并非当时的人物，而是经过长期检验的历史名人。其中，有4人是在1889年8月法国大革命百年纪念时入葬的大革命时期的名人：数学家和工程师拉扎尔·卡诺是大革命的组织者之一，在拿破仑当政时期曾任国防部长，为反击欧洲各国封建势力武装干预法国革命建立卓越功勋；泰奥菲勒－马洛·克雷是以勇猛著称的"传奇式士兵"，被拿破仑誉为"法军第一投弹手"，1800 年 6 月阵亡；让－巴提斯特·博丹是一位专为穷人治病的医生，为抵抗拿破仑三世发动政变于1851 年牺牲，被誉为"共和事业的烈士"；弗朗索瓦·塞弗兰·马索－德格拉维耶是大革命时期最年轻的将军，1796 年 9 月在出征普鲁士时为掩护友军负伤阵亡。其他 6 人是：1894 年 6 月遭意大利无政府主义者暗杀的马利·弗朗索瓦·萨迪·卡诺，是先贤祠中第一位、至今也是唯一的一位法兰西总统；1907 年逝世的著名有机化学家、曾任公共卫生部长和外交部长的米奇林·贝特洛；1902 年 9 月逝世的自然主义文学流派的创立者左拉，原葬巴黎的蒙马特公墓，8 年后入葬先贤祠。其父为意大利人，其母为希腊人，他成为先贤祠中第一位纯粹异国血统混血的法兰西人；属于社会党的哲学家和演说家让·莱昂·饶勒斯，在遭暗杀 10 年后，其遗骸于 1924 年由几十名矿工抬进先贤祠，成为这里入葬的第一位著名的社会主义思想家。

（五）

第二次世界大战前后的十多年时间，先贤祠的大门再度关闭，直到1948 年才重新开启。从那时到现在 65 年，先后有 16 人入葬。入葬者大多经过几十年甚或上百年的历史检验，证明确系"做出重大贡献的伟人"。不过，"重大贡献"的考虑逐渐偏向于科学文化和社会思想。因此，入葬者大多是文学家、哲学家、科学家和社会活动家。入葬者遴选的条件和手续越来越严格，先由为国家行政机构行使立法和监督职责的最高行政法院根据《民族英雄法案》推荐，最后由国民议会讨论批准。

二战后最先入葬先贤祠的是科学家保罗·朗之万和让·皮兰。前者是著名核物理学家、反法西斯战士、法国共产党党员，1946 年 12 月在巴黎病逝；后者是诺贝尔物理学奖获得者，在法西斯德国入侵的 1940 年逃到美国，两年后客死异乡。1948 年，这两位科学家一起入葬先贤祠。次年，也许是预感到战后非洲民族解放运动的到来，入葬的是两位与此有关的名人。一位是 19 世纪法国著名的废奴运动领导人维克多·舍尔薛。他生于 1804 年，从 22 岁起就投身废奴运动。他变卖掉全部家产，到非洲和美洲考察黑人的生活状况，为废除黑人奴隶制奔走呼号。他于 1893 年逝世后安葬在拉雪兹神父公墓，1949 年 5 月迁葬先贤祠。另一位是费利克斯·埃布埃。他出生于法国在拉美的殖民地圭亚那，长期在法属非洲和法属加勒比地区担任公职，官至瓜德罗普和乍得总督。他为法国治理殖民地做出重要贡献，同时在保护和弘扬黑人文化传统方面也取得很大成就。他 1944 年在非洲病逝，遗体运回巴黎安葬在先贤祠。他是享此殊荣的第一位法国黑人。

20 世纪 50 年代到 80 年代，有 7 人先后入葬先贤祠。其中，有在逝世百年后于 1952 年入葬的盲文发明者兼盲人教育家路易·布拉耶；有在逝世 21 年后于 1964 年入葬的宁死不屈的反法西斯战士让·穆林；有在 1987 年百年诞辰之际入葬的法学家勒内·卡森，他因起草《联合国人权宣言》曾获得诺贝尔和平奖；有于次年入葬的政治经济学家让·莫内，他因倡导和创立欧洲联盟而获得"欧盟之父"的称誉。1989 年，为纪念法国大革命 200 周年，有 3 人同时获准入葬先贤祠：1831 年逝世的大力倡导种族平等的罗马天主教神父阿贝·格雷瓜尔；1818 年逝世的著名数学家加斯帕尔·蒙日；1794 年因积极投身大革命而瘐死监牢的尼古拉·德·孔多塞。孔多塞的遗体本来安葬在一座普通公墓，后来丢失，入葬先贤祠的只是象征他存在的一口空石棺。

90 年代入葬先贤祠的有 3 人，即著名核物理学家居里夫妇和作家兼政治家安德烈·马尔罗。居里夫妇因发现镭和钋这两种新元素以及核辐射现象于 1903 年获得诺贝尔物理学奖。丈夫皮埃尔·居里 1906 年死

先贤祠中的居里夫妇墓

于车祸，夫人玛丽·居里1934年死于再生性贫血症。夫妇二人于1995年4月一起入葬先贤祠。玛丽·居里是第一位因自身成就而入葬先贤祠的女性。两人的石棺上下叠放，象征死后仍亲密地生活在一起。马尔罗是法国著名左翼人士，早年就到过中国，先以中国1925年省港大罢工为题材创作小说《征服者》，后又以1927年上海工人武装起义为题材创作小说《人类的命运》。1936年，他投身西班牙人民的反法西斯斗争，创作小说《希望》。二战期间，他投笔从戎，参加反对德国法西斯的战斗，两次死里逃生。战后，作为戴高乐将军的忠实追随者，他先后出任新闻部长和文化部长。1964年，他代表戴高乐访华，受到中国领导人的接见。在繁忙的政务之余，他出版有文化艺术论著多部，阐述其不同凡俗的文艺哲学思想。1996年11月，在其逝世20周年之际，法国政府将其骨灰移葬先贤祠，"以表彰他对法国作出的重要贡献"。对他的入葬，有人看重其政治家身份，有人则看重其作家身份。我想，两者也许是兼而有之吧。

（六）

进入21世纪，入葬先贤祠的是两位作家。

一位是广为人知的19世纪作家亚历山大·大仲马。大仲马的文学生涯从写剧本开始，后转向小说创作。他才思敏捷，下笔如流水，自称创作小说 400 部，一般认为有 200 余部。其中，《三个火枪手》和《基督山伯爵》最为读者所钟爱。2002 年 11 月，时值他诞生 200 周年和逝世 170 周年，巴黎举行隆重纪念仪式，将其遗骸从家乡维莱克特雷镇的坟茔中起出，由骑兵仪仗队护送到先贤祠，安葬在雨果和左拉所在的墓穴群中。时任法国总统雅克·希拉克发表讲话说，随着法国最伟大作家之一的大仲马殊荣得归，"一个不公正的现象终得纠正"。他显然认为，大仲马长期没有得到应有的重视和公正的评价。可是，总有一些人持有异议，认为他的作品虽多，但"大多属于通俗文学之列"，意为"难登大雅之堂"。他入葬十多年来，墓室大门上镌刻的姓名多次遭涂鸦，恐怕与此不无关系。

另一位是几年前刚逝世的诗人兼剧作家艾梅·塞泽尔。塞泽尔 1913 年出生在加勒比海上的法国属地马提尼克岛，在法国本土受教育。在此期间，他同后来成为塞内加尔总统的法语非洲著名诗人利奥波德·桑戈尔共同创建"黑人性"文艺运动，致力于恢复和发扬黑人文化传统，影响深远。1939 年，他返回故乡，投入解放黑人同胞的政治活动。他一度参加法国共产党，当选法国国民议会议员，并长期担任马提尼克首府法兰西堡市长。他从学生时代就进行文学创作，用充满黑人意象的法文抒发炽热的反叛精神，写下《回乡札记》《被斩首的太阳》等激情四射的诗篇。后来，他转向戏剧创作，出版有《国王克里斯托夫的悲剧》《刚果一季》等多部具有强烈反殖民主义色彩的政治悲剧。他于 2008 年 4 月 7 日在法兰西堡病逝，法国政府在当地为他举行隆重国葬，时任总统萨科齐携多名政府和议会要员不远万里前往致悼。法国政府本欲将他安葬在先贤祠，但他怀恋家乡，留有决不离乡之遗愿。遗愿难违，只好另想办法。在他逝世三周年之时，人们把一块镌刻着他姓名和遗像的标牌摆放到先贤祠，表示对他的追悼和崇敬，象征他也入葬这座名人陵寝。

法国历史悠长而辉煌，曾产生众多成就卓著、声名显赫的人物。大革命催生的先贤祠，只不过是法国进入资本主义发展阶段以后的现代名人的长眠之地。尽管因为各种原因，这一历史时期的不少名人尚未来到这里，但来者无疑皆为社会生活各方面的杰出人物，所处时代的骄子。法兰西就以这种特殊的安葬方式给他们以哀荣，对他们表示永远铭记和深切感念。我默默走出先贤祠，感到好像把法兰西现代史重温一遍，心中觉得更加充实。而回头再瞻望那高大的门楣，祖国女神封赏文臣武将的画面好似更加清晰，下方那六个法文大字也显得更加光灿夺目。

（2013 年 4 月 6 日）

罗马的非天主教徒长眠地

  罗马的公墓很多，安葬的都是占意大利人口绝大多数的天主教徒。唯有一座例外，安葬的皆为非天主教徒，其中极少数来自意大利，绝大多数来自以欧美为主的其他国家。这些外国人大多是文化、艺术、科学、宗教界人士，在意大利长期定居或临时公干期间逝世，然后就地安葬。这座公墓因此被称为"非天主教徒的长眠之地"，也被称为"外国文化名人身后汇聚罗马的国际沙龙"。宗教的与国际的这两个特点，使这座公墓在罗马最为引人注目。

  我是在学习英国浪漫主义诗歌史时知道这个墓地的，到罗马后根据一本导游小册子找到它。它位于罗马南部圣保罗门附近的卡约·切斯蒂乌大街上，远离市中心地带喧闹的尘嚣，显得格外幽静。从一个有点破败的小门走进一堵高大的围墙，只见里面到处是青碧繁茂的大柏树，红花似火的石榴树，还有翠绿似毡的草地。树木之间，草地之上，竖立着一座又一座白色的碑石。其中最为高大的，是巍然矗立的一座埃及式的金字塔。这是古罗马保民官卡约·切斯蒂乌于公元前18年修建的坟墓，现成为这座公墓的"地标性建筑"。

  从公墓入口处拿到一张墓地分布图，这才知道公墓的正式名称是"非天主教徒公墓"。罗马是天主教的圣城，百分之九十以上的居民信仰天主教。根据天主教法，罗马的公墓历来只安葬天主教徒。18世纪以后，欧洲各国之间的交往日趋频繁，不少国家的非天主教徒来到意大利，或临时公干，或乘兴旅游，或长久居住。这些人在意大利去世后如何处理，一时成为一个问题。据说，这种事最早发生在1738年，一个名叫乔治·朗顿的英国牛津大学生在罗马去世。朗顿像大多数英国人一样信仰的是新教，进不得罗马的普通公墓。于是，就将其遗体暂厝于作为古墓的金字塔脚下。到1822年，前后有60多名来自欧洲和美国的新教徒安葬在这里。这时，罗马行政当局就在墓地周围划出一片地，四周修起一道围墙。从此，这里正式成为一个坟场，被称为"新教徒公墓"。其中的入葬者，英国人居多，有人因此也称其为"英国人公墓"。到后来，除新教徒外，东正教徒、犹太教徒、拜火教徒、佛教徒、伊斯兰教徒和其他信教和不信教的人，只要在罗马逝世都安葬在这里。因此，其现在的正式名称为"非天主教徒公墓"。

非天主教徒公墓一角

公墓从北向南分为五大区块。来自丹麦、瑞典、德国、俄罗斯和希腊的逝者相对集中，其他各国的逝者比较分散。据介绍，到目前为止的270多年来，这里已安葬4000多人。他们来自世界20多个国家和地区，英国人和德国人最多，其次为美国人、俄罗斯人和希腊人。他们生前大多是作家、诗人、画家、雕刻家、演员、学者、科学家、外交官、旅行家等知识界精英。其中少数是来意大利公干或旅游，多数则是钦羡古罗马的文化或当时罗马比较宽松的文化环境，到罗马或意大利其他城市长期定居。他们逝世后，有的不便将遗体运回国内，有的则是留有遗言，来世也要居住在罗马，做罗马的"永久性居民"。他们的坟茔一座连一座，纵横交错，形成一条又一条宽窄不一的巷道，成为世界上独一无二的"国际知识精英群体的长眠之地"。

公墓中安葬的最著名的知识精英是英国19世纪浪漫主义诗人珀西·雪莱和约翰·济慈。济慈写诗遭到保守文人的攻击，心情郁闷，罹患肺病。根据医生的建议，他于1820年9月来意大利疗养，次年2月病逝于罗马，时年尚不足26岁。陪同他前来的挚友、英国画家约瑟夫·塞弗恩和另一位英国友人查尔斯·阿米蒂奇·布朗遂将他安葬在这座公墓。他的墓地位于公墓的所谓"老墓园区"的西北角。在一个僻静的角落，一块微微隆起的土坡上，竖立着一块高约一米的石碑。石碑上没有镌刻逝者的姓名，只镌刻着由塞弗恩和布朗撰写的这样几句话："此墓中安葬着一位英国年轻诗人的遗骸。他在弥留之际仍对敌人的恶意中伤深感痛心，祈请将下面这些字镌刻在他的墓碑上：'此处长眠者，姓名水写成'。"这个墓志铭，据说来自17世纪英国诗人兼剧作家约翰·费莱彻在其诗剧《菲拉斯特》中的一句话："所有你的好的行为/都将用水写成。"济慈将"用水写成"几个字借来，看来意在表明，自己一生虽然短暂，但"过得清清白白"。

济慈墓碑的背面，镌刻着一把古希腊七弦竖琴，表明墓主是吟唱诗人。墓碑左侧的墙壁上镶嵌着一块浮雕。浮雕也是一把古希腊竖琴，但八根琴弦中的四根已断。这看来是在悲叹，这位诗人的奇才初展，即被死神掐断。浮雕上同样没有姓名，只是在下方镌刻着一首"藏头诗"，将每行诗的第一个字母上下连读，就是济慈（Keats）的名字。

紧靠济慈墓地是其好友塞弗恩的坟墓。塞弗恩不顾父亲的反对，不但千里迢迢陪伴济慈来到意大利疗养，并一直照料着济慈的生活起居，直到济慈三个多月后去世。他最了解济慈，是他为济慈设计的墓碑。他原是画家，后被任命为英国驻罗马的领事，一直照看着济慈的墓地。他不忘昔日的贫贱之交，58年后在罗马离开人世时，唯一的遗愿是"同济慈并躺在一起"。在同济慈一样大小、一样外观的墓碑上，镌刻着画板和画笔，表明其生前所从事的主要职业。碑文写的是："约瑟夫·塞弗恩，约翰·济慈的挚友和临终伙伴，他看到济慈归入不朽的英国诗人之列。"塞弗恩为济慈感到自豪，济慈地下有知，也该为有这样真诚的朋友而自豪。

济慈（左）及其挚友赛弗恩墓地

塞弗恩也是雪莱的朋友。在安葬济慈 17 个月之后，他也参与了雪莱的安葬。雪莱于 1792 年出生在英国一个古老的贵族家庭，但后来受到启蒙主义思想和空想社会主义思想影响，形成了他进步的政治社会观点。早在牛津大学学习期间，他就因为印发宣传无神论的小册子被开除。随后，他到爱尔兰，支持那里的天主教徒争取政治平等和民族自由的斗争，遭到英国统治阶级的谴责。1813 年，他发表长诗《麦布女王》，借执掌人类命运的麦布女王之口批评封建制度的专横无道，引起英国统治阶级的痛恨，发动对他的攻击和诽谤。1818 年，他流亡意大利，从此永远离开英国。侨居意大利的四年多时间，是他创作最旺盛、成就最辉煌的时期，先后发表《伊斯兰起义》《解放了的普罗米修斯》等长篇叙事诗，谴责暴力统治，呼吁人民解放。同时，他还发表《给英国人民之歌》《自由颂》《西风颂》等抒情诗作，宣扬进步的思想理念，表达对前途的乐观态度。这些作品奠定了他在英国诗坛上与戈登·拜伦并列的浪漫主义优秀诗人地位。

这时，拜伦也因"伦敦政治空气污浊"而流亡意大利。1822 年 6 月，他同雪莱决定联手创办一个杂志，专门发表在英国难以发表的诗作。在筹划刊物的过程中，雪莱于这年的 7 月 8 日在利古里亚海上遭遇风暴，所乘小舟倾覆，溺水而亡，仅差 27 天不到而立之年。人们还记得，一年多之前，雪莱在悼念亡友济慈时曾说，"看到他埋葬在这样一个温馨的地方，任谁都会爱上死亡"。于是，朋友们将其遗体火化后，把骨灰送到罗马的这座非天主教徒公墓安葬。

雪莱的墓地位于公墓东南部的"新墓区"。起初，他安葬在一些老坟墓中间。后来，他的挚友爱德华·特里劳尼觉得那个地方不大理想，就在老城墙附近的新墓区另购一块他认为较好的地盘，将骨灰重新安葬。雪莱的坟茔像那里的不少墓地一样，只有一块墓碑，但不是竖立着，而是平铺在地面上。上面镌刻着两个拉丁字，意为"心中之心"。下边是摘引自莎士比亚名剧《暴风雨》中三行文字："他并未凋萎，他横遭海难，变得丰盈而奇幻。"这三行诗是《暴风雨》中的那不勒斯王阿隆佐在暴风雨中溺水而亡后，那个缥缈的精灵爱丽儿所吟唱。朋友们知道雪莱喜欢爱丽儿，就用她的话来描述雪莱葬身大海的情景。"心中之心"，显然是朋友们对雪莱的崇敬之语。其心是人世间的"心中之心"，其人更是人世间的"人中之人"。

说到"心中之心"，不由使人想到雪莱的心脏。遗体火化时，特里劳尼将其未烧尽的心脏的一部分从火堆中扒出，事后交给雪莱夫人玛丽保存。玛丽逝世后，人们在其遗留下来的雪莱悼念济慈的《阿童尼》诗稿中发现一个信封，里面装的竟是残留下来的雪莱的心脏。于是，他们将其包装在一个银盒里，安放在其长子珀西在伦敦西南部伯恩茅斯的圣彼得教堂墓地。这样，雪莱的心脏回到英国，由长子陪伴；他的遗体则埋葬在异乡，陪伴他的是三岁即夭亡的次子威廉。

离开雪莱墓地不远的地方，埋葬着他的挚友特里劳尼。特里劳尼是英国的著名冒险家，还是小说家兼传记作家。他早年参加英国海军，退役后在意大利同雪莱和拜伦相识，教他们摇橹划船。雪莱逝世后，是他验明尸体，并安排火化和下葬。在为雪莱选定墓地时，他也为自己在其附近选定"一方身后安息之地"。后来，他满怀热情追随拜伦去希腊，参加反对奥斯曼帝国的独立战争。拜伦以身殉职后，他安排葬仪，将遗体运回英国，并撰写赞扬拜伦英雄事迹的长文发表。1881年8月，他逝世于伦敦南边的桑普廷，火化后把骨灰送到罗马，埋葬在雪莱墓旁，矢志在地下也陪伴好友共度时光。

公墓中另一位名气较大的人物是安东尼奥·葛兰西。葛兰西是意大利共产党的创始人之一，杰出的马克思主义思想家。他于1891年出生在撒丁岛一个贫困的职员家庭，大学毕业后从事新闻工作和社会主义工人运动。1923年当选意大利共产党中央委员会总书记，提出建立广泛的统一战线，反对国内外蠢蠢欲动的法西斯主义。1926年11月，他被墨索里尼法西斯政府逮捕，判处20年徒刑。他在狱中受尽酷刑，但坚贞不屈，坚持研究马克思主义理论，撰写有涉及政治、历史、哲学、文化等领域的大量著作，二战后出版，在国际上产生很大影响。1937 年 4 月，他在罗马病逝，遗体火化后埋葬在这座公墓的最南部。一般解释是，无论是狱中的严刑拷打，还是病痛的长期折磨，葛兰西终生都未放弃共产主义的无神论思想。他是被作为另一类非天主教徒安葬在这座公墓的。

安葬在这座公墓的其他名人，还有俄罗斯 19 世纪著名画家卡尔·波留洛夫，美国 19 世纪画家兼诗人威廉·维特莫尔·斯托里，美国当代“垮掉的一代”诗人格雷戈里·考索，20 世纪美籍挪威雕刻家亨德里克·安德森。斯托里 1895 年逝世前创作的雕塑作品《痛苦的天使》，是一座白色的大理石方形碑石，一向安详的带翅天使伏在上面痛哭。这一生动表现悲恸之情的雕塑作品，后来成为斯托里及其夫人的共同墓碑。欧美各国不少名人逝世后也竞相仿制。

在公墓匆匆走了一圈，感慨良多。一排排墓地，安葬的多为欧美各国流落意大利的文化名人；一座座墓碑，体现的是不同民族和宗教的不同建筑风格；一篇篇碑文，分别用 20 多种语言书写，表现出不同国家的不同文化背景。世界各国首都的公墓，安葬的都是本国的精英人物，唯有这座公墓是例外，安葬的是在意大利逝世的其他国家的风流人物，并一直由欧美国家派驻意大利的外交使节组成的一个志愿者委员会经管。这是一座地地道道的国际性公墓，体现的是不同民族、宗教和文化的交汇与包容。1877 年，爱尔兰著名作家奥斯卡·王尔德来这里拜谒时，曾称赞这里是“罗马最神圣之地界”。

（2013 年 9 月 3 日）

维也纳的音乐之魂汇聚地

维也纳被称为"音乐之都"，出现过众多音乐名家。来访者自然要去金色大厅欣赏他们作品的演奏，去古老的街巷寻访他们的故居，去街头广场瞻仰他们的雕像。但这些都不过是"单独约会"，而欲在有限的时间同他们"集体会晤"，就只能去被称为"音乐之魂汇聚地"的维也纳中央公墓。

在维也纳的几十座公墓中，中央公墓面积最大，占地 240 公顷，墓穴最多，计有 33 万个，埋葬着 200 多万人。维也纳原本时兴逝者就近埋葬，公墓因而大多在城内。19 世纪初，维也纳人口猛增，城内墓地不够用。1863 年，市政府决定另辟新墓地，在东南郊的西摩林区建立"中央公墓"。这座公墓的修建曾引起争议。不少人认为离城区太远，安葬不方便；占城市人口大多数的罗马天主教徒则反对与其他宗教信徒共用一个墓地。市政府认为，墓地远离市区，逝者可以安静将息，生者可以平安生活，选址因而不能改变。但为照顾不同宗教信仰者的不同习俗，公墓划分为若干区，分别安葬天主教、新教、东正教、犹太教信徒。公墓于 1874 年 11 月建成并正式启用。后来又开辟伊斯兰教、佛教等宗教信徒的安葬区。为增加这座公墓的吸引力，市政府又于 1888 年开辟"荣誉墓区"，专门安葬对国家做出突出贡献的文人和政治家。最早入葬荣誉墓区的，实际上基本都是音乐家。他们大多是奥地利人，有的虽是他国人，但曾长期生活并最后逝世于维也纳。据不完全统计，到目前为止，荣誉墓区安葬有作曲家、指挥家、器乐家、歌唱家等 40 多人。其中，少数在荣誉墓区设立前逝世，原葬别处，后来迁葬这里；多数是在荣誉墓区设立后逝世，遗骸直接安葬到这里。

从 2 号大门进入公墓，沿着笔直的大道前行，只见到处是遮天蔽日的树木，青翠的草地，明艳的花枝。初始的印象，这里不是墓地，而是一座大公园。可是，越往里走，就发现大道两旁尽是墓碑，密密麻麻，排列严整，证实这里确实是墓地。按照公墓图志的指引，前行大约 200 米，拐向一条铺满沙石的小径。小径的尽头就是诸多音乐名家汇聚的荣誉墓区。这个墓区大致呈圆形，分为四个小区。其中三个小区安葬的是现代奥地利音乐家，而名为 32A 的小区，环境清幽，碑石林立，气氛肃穆，闪现的则是莫扎特、贝多芬、舒伯特、勃拉姆斯、施特劳斯父子等奥地利和德国古典音乐大师的光辉名字。

占据这个小区中心位置的，是一座用铁栏围起来的灰白色石碑。石碑不高，呈方柱形，顶端站立的是音乐女神的青铜雕像，中间镶嵌的是一个青铜侧面人头像。那人高高的鼻梁，一头浓密的青丝，一看就认出他就是有"音乐之王"称誉的沃尔夫冈·阿马多伊斯·莫扎特。

莫扎特于 1756 年出生在奥地利西部城市萨尔茨堡一个乐师之家，从小就显露出超强的音乐天赋，荣膺"音乐神童"的称号。25 岁那年，他辞掉萨尔斯堡大主教宫廷乐师这一令人艳羡的职位，来到维也纳寻求进一步发展之路。传记作家称他此举是"革命性行动"，开启了他生命中"最辉煌的十年"，先后创作脍炙人口的《费加罗的婚礼》《唐璜》《魔笛》等多部歌剧，还有《哈夫纳交响曲》《林茨交响曲》《布拉格交响曲》等 40 多首交响乐，为西方音乐开辟了崭新的发展道路。他的才情令人赞叹，也招致一些人的妒忌和排斥。他心情压抑，健康状况日益恶化，于 1791 年 12 月溘然长逝，年仅 36 岁。他的遗体埋葬在维也纳市郊的圣马克斯公墓。当时的习俗，不是一人一穴，而是多人共享一穴。他的墓穴前起初竖有一块木牌，但后来不翼而飞，其墓地的确切位置因而再也不为人所知。一般的说法是，他的墓穴在墓园中的第三排或第四排。正是根据这一说法，雕刻家汉斯·加塞尔于1859年为他修建一个纪念碑。1891年，莫扎特逝世100周年，维也纳音乐之友协会征得遗属同意，把这座纪念碑搬迁到中央公墓。这就是我们现今在荣誉公墓区看到的那座制作比较简单的碑石。因此，莫扎特在荣誉公墓区只有纪念碑，而没有坟茔和墓碑。

莫扎特纪念碑的两侧，是两座造型不同但很精致的碑石。左边的属于贝多芬，用白色大理石制作，高约4米，呈尖锥形，像一柄匕首孑然而立。碑石上部镶嵌着一个金黄色的圆环，环中有一只振翅飞翔的小蜜蜂，象征贝多芬对自由的渴望；下部是一把金黄色的竖琴，体现他一生对音乐的追求。碑石的方形底座上，用黑色花体字镌刻着贝多芬的名字，还有他的生卒年月。这座碑石，不是纪念碑，而是墓碑，碑前安葬着贝多芬的遗骸。

莫扎特纪念碑

路德维希·范·贝多芬1770年12月出生在德国波恩的一个音乐之家，也是很早就展露出超人的音乐才华。他的前半生22年基本上在家乡度过，获得钢琴师的声誉。1792年秋冬之际，法国大革命的风暴袭来，他离开波恩迁居自由空气浓烈的维也纳。不久，他的听力开始下降，到44岁时几近失聪，陷于痛苦孤寂的生活。但这没能使他沉沦，他仍坚守自由与平等的信念，创作出许多具有时代气息的名曲，诸如《英雄交响曲》《命运交响曲》，还有

《悲怆奏鸣曲》《月光奏鸣曲》《暴风雨奏鸣曲》，攀上交响乐创作的高峰。他虽然是德国人，但后半生基本上都在维也纳度过，被奥地利人视为同胞。因此，他1827年3月逝世时，拥有20万人口的维也纳有两万多人自动上街为他送葬，称颂他为与命运顽强抗争的"音乐王国的英雄"。其遗体安葬在城内的瓦林公墓，61年后的1888年6月迁葬中央公墓，重建墓碑。因为他生前敬慕莫扎特，新的墓地就安排在莫扎特纪念碑之侧。

莫扎特纪念碑的右侧、同贝多芬的墓地遥遥相对的是舒伯特的墓地。弗兰茨·舒伯特同贝多芬安葬在一起，据说是根据他的遗愿安排的。舒伯特比贝多芬小27岁，非常钦佩贝多芬的为人和才华，自视为贝多芬的学生。贝多芬则认为"罕见的天才火花闪耀在舒伯特身上"，这个年轻人具有巨大的音乐潜能。贝多芬的逝世后，舒伯特手持火炬挥泪为他送行，并表示永远同他在一起，永远向他学习。岂料，仅20个月过去，他就追随贝多芬而去，年不足32岁。

舒伯特1797年1月出生在维也纳一个教师家庭，短暂的一生中写下18部歌剧、9部交响曲和500多首歌曲，高产优质。他是18世纪以来第一个以优美的歌曲闻名于世的作曲家，被称为"歌曲之王"。但是，他一生清贫，墓地是友人捐助修建，先是位于瓦林公墓，后随贝多芬迁葬中央公墓，两人一直比邻而眠。他的墓碑同贝多芬的一样高，也是白色大理石制作，但呈严整的长方形。墓碑的左右各有一个高约3米的烛台，烛光长明。墓碑的上方是一块他和音乐女神相对而立的浮雕。带翅的女神

贝多芬墓碑

面带微笑，左手拿着一把小提琴，右手高高扬起，在把一顶音乐桂冠戴在他的头上。他的脚下，一个小天使正仰面倾听他同女神交谈，准备把一个花篮献给他。墓碑的基座上雕刻着两只共衔一架金色竖琴的天鹅，悠然在水面上游荡。这是仿照他最后的杰作《天鹅之歌》设计的，祈愿他永不停息地歌唱。

舒伯特墓地斜对面是另一位音乐大家约翰内斯·勃拉姆斯的墓地。墓地前面竖立着一座白色的墓碑。墓碑造型有点奇特，整体看像个神龛。碑体上方是两个裸体男女的雕像。他们的手由一根丝线相连，但头颅却朝着相反的方向。碑体的下方，挺立着一根细长的白色立柱，柱头上安放着他的胸像。额前是一绺散乱的长发，唇角是两抹未加修剪的胡髭。他右手抚摸着前额，左手把一叠乐谱摊在胸前，低头蹙眉在审视。这一切，被视为勃拉姆斯一生的白描式写照。

勃拉姆斯1833年出生在德国汉堡，9岁即成为出色的钢琴手。20岁那年，他结识著名作曲家罗伯特·舒曼及其夫人、著名钢琴家克拉拉。他本期望拜舒曼为师，岂料不到三年舒曼就去世。此后，克拉拉对他大加提携，他对克拉拉则倍加崇敬。日久天长，这两位年龄相差14岁的音乐痴心人，不由萌生爱恋之情。但是，他心中有难以逾越的道德障碍，两人因而未能走到一起。克拉拉于1896年去世，勃拉姆斯从此迁居维也纳，全身心投入音乐事业。他蜗居在简陋的公寓里，粗茶淡饭，衣冠不整，生活极为简朴。就是在这样的条件下，他创作有交响曲、协奏曲、变奏曲、合唱曲和各种歌曲200多首。1897年4月，这位被称为德国古典主义音乐的最后一位作曲家因癌症逝世，差一个月不满64岁。他被直接安葬在中央公墓，紧挨着他最崇敬的奥地利作曲家小约翰·施特劳斯。

小施特劳斯1825年10月出生在维也纳附近，在同名的父亲、奥地利圆舞曲作家的三个儿子中排行老大。老施特劳斯深知从事音乐工作的艰辛，坚决反对子承父业。他给大儿子设计的前程是银行职员。可是，这个儿子却瞒着他偷偷学起小提琴。父亲发现之后，将他痛打一顿，声言"非将音乐细胞从他身上打出去不可"。可是，他不但未放弃音乐，反而在 19 岁那年就悄悄组建起自己的管弦乐队，先是在维也纳，随后到俄国、英国等地演出，获得很大成功。1870 年，他将乐队交给两个弟弟照管，集中力量进行创作，先后创作出《蓝色的多瑙河》、《维也纳森林的故事》等华尔兹圆舞曲 150 多部，被誉为"华尔兹之王"。

小施特劳斯于 1899 年 6 月在维也纳病逝，直接安葬在中央公墓。他的墓碑制作别出心裁。从碑身到基座，看似是由未加打磨的灰白色石块垒叠而成。碑身的下部是左膝微曲、右手按在一架金色竖琴上的音乐女神雕像。她的两侧镌刻着四个神态各异的小天使。在女神和天使的簇拥之下，碑身的正上方是小施特劳斯的浮雕头像。在翠绿的枝叶和粉红的花朵映衬下，他好像在微笑，又好像在沉思。这一切，令人恍若置身于他那传世之作《蓝色的多瑙河》婉转悠扬的旋律之中。

在小施特劳斯墓地近旁，我们看到的是其父老约翰·施特劳斯及其二弟约瑟夫·施特劳斯的墓地。老施特劳斯 1849 年 9 月去世，原来埋葬在他处，1904 年搬迁到中央公墓。约瑟夫根据父命，原来学军事，后来追随兄长也转向音乐，逝世后陪同父兄来中央公墓安息。

同这些音乐界名人长眠在一起的还有 30 多人。其中，最著名的是 18 世纪的意大利古典派作曲家安东尼奥·萨列、德国歌剧作曲家克里斯托夫·范格卢克，还有 19 世纪的奥地利作曲家胡戈·沃尔夫和约瑟夫·兰内尔。

看完荣誉墓区这些音乐家的碑石，感到好似将奥地利、德国乃至整个西欧的古典音乐发展史粗略浏览一遍。特殊的地缘历史条件使奥地利处于日耳曼、罗马和斯拉夫三大文化流派的交汇之处，形成光辉灿烂的文化传统。维也纳从 18 世纪起就成为欧洲古典音乐的中心，19 世纪又成为华尔兹等舞蹈音乐的发源地。奥地利和周边国家的很多杰出音乐家浸淫于斯，成长于斯，扬名于斯，最后又安寝于斯。荣誉墓区的一个个

维也纳中央公墓中的荣誉墓区

墓地，一座座碑石，无不讲述着他们不同的艺术人生，展示着他们不同的音乐成就。熙熙攘攘拜谒的人群，一拨又一拨，睹物思人，任由从他们琴弦上流淌的天籁之音在自己心中激荡，从他们不懈奋斗的坚毅精神中汲取奋进的力量。维也纳荣誉公墓已成为全世界音乐爱好者心目中的神圣殿堂。

（2014 年 7 月 26 日）

异彩纷呈的世界"文学之都"

　　说起世界知名的文学城市，你也许会立刻想到欧洲的巴黎、伦敦或圣彼得堡，想到我国的北京、上海或西安。这些城市历来是知名作家和诗人的荟萃之地。但是，近年获得世界"文学之都"称誉的，却是另外一些城市。这当然不意味着人们心目中那些城市并非文学都城，而是因为"文学之都"的评定有自己的标准。那么，这些标准是什么，又有哪些城市据此而获得"文学之都"的称号呢？

　　"文学之都"是由联合国教科文组织评定的。进入新世纪，全球化步伐加快，创意经济成为时代的新潮流，一批展现文化多样性的城市备受关注。2004 年 10 月，教科文组织发起建立"创意城市网络"项目，决定分期选定一些在文化艺术产业发展方面独具特色的城市，树为标杆，带动整个社会、经济和文化的发展。这个项目分为文学、音乐、电影、设计、民间工艺、媒体艺术、烹饪美食等七个板块。到目前为止，已有 20 多个国家的 40 多个城市根据其不同的优势和特点，分别获得七种不同的"之都"称号。我国的深圳、上海和北京先后被命名为"设计之都"，成都和杭州则分别被命名为"烹饪之都"和"民间工艺之都"。而"文学之都"的称号，则先后授予爱丁堡、墨尔本等七个城市。

　　教科文组织评定"文学之都"的标准，除文学传统之外，主要着眼一个城市文学发展的整体情况，包括文学出版物的品种、数量和质量，文学作品在中小学教学和城市生活中发挥的作用，为促进文学作品的传播而开办的图书馆、书店和各种文化设施的情况，翻译和出版本国各民族以及外国文学作品的情况，为促进本国和外国文学艺术交流所采取的举措，传统和新兴媒体在促进文学发展和市场开拓方面所起的作用。

（一）

第一个获得"文学之都"称号的是英国北部城市爱丁堡，时为 2004 年 10 月。爱丁堡是苏格兰首府，具有深厚的文学艺术传统，早在 18 世纪就成为欧洲文化的中心之一。在这里诞生、生活或写作的，有民间诗人罗伯特·彭斯、历史小说家沃尔特·司各特、海盗小说家罗伯特·斯蒂文森、侦探小说家阿瑟·柯南道尔、散文家兼历史学家托马斯·卡莱尔，还有近年风靡全球的小说《哈利·波特》的作者乔安妮·凯瑟林·罗琳。这里还产生过著名经验主义哲学家大卫·休谟和古典经济学家亚当·斯密。被称为地质学之父的詹姆士·赫顿和进化论奠基人的查尔斯·达尔文，则曾在这里就学。

爱丁堡还是一座艺术之城。1947 年以来，每年夏秋之交，这里都举行盛大的国际音乐戏剧节，英国各地和世界各国的一流戏剧与音乐团体纷纷前来演出，不同民族和国家的艺术在这里相互观摩和交流。在这个正式艺术节之外，爱丁堡近年又兴起一个"艺术边缘节"，主要上演喜剧，全城设置 260 多个演出点，每年演出 2000 多场。这个有点自发的演出季，成为整个苏格兰规模最大、最受民众欢迎的文化艺术节庆。爱丁堡全城人口 48 万，大小不等、门类众多的表演团体有 100 多个，全城"几乎人人都成为表演艺术家"。此外，爱丁堡每年还举办国际性的木偶剧节、电影节、爵士和布鲁斯音乐节、风笛节、儿童艺术节、图书节、故事会节、军操表演节，国内外的参与程度也都很高。

爱丁堡还是英国的出版业中心之一。1507 年，这里修建第一个印刷厂。随后，《不列颠百科全书》第一版在这里出版，旋即风行全球。

爱丁堡现有出版社 50 多家，每年出版新书 3000 多种，三分之一为小说，码洋总计 5.34 亿美元。出版业的发展，带动了图书馆的修建。现在，爱丁堡有规模不等的图书馆 140 多个，年均借阅量是人口的好几倍。爱丁堡因此被称为"修建在书本上的城市"。

爱丁堡国际图书节

（二）

继爱丁堡之后，从 2008 年到 2010 年又有三个城市先后获得"文学之都"称号。这三个城市也都属于英语国家，即澳大利亚的墨尔本、美国的艾奥瓦和爱尔兰的都柏林。

墨尔本是澳大利亚第二大城，既是工商业中心，也被誉为"文化首都"。它只有 180 年的历史，最早的居民大多是英国的囚徒。随着经济的快速发展，现在人口 430 万，主要是欧洲各国的移民及其后裔，其次是来自中国、日本、印度等亚洲国家的移民及其后裔，还有少量来自非洲和美洲的移民及其后裔。因此，墨尔本是一个拥有上百个族群的移民城市。不同民族和种族的文化相互碰撞和交融，决定了墨尔本是一个以盎格鲁－撒克逊文化为主、兼容其他诸多民族文化的多元文化城市。

墨尔本是澳大利亚文学的摇篮。据统计，在为时不长的澳大利亚文学史上，全国约有三分之一的作家来自墨尔本。澳大利亚的著名作家，诸如 19 世纪著名小说家马库斯·克拉克、20 世纪小说家韩德尔·理查森、凯瑟琳·普理查德等都曾在墨尔本生活、学习或写作。墨尔本人爱好写作，现有 1000 多名专业作家，近万名业余文学创作者。他们创作的内容有一个突出的共同点，早期大多以流放罪犯、淘金致富、放牧漫游为主要生活场景，现在则趋于多样化。墨尔本每年都举行作家节、诗歌节等文学活动，有来自世界各地的作家和诗人参加。每年一次的新锐作家节和墨尔本文学奖，则着重奖掖和培养青年文学爱好者。

墨尔本重视文化的普及工作，各种文化设施齐备，书店多，图书馆多，购买和借阅图书的人更多。据统计，澳大利亚百分之十三的书店和图书馆在墨尔本，每年有 250 万人经常到图书馆借书。墨尔本的艺术场馆也很多，有正规的大型剧场和演艺中心，还有即兴式的街头演艺场地。一年之中，各种文化节庆不断，著名的有墨尔本国际艺术节、电影节、喜剧节、芭蕾节和专为各少数族群设立的自由社区节。其中，墨尔本国际喜剧节规模最大，有来自世界各国的喜剧艺术团体参加，当地任何对喜剧有兴趣的人都可以一显身手。喜剧艺术的普及，使墨尔本产生了一大批喜剧作家和演员。墨尔本是世界上喜剧色彩最浓的城市，有"喜剧艺术之乡"的称誉。

（三）

艾奥瓦是美国中北部艾奥瓦州的一个小镇，人口只有 6.2 万。小镇周围是一望无际的玉米地，其所以出名皆赖设立在这里的艾奥瓦大学。这所创建于 1847 年的大学，重点科系是医药学、生物工程学、农学和水利学，但为其赢得国际声誉、并使其所在的小镇获得"文学之都"称誉的，则是其开设的写作课程。

写作课程正式名称为"艾奥瓦大学国际写作计划"，于 1967 年由著名华裔作家聂华苓及其丈夫、美国诗人保罗·安格尔创办，是世界上第一个由大学举办的全球性作家交流项目。所有参与者都是有一定知名度和写作潜力的作家。通过为期三个月的讨论、阅读、座谈和写作，进一步提高他们的写作水平。40 多年来，已有 120 多个国家和地区的 1200 多位作家应邀参加这一写作计划，其中不乏有一定知名度的中国作家。联合国教科文组织认为，艾奥瓦大学"这独一无二的做法，使其成为促进原创性写作的中心，各国作家成长的摇篮"。

艾奥瓦缺乏深厚的文学传统，仅凭一项国际写作计划就获得"文学之都"称号，显然有点牵强，在国际上引发一些争议。而随后获得这一称号的都柏林，则名副其实，备受赞扬。

（四）

都柏林是爱尔兰的首都，有上千年的历史。走进这座城市，到处可看到古今作家的雕像、纪念馆舍以及以他们的名字命名的建筑和街道。这令人立刻感到，这确实是一座文学城市。不过，因为爱尔兰长期处于英国统治下，在这里生活、学习或写作的许多作家，诸如讽刺小说家乔纳森·斯威夫特、唯美主义作家奥斯卡·王尔德、有"20 世纪莫里哀"之称的剧作家萧伯纳，好长时间不被称为爱尔兰作家，而是归于英国作家之列。直到 1949 年爱尔兰获得独立，他们才回归爱尔兰作家队伍，不但赫然列名爱尔兰文学史，还走进都柏林的爱尔兰文学博物馆。

值得都柏林骄傲的是，有四位诺贝尔文学奖获得者出生或生活在其怀抱中。除文艺复兴运动诗人威廉·叶芝和剧作家萧伯纳之外，还有荒诞派剧作家塞缪尔·贝克特和诗人谢默斯·希尼。另外一位出生在都柏林的作家詹姆斯·乔伊斯，虽然没有获得诺贝尔文学奖，但却以《尤利西斯》《为芬妮根守灵》等作品开辟了意识流小说的先河，被西方誉为 20 世纪最伟大的现代派小说家。有评论认为，仅凭这五位作家，都柏林就可毫无愧色地登上"文学之都"的雅位。

在各文学门类中，都柏林的戏剧事业最为发达。这里不但出现萧伯纳、肖恩·奥凯西、贝克特等一大批具有世界性影响的剧作家，很多诗人、小说家、评论家，诸如叶芝、王尔德，也都从事戏剧创作。他们的戏剧作品都先后搬上舞台，连年演出不衰。从20世纪初开始，都柏林一直有"戏都"之称，每年均举办都柏林国际戏剧节。

都柏林文学事业之所以发达，主要是因为重视教育。这里不但有三一学院、爱尔兰主教大学等世界一流的高等院校，还有许多图书馆、博物馆、展览厅、画廊，人们都把这些文化设施视为业余的高等学府。在政府和企业的支持下，都柏林开展了一系列文学教育和文学推广项目，开办一系列文化节、文化讲座、文学工作室，设立了不少文学和艺术奖项。都柏林的文学创作活动极为活跃，许多人都争先恐后地参与。当代爱尔兰小说家安妮·恩莱特曾说过："在别的地方，聪明人会出门赚钱。而在都柏林，聪明人则回家写书。"

（五）

冰岛首都雷克雅未克于2011年8月被命名为第五个"文学之都"，成为获得这一称号的第一个非英语国家的城市。教科文组织认为，它在保存和传播北欧民间文学方面一直发挥着独特的作用。

冰岛原是一片冰天雪地的荒野，从公元9世纪起挪威人和丹麦人先后来到这里谋生，同时带来北欧大陆口口相传的神话和英雄传说。这些反映北欧原始公社时代生活的文学作品，后来在挪威和丹麦逐渐失传，但在冰岛却被记录和保存下来。这些文学作品分为以"埃达"和"萨迦"相称的诗歌和散文两大类，13世纪前后以手抄本形式在民间流传。17世纪以后，这些手抄本相继被发现，成为研究北欧文学传统和古代社会的珍贵资料。1786年，雷克雅未克建城，成为保存、保护、出版和研究这些文学珍品的中心。

冰岛在几百年的发展过程中也逐渐形成自己的民族文化，其中心是雷克雅未克。国家的文化设施大多集中在这里，绝大多数作家也聚居在这里。1955 年诺贝尔文学奖获得者哈多尔·拉克斯内斯、北欧理事会文学奖获得者道尔·维尔亚姆松等作家都曾在这里生活和写作。1985 年以来，这里每两年举办一次国际文学节，外国的许多著名作家前来参加。此外，这里还定期举办国际艺术节、国际诗歌节、国际儿童文学节和冬季之光文化节。冰岛全国人口 33 万，近三分之二生活在雷克雅未克市，图书出版机构大多也集中在这里。冰岛是世界上人均书店、出版书刊和译介外国书籍最多的国家。

文化色彩浓郁的雷克雅未克

（六）

继雷克雅未克之后，诺里奇于 2012 成为世界第六个"文学之都"。诺里奇位于英格兰东部，人口不到 15 万，是一个国际知名度不高的小城。因此，英国之外的许多人都纳闷，一个名不见经传的小城何以获此殊荣？可是，英国人都知道，这个小城在历史上曾辉煌一时，至今仍有丰厚的文化积淀。

诺里奇于 11 世纪建城，不久即成为英国毛纺业中心，并以此带动了文化的繁荣。这里先后修建 30 多座教堂，教会和教友纷纷开办印刷作坊。大量宗教典籍的印刷，使这里很快成为英国的"印刷之都"。14 世纪，一位修女出版一本题为《神圣之爱的启示》的小册子，据说是世界上已知的第一部女性撰写的英文书籍。16 世纪，这里出生的诗人亨利·霍华德首创无韵诗和十四行诗，这种体裁后来被其他英国诗人广泛袭用。1608年，英国第一家地方图书馆在这里创建。1701年，英国第一份地方报纸在这里出版发行。这里是18世纪著名思想家和作家托马斯·潘恩的故乡，其著作《常识》和《人的权力》直接影响了美国第一部宪法的制定。诺里奇被誉为英国的"一个充满梦幻般文化氛围的小城"。

现在，诺里奇不但珍视其文化传统，还不断使其发扬光大。这里有多家图书馆，藏书丰富，人均借阅量在英国乃至世界名列前茅。2003年，这里创建作家中心，邀请各国知名作家进行写作交流。这里的东安格利亚大学开办了创意写作中心和文学翻译中心，每年举办两次国际写作或翻译活动，像美国的艾奥瓦大学那样，帮助本国和外国有才华的青年作家和翻译家尽快成长。

（七）

第七个、到目前为止也是最后一个被教科文组织命名为"文学之都"的城市是波兰的克拉科夫。

克拉科夫位于波兰南部，始建于公元7世纪末，从1320年到1609年一直是波兰的首都。这里一直经济繁荣，文学气息浓厚。波兰早期的文献大多用拉丁文写作，直到克拉科夫成为波兰首都后才出现用波兰文翻译的宗教典籍和用波兰文写作的文学作品。克拉科夫因此被称为波兰语言文学的摇篮。克拉科夫大学的创建，进一步促进了波兰科学文化的发展。16世纪的伟大天文学家、"日心说"创立者尼古拉·哥白尼曾在这所大学就读。这所大学还培养了以16世纪杰出诗人扬·科哈诺夫斯基为代表的一大批作家、诗人和学者。波兰19世纪卓越的浪漫主义诗人和民族解放运动的英勇战士亚当·密茨凯维奇曾在克拉科夫任教，死后埋葬在这里，市中心广场上至今还竖立着他的雕像。同他埋葬在一起的，还有同为波兰浪漫主义文学开拓者的尤·斯沃瓦茨基。1905 年获得诺贝尔文学奖的小说家亨利克·显克维奇和 1980 年获得诺贝尔文学奖的诗人切斯瓦夫·米沃什都曾在克拉科夫居住和写作。

克拉科夫全城充满浓郁的文学气氛。诗歌节、戏剧节、电影节之外，最盛大的当属每年举办两次的文学节。上半年的文学节以诗人米沃什命名，下半年的文学节则以原为波兰籍的英国 20 世纪著名小说家约瑟夫·康拉德的名字命名。节日期间，除举办专题文学讨论会外，还举办大型书展、诗歌朗诵会以及戏剧、音乐演出活动。一时间，剧院、音乐厅、博物馆，乃至教堂、酒吧、咖啡馆等都成为文艺活动的场所。同时，还评定和颁发小说、散文、诗歌、文学批评、文学翻译等多种奖项，以进一步促进文学的发展和繁荣。

七个"文学之都"，各具特色，异彩纷呈。遗憾的是，这些城市大多属英语国家，集中在欧美地区。有批评认为，评定工作"缺乏世界眼光"，甚至"难逃文化歧视之嫌"。亚非拉地区有古老而灿烂的文化传统，有不少足以与现有"文学之都"媲美的城市，尚待今后评定。我们相信，只要坚持文化多样性原则，"文学之都"将会越来越多，越来越绚丽多姿。

（2014 年 6 月 28 日）

"文学之都"都柏林

　　为进一步促进世界各国文学艺术的发展，联合国教科文组织从2004年起先后评定世界上20个城市为"文学之都"。评定的标准，除文学传统之外，主要着眼一个城市文学发展的整体情况，包括文学出版物的品种、数量和质量，文学作品在城市生活中发挥的作用，翻译和出版本国各民族以及外国文学作品的情况，为促进本国和外国文学艺术交流所采取的措施。评定的结果引发不同程度的争议，主要是有些获得"文学之都"命名的城市"有失水准"。但是，对爱尔兰首都都柏林，人们都异口同声表示赞同。这不禁令人要问，都柏林何以成为毫无争议的世界"文学之都"？

　　都柏林城市不大，人口只有120万，但高科技企业林立，有"欧洲硅谷"之称。可是，徜徉在鹅卵石铺路的街巷，所见尽是与文学名著有关的商号，知名作家纪念馆舍和雕像，各种文学活动的通告，戏剧演出的海报。浓郁的文学气息立时令人感到，这确实是一

都柏林作家博物馆

座世界上少见的文学城市。

深入认识这座文学之城，当从都柏林作家博物馆开始。博物馆位于市中心偏北的帕内尔广场一座 18 世纪乔治亚风格的大楼内。展室只有两间，空间极为狭小，但展示的却是爱尔兰上千年的文学发展历史。17 世纪以前，爱尔兰文学主要是作为爱尔兰人一支的凯尔特人的盖尔语文学。17 世纪中叶，英国侵占爱尔兰，英语文学迅速发展，占据爱尔兰文坛统治地位。这座博物馆展示的，主要是爱尔兰英语文学的发展情况。通过图书、手稿、信函、肖像、图片等文物，还有鹅毛笔、打字机、写字台、钢琴、眼镜等作家个人用品，将爱尔兰近 300 年的文学发展历程生动展现出来。开启这段文学史之先河者，是以寓言小说《格列佛游记》闻名于世的 18 世纪讽刺作家乔纳森·斯威夫特。继其而来的，是诗人兼小说家奥利佛·哥尔德斯密斯、政治家兼散文家爱德蒙伯克、剧作家布林斯利·谢里丹和诗人托马斯穆尔。他们本来都是爱尔兰人，但由于爱尔兰长期处于英国统治之下，他们长期也被称为英国作家。博物馆的展示前言强调，这种"被扭曲的历史"现在应矫正过来。前言同时揭示，这些作家大多出生在都柏林，在都柏林受教育，都柏林是爱尔兰文学的"天然摇篮"。

博物馆的展示还表明，爱尔兰虽是一小岛之邦，但却不乏具有世界性影响的作家。其中，仅诺贝尔文学奖获得者就有四位。威廉姆·叶芝 1865 年出生在都柏林一个画师之家，青年时期参加争取民族自治斗争。他从爱尔兰丰富多彩的民间文学和激烈的人民斗争中汲取素材，创作出一大批具有现实主义内容和象征主义形式的诗歌和戏剧作品。1923 年，他因"以高度的艺术形式表达了整个民族精神"而成为第一个获得诺贝尔文学奖的爱尔兰人。两年后，剧作家萧伯纳又获得此奖。萧伯纳出生在都柏林一个小公务员之家。他的一生大部分时间在英国度过，但他心念祖国，总是以爱尔兰作家自居。他创作的数量众多的剧本，为欧洲戏剧事业的振兴做出巨大贡献。另一位爱尔兰剧作家塞缪尔·贝克特，出生在都柏林一个犹太人家庭，就读于都柏林三一学院，毕业后移居法国巴黎，主要用法文写作。他先是写小说和诗歌，后转向戏剧创作。他的《等待戈多》等剧本，开创荒诞派戏剧之先河。1969年，他因为"以具有新奇形式的小说和戏剧作品使现代人从精神贫困中得到振奋"而获得诺贝尔文学奖。近年获得诺贝尔文学奖的是诗人谢默斯·希尼。他虽然并非出生在都柏林，却长期在都柏林写作。1966年，他以诗集《一个自然主义者的死亡》一举成名，以后又发表多部诗集，主要表现乡间的劳动生活，赞颂劳动人民的辛劳。由于他的诗歌具有鲜明的民族背景和地方特色，于1995年获得诺贝尔文学奖。

另有两位出生在都柏林的爱尔兰作家，虽然没有获得诺贝尔文学奖，但开创不同文学流派之先河，影响非常之大。奥斯卡·王尔德开始在都柏林进行文学活动，后来流寓伦敦和巴黎。他追求"至美至善"，以一系列小说和戏剧作品开启唯美主义文学之端。詹姆斯·乔伊斯开始也是在都柏林进行文学创作活动，后来移居欧洲大陆。他的小说《尤利西斯》和《为芬尼根守灵》，描写都柏林下层人的琐碎平庸的生活，表现西方社会市民的孤独与绝望。这些作品写作手法新颖别致，成为影响深远的意识流小说的"奠基之作"。他被誉为欧美现代派文学巨匠。一个小城竟能孕育和培养出如此众多的具有世界性影响的作家，在世界上极为鲜见。有评论认为，仅凭这几位作家，都柏林就可毫无愧色地登上"文学之都"的雅座。

近些年，获得国际文学奖的都柏林作家和诗人不断增加，总计有二十几位。其中，伊利斯·默多克等四人先后获得世界英语文学最高奖布克奖。作家卡勒姆·麦卡恩先后获得美国国家图书奖和国际伊姆派克都柏林文学奖。还有一些作家在欧洲大陆国家获奖。随着获奖作家人数的增多，爱尔兰的文学作品被译介到外国的数量也大增，在世界上的影响日益扩大。

都柏林文学资源丰厚，保护和展示这些资源的机构和场所也很多。

都柏林作家博物馆的隔壁，是爱尔兰作家中心、爱尔兰作家协会、爱尔兰剧作家协会、爱尔兰儿童图书信托基金会和爱尔兰翻译家协会。在爱尔兰国家图书馆内，有半永久性的"叶芝生平和作品展览"。他曾居住的梅里昂广场附近的房舍，则辟为他的故居纪念馆。此外，都柏林还设立有叶芝纪念大厦和叶芝学会，专门推介他的作品，组织与他有关的各种文学活动。萧伯纳在都柏林的时间不长，但他在辛格大街上的故居仍保存下来，辟为纪念馆。乔伊斯在都柏林的纪念地则有多处。乔治北大街的一幢大楼里开设有乔伊斯中心，是收集这位作家资料、研究其作品和组织与他相关各种活动的专门机构。在都柏林南部小镇桑迪考夫海滨，有一座圆形炮塔，原为防御法国入侵修建，乔伊斯年轻时曾在那里小住几日。现在，这座碉堡辟为他的纪念馆，经常有他的粉丝和研究者前来参观。与这座气派的炮塔不同，在都柏林东郊海边的工人聚居区，有一座非常简陋的平房，是 20 世纪著名剧作家肖恩·奥凯西的故居，

作为爱尔兰文化摇篮的都柏林三一学院

现在作为这位工人出身的作家的纪念馆保存下来。都柏林街头到处是酒吧和咖啡馆，而今也成为一些著名作家的纪念地。一个叫文思的简陋小酒馆，据说曾是王尔德、贝克特等人经常光顾的地方。现在，酒台上摆着他们的玻璃雕像，任何来这里喝酒的人都要举杯先向他们致意。豪华的都柏林皇家酒店，则仿照伦敦的西敏寺设有一个诗人角，将绘制有诗人肖像的酒瓶子摆成一个圣坛，供顾客瞻仰。在同样豪华的谢尔本酒店，叶芝当年曾租住一个房间，邀请朋友前来朗诵诗作。现在，这个房间保留下来，成为骚人墨客作品的朗诵室。乔伊斯作品中提到不少都柏林的饭店和酒吧，这些地方而今都成为他的粉丝们的晋谒之地。萧伯纳终生戒酒，从未去过都柏林的任何酒馆，但是，据说有几十家酒馆竖起他的肖像。这种种做法自然有商业考虑，但也是对作家尊重与敬仰的一种表示。

作家在都柏林受到广泛尊重，还表现在街头、广场和公园为他们竖有很多雕像。过去，都柏林的雕像主要是为王公贵族和各种政治人物竖立。而随着政情的变化，那些雕像有的拆除，有的搬迁，取而代之的则是作家的雕像。在三一学院大门口，矗立着校友哥尔德斯密斯和伯克的高大雕像，学院以培养出这样杰出的人物而骄傲。在离学院只有一箭之地的梅里昂公园，有一座造型别致的王尔德雕像。他身着鲜亮的大翻领绿上装，手戴钻戒，拱着膝头，懒洋洋地躺在一块大圆石头上。他为人放荡不羁，但经常口吐珠玑。他的"经验是每个人为其所犯错误的题名"等富含哲理的名句，镌刻在街头的石碑上。雕像最多的当属乔伊斯。这位言行怪异的作家生前为教会、政府和上流社会所不齿，但都柏林人喜欢他。在他所说的"可爱而肮脏的都柏林"的圣斯蒂芬绿地上，竖有他的半身像。在厄尔北大街和奥康奈尔大街交汇处，竖立着他的一座全身像。他头戴软呢帽，手扶绅士杖，乜斜着两眼，好像在讥诮人世。离这座雕像不远，竖有他在小说《为芬尼根守灵》中描写的都柏林女孩安娜·莉维亚的雕像。她站立在流经都柏林的利菲河岸畔，正在梳洗那一头美丽的秀发。都柏林人喜爱她，把她奉为这条母亲河的象征。

从利菲河出发，每天都组织有各种文学旅游活动。从西向东流淌的利菲河上，修建有三座以作家命名的大桥。其中，乔伊斯大桥有高高的尖塔，显得十分宏伟。贝克特大桥像一把巨大的竖琴，弯弯的琴弦在海风中好像在鸣唱。奥凯西大桥位于作家早年居住的码头旁边，宽大而壮观。参观完这些大桥，登上游艇，穿行在清爽的河水之上，导游指点岸畔的风景，有讲述不尽的都柏林文学掌故逸事。完成利菲河文学游之后，如雅兴未尽，还可以继续做地面文学游，参观作家故居和雕像，或者搭乘长途汽车做"文学宝库寻访游"，到都柏林以外的地方参观作家的庄园或休闲地，了解他们的多面人生。

我到访都柏林时恰逢那里举办诗歌节，来自英国、美国、南非等地的诗人，同当地诗人一起，或介绍本国的诗歌情况，或研讨互通的诗艺，或举办诗歌朗诵会。据介绍，都柏林的文学节庆终年不断，计有文学图书节、儿童读物节、作家活动节、电影节、戏剧节、街头演出节等十四五种。另外，都柏林还有两个独特的文学节庆：一是"全城一书节"，即在规定的节庆期间，全城人同读一本小说或诗集，边阅读边通过集会或媒体进行讨论，交流心得，共同提高文学鉴赏力；二是每年的"布卢姆日"。乔伊斯的代表作《尤利西斯》描写以兜揽广告为业的利奥波德·布卢姆在1904年6月16日这一天的经历和心理活动，反映都柏林普通人的善良、平庸和无聊。布卢姆现已成为都柏林无人不知的文学典型人物，6月16日这一天被定为都柏林的"布卢姆日"。在这一天，全城举行各式各样的活动，向作者的雕像献花，携家人入住小说提到的酒店，约上三五知己到小说提到的酒吧小酌，甚或发动成千上万人扮成作品中的人物招摇过市，尽情表达对"民族文学骄子"乔伊斯的怀念和崇敬。

都柏林乃至整个爱尔兰文学的发展，得到政府和社会各界的支持和帮助。都柏林一直是爱尔兰文化和教育事业的中心，这里所有的学校都重视文学人才的培养，不少学校还开设有文学写作课程。图书馆、博物馆、展览厅、画廊乃至教堂，也成为人才培养的"第二课堂"。为鼓励作家进行创作，政府规定免征稿酬税。政府还通过民间性的艺术委员会于 1981 年创立一个资助机构，专门为生活困难的作家提供长达五年的年金，以保障他们全身心投入文学创作。同时，在政府和企业的支持下，都柏林还设立诸多文学艺术奖，举办一系列文学艺术活动，吸引青年人参加。在都柏林，有"人人读书，人人写作"之说。此说虽不免有点夸张，但足见都柏林人对文学之热爱，都柏林文学创作之活跃。当代爱尔兰小说家安妮恩莱特曾说："在别的城市，聪明人会外出赚钱。而在都柏林，聪明人则留在家里写作。"

都柏林造就了一大批杰出作家，这些作家使都柏林文采飞扬，成为名副其实的"文学之都"。难怪乔伊斯曾表示："我死时，将把都柏林书写在我的心上。"

（2016 年 2 月 20 日）

伦敦的老古玩店

在伦敦的大街小巷，卖古玩的店铺很多。其中最有名的，恐怕要数一家以"老古玩店"做字号的小店了。

这家古玩店位于离市中心不远但却异常僻静的朴茨茅斯街上。它的闻名，倒不是有什么奇货可居，而是由于英国小说家狄更斯的妙笔点化。他的著名小说《老古玩店》，就是以这家店铺为背景写成的。因此，店铺的门墙上不无自豪地写着这样几个醒目的大字："老古玩店，因查尔斯·狄更斯而名传千古"。

老古玩店是一幢二层小楼，红色的房顶，白色的墙壁，绿色的门楣，在阳光下显得非常艳丽。低矮的店门，带格的玻璃

现今的老古玩店

狄更斯

窗，高高挂起的招牌，则一如狄更斯小说的描写，看上去有点简陋。老古玩店周围的几家小店铺已不复存在，代之而起的是几座高楼大厦。在这些现代化建筑的阴影的映衬下，这个小店越发显得古色古香，别有韵致。

我俯首跨进店门，发现店堂像小说描绘的一样幽暗、狭小，看来不足 20 平方米。原来将店铺与客厅隔开的界墙已经拆除，店主外孙女小耐儿的卧室已改成办公室。墙脚摆满玻璃柜，墙上挂满照片和绘画。这家被狄更斯称作"古旧和珍奇东西收容所"的古玩店，过去出售的是从古老教堂、坟墓和废宅中搜罗来的古董，诸如鬼魅一样的甲胄、锈蚀的兵器、斑斓的雕刻。而今，货橱中摆得最多的却是各种小首饰、金银器皿、瓷盘瓷瓶，还有狄更斯各种小说的插图，他笔下各色人物，如小耐儿、匹克威克、班布尔、法金等的速描画、明信片和圣诞卡。

从店堂中间一条既窄且陡的木楼梯，我爬上二楼，光线从三面的玻璃窗照射进来，满室生辉。一大一小两个连通的房间，贴墙摆着柜橱，有限的空间里放着桌、椅和条凳。这里陈放的多是瓷瓶、瓷人、瓷动物和各式钢盘、铜壶，还有狄更斯在世时出版的著作、用过的笔插、玩过的纸牌、赠人的相册。这些文物，只供展览而不出售。

在我的记忆中，狄更斯笔下的店主吐伦特老人也好像一件古玩。他拄着手杖，穿着破斗篷，"满脸深沟"，"满头又长又白的头发"。现今的店主爱德华·艾里斯，却是一个年轻人。他身着笔挺的西装，蓄着一撮整齐的唇髭，显得潇洒而干练。他告诉我，这座小楼建于1576年，是伦敦最古老的商店，也是英国现今罕见的都铎王朝时期遗留下来的建筑物之一。这里原是两个小商店，底层是店铺，楼上是居室。据传说，这两个小商店一度是英王理查二世1660年登基后册封的朴茨茅斯女公爵经营的牛奶店的一部分。令人惊异的是，400多年来，这座小楼除正常维修和装饰外，从未大修和翻建过。自然界的风雨和二次大战的轰炸，都未能动摇它的根基。它至今仍很坚固，从而可见前人建筑技艺之高超。

狄更斯怎么会以这样一个小店为背景写起小说呢？对这个问题，艾里斯先生谦恭地一笑说："每个光顾本店的人几乎都提出这个问题，一句话说不清啊。"他赠我一本小册子，让我从中自寻答案。

原来，从15岁起，狄更斯就在以格雷斯旅馆为办公室的埃利斯—布莱克默联营律师事务所当小伙计，后又作为戏迷经常出入"公爵剧场"和"皇家戏院"。这些地方都离朴茨茅斯街不远，想必他有不少机会路过老古玩店。而林肯法学会广场58号，是狄更斯的好友约翰·福斯特的寓所，他每周都去走访。从寓所的窗户就可看到老古玩店的门面。据1896年11月29日《劳埃德报》报道，老古玩店一位叫台西曼的老板，同狄更斯过从甚密，总戏称这位落笔如行云流水的高产作家为"闪电"。20世纪20年代，狄更斯晚年的家童乔治·爱德拉普特回忆说，他为主人办事，多次到过老古玩店。这一切足以说明，狄更斯对这家古玩店及其主人是了解和熟悉的。因此，他写出《老古玩店》这部小说，也就不是偶然的了。

《老古玩店》是狄更斯从现在辟为他的纪念馆的道蒂街48号迁居到德文郡巷1号后开始创作的，时为1840年初。当时，他的小说《尼古拉斯·尼克尔贝》刚出版，并获得巨大成功。出版商遂委托他编辑一份幽默周刊《韩夫利少爷之钟》。为打开周刊销路，他从第4期起连载

《老古玩店》，赢得读者欢迎。他深受鼓舞，兴奋地写道："我对这篇故事感受极深，我觉得这是一个好兆头。"于是，一个原计划写不太长、只连载六七期的故事，竟被演绎成一部三四十万言、连载了 8 个月的长篇小说。

小说描写老古玩店店主吐伦特和他美丽、善良的外孙女小耐儿相依为命的悲惨故事。吐伦特为使还不满 14 岁的外孙女在他身后能过上幸福生活，竭力想发财致富，不料却落入高利贷暴发户丹尼尔·奎尔普的魔爪。奎尔普这个贪得无厌的吸血鬼，利用高利贷不仅夺走了老古玩店的全部资产，还想夺取美丽的小耐儿。祖孙二人被迫逃离伦敦，过着四处乞讨、颠沛流离的生活。最后，身心备受损伤的小耐儿，因精神过度疲劳而夭折。

小耐儿是狄更斯创造的众多鲜明艺术形象中的一个。他以动人的笔触在她身上倾注了深厚的同情和强烈的爱。因而，她的悲惨命运深深打动了读者的心。英国著名文学批评家托马斯·卡莱尔读后曾像孩子一样悲泣不止。爱尔兰爱国志士丹尼尔·奥康内尔读后悲愤地将书抛出窗外，因为他无法忍受这个纯洁的孩子的不幸夭折。美国的读者鹄候在纽约港码头，等待邮船将刊载《老古玩店》最后一部分的杂志运来。邮船一靠岸，他们就争相探问："小耐儿还活着吗?"

小耐儿最后命运的处理，曾痛苦地折磨过狄更斯。连载快要结束前，他每天收到几十封读者来信，恳求他"发发慈悲"，"不要将小耐儿弄死"。许多读者来到老古玩店前，乞求新的店主开恩，饶小耐儿一命。他们明知小耐儿不在店里，仍扒着窗子探望，为垂死的小耐儿而哭泣。此景此情，使作家深受感动。他说："这篇故事使我心碎，我简直不敢写出它的结局。"但是，狄更斯毕竟是一个严肃的现实主义作家。他没有让情感的随意性替代生活逻辑的必然性。小耐儿最后还是死了。这不是作家的"残酷"，而是当时英国社会的无情，是它逼得这样一个天真无邪的小生灵无路可走。因此，小耐儿之死，实际上是对资本主义的英国社会提出的强有力的控诉。

小耐儿离开了人世，老古玩店到小说的最后也不存在。这是通过这家店铺当年的仆人吉特之口告诉读者的。他说："那座古老的房子已拆毁，在它的地基上修建了一条又整齐又宽阔的大道。"对这个说法，狄更斯的研究者们从不同角度作出了不同的解释。从历史真实出发的论者认为，这是狄更斯根据当时的实际情况作出的预测。在他创作《老古玩店》时，伦敦正计划修建一条大道，大道要穿过朴茨茅斯街，这需要拆除老古玩店。狄更斯的好友珀西·菲茨杰拉德证实，伦敦市民听到了老古玩店可能拆除的消息，纷纷跑到朴茨茅斯街，"最后再看一眼小耐儿住过的房子"。但大道的修建几经延宕，直到1905年才完工，这就是现在的国王大道。它没有穿过朴茨茅斯街，老古玩店因而得以保存下来。从艺术真实出发的论者认为，正像小耐儿之死不可挽回一样，老古玩店的拆除也是不可避免的。狄更斯选择老古玩店这样一个特定的建筑作为小说的背景，显然是有深刻寓意的。老古玩店是陈旧物品的集纳所，而且凋零衰败，正好是腐朽没落的封建社会的一个缩影。在以奎尔普为代表的新兴资本主义势力冲击下，它的倾圮、拆毁是必然的。至于在它的地基上修建的是否是"一条又整齐又宽阔的大道"，则另当别论了。

一座古玩店触发了狄更斯的灵感，使他创作了一部不朽的文学巨著。而这部巨著一百多年来吸引了全世界亿万读者，使这座古玩店遐迩闻名。据艾里斯先生讲，除圣诞节一天外，他的店铺全年整天营业。每天都有来自世界各地的大批游客前来光顾，他们的兴趣当然主要是看一下小耐儿的故居。但善于体察游客心理的店主，忙里忙外，既是售货员，又是解说员，在满足人们对这座古老店铺好奇心的同时，也推销出一批又一批货物，而与狄更斯及其笔下人物有关的纪念品则最为畅销。望着这位精明能干的店主，我不由想到，假若狄更斯在世，一定会以他为模特儿，写出一部《老古玩店新记》，献给当今的读者。

（1987年6月）

夜莺仍在歌唱

伦敦市区北部有一条僻静的小巷，林木幽深，车少人稀。巷东头有一个用木板围起来的小院，绿草如茵，花木扶疏。两座乳白色的小楼联袂而立，显得幽邃而清雅。160 多年前，这里曾居住过一位贫病交迫的诗人。他以忘我的热情，纤秀的笔触，创作了大量精美的诗篇，为英国诗坛增添了绚丽夺目的光辉。后人怀念他，以他的名字将小巷命名为"济慈林地"，将小院作为"济慈故居"修葺一新，供人参观。

约翰·济慈是与拜伦和雪莱同时代的英国浪漫主义诗歌的杰出代表。在他不足 26 个春秋的短暂一生中，创作生涯只有 5 年。在这 5 年中，他有两年是在这个小院中度过的，他有不少诗篇是在这里完成的。我缓步来到这个静悄悄的小院，轻轻推开标明"济慈故居"的东边那座小楼的门扉。照管故居的一位老人对我这个不速之客表示欢迎，带领我参观了楼上楼下各个房间和展室。一件件文物向我诉说了诗人那短促而坎坷一生的经历，一篇篇诗文向我展示了他那出众的才华和非凡的成就。

济慈 1795 年 10 月 31 日生于伦敦

柔弱的诗人济慈

市郊穆尔菲尔德的一个马厩中。其父为马车店主，家境贫寒。济慈不到15 岁，父母先后去世。他和两弟一妹只好由亲戚和监护人来照管，没有慈爱和家庭的温暖。上学不到 7 年，他被迫辍学，先跟一个外科医生当学徒，后到一个医校学药剂。从他遗留下来的课本和笔记看，他学医是努力的。1816 年，他获得助理医师的资格，并在一家医院实习过一段时间。但这个聪颖好学的年轻人的真正兴趣不在医学，而在文学。乔叟、斯宾塞、弥尔顿等著名英国诗人的作品，他都借来认真研读过。友人赠给他的莎士比亚的头像和诗集，他走到哪里带到哪里。他还倾心古希腊的神话和传说，荷马史诗的英译本更使他着迷。他一边读书，一边模仿着写作，为日后登上诗坛做了充分的准备。

1816 年是济慈一生的转折点。这年初，经友人介绍，他带着自己的习作去拜见当时著名的自由派批评家李·亨特。亨特慧眼独具，看完这个 21 岁年轻人的几首诗稿，立即宣告"发现一个天才"。他随即在自己主办的《探究者》杂志上发表了这位未来大诗人的第一首诗《哦，孤独》。济慈深受鼓舞，断然决定弃医从文，把毕生精力贡献给诗歌创作。

济慈从一开始就对诗歌怀有真诚的爱恋，火样的热情，写作往往不分日夜。1817 年 3 月，他的第一本诗集出版，其中大多数诗篇是对大自然的描摹和赞颂，表现了诗人对生活的热爱，间或也有超脱尘世之感。少数诗篇，如《作于李·亨特先生出狱之日》、《致海登》、《致柯苏斯克》，是有感于现实政治而作，显示了诗人进步的思想见解。整个诗集看来是模仿多于创作，没有引起人们的注意。

不管文坛对他处女作的反应是如何冷淡，他毕竟是迈出了第一步。第二步怎么办？古希腊神话使他心荡神驰，激动不已。他决定从这里汲取诗情，构思一个长篇，抒发自己的情怀。1817 年 4 月，经过几个月的精心构思和雕琢，以古希腊神话中牧羊人和月亮女神的恋爱故事为题材的长诗《安狄米恩》问世。诗人万没料到，此诗的出版正如一石冲破水底天，在文坛上激起一场轩然大波。由于平素同亨特等自由派人士的接近和诗中表达的自由思想，他遭到以《评论季刊》为代表的保守势力和御用文人的恶毒攻击。有的诬称长诗"不知所云，甚至文理不通"。有的则以讥讽的口吻叫嚷："做一个挨饿的药剂师比做一个挨饿的诗人要强得多，明智得多。所以，约翰先生，还是回到你的药店去吧……"生性敏感、体质柔弱的济慈何堪这样的挖苦和打击！据他的妹妹后来回忆，有好多天，他拿着攻击他的刊物，两眼呆滞，精神恍惚。心灵上的创痛严重损害了他的身体健康。不久，他肺部大出血，肺病开始发作。

一波未平，一波又起。1818年底，大弟乔治移居美国，二弟汤姆死于肺痨。济慈从此孑然一身，举目无亲。友人查理士·布朗对他非常同情，劝他搬到自己家中同住。从这时起到1820年9月，济慈同布朗一起住在环境幽静的文特渥斯寓所。这就是现在作为纪念馆的"济慈故居"。

在这座二层的小白楼里，济慈在楼上有一间卧室，在楼下有一间起居室。两室据说都基本保持原貌，陈设简单，多少透露了诗人当时经济困顿的状况。在狭小的卧室中，两把木椅，一张圆桌，这是诗人经常静坐构思的所在。墙角一张单人床，帐幔低垂，多病的诗人总是忍着苦痛

济慈伦敦故居

在这里吟哦。起居室比较敞亮，但只有两个书橱，一张木桌，三把木椅，显得空空荡荡。壁炉上方的墙上挂着诗人的挚友约瑟夫·塞弗恩的一幅油画：济慈坐着一把木椅，左臂倚着另一把，以双膝为案，正在潜心阅读。据说，这是诗人当年读书和写作的习惯姿态。就凭这两把木椅，他以惊人的毅力向艺术高峰不懈地攀登，写出了许多日臻成熟的诗篇。他那脍炙人口的颂诗《夜莺颂》《希腊古瓮颂》《秋颂》和《忧郁颂》，都是在这里完成的。最有名的《夜莺颂》，是 1819 年 5 月的一天听到欢快的夜莺鸣叫之后，他把木椅搬到房前的一棵李子树下，落座之后一气呵成的。诗稿丢在起居室的书橱后边，是友人布朗发现，使之传诸后世的。

小楼的其他房间，现也辟为展室。那里有大量图片、书信、文稿和生活用品，展示济慈在这个小楼最后几个月的情况。原来，早在 1818 年夏天，他就钟情于邻家 18 岁的女子范妮，并赠以榴石戒指定终身。然而，贫病交迫，他不能完婚。失望之余，他曾一度考虑弃文从医，以改善自己的经济状况。但是，他早已同诗歌结下不解之缘，又怎能忍心舍弃。他只有拼命写作，从中寻求慰藉，忘掉现实生活中的烦恼。1820 年，他的第三部诗集出版。除一些短诗外，这部诗集主要收有《拉米亚》《伊萨贝拉》和《圣艾格尼节前夕》等三首长诗。这三首诗都取材于古罗马和希腊神话故事，但显然注入诗人对现实生活的认识和理解。诗的构思精美，形象鲜明，说明诗人的艺术技巧已臻成熟。

紧张的写作进一步损伤了济慈羸弱的身体。1819 年 2 月，他大量咯血，肺病恶化。他自知来日无多，但无力自救。远在意大利的著名诗人雪莱得悉，写信邀他前去疗养。他手头拮据，布朗等朋友为他筹划了旅资。9 月，画家塞弗恩亲自护送他去意大利。临行前，他剪下两绺卷发留给范妮以明志。卷发现仍存故居，是两人忠贞爱情的见证。同卷发在一起的，还有他最后一首小诗《明星》的手稿。那是他离开伦敦时在船舱中书写的。他用清秀的字体写道：

明亮的星啊，但愿我像你那样坚定——

不要高悬夜空，独自辉映，

而是一直守望，永远睁着眼睛……

在这里，诗人仰望长空，对星兴叹，显然有人寿几何之慨。果然，他在罗马疗养四个月无效。1821年2月23日，这位英国诗坛上光耀一时的明星就陨落。他葬在罗马幽僻的新教徒墓地。墓碑上按他的遗言镂刻着这样一句话："这里安息着一个姓名用水写成的人。"

济慈在其短暂的创作生涯中，呕心沥血，精雕细刻，写下不少足以垂之永久的诗篇。他热爱生活，热爱大自然，具有敏锐细致的观察力。他的大多数诗作都有明朗欢快的格调，给人以愉悦和力量。但是，与同时代的著名诗人拜伦和雪莱相比，他生活圈子狭小，视野不够开阔，因而直接触及现实社会问题的作品较少。他擅长以细腻的笔触描绘自然美景，并从中抒发自己的情怀。他写抒情短诗，也写长篇叙事诗和诗剧，还曾尝试运用民歌和自由体写作，就诗歌形式进行了多方面的探索。他写作态度严肃认真，讲究遣词造句、格律和音韵，因而多瑰丽奇巧之作。这对后来英国诗歌的发展产生很大影响。

济慈的夭折，使其苦心经营的长诗《海披里安》未能完成。从遗留下来的三个断章看，一个触及社会变革的重大主题在酝酿。这表明，如果天假以年，他完全有可能写出更伟大的作品。拜伦和雪莱对此都有同感，因而对他"毁灭于灿烂的壮盛之期"和"可望写出伟大作品之时"猝然逝去甚为痛惜。拜伦在《唐璜》、雪莱在《阿多尼》等诗中，对迫害济慈的反动势力进行了严厉的谴责。雪莱预言，济慈的诗作"将永远成为不绝的回音、不灭的光辉"。后来的历史证实了这一预言的正确。在济慈的故居中，不但展出有他的诗作的多种英文版本，还展出有几十种外文译本。这表明，济慈的诗篇已传遍世界各地，成为全人类文化遗产的一部分。

照管故居的老人带我走出小楼，来到院中西北角一棵小树旁。"这就是济慈当年写作《夜莺颂》的地方。"老人指着小树说。原来，160多年前为诗人遮阴的那棵李树就长在这里。而今，那棵李树早已不复存在。原地新栽的这棵小李树，虽然不高，但枝叶繁茂。我站在树旁，透过一层淡淡飞拢来的暮霭，好像看到诗人仍然坐在树下挥笔写作，好像听到那美丽的夜莺仍在天空中欢快地歌唱。这正如诗人自己所说：永生的鸟啊，你不会死去！

（1984 年 1 月 20 日）

军事炮塔辟为作家纪念馆

　　世界上的作家纪念馆比比皆是，有的是专门修建，大多是利用作家故居改建。爱尔兰著名作家詹姆斯·乔伊斯生前特立独行，身后也与众不同。他的纪念馆安排在他曾小住过几日的一座军事炮塔内。

　　乔伊斯于 1882 年出生在现今爱尔兰首都都柏林。祖上是石匠，父亲是税收官，衣食无忧。然而，在他 9 岁的时候，父亲因支持民族主义运动被解职，家庭很快陷入困窘之境。因交不起学费，乔伊斯曾一度辍学。他为家中长子，且自幼聪颖好学，父母尽力支持他读书。1898 年，他进入都柏林大学，学习现代语言，研读古希腊经典，同时积极参加戏剧和文学活动。1902 年大学毕业，他离开都柏林前往巴黎学医。不久，他得悉母亲病重，就回到都柏林。母亲逝世后，他靠写作和教书糊口。此时，他的才情勃发，赢得一些青年人的钦羡。长他 4 岁的大学校友奥利佛·圣约翰·戈加蒂特别喜欢文学，不时写点小诗，与乔伊斯的交往日益紧密。1904 年 9 月的一天，他告诉乔伊斯，他在都柏林南边十多公里处租得一个废弃的炮塔，想邀请几个朋友前往小住几日，边玩耍便切磋诗艺。当时，乔伊斯心情不好，正想纾解一下，就答应下来。

　　炮塔矗立在风景如画的海边小镇桑迪考夫。那是一座灰色的花岗石建筑，本是一座军事碉堡。1789 年法国资产阶级大革命发生后，以英国为代表的欧洲封建专制势力对法国进行武装干涉。英国军舰于 1794 年进入地中海，炮轰法国治理下的科西嘉岛。法国军队联合岛民据守海

现成为乔伊斯纪念馆的桑迪考夫炮塔

边的炮塔，顽强抵抗。英军正面进攻难于攻克，就采取迂回战术，从背后发动奇袭，把炮塔占领。英军惊奇地发现，炮塔构建别致，是一种有效的军事防御设施。两年后，英军撤离时将炮塔的结构记录下来。后来，为预防法国军队来犯，英军就照葫芦画瓢，在英格兰、威尔士及其占领的爱尔兰沿海修建一大批这种炮塔。桑迪考夫炮塔就是 1804 年第一批修建的。

桑迪考夫炮塔体呈圆柱形，高 12 米，周长大约 13 米，石壁厚 3 米。朝向陆地那边的石壁上，离地面 3 米高处开有一个悬门，凭借梯子才能进入炮塔。炮塔分为上下两层，两层之间有既陡且窄的楼梯相连。底层是弹药库，二层是守卫兵士的住室，当年曾有一个班 15 人驻守。班长和士兵分住几个房间，每个房间都很窄小，空气不大流通。炮塔的顶部是一个露天平台，那里摆放着一个木制的旋转架，架子上安置着一门大炮，射程大约 1600 米，可以向任何方向发射炮弹。可是，法国军

炮塔纪念馆中乔伊斯当年的住室

队忙于在欧洲大陆征战，后来又在进攻沙皇俄国时遭到惨败，没有来得及侵犯英国，炮塔的军事功能因而从未得到发挥。后来，英国国防部就将炮塔出租，供有钱人休憩之用。

1904年8月，戈加蒂以8英镑的年金租得这座炮塔。他在炮塔附近的海滩上散步，在炮塔下面的海水中游泳。感到寂寞了，他就邀来三五好友一同吟诗论艺。乔伊斯是9月9日应邀来到这里的。到来的还有一个叫萨缪尔·特伦奇的牛津大学学生，热衷研究爱尔兰民族语言盖尔语。他们三个人挤住在一个房间，又说又笑，显得很热闹。很快，戈加蒂和乔伊斯就发现，特伦奇自恃为英国人，性情傲慢，行为古怪。他们俩长他几岁，遇事忍让，不与他计较，起初几天倒也相安无事。14日夜晚，三人刚刚睡下，特伦奇忽然一声尖叫，硬说一只黑豹闯进来。他腾身坐起，抓起身边的左轮手枪就要射击。亏得戈加蒂眼疾手快，当即将他的手枪夺下。特伦奇倒在床上，随即酣然入睡。岂料，几分钟之后，他又尖叫起来，宣称"黑豹就在乔伊斯床头"。戈加蒂睡眼惺忪，举起手枪就冲着乔伊斯床头的上方"砰砰砰"连开三枪。乔伊斯虽然没有伤着，但感到在这样的环境里再也难以待下去。他一句话没说，匆匆穿上衣服，愤然离开炮塔。这时已是深夜，早已没有公共交通，他就迈着沉重的脚步走回都柏林。次日，他委托一个朋友取回自己的衣箱，再也没有回来。

戈加蒂和特伦奇以后怎么度过的，乔伊斯没有、也不想过问。他只是听人说，那个夜晚发生的一切，原是事出有因。戈加蒂对乔伊斯前来未缴纳一分钱感到不快，而特伦奇发现乔伊斯才学出众，心生妒忌。因此，那场梦呓，实际上是他们两人联合上演的一场恶作剧，意在拿乔伊斯出气。据说，乔伊斯当时并不这样看，他只是觉得这场噩梦搅乱了他对友谊的美好向往。他本来就认为，都柏林的自然环境很好，但人文环境太差。社会生活令人窒息，宗教压迫令人心冷。他早就想离开都柏林，前往相对自由的欧洲大陆去闯荡。他曾把这种想法告诉过刚认识不到 4 个月的旅馆侍女诺拉·巴纳克尔，她表示完全同意。炮塔事件发生后，更加坚定了他这一决心。不到一个月，他们两人就以私奔的方式离开爱尔兰，前往欧洲大陆去追寻自己的梦想。

炮塔小住六日，虽然很不开心，但没有料到，这却为乔伊斯后来的文学创作提供了灵感和素材。在流亡意大利的里亚斯特期间，他一边为糊口辛勤奔忙，一边回味都柏林的生活，创作了带有自传色彩的小说《青年艺术家的肖像》，并开始构思和写作后来成为他代表作的小说《尤利西斯》。这部小说的第一章几乎完全是根据炮塔的经历写成。这章的一开始，描写一个名叫斯蒂芬·迪达勒斯的爱尔兰青年因为母病从巴黎返回都柏林，租赁一个旧炮塔教书糊口。一个叫勃克·穆利根的爱尔兰学生带着他的英国同学海恩斯搬来与他同住。一天，他到学校去上课，把炮塔的钥匙交给穆利根，打定主意再也不回来。斯蒂芬、穆利根和海恩斯显然都是以乔伊斯自己、戈加蒂和特伦奇为原型塑造的。这部小说于1922年在巴黎出版，轰动整个欧美文坛，被誉为欧洲现代文学的杰作。乔伊斯则被称为"欧洲现代文学最杰出的作家"。据说戈加蒂读到这部小说，看到乔伊斯在作品一开始就以"神气十足、体态壮实的勃克·穆利根"来影射、揶揄自己，不免火冒三丈。他抓住小说中一些男欢女爱情节的描写，悻悻然说道："那个年轻时曾得到过我帮助的乔伊斯现在写了一本书，里面的所有东西你们在都柏林厕所的墙上均可看到。"他们两人后来在都柏林曾偶然谋面，但谁也未理对方，以后也没有任何交往。

乔伊斯离开炮塔之后，戈加蒂有很长时间仍租住在那里。他成为爱尔兰著名的耳鼻喉科医生，业余时间坚持写诗。他的诗作不多，但在当时的爱尔兰文学界也算小有名气。后来，他弃医从政，担任国会议员多年，积攒下不少钱财。他于是飙车，玩飞机，是是非非不断发生。二战后，他移居美国，但在那里没有获得行医执照，完全依赖写作为生。他出版过几部作品，但质量不高，难进正宗文学之殿堂。因此，其文名根本不能同乔伊斯相提并论。

最具讽刺意味的是，后人提起桑迪考夫的炮塔，很少谈及长期租用人戈加蒂，而总是谈论在那里短暂逗留的乔伊斯。戈加蒂好像是炮塔的"房客"，而乔伊斯却是炮塔的主人。而随着他的作品《尤利西斯》声誉日隆，这座炮塔也开始广为人知。爱尔兰有类似的炮塔60多座，唯有这一座完好地保存下来，俨然成为一座"不朽建筑"。文学的功能如此之大，恐怕是很多人想象不到的。

现在，这座炮塔已成为"乔伊斯炮塔纪念馆"。据纪念馆人员介绍，戈加蒂停止租用之后，这座炮塔再也无人问津，逐渐陷于荒废状态。20世纪50年代，都柏林著名艺术家兼出版家约翰·瑞安在做资助爱尔兰艺术家的安排时，首先把与乔伊斯有关的几个项目排上工作日程。其中之一就是将桑迪考夫炮塔辟为乔伊斯纪念馆。他这一建议得到居住在桑迪考夫的著名建筑师迈克尔·斯科特的积极响应。他出资买下这座炮塔，同一些友人创办乔伊斯协会，征集乔伊斯的遗物和与《尤利西斯》有关的文物。1962年6月16日，在《尤利西斯》出版40周年之际，由这部著作的首位出版商西尔维娅·比奇和美国著名电影导演约翰·休斯敦主持，正式举行纪念馆开馆仪式。此后，由于许多人出资赞助，纪念馆的展品逐渐增多，仰慕乔伊斯的参观者也随之增多。不久，爱尔兰国家旅游局接管纪念馆，在炮塔的地面上加开一个大门，方便参观者进出。同时，按照小说的描写，重新布置乔伊斯等三人当年居住的那间卧室。室内有三张床，一张书桌，桌子上放着一些瓶瓶罐罐的生活用品。在壁炉的旁边，非常显眼地摆放着一个瓷制的黑豹，使人一进屋就想起乔伊斯经历的那个恐怖的夜晚。1978年，纪念馆又单独开辟一个展厅，展出乔伊斯的一些珍贵遗物，诸如手稿、书信、照片、吉他、罕见的著作原版。2013年，开放几十年的纪念馆需要维修，乔伊斯的粉丝们自发组织"乔伊斯炮塔之友社"，发动自愿捐款，很快把纪念馆装修一新，并免费向游人开放。

乔伊斯在都柏林生活22年，家庭生活每况愈下，先后搬迁18次，居住条件越来越差。因此，他的故居虽多，而大多没能保存下来，即使保存下一两处，逼仄得也难以辟为纪念馆。这座曾暂厝几日的炮塔，遂成为他在都柏林唯一带有故居性质的纪念地。文学史家将这里称为他"下决心到欧洲大陆追寻自由文学梦的起点"，而他的粉丝们则把这里视为"欧洲现代文学的朝圣之地"。

（2014年3月23日）

从悲情到永恒的朱丽叶

维罗纳是意大利北部一个充满浓郁文化气息的小城。走在其大街小巷，不但可看到古罗马时代遗留下的广场、剧场、教堂、城堡、宫殿等古色古香的建筑，还可发现英国大文豪莎士比亚笔下悲剧性名媛朱丽叶的形象无处不在。商店、餐厅、旅馆、面包房等竞相以她的名字命名，街头出售的画片上印着她的倩影，酒吧供应的是酸中带苦的"朱丽叶爱情水"，糖果店展卖的是一种味道独特的巧克力"朱丽叶之吻"。而朱丽叶故居和墓地更是全城诸多景点中最吸引人的地方。朱丽叶简直成了这个小城的文化之魂。

维罗纳兴建于公元前一世纪，是罗马帝国的属地。帝国衰落后，一些家族性的封建小王朝蜂起。从 1263 年到 1387 年的 120 多年间，有一定实力的家族就有 700 多个。他们为了各自的利益，有时相互结盟，有时则相互仇杀。对此，14 世纪初年流亡在这里的大诗人但丁在其作品《神曲》中就描述过。16 世纪末，莎士比亚的五幕悲剧《罗密欧与朱丽叶》则是以其中两大家族之间的恩仇为背景写成的。来自这两个家族的独生子女罗密欧和朱丽叶，不顾长期形成的世仇而深深相爱，结果双双殒命，延续仅四天的爱情化为惨痛的悲剧。像中国传说中的梁山伯和祝英台一样，他们成为忠贞爱情的象征，成为人们崇奉的偶像。所有来到维罗纳的人，不分国家、民族和信仰，竞相寻觅他们的遗踪，进行追思和凭吊。

他们两人在维罗纳最著名的行迹是朱丽叶的故居。从位于市中心的芳草广场向东走，穿过几条狭窄幽静的小巷，很快就来到卡佩罗街 23 号。这是一座赭红色的建筑，两扇锈迹斑斑的铁门敞开。通过有点破败的拱形门洞走进去，里面是一个大致呈方形的小院。小院的右边是一座三层的砖木结构的小楼，墙皮剥落，给人一种历尽沧桑之感。通过哥特式的楼门走进小楼，只见底层空荡荡的，只摆着几把椅子。这里据说是莎士比亚剧本中所说的"家中厅堂"，即全家人活动的公共场所。顺着木制的楼梯爬上二楼，往左拐走进一个套间，是朱丽叶的闺房。房间面对小院的墙上有一扇小门，门外是一个不大的阳台。阳台离地面大约四米，利用红色大理石修建，据说是朱丽叶与罗密欧当年幽会的唯一门径。罗密欧在下面一击掌，朱丽叶就放下一条绳子，让他顺势爬上来共度良宵。因此，这个不起眼的小阳台，成为他们炽烈爱情的纽带，千古绝恋的见证。小楼的第三层是一个宽敞的大厅，据说是举行家庭舞会和宴会的地方。罗密欧当年就是戴着面具来此参加化装舞会的。他同朱丽叶一见钟情，私订终身。

走下小楼，小院中最惹人注目的是阳台下面的一座青铜雕像。一个亭亭玉立的少女，身裹一袭长裙，右手提着裙摆，左臂弯在胸前。她头颅微低，脸上闪现着一双大眼睛，直勾勾地注视着前方，显得深情而又略带忧伤。这就是当年凯普莱特家族的千金小姐朱丽叶。她当时尚不足十四岁，但情窦已开。她好似在期盼着心上人罗密欧翩然而来，又好似在诉说她那段撼人心魄的爱情故事。

雕像经长期风吹日晒，青铜色已经发乌，只有右边的手臂和乳房黄澄澄地在闪亮。原来，前来这里的游客，特别是少男少女，除了站在她身旁合影留念之外，总是要抚摸一下她的右臂和右乳。据介绍，抚摸不但是对春心伤透的朱丽叶的慰藉，也是抚摸者对自己的爱情表达美好的祝愿。就这样，摸来摸去，她的右臂和右胸就变得越来越光亮。2014 年 2 月，人们发现，右胸部位出现裂痕，不得不将雕像搬迁到博物馆整修和储藏。

人们参观朱丽叶故居，据称有"三愿"。除登上阳台体味罗密欧与朱

朱丽叶雕像

丽叶的柔情蜜意和抚摸朱丽叶雕像以期得到爱的祝福之外，就是在小院中留下一些爱的感言或祈愿性文字。留言这一做法是从 20 世纪 30 年代开始的。最初，留言直接书写在门洞的墙壁上；墙壁写满，就书写在纸条上，再把纸条贴在墙上。很快，密密麻麻的字迹和五颜六色的纸条几乎贴满小院所有的墙壁。这些墙壁被称为"朱丽叶墙"或"爱情壁"。对这种涂鸦式的爱情表达方式，人们仍觉得不足以尽兴，后来又改用写信的方式来表达。于是，"致朱丽叶的信"从世界各地源源而来。到了 70 年代，维罗纳市建立朱丽叶俱乐部，专门处理这些来信。俱乐部代表朱丽叶，坚持来信必复，让每个渴望爱情的人都得到朱丽叶"来自天堂的回音"。近年来，俱乐部每年收到用不同语言发来的信函、邮件、短信 5000 多封，几个工作人员终日忙于回复。

朱丽叶故居激发了人们对爱情的狂热，岂不知，故居原本不是真品。从现在发现的资料看，《罗密欧与朱丽叶》所描写的蒙太古和凯普莱特两大家族，分别是历史上的蒙特奇和卡佩罗家族的谐音。所谓的朱丽叶故居，原是卡佩罗家族 13 世纪初修建的宅邸。这个家族衰落之后，有人说宅邸变为旅店，有的说变为妓院。但有记载说，1905 年，维罗纳市政府买得这所宅邸，先是作为办公场所使用。1930 年前后，市政府根据莎士比亚作品的描述，对宅邸进行大规模翻修，添加了哥特式门窗和阳台，并搜罗到一些古旧器物、床榻、桌椅摆放在房间里。这样，卡佩罗家族的宅邸就作为朱丽叶故居对外开放。从 20 世纪 40 年代起，意大利、英国、美国和法国接连以莎士比亚的剧本为蓝本拍摄电影，电影的一些镜头就是在这里取景的。从此，正如维罗纳市政府所期待的那样，越来越多的人认定这里就是朱丽叶故居，纷纷前来参观。一个完全出于招徕游客而设的景点，就这样成为有关朱丽叶的文物遗存。

心怀难以言说的酸楚之感，我们离开朱丽叶故居向南走，穿过几条街巷来到一座名叫圣弗朗西斯科的修道院。修道院是一个很大的建筑群落，其东翼有一个地宫，里面摆放着一个赭红色的无盖石棺。据说，地宫就是朱丽叶殉情自尽的地方，而石棺曾经成殓她的遗体。因此，这里一直被奉为"爱情的圣地"。拜伦、歌德等英国和德国的大诗人都曾前来拜谒。如今，每年都有来自世界各地的情人在这里举行婚礼。沉浸于情爱中的人们当然不会追问这个墓地的真伪。头脑冷静的历史学家则认为，这座初建于1230 年的修道院，后来几经毁坏和重建，与当初相比早已面目全非。且不说历史上有无朱丽叶其人，就是有，殉情后也是葬在家族墓地，而不会葬在这里。市政当局提供的一个解释是，修道院本来是不安葬情杀或自杀者的。但神父深为朱丽叶的真情所感动，破例接受了她的棺椁，条件是不准在上面刻制任何宣示性的文字。遗骸和棺盖后来在动乱中遗失，石棺一度曾用作蓄水器皿。这些说法孰是孰非，凭吊者并不关心，只是将一束束鲜花奉献在石棺之前，祈愿朱丽叶"这朵遭霜打的奇葩永远开放"。感情与理智的纠结，在这种场合往往是前者压倒后者的。

还是以朱丽叶故居为坐标，向北走大约一刻钟，我们来到阿什—斯卡里街 4 号。这是一座比较壮观的宅院，大门旁的标牌上写着"蒙太古之家"，被认为是罗密欧的故居。宅院墙壁破旧，两扇大门紧闭，与人流熙攘的朱丽叶故居形成鲜明对比，显得异常冷落和寂寥。原来，这里现在是一座私宅，不对外开放。我们于是转而寻求罗密欧的墓地，但多方打听，无一人知晓。世界上很多地方是重男轻女，而在维罗纳，好似重女轻男：朱丽叶几乎无处不在，而罗密欧却遗踪难觅。这种情况发人深思，也许凸显了人们这样一个情结：对具有强烈叛逆精神而又处事冷静的朱丽叶的热爱，远胜过对虽然年长四岁但遇事易冲动的罗密欧。

　　更发人深思的是，本来发生在意大利的故事，人们何以总是听远处英国的莎士比亚来讲述。其实，早在莎士比亚出生前 200 多年的 13 世纪，意大利北部就有这个故事流传。最早的文字记录出现在意大利作家卢吉·波尔图和德拉·考尔特的作品中。波尔图出生在离维罗纳不远的维琴察，于 1530 年出版长篇小说《新发现的两位贵族恋人的殉情史》。他从民间传说汲取素材，糅进自己的失恋经历，创作了这部作品。作品主人公原为罗缪斯和玖丽耶塔，译成英文时改为罗密欧和朱丽叶。三年后，一首内容相似的匿名诗作在意大利北部地区流传。再过一年，作家马蒂奥·班德罗出版一部短篇小说集，其中一篇同波尔图的小说有异曲同工之妙。1560 年，历史学家吉罗拉莫·考尔特在其著作中也记录了这个流传甚广的故事。不久，维罗纳这对恋人的殉情故事就传遍欧洲。1562 年，英国诗人亚瑟·布鲁克出版叙事诗《罗密欧与朱丽叶悲情史》，显然是从意大利的文学和历史作品中汲取的素材。七年后，英国小说家威廉·佩因特出版短篇小说集《愉悦宫》，内中也有涉及这个故事的篇什。1596 年，莎士比亚创作悲剧《罗密欧与朱丽叶》。他没有到过意大利，据说主要取材于布鲁克的长诗和佩因特的小说。他在此之前就撰写过剧本《驯悍记》和《维罗纳二绅士》，对意大利北方情况已相当熟悉。罗密欧和朱丽叶的感人故事，经他的大手笔编写和渲染，自然就超越和压倒先前所有同一题材的作品。

　　莎士比亚的《罗密欧与朱丽叶》是文学创作，创作当然就少不了虚构。这是人们都能理解的常识。但是，几百年过去，罗密欧和朱丽叶的故事已经深入人心，人们总是认为那是真实发生的事情，从而热衷于寻觅他们的"遗踪"。这时，如若硬是把那层薄薄的虚构的窗户纸捅破，反倒让人觉得不合时宜。近年，证伪朱丽叶故居和墓地的文字不少，而人们对她的热情似乎并无稍减，前来参观其故居和墓地的人数反而日益增多。文学作品摄人心魄的巨大力量在此又一次得到生动的体现。

（2013 年 8 月 10 日）

大仲马与伊夫堡

到马赛，不免要哼唱已成为法国国歌的《马赛曲》，要品尝名闻遐迩的普罗旺斯鱼汤。但是，前往漂离在海港之外的伊夫岛一游，也是一个不可或缺的选择。一个海岛有什么值得游览的？乍听之下，有的人也许会迷茫不解。但是，只要一提法国作家大仲马，就会恍然大悟：那里的古城堡是他著名小说《基督山伯爵》的重要背景地。

伊夫堡

　　马赛位于法国南部的地中海岸畔，是法国第二大城市和第一大商港，最早由希腊人修建，后来被罗马人占领。直到1482年，马赛才归法国所有，成为日渐强大的法兰西帝国的商军两用港口。港外的利翁湾上，有像珍珠链一样的弗留尔群岛。群岛中最小的岛屿称伊夫岛，离马赛大约三公里，面积只有0.03平方公里。1516年，法国国王弗朗西斯一世前来巡视，看到这个小岛地势险要，就下令在上面修建碉堡，以阻止外敌从海上进犯。这座后来以"伊夫堡"闻名的军事堡垒，1531年建成，确实发挥了威慑作用，除意大利外没有任何外敌敢来侵犯。1685年，国王路易十四独尊天主教，将大批新教徒囚禁在伊夫堡。从此，伊夫岛的作用发生变化，从防御外部敌人入侵的军事设施变成对付异教徒、叛逆者等内部敌人作乱的政治监狱。

　　对伊夫堡的历史沿革，出生在1802年的大仲马是了解的。他从青年时代起就几次到马赛游览，有时还小住几日。因此，当他后来决定创作小说《基督山伯爵》时，当即就选定伊夫堡作为背景地。那是1844年，历史小说《三个火枪手》出版，轰动一时，大仲马成为法国最受民众喜爱的作家。出版商于是约他再创作一部以现实生活为题材的小说。已经创作有几十部历史戏剧和历史小说的大仲马，正想在这方面一试身手，就爽快地应承下来。在搜集写作素材的时候，他从巴黎警察局觅得一本回忆录。其中一篇题名《复仇的金刚石》，记述发生在1807年的一个曲折离奇的爱恨情仇故事。巴黎的年轻鞋匠弗朗索瓦·皮克准备结婚，遭到经营咖啡馆的朋友马蒂厄·卢比昂妒忌。卢比昂想捉弄他一番，就约了三个同乡向巴黎警方谎报说，皮克可能是与法国为敌的英国间谍。皮克很快遭到逮捕和判刑，随后被关进监牢。服刑期间，这位生性善良的鞋匠悉心照料一位年老的难友。这位难友是一位意大利神父，对他的关切甚为感激，临终前将密藏在米兰的大批财宝相赠。7年后，皮克刑满出狱，找到那批财宝，立时成为大富翁。经过乔装打扮，他回到巴黎，应聘到卢比昂的咖啡店做伙计，逐渐弄清自己被诬下狱的真相。他于是走上复仇的道路，先把卢比昂搞得家破人亡，再将他的两个同伙杀死。在追杀他的第三个同伙阿吕的时候，皮克反被他杀害。阿吕逃到英国，在向牧师忏悔时讲述了这个嫉妒、诬陷与复仇交织的故事。牧师将故事记录下来，转交巴黎警察局归档保存。

1855 年的大仲马

大仲马认为，这个故事是"一块难得的璞玉"，可以用来"雕琢成一件精美的艺术品"。他的"雕琢"从构思开始，着力使一个个人复仇故事变得具有重要社会意义。这时的大仲马已胸有鲜明的政治主张。原来，他父亲是祖父在加勒比海岛上同当地黑人家奴所生，年轻时在拿破仑麾下效劳，拥护共和，反对封建王权。具有四分之一黑人血统的大仲马，受父亲的影响，从青少年时代起就痛恨波旁王朝复辟，曾背着双管枪热情参加推翻复辟王朝的战斗。这样的经历促使他从反对封建专制统治的角度出发，将故事发生的时间由三十多年前拿破仑当政时期，改为十多年前波旁王朝复辟时期，把个人的妒忌行为改为政治上的陷害，将批判的矛头直指复辟王朝。同时，为增强对读者的吸引力，他决定给故事涂上一道奇幻的色彩，将巴黎的监牢改为神秘的伊夫堡，将主人公由皮鞋匠改为历经风浪的海员。

写作框架确定之后，大仲马前往马赛，专门探访伊夫堡。他详细考察了这座政治监狱的情况，那里曾关押的一位名叫若泽·库斯托迪奥·法利亚的葡萄牙神父的命运令他尤感兴趣。这位神父思想开明，曾在巴黎投身1789 年的法国大革命。可是，他毕竟是外国人，不受巴黎的革命者信任，就懊丧地辗转到马赛来教书。因为传播空想社会主义思想，他不久就被关进伊夫堡地牢。18 年后，他获释出狱，死于贫困潦倒之中。大仲马于是将这位葡萄牙神父的故事同皮克遇到的那位意大利神父的故事糅合在一起，在后来题名为《基督山伯爵》的小说中塑造了阿贝·法利亚长老生动感人的艺术形象。

《基督山伯爵》以货船"埃及王号"从亚历山大港回返马赛开始。途中，船长不幸病亡，年仅 19 岁的大副爱德蒙·邓蒂斯勇敢地担当起船长的责任，使货船顺利返航。船主对这个年轻人极为赞赏，准备提升他为船长。这引起在船上做押运员的邓格拉司的嫉妒。邓蒂斯回来后，准备同美丽的姑娘美茜蒂丝结婚。这又引起暗恋着美茜蒂丝的堂兄弗南的嫉妒。邓格拉司于是同弗南勾结在一起，以邓蒂斯在回航途中曾在拿破仑流亡的厄尔巴岛停留为由，写信诬告他"与拿破仑党人勾结"，有"谋反"之意。马赛的代理检察官维尔福见信后立即将邓蒂斯逮捕。经搜查，在邓蒂斯身上发现一封与拿破仑党人有关的信函。尤令维尔福惊诧的是，信函的接收人不是别人，而是他的正被指控为拿破仑余党头目的生身之父。他生怕自己受连累，立即将信件烧掉，不加审讯就将邓蒂斯关进伊夫堡大牢。

全部用石头修建的伊夫堡不但非常坚固，且戒备森严。邓蒂斯一进来就感到逃脱无望。几个月后，他在囚室听到一种奇特的声音，好像是从隔壁传来。原来，隔壁的难友在偷偷挖掘逃跑的地道，没料到竟挖到他的囚室。难友是一位蔼然长者，来自意大利的天主教长老阿贝·法利亚。共同的命运使他们二人很快成为忘年之交。通过这条秘密通道，他们暗中相互来往。长老不但帮助邓蒂斯厘清入狱的原委和可能的诬告人，还教他学到不少科学文化知识。邓蒂斯尊重长老，尽力照顾其起居。两人本来密谋一起逃走，但长老痼厥病复发，难以行走。他于是就把自己的一个重大秘密透露给邓蒂斯：他拥有一大批财宝，密藏在地中海小岛基督山的洞穴中。他鼓励邓蒂斯尽力逃走，利用那些财宝去复仇雪恨。不久，长老病故，狱卒将其尸体装进粗布袋，计划在深更半夜扔到大海中。邓蒂斯闻此，急中生智，趁狱卒不在时，玩了一个调包计。他将长老的尸体弄到自己的房间，自己则钻进尸袋，屏住呼吸，等待被扔掉。果然，夜半时分，狱卒把布袋拖到海边，抛到波涛汹涌的大海。

邓蒂斯打开裹尸袋，凭借作为水手的游泳本领安然逃生。

邓蒂斯按照长老生前的指点，找到埋藏在基督山中的巨额财宝，计有金条、银锭、宝石、珍珠和美玉，简直价值连城。这时，蹲了 14 年地牢的邓蒂斯，摇身一变成为亿万富翁。经秘密调查，他发现，陷害他的人确实如法利亚长老所分析，就是邓格拉司、弗南和维尔福。他们均已飞黄腾达，在巴黎上流社会的"钱堆里打滚"。邓格拉司成为金融巨头，受封为伯爵；弗南从军后晋升为中将，也受封为伯爵，并娶了美茜蒂丝为妻；维尔福也是高官厚禄，担任巴黎首席检察官。经过 8 年的周密策划，邓蒂斯化名基督山伯爵，打进巴黎上流社会，迫使三个罪人分别自杀、变疯、沦为一文不名的穷光蛋。冤仇既报，他就离开巴黎，远走高飞。

大仲马在这部作品中将藏宝之地设定为基督山，据说这是出于他对基督山的一个许诺。基督山是地中海上的一个小岛，当年属法国，现属意大利。有个流播甚广的传说称，在创作这部作品的两年之前，大仲马曾随同拿破仑的侄孙游览地中海上的厄尔巴岛，寻觅拿破仑 1814 年被欧洲封建联盟军打败之后流放到那里的遗迹。在离厄尔巴岛不远的地方，他发现有一个叫"基督山"的荒凉小岛。他虽然没有登上去，但笼罩着小岛的荒蛮而神秘的气氛却令他着迷，誓言将来一定以它为题写本小说。这个传说是真是假，不得而知。大仲马喜欢"基督山"这个名字，看来一是它同拿破仑有点联系，二是它当时鲜为人知，而又饱含浓重的宗教意味，容易引发读者的种种猜想。而地名之后再加上"伯爵"一词，把复仇心切的邓蒂斯造就成一个神秘人物，进一步增加了小说情节上的那种神秘莫测的氛围。

《基督山伯爵》从 1844 年起在《辩论日报》上连载，一年半后出版单行本。小说政治倾向鲜明，三个反面人物是政治、军事、金融三个方面的代表，他们从飞黄腾达到罪行得报，是对封建复辟王朝的深刻揭露与批判。小说情节紧张生动、充满浓厚传奇色彩，具有很强的艺术感染力量。从连载到出书，法国出现人人争读的热烈情景。这使大仲马再次名利双收，也使过去不为大众所知的伊夫堡名闻遐迩。

我曾两次参观伊夫堡。从马赛的老港出发，微风吹拂，海水生波，仅一刻钟时间，划艇就抵达伊夫堡所在的伊夫岛滩头。小岛由石灰岩构成，乱石满地，寸草不生，阒无人迹，显得荒凉而孤寂。小岛四周的岩石似刀削斧劈，陡峭险峻。巉岩峭壁的边缘上修建有石头围墙，墙上修建有堞口，严防来自海上的侵犯。围墙之内，北边有一座巍然耸立的瞭望塔，南边则矗立着一座由三个碉楼和一片房舍组成的城堡式建筑。像西欧各地常见的城堡一样，这座建筑也是用方石垒砌，半腰上修建有炮眼，顶端则有雉堞。这座军事防御设施，最多时据说曾有300名士兵把守。

三个碉楼之间那片房舍，大致呈方形，每边长约28米。跨过一座木制的吊桥，通过一个低矮的小石门，就走进城堡的内部。整个建筑的中心是一个陡然壁立的小天井，周遭是两层的小楼房。楼房的每层都是一个个安装着铁栅栏的黑洞，黑洞里面是一个个石头垒建的小房间。房间原是驻军的营房，后改为关押犯人的囚室。囚室有50多间，用阿拉伯数字编号。透过铁栅门可以看到，囚室大小不一，墙壁上均开有一个小洞做窗户。一缕光线从小洞照射进来，反衬得室内更加幽暗。据介绍，当年，囚犯根据不同的出身和贫富，在这里受到不同的待遇。出身低微和贫穷者，被关押在狭小而阴暗的囚室；出身高贵和富有者，则被关押在较为宽敞的囚室，不但有较大的窗户通风，还有壁炉取暖。

小楼的地下还有一些囚室，是专门关押重要囚犯的地方。走下有点破损的楼梯，一股阴暗潮湿的气息扑鼻而来。据说，《基督山伯爵》的主人公邓蒂斯和法利亚长老当年就关押在这里。因此，许多读过这部小说的游客一到这里就寻找囚禁他们的房号27和34。可是，这两个房号却找不到，只见有两间囚室分别标着他们的姓名。小说中描写，他们的囚室相距十多米，可是，现在却是紧密相邻。小说中还说，他们的囚室里有床铺、桌椅、提桶和瓦壶，但现在却空空如也，只有两人秘密来往的洞穴赫然展现在灰色石墙的下方。小说与现实之间的差异，令人不由想起大仲马曾说过的一句话："什么是历史？历史就是钉子，用来挂我的小说。"原来，他笔下的监牢，有写实，也有虚构。因此，《基督山伯爵》是小说，就只能当小说读，不是回忆录，决不能当历史看。

历史上的伊夫堡，在19世纪初年的王朝复辟时期，是关押资产阶级革命者的重要场所。同情、支持、参加大革命的人士，包括王公贵族、政府官员、军队将领、神职人员，先后有几千人关押在这里。有的囚室的石墙上，至今仍依稀可见他们当年镌刻的字迹。最后关押在这里的，则是参加1871年巴黎公社的马赛地区的革命志士，其中最有名的是作为公社领导人之一的加斯东·克雷米厄。这些，在1870年逝世的大仲马是未料到的。他也许更没有料到，他逝世不久，伊夫堡实现从军事设施、国家监狱之后的又一次角色转变，即被辟为历史景点，于1890年9月向公众开放。大概是出于吸引游人的缘故吧，在伊夫堡历史的遗存之中，开始掺杂进一些人为编造的东西。因此，今日的伊夫堡，虽说是历史博物馆，并在1953年被法国政府列为国家级历史文物，但其所展示的并不完全是真实的历史，而是夹杂着一些后人制造或演绎的成分。久而久之，人们对这些东西好似不是睥睨，而是乐于接受，并津津有味地评品。

法国一些文学史家总是用口带贬抑的语气称《基督山伯爵》这部作品为"通俗小说"。但是，正是这部小说，却受到广大民众的喜爱，成就了大仲马作为法国文坛名家之一的声誉。这部小说多次被改编成戏剧、电影和电视剧上演，马赛的一些街区竞相以小说中的人物邓蒂斯、法利亚长老和基督山伯爵命名。因此，有人说，伊夫堡助力成就了大仲马这部小说，而这部小说又使伊夫堡永垂史册。

（2013年6月22日）

作家写作篇

英国的桂冠诗人

"桂冠诗人"这一称谓，流行于欧美，在英国更是久盛不衰。340多年来，封授"桂冠诗人"在英国已成定制，世代相传，连绵不断。不过，随着时代发展，从封授体制到受封者职责都有所变化，争议也随之不断发生。因此，这一原本带有封建色彩的文学现象更加令人关注。

所谓"桂冠"，是指用月桂树枝条编织的冠冕。据古希腊神话传说，河神之女达佛涅艳美无比，许多人向她求爱，均遭拒绝。主管音乐和诗歌的天神阿波罗一往情深，对她穷追不舍。迫于无奈，她在父亲帮助下变成一棵月桂树。阿波罗遂折其枝条编成头冠，作为崇高荣誉的象征自戴并授人。神话到中世纪变为现实，一些欧洲国家不约而同，把桂冠授予杰出文人和各种比赛的获胜者。后来，一些高等学府设立"桂冠诗人"称号，将其颁给在演说、文法和语言方面取得卓著成就的学人。再后来，一些封建君主网罗文人雅士撰写媚词颂语，然后把这一称号作为回报相赠。这样，"桂冠诗人"就逐渐作为独得君主青睐的御用文人的专称流传下来。

（一）

"桂冠诗人"这一称谓在英国有个比较长的演化过程。据记载，英国历代君主都喜欢招纳诗人骚客做扈从，随时命令他们赋诗取乐。公元

11 世纪征服者威廉一世在位时，此风尤炙。其幼子亨利一世 1100 年登上王位，特设"国王诗人"一职，专为王室撰写颂歌。14 世纪，被称为"英国文学之父"的杰弗里·乔叟一方面做廷臣，一方面也为王室写赞歌，另得一笔不菲的犒赏。16 世纪下半叶，埃德蒙·斯宾塞独步英国诗坛，通过友人邀宠于女王伊丽莎白一世，为她撰写不少颂诗。乔叟、斯宾塞等文士，被后人称为"志愿桂冠诗人"。1599 年，斯宾塞逝世，伊丽莎白一世任命塞缪尔·丹尼尔为"宫廷诗人"；十多年后，她的继任人詹姆斯一世正式设立"宫廷诗人"一职，授予其时的文坛盟主本·琼森。琼森去世后，剧作家兼诗人威廉·戴夫南特继任。宫廷诗人的作用同后来的桂冠诗人极为相似，因此，有人也称这三人为桂冠诗人。

"桂冠诗人"这一称谓，在英国于戴夫南特逝世两年后正式使用。那是 1670 年，国王查理二世任命诗人兼剧作家约翰·德莱顿为桂冠诗人兼王室史官。前者的职责是为王室的重大活动撰写颂诗，后者的职责，顾名思义，是记录那些活动的盛况。这是英国首次正式将"桂冠诗人"设为一个官职。因此，严谨的英国文学史家总是把德莱顿称为英国第一个桂冠诗人。从此，桂冠诗人的册封逐渐形成定制，一旦受封，终身任职，一个去世就再封一个。受封者年俸不高，长期只有 100 英镑，直到 1998 年才提高到 5760 英镑，外加一些雪梨葡萄酒。但是，许多文人"重名轻利"，总是把得封视为一种崇高的荣耀而苦苦追求。册封长期由君主一人决定。遴选的标准没有明确开列，一般认为，一是在诗歌创作上有一定成就，二是忠于王室，甚得君主青睐。两条相较，最重要的当然是后一条。因此，有些艳羡这一职位的人，不是努力把诗写好，而是想方设法打通关节，或直接向君主陈情邀宠，或买通王公大臣而得到举荐。这样的事例，在英国文学史上屡见不鲜。当然，也有一些人，或由于政治见解不同，或由于并不看重这一头衔，不但不去追求，即使被提名也拒不受命。这样的耿介之士，有名有姓者至少有七位，在英国

文学史上传为佳话。到目前为止，344
年过去，获得桂冠诗人封号者共有
20人。

（二）

作为英国首位桂冠诗人的德莱顿，
是当时的著名诗人、剧作家和英国文学
批评创始人。他一生创作戏剧作品近
30部。他的文学批评论著《论戏剧诗》
和《寓言集序言》在英国文学史上首次
对乔叟、斯宾塞、莎士比亚等作家作出

英国首位正式桂冠诗人德
莱顿

中肯的评价。他在1659年写成的《纪念护国公逝世的英雄诗》，赞扬处
死国王查理一世、建立共和的护国公克伦威尔。翌年，斯图亚特王朝复
辟，他又写作《回来的星辰》一诗，歌颂封建复辟和查理二世当政。他
政治上的这种急剧转变，受到查理二世的赏识，于1670年颁布特别诏
书，封他为桂冠诗人。他恪尽职守，是公认的王室的忠实代言人。岂
料，1688年发生"光荣革命"，代表复辟势力的詹姆斯二世逊位，代表
大资产阶级利益的威廉三世继位。德莱顿拒绝宣誓效忠新王，遂被褫夺
官职。这样，英国第一个正式受封的桂冠诗人，又成为第一个也是唯一
一个因政治原因被罢黜的桂冠诗人。

德莱顿免职后，他早年的好友、后来的政敌诗人兼剧作家托马斯·沙
德韦尔继任。从他开始，桂冠诗人的责任正式确定，每值新年，每值新王
登基、生辰，每值王室成员生育、婚配，每值有重大战事胜利，都要撰写
颂诗。沙德韦尔也许是太劳累，经常酗酒，大量吸食鸦片，于1692年逝
世。继任桂冠诗人一职的是诗人兼剧作家内厄姆·塔特，而宫廷史官一职
则另择他人。从此，桂冠诗人和宫廷史官两个职务分离开来。塔特之后的

整个 18 世纪，受封为桂冠诗人的先后有尼古拉斯·罗、劳伦斯·尤斯登、科利·西伯、威廉·怀特黑德、托马斯·沃顿和亨利·詹姆斯·派伊等六人。这些人大多出身于牛津或剑桥大学，但才情比较平庸，诗名不大。他们为王室撰写的歌功颂德诗篇不少，但没有什么文学价值。其中，尤斯登据说从未出版过一本像样的诗集，而西伯本为演员和剧作家，先靠钻营跻身仕林，后靠献媚被封为桂冠诗人，更是遭到世人的诟病。

同那些追名逐利之徒形成鲜明对比的是，有三位诗名较大而又被提名为桂冠诗人者，却拒绝接受册封。其中，以写《墓园挽歌》而诗名大震的诗人托马斯·格雷，在西伯去世后被提名为继任人。但是，这位看来是参透人生的学者型诗人却拒绝了。他表示，他不愿把自己"禁锢在宫廷狭小的天地中"。他从自己的喜好出发，先是前往伦敦新建的大不列颠博物馆钻研威尔士和冰岛的古代诗歌，后又去剑桥大学就任历史学教授。这样，怀特黑德才有机会接任。怀特黑德逝世后，威廉·梅森被提名，他也拒绝了，沃顿这才得以继任。沃顿逝世后，有威廉·海利和派伊两个人选，但是，海利拒绝。派伊实际上是个政客，是在当朝首相威廉·皮特的极力推荐下才入选的。派伊去世后，摄政王提议将这一头衔授予以长篇叙事诗《最末一个行吟诗人之歌》而蜚声文坛的诗人兼小说家瓦尔特·司各特。但是，司各特断然拒绝。他说，写应景诗既非己之所长，亦非己之所愿。他不无讥讽地"建议"，将此头衔和由此而来的年俸授予对两者都非常感兴趣的诗人罗伯特·骚塞更为合适。骚塞就是在这种情况下得以册封桂冠诗人的。

（三）

从以上情况可以看出，到十八九世纪之交，桂冠诗人遴选中出现一个新的动向，即君主不再一手包办，首相或其他大臣插手提名，最后由君主册封。按此程序，19 世纪受封的桂冠诗人共有 4 个，骚塞之外，尚有威廉·华兹渥斯、艾尔弗雷德·丁尼生和艾尔弗雷德·奥斯丁。前三位都是英国文学史上的著名诗人。他们的文学成就，为桂冠诗人增添不少光彩，也招致一些非议。

骚塞是以华兹渥斯为代表的英国浪漫主义诗歌运动中湖畔派的一员。他早年思想激进，积极支持法国大革命。他创作的剧本《瓦特·泰勒》歌颂 14 世纪的英国农民起义，长诗《圣女贞德》指斥宫廷贵族为"粪堆"。中年之后，他的思想变得保守，"从激进诗人沦为官场绅士"，为保守的托利党撰写政论文章。因此，他受到统治阶级的青睐和宫廷的恩宠。著名浪漫主义诗人戈登·拜伦对他极为蔑视，斥之为"歌谣贩子"，而科学社会主义的创始人卡尔·马克思则称之为"可怜的托利党人"。

继骚塞之后成为桂冠诗人的华兹渥斯也有类似的思想历程。他年轻时满怀叛逆精神，写了许多优美的诗歌，成为浪漫主义诗歌运动的领军人物，被誉为"最优秀的抒情诗人"。但随年龄增长和声誉提高，他思想越来越保守，创作也渐趋平庸。他接受桂冠诗人头衔后，与现实生活隔绝，艺术上失去活力，撰写的大多是应景之作。因此，有人说，他"从叛逆的烈焰中升腾而起，毁灭在自满的灰烬之中"。著名诗人罗伯特·勃朗宁讥讽他是"仅仅为了一把银币，仅仅为了获得一条丝带"，"就把灵魂卖给英国桂冠诗人头衔的汉子"。

华兹渥斯的继任者丁尼生受教于剑桥，在校时有一挚友叫阿瑟·亨利·哈勒姆。1833 年，哈勒姆猝死于维也纳旅次。丁尼生闻讯极为悲痛，经过长达 17 年的构思，写成组诗《悼念》。在这组共有 131 首的悼亡诗中，他把对亡友的沉痛追怀扩大为对整个人类之爱的思考。这组诗被认为是英国文学史上最优秀的哀歌之一。组诗发表之时，恰值维多利亚女王深陷丧失夫王的悲恸之际。据说，一本《悼念》到手，她彻夜诵读，沉痛难眠，泪水一行行滴落在诗页上。为向诗作者表示感激，她随即封他为桂冠诗人。当时，有人劝说丁尼生不要接受这种恩赐，但他却

担任英国桂冠诗人时间最长的丁尼生

说："我为什么要自私，因我的缘故而不让一项荣誉加诸文学呢？"文学上的成功给他带来荣誉，而荣誉却损害了他的创作。受封之后，他虽然又创作了一些激动人心的诗篇，但也写了不少没有价值的应制之作。因此，著名诗人查尔斯·斯温朋批评他晚年的诗作是"技巧过分，真情不足"。

丁尼生担任桂冠诗人的时间最长，从1850年册封到1892年去世共42年。他的继任人的遴选一时遇到很大困难。当时，最被看好的人选是诗人兼小说家拉迪亚德·吉卜林。吉卜林出版有大量诗歌和小说，赞扬大英帝国的强盛和殖民主义制度的美好，被称为"帝国主义诗人"，受封桂冠诗人是顺理成章的。但是，还未等正式提名，他就表示对此不感兴趣。他这种表示显然不是出于政治原因。用他自己的话说，他是"不愿意受任何约束"，希望"更自由地抒发自己的心怀"。除他之外，当时诗坛上名气最大的诗人是斯温朋和威廉·莫里斯。斯温朋诗作甚多，诗艺纯熟。但是，他倡导无神论，支持意大利独立运动和法国大革命，被指责"离经叛道"。而且，他因病瘫痪，行动不便。这就使他很难获得提名。莫里斯是以写作《地上乐园》和《乌有乡消息》而饮誉整个欧洲的诗人和社会主义先驱者。他的政治理想是实现没有压迫和剥削的社会主义社会。"桂冠诗人"这一头衔虽令许多人垂涎，但他却毫无兴趣。因此，1894年被提名后，他拒不接受。

在这种情况下，有人提出宁缺毋滥，暂时中止册封。王室没有接受，在延宕四年之后，才把这一头衔授予以律师为业、缺少诗才的诗人奥斯丁。

（四）

20世纪受封的桂冠诗人有6位：罗伯特·布里奇斯、约翰·梅斯费尔德、塞西尔·戴－刘易斯、约翰·贝杰曼、特德·休斯和安德鲁·莫申。总体来看，这些人的成就和影响远不及上个世纪的前辈，预示着桂冠诗人的作用和地位在发生微妙变化。

布里奇斯大半生过着与世无争的隐居生活，写东西很少，也很少为人所知。1913年，他获得桂冠诗人头衔后，诗集《人的精神》和《美的确证》才开始行世。梅斯费尔德与其他许多桂冠诗人不同，并非出身牛津或剑桥，而是长期漂泊海上，完全靠自学成才。他的许多作品反映海上生活，1911年完成的长篇叙事诗《永恒的宽容》使他扬名诗坛。戴－刘易斯是20世纪30年代著名的"左翼诗人"。他在创作中揭露资本主义的罪恶，向往共产主义的美好前程。他1935年加入英国共产党，三年后因思想消沉又退出。后来，他写小说和散文，诗歌则偏重于抒情和哲理，失去当年的锐气。他的继任者贝杰曼，以在电台主持建筑专题节目而闻名遐迩，诗名不大。贝杰曼去世后，诗人兼小说家菲利普·拉金被提名为继任人。但是，不知出于何种考虑，或许是因为年届64岁、健康状况欠佳，他谢绝受封。翌年，他即病逝，被称为"未受封的桂冠诗人"。

正是因为拉金未接受册封，休斯才于1984年11月得以继任。休斯来自蛮荒的约克郡乡野，生性凶暴，喜欢将猛禽野兽入诗，以自然界的弱肉强食象征人世间的强暴和残酷。对他册封桂冠诗人，英国舆论一时哗然，认为这样一个桀骜不驯的汉子，不会成为众人期待的"安分守己的公众人物"。1998 年初，他出版诗集《生日书简》，回顾 30 多年前同美国女诗人西尔维娅·普拉斯的一段悲剧性的婚姻生活。结婚之初，两人极为恩爱。不久，休斯另有新欢，普拉斯被迫离异，自杀身死。诗集的出版引发一片谴责休斯有违社会道德的声浪。人们认为，他扼杀一位才女又毫无歉意，简直是"一个令人不齿的恶棍"。有人提出，他实质上是杀人犯，应该承担法律责任。休斯赶紧出面辩解和掩饰，岂料越辩解和掩饰越引起众怒。他很快陷于精神崩溃，1998 年 10 月病逝。英国王室在历代国王加冕的西敏寺为他举行了隆重的葬仪，欲借此"抚慰休斯临死都难以安生的灵魂"。社会舆论对他的指责并未从此消弭，并进而引起对设置桂冠诗人这一职位的质疑。

（五）

休斯去世后，其继任人一直难以确定。据说，被提名者有三四人，各方面意见不一。在这种情况下，爱尔兰诺贝尔文学奖获得者、诗人谢默斯·希尼获得特别关注，但他明确表示"不掺和英国人的事"。这样，七个多月过去，直到 1999 年 5 月，诗人、小说家兼传记作家莫申才得到任命。莫申同拉金是好朋友，但没有像拉金那样拒绝册封，而是在就职后采取了不同于历届前任的做法。他表示，一是打破桂冠诗人的终身制，他只干十年；二是在尽桂冠诗人之责、为王室红白喜事写贺诗的同时，他要"使工作更加多样化"，积极参与工会、儿童、慈善、公益活动，还要使创作"更加政治化"，将"公众广泛关注的国内外大事"入诗。2003 年 1 月，在美英两国以"拥有大规模杀伤性武器"为由向伊拉克发动战争前夕，他先是公开发表谈话，认为那不过是没有任何真凭实据的借口，美英两国领导人隐瞒了发动战争的真正原因。紧接着，他发表一首仅有四行的短诗，题为《战争起因》。他写道：为了"选举、金钱、帝国、石油，还有那老爹"，他们"只知道那燃烧的火箭的嘶叫"。诗中所指很明确，美英领导人为了帝国的金钱和石油利益，总是不惜发动现代化侵略战争。此诗一发表，招致英国舆论一片哗然。许多人认为，这是一首反战诗作，矛头直指作为美英领导人的"他们"，还有一心想推翻萨达姆政权的美国前总统老布什。一个桂冠诗人本该为政府发动战争进行辩解，而莫申却反其道而行之，这不能不令英国官方感到极为尴尬。莫申并未就此而罢手。在美英联手以战争手段强行推翻萨达姆政权之后，他又发表一首题为《改变政权》的诗作，利用以古喻今的方式，描述死神驱赶着军队占领伊甸园、两河流域、巴比伦，直逼巴格达，迫使那里的政权改变。他在接受记者采访时说，这首诗是他的"政治宣言"，意在"强烈地反对战争"。他这种直言不讳的反战态度，在英国桂冠诗人中实属空前，令英国政府极为震惊和愤怒，但又无可奈何。

莫申说到做到。2009 年 5 月，任职 10 年届满，他就坚决辞去桂冠诗人一职。他在卸任之前撰文说："过去的 10 年很开心，有时是既开心又为难，遭到很多这样和那样的指责。不管如何，还是挺下来了。"卸任之后，他一方面继续写诗，一方面仍经营在任期间创建的"诗歌档案"在线项目，把当代英国诗人和诗歌的资料都整理和保存下来。

（六）

接替莫申的是卡罗尔·安·达菲女士。她的就任在英国桂冠诗人历史上一连创造了"三个第一"：第一个女性诗人，第一个苏格兰人，第一个公开的同性恋者。她在接受册封时说，这个职务简直是负担，年俸少且不说，从女王结婚纪念到工会集会都要写诗，实在不胜其烦。而令她更为烦心的是，"尽心尽力写出来的东西，恐怕根本无人阅读"。就任五年来，她一边在大学教书，一边写诗。她说，她不但为女王写应制诗，还就英国议会政治、气候变暖、物种灭绝、空难事件、足球比赛、

英国现任也是首位女桂冠诗人达菲

同性恋生活写作"时事诗歌"，"用简单的文字把复杂的事情描述出来"，供青年和民众阅读。

休斯、莫申和达菲被称为"新一代桂冠诗人"，他们以各自不同的作为引起英国社会的关注，也引起一波又一波的论争。论争涉及的问题广泛，而最大的则是对桂冠诗人设置的质疑。设置的初衷本是出于君主巩固其统治的需要。可是，几百年过去，形势大变，就君主来说，现在只是国家的象征，是否还有必要再专设桂冠诗人为其歌功颂德；就政府而言，很难期望桂冠诗人成为官方发言人，弄不好就像莫申那样，"政府给自己树立一个对立面"。因此，有人建议干脆取消这一职位的设置。但是，有人不同意取消，认为沿袭已久的桂冠诗人的历史不能就此中断。还有人主张做些改革，通过诗歌的写作、朗诵和其他活动更多地传播"人民的福音"。人多嘴杂，聚讼纷纭，英国桂冠诗人制度今后究竟如何演化，现在恐怕还很难说出个子丑寅卯。

（1996 年旧稿，2014 年 9 月 15 日补充修订）

歌德与席勒的友谊

德国文化名城魏玛典丽清幽，名人胜迹随处可寻。比较引人注目的，是民族剧院门前的那座青铜雕像。高高的基座上，两个具有学者风范的男士昂然挺立。他们身披长外套，手携手，肩并肩，目光炯炯注视着远方。这是何许人？基座下方镌刻的几个大字赫然入目：歌德和席勒。原来，这就是久已所闻的标志着德国两位划时代文学巨人友好合作的"双璧友谊纪念雕像"。瞻望雕像，不由想起这两位德国文豪从相识到相知铸就的诚笃之谊，想起他们携手相助在德国文学史上创制的辉煌篇章。

歌德 1749 年 8 月出生在德国南部的法兰克福，大学期间学习法律，但主要兴趣却是文学创作。当时，争取个性解放和社会进步的"狂飙突进"运动刚刚兴起。歌德断然放弃律师职业，投身这个文学运动，先后创作剧本《铁手骑士葛兹·封·伯利欣根》和小说《少年维特之烦恼》，迅即成为德国文坛上一颗耀眼的明星。1775 年 11 月，刚刚度过 26 岁生日，他就应卡尔·奥古斯特公爵之邀来到萨克森－魏玛－艾森纳赫公国都城魏玛，担任国务参议，掌管财政、交通、矿务、科学文化事务，并参与军事行动。从此，他几乎把全副精力投放到政务活动和陪伴公爵出巡、打猎、宫廷节庆等游乐活动，很少再有时间从事文学创作。倏忽十年过去，他虽然地位显赫，生活优裕，却总感到精神空虚。就在此时，他热恋上宫廷御马总管之妻，但爱情无望，又平添几多惆怅。为了

歌德

摆脱事业上的沉重负担和情感上的巨大烦恼，他于1786年9月悄然离开魏玛，前往意大利游历，直到近两年后的1788年6月才归来。他后来说，这次出游的最大收获是"找到自我"，认识到自己压根儿不是政治家，而是作家。这时，他断然放弃宫廷大臣之要职，辞掉公国科学和艺术总监之外的一切政务活动，把主要精力投放到自然科学研究和文学创作活动。

歌德这一人生的重大选择，为他同年少十岁就在德国文坛崭露头角的席勒相识提供了难得的机遇。

席勒1759年11月出生在德国南部符腾堡公国的马尔巴赫。他14岁被迫进入有"奴隶培养所"之称的路德维希堡军事学院，先学法律，后改习医学，但接受最多的却是卢梭等法国启蒙主义思想家们反对暴政、追求自由与平等的思想。在校期间，他就心怀这样的思想秘密撰写剧本《海盗》。1780 年毕业后，他做实习军医，将剧本送到外地出版和上演，引起巨大轰动。人们称赞这是"一部向社会公开宣战的剧作"，预示"德国的莎士比亚即将诞生"。但他供职的部门却以"擅离职守"为借口，将他关禁闭；符腾堡公国的公爵则下令禁止他"再写这一类垃圾"。于是，在友人的帮助下，他逃离符腾堡公国，三年后又完成被恩格斯称为"德国第一部有政治倾向的剧作"《阴谋与爱情》。从此，他同歌德一起被誉为"狂飙突进"运动的急先锋。

1787 年 7 月，28 岁的席勒奔向心仪已久的德国文人聚集地魏玛。那时，歌德尚在意大利。在同其他文人墨客的接触中，席勒深感自己学力不足，于是毅然放下写作，开始研究历史和康德哲学。次年，歌德归来，两人在友人家的聚会上首次晤面。他们虽然早已相知，甚至相互倾慕，但一方是声名显赫、生活优裕的公国政要，另一方是仕途无进、经常靠举债和友人接济度日的一介布衣。社会地位的悬殊令他们很难相互接近。他们在社交场合多次碰面，彼此总觉得无话可说，席勒甚至认为歌德有点傲慢，不免心生反感。因此，两人同住魏玛小城，几年中并没有什么私人交往，保持着"一种不冷不热的关系"。1788 年 12 月，歌德读过席勒刚出版的《尼德兰独立史》，发现以剧作家出名的席勒在历史研究上也颇有才华，就推荐他到耶拿大学讲授历史课程。席勒感激歌德的举荐，几个月后来到耶拿。1793 年 9 月，他受人之请编辑文艺刊物《时序女神》，函邀歌德撰稿。歌德慨然应允，两人的关系开始发生微妙的变化。

1794 年 7 月，自然科学研究协会在耶拿开会，歌德和席勒均应邀出席。他们在会上对自然科学的发展交换看法，会后歌德又来到席勒的寓所继续交谈。他们从植物变形学直谈到哲学和文艺，彼此的了解加深。席勒随后给歌德写信说，"我一直怀着日益强烈的景仰心情注视着您的思想发展"。这次晤谈"在我内心点燃起一盏意想不到的明灯"。歌

民族剧院前的歌德与席勒雕像

德回信说，"您伸出了友谊的手"，"您对我的关心，鼓舞着我勤奋地、更富有生气地使用我的力量"。两人开始打破以往的矜持和疏离之情，感情上日益接近，思想上逐渐靠拢。歌德将席勒"拖出历史和唯心主义哲学的泥潭"，重新面对现实生活；席勒则把歌德从自然科学研究中拉回文学创作上来。按照席勒的建议，歌德对长篇小说《威廉·迈斯特的学习时代》作了修改，后来又完成史诗般的巨著《浮士德》的第一部。歌德无限感激地对席勒说："您给了我第二次青春。在我差不多已经完全停止创作的时候，您又使我成为诗人。"

从1795年起，歌德与席勒经常晤面，不得晤面时就写信。几年时间，两人的书信往还竟达一千余封。歌德在晚年将这些书信编纂成四卷本《书简集》出版。这不仅是他们之间感人至深的友谊的见证，也是了解德国这一时期文学发展状况的珍贵文献。他们合作的另一成果是，根据歌德的建议，两人针对当时文坛和学界的某些庸俗与卑劣现象，撰写了四百多首讽刺短诗，于 1796 年发表在席勒主编的《诗神年鉴》上，在德国文坛引起轰动。这一年因此在德国文学史上被称为"讽刺短诗年"。紧接着，两人又互相启发和鼓励，在不到五个月的时间内又撰写上千首叙事歌谣。这些歌谣受到读者的广泛好评，在德国文学史上留下辉煌的一页。1797 年因此在德国文学史上被称为"叙事歌谣年"。

知愈深，交愈笃。歌德先是邀请席勒到自己在魏玛的家中小住十多日，两人倾心交谈。1799 年 12 月，在歌德的帮助下，席勒一家迁回魏玛。歌德先让他们借住在自己的一所带花园的房子里，随后又资助席勒在市中心离自己家不远的地方购得一所新居。这就是现在辟为席勒故居纪念馆的那座黄色小楼。据管理人员讲，居室的贴花墙纸是歌德为席勒选购的。夏天，歌德派人送来水果；冬天，送来生壁炉的木柴。在歌德的关照下，席勒总算有了一个安定的生活和工作环境。

从此，歌德与席勒的接触更加频繁，相知更加深透。他们不但相互竞赛一般地写诗，还创作小说和剧本。歌德在写作小说《威廉·麦斯特的学习时代》的过程中，边写边将手稿送给席勒阅读。席勒阅后，坦诚地提出修改意见，令歌德深受感动。同时，他多次敦促歌德，要尽早将史诗《浮士德》完成。歌德则建议席勒继续戏剧创作，并答应剧本写成后首先在他主管的宫廷剧院上演。戏剧创作之笔搁置近九年之后，席勒重新焕发出强烈的创作激情，于 1799 年完成以德国三十年战争为题材的历史剧《华伦斯坦》三部曲。歌德当即将其第一部《华伦斯坦的营盘》安排上演。此后，席勒不顾病痛，又相继完成《玛利亚·斯图亚特》《奥尔良的姑娘》《图兰朵，中国公主》《墨西拿的未婚妻》《威廉·退尔》等多部剧本。其中，以中国传奇故事为题材创作的《图兰朵，中国公主》，是根据意大利剧作家哥齐的原作，仅用两个多月的时间就改写完成的。为将这些剧本及时搬上舞台，歌德担任荣誉导演和顾问，亲自安排排演，甚至张罗服装、选定音乐、分配角色。因此，人们后来说，歌德用自己的光辉照耀了席勒这个晚辈剧作家，促使德国戏剧事业走向复兴和繁荣。

1805 年 4 月末的一天，患有肾炎的歌德抱病前去探望缠绵病榻多日的席勒。席勒挣扎着从病榻上爬起来，坚持到剧院去看演出。歌德很高兴，欣然陪同前往。岂料，这竟是两位伟人最后一次晤面。5 月 9 日晚，借药物支撑着身体写作的席勒，在离写字台不到两步之遥的地方突然倒地，溘然长逝，年仅 46 岁。歌德得悉挚友不辞而别，双手蒙住眼睛，泣不成声。他对友人说："现在我失去了一位朋友，也失去了我生命的一半。"身陷巨大的悲痛，歌德几个月不能正常写作。直到 8 月 10 日，他才忍痛组织一次追悼会，会上演出了席勒的著名诗篇《大钟歌》。歌德为这首长诗撰写了一首收场诗《席勒大钟歌跋》。他在追怀席勒坎坷而辉煌一生的同时，称颂他"向最高境界奋身追求"，创作了"许多丰富多彩的深刻作品，提高了艺术和艺术家的价值"。

席勒的遗体起初安葬在当时魏玛唯一的公墓圣雅各教堂墓地。十多年后，魏玛废弃圣雅各教堂公墓，开辟现在称为"历史公墓"的新墓地。在被废弃的乱坟冈中，人们后来发现 20 多个颅骨。因为席勒身材高大，人们认定其中最大的一个必定属于他。歌德闻讯，就将那个颅骨捧回家中暂时安放，随后托人制作了一具橡木棺椁，于 1827 年 12 月将亡友"那铭刻着神思奇想的颅骨"重新安葬。鉴于席勒在 1802 年得封枢密顾问，荣升为贵族，这次被安葬在历史公墓中的"公侯墓穴"。1832 年 3 月 22 日，歌德病逝，根据他的身份和遗愿，遗骸也安葬在公侯墓穴，与席勒长眠在一起。历经 180 多年的沧桑，我们现在看到，在幽暗的地下墓穴中，席勒与歌德的两具同样大小的棺木仍然并排安放在一起。不过，德国朋友告，席勒的棺木中原来成殓的那块颅骨，后来验明不是他的，已被拿走。现在，他的棺椁实际上是空的。而在墙角下，摆放着一座他与歌德的半身雕像，二人比肩而坐，还像生前那样亲密。

据说这是歌德生前特意安排的，表示他同席勒的友谊永世不渝。

席勒同歌德结交十年，两人携手合作，使德国文学达到前所未有的高峰。歌德与席勒这两个光辉的名字，在文学史上，在亿万读者的心目中，永远联结在一起，密不可分。因此，前来陵墓拜谒的人终年不断。他们用不同的语言呼唤着歌德和席勒的名字，殷殷情深。

（2015 年 2 月 8 日）

塞万提斯的阿尔及尔之痛

在非洲的各大城市中，阿尔及尔同欧洲的距离最近，文学渊源较深。法国长期是阿尔及利亚的宗主国，其作家加缪成长在阿尔及尔，纪德、西蒙·德·布伏瓦等曾到阿尔及尔寻梦。其他欧洲国家的作家，爱尔兰的王尔德、英国的吉卜林，向往阿尔及尔依山傍海的环境和温润宜人的气候，曾前往阿尔及尔小住。就连旷世哲人、德国的卡尔·马克思，晚年劳累多病，也曾到阿尔及尔调理疗养。而比所有这些作家早得多来到阿尔及尔的，却是西班牙文学巨著《堂吉诃德》的作者塞万提斯。

塞万提斯是 1575 年抵达阿尔及尔的。那时，他是个刚退役的士兵，还不是作家。他到阿尔及尔，既不是为欣赏风光之美，也不是为疗养健身，更不是为寻求创作灵感，而是遭人劫持和绑架。阿尔及尔作为阿尔及利亚的首府，从公元前 11 世纪起先后遭到来自西亚和南欧的异族入侵。公元 16 世纪，西班牙进入鼎盛时期，侵入阿尔及利亚西北部，企图称霸地中海。这就同正在向北非和西地中海扩张的土耳其人建立的奥斯曼帝国发生冲突。年轻的塞万提斯是这场冲突的参与者，也是这场冲突的受害者。他在阿尔及尔滞留五年，身心备受煎熬，留下"揪心的创痛"。而正是这些创痛，从一定程度上来讲，助力他日后成为一个了不起的作家。

塞万提斯·萨维德拉于 1547 年出生在西班牙首都马德里附近的阿

尔卡拉－德埃纳雷斯镇。祖父是破落贵族，父亲是终生潦倒的外科医生。由于家境贫寒，塞万提斯只上过中学，长期跟随父亲过着颠沛流离的生活。1569年，一个同姓同名的学生因决斗伤人遭通缉，据说塞万提斯担心受牵连，遂出走意大利。他先是做一位红衣主教的随从，游历罗马、米兰、威尼斯等城市，阅读了不少意大利文学作品，受到正在勃兴的文艺复兴思潮的影响。次年，23岁的塞万提斯加入驻守在那不勒斯的西

塞万提斯

班牙军队。其时，土耳其人从威尼斯手中夺得塞浦路斯岛，促使威尼斯同西班牙等天主教国家结成联盟，对抗将伊斯兰教定为国教的奥斯曼帝国。1571年，在西班牙国王腓力二世的异母兄弟唐·胡安率领下，联盟军队在东地中海的勒班多发起海战，摧毁奥斯曼帝国的舰队。当时，塞万提斯因身患疟疾正发高烧，但他仍奋勇当先，第一个冲上敌舰。在激烈的战斗中，他胸部两处负伤，左手中弹致残。他后来在写诗描写受伤的情景时说：

在这甜美的时刻我却挂彩：
一手紧握剑柄毫不懈怠，
一手鲜血汩汩伤口绽开。

创痛深深刺入我的胸间，
似乎心脏已经裂成碎片，
左手被切割是血肉一团。

勒班多大海战

战后，塞万提斯被称为"勒班多战役独臂人"，离开部队疗伤休整。次年4月，他重返部队，因建有战功，成为一名高薪士兵。他先后又参加了纳瓦里诺和戈里塔海战以及攻占突尼斯的战役。1575年9月，他服役期满，携带军中统帅唐·胡安和驻地总督致西班牙国王的保荐信，与同时在军中服役的弟弟罗德里格跟随一支船队回国。船队由四艘帆船组成，不久遭遇风暴被冲散。他搭乘的"太阳号"帆船这时遭到土耳其海盗的袭击，他和弟弟双双被掳至时为伊斯兰世界贩卖异教徒奴隶的中心阿尔及尔。他们先是被关押在监牢，随后被变卖为奴隶。用他自己的话说，从此，"渎神者的魔爪把我操纵"。

海盗发现塞万提斯身携重要信函，认定他是"要人"，索要高额赎金。家中无力支付，只好先用很少的钱将弟弟赎出。也许正因为被视为"要人"的缘故吧，海盗对他总是很客气。他后来的主人，从皈依伊斯兰教的天主教徒达里·马米，到土耳其人哈桑帕夏，对他也相当宽容。他曾四次冒着生命危险企图逃脱，但均未成功。他因此有一段时间被投入地牢，但并未遭受当时流行的剁手、割鼻等酷刑。1580年9月，在天主教会的帮助下，他的家人凑足 500 埃斯库多的赎金，委托两位神父前往阿尔及尔将他赎回。说来也巧，如果两位神父晚来一步，哈桑帕夏就会把包括塞万提斯在内的尚未卖完的奴隶全部带到奥斯曼帝国首都伊斯坦布尔。如果那样，塞万提斯的命运如何，恐怕很难逆料，中世纪的西班牙文学史也许会改写。

美国学者玛丽娅·安东尼娅·加尔塞斯前不久出版《塞万提斯在阿尔及尔》一书，详尽考释了塞万提斯在阿尔及尔的囚徒生活。她认为，这次为时五年的痛苦经历是塞万提斯人生的一个转折点，也是他后来文学创作的一个重要源泉。同时，她根据在马耳他档案馆发现的材料，认为塞万提斯在阿尔及尔的被囚生活相对来说还是比较自由的。他同皈依伊斯兰教的天主教徒，同来自西西里岛的一些人文学者，甚至同摩洛哥的诗人和统治者阿布德·阿尔·马里克，经常在一起讨论文学问题。这对他后来的文学创作产生了重要影响，使他成为"将北非海岸的囚徒生活反映到西班牙文学中的第一人"。

时间过去 400 多年，塞万提斯当年囚徒生活的遗迹是否尚存？我在阿尔及尔曾向一些人探寻。他们只知有一座欧洲作家经常下榻的去处，过去叫圣乔治饭店，而今改名杰扎伊尔饭店。经查询，这座饭店是 19 世纪中期修建，下榻的有王尔德、吉卜林、西蒙·德·布伏瓦等人。塞万提斯被囚时，这家饭店尚不存在，饭店与他毫无干系。因此，寻觅他囚徒生活的踪迹，只能寄望于他遗留下来的作品。他在 1577 年撰写的一首长诗，可以说是他这段痛苦经历最直白、最真实的记录。当时，他感到求救无门，就给西班牙首相写了一封诗简，题为《致我的主人马特奥·巴斯克斯》。他在诗中陈述了被俘生活的痛苦："我以野蛮的异教徒为伴，活生生等待与死神会面，虚度青春年华实属凄惨。"他请求国王派兵前来搭救："有幸得生还安然返故国，福星当头照陛下垂青我，跪谒腓力王心曲尽诉说。"这是他早期的诗作之一，也是一份研究他的无比珍贵的资料。

　　塞万提斯是以"英雄的身份"回到西班牙的。但是，他却没有得到国家的任何经济补偿。为偿还因筹集赎金欠下的大量债务，他不得不四处寻找工作。他当过军需和税吏，生活屡遭磨难。在艰苦的条件下，他坚持文学创作。1585 年，他根据被劫的经历写成剧本《阿尔及尔的交易》。剧中的主人公奥雷利奥是个基督教徒，在战争中被俘，与妻子西尔维亚失散。不料，妻子也被俘，归属同一个信奉伊斯兰教的摩尔人奴隶主依素甫。依素甫钟情西尔维亚，其妻子萨阿拉则爱上奥雷利奥。后经国王出面调解，纠葛才得到解决，奥雷利奥夫妻双双获得自由。剧中出现一个名叫萨阿维德拉的战俘，一般认为是塞万提斯的化身。

　　1615 年，塞万提斯出版《八出喜剧和八出幕间短剧》。其中的三出喜剧，即《西班牙美男子》《被囚禁在阿尔及尔》和《苏丹王后》，也都是根据他在阿尔及尔的被囚生活写成的。其中，《西班牙美男子》既有悲壮惨烈的战争场面，也有充满温情的恋爱故事，还有摩尔人和俘虏争斗的情节。在剧本结尾，作者直白，全剧是"把真人真事同任意的虚构掺和"创作的。主人公堂费尔南多·德·萨阿维德拉显然就是塞万提斯本人的影子。《被囚禁在阿尔及尔》被认为是塞万提斯有关囚徒生活的喜剧力作。剧本从海盗劫掠西班牙海岸村镇的场面开始，描写囚徒的痛苦经历和得到解放的喜悦。恋爱、痛苦和冒险，加上囚禁生活，多种情节交织在一个主题之中。《苏丹王后》描写贤淑的西班牙女子堂娜卡塔琳娜·德·奥维多被掳到伊斯坦布尔，土耳其苏丹阿穆拉特三世一见倾心，强娶其为妻。据说历史上确有此事，但塞万提斯根据自己的经历虚构了诸多动人的情节。

　　阿尔及尔的被囚生活在塞万提斯的小说中也留下明显的痕迹。在其代表作《堂吉诃德》第一部，塞万提斯通过堂吉诃德之口讲述战士的职能说：两军在海上对垒，"他毫无畏惧，一心要立功争光，冲着炮火，狠命要跳过两船中间的距离，踏上敌船去"。这种"战争紧张时出现的最英勇无畏的精神"，实际上是塞万提斯在描绘自己参与勒班多海战的情景。紧接这段描述之后，他又通过一个俘虏讲述自己的人生经历，详尽地描述了他本人从参加勒班多海战、被劫往阿尔及尔和重获自由的经过。这里的某些细节虽然与实际不太相符，但基本情节，乃至军中统帅和被俘后的主人姓名，同塞万提斯的经历都是一致的。对此，这部小说的著名中文译者杨绛先生在翻译过程中都曾一一点明。她同时指出，塞万提斯在勒班多海战中的英勇表现，他在逃亡失败后勇于独自承担责任的胸怀，通过大战风车、向狮子挑战等看似荒诞的举动，都一一体现在小说的主人公堂吉诃德身上。因此，她认为，"可以说，没有作者这种英雄胸怀，就写不出堂吉诃德这种英雄气概"。

塞万提斯的《警世典范小说集》中的《慷慨的情人》，基本上也是根据阿尔及尔的被囚生活创作的。信奉基督教的青年骑士里卡多热恋着绝代佳人莱奥尼莎，而她却看中了美男子科尔内留。里卡多妒火中烧，试图刺杀科尔内留。这时，两艘土耳其海盗船来袭，将里卡多和莱奥尼莎俘获。船上的一个官员企图占有莱奥尼莎，另一个声称要把她献给皇帝陛下，而第三个的妻子则爱上里卡多。里卡多利用他们之间的矛盾，先行逃脱，后又救下莱奥尼莎。回到家园，里卡多将莱奥尼莎交给科尔内留。岂料，莱奥尼莎这时却选择了里卡多。两人遂结为伉俪，获得幸福美满的爱情。塞万提斯虽然把故事发生的背景安排在塞浦路斯，但明眼人一眼就看出，整个故事同他在阿尔及尔的经历紧密相关。

对塞万提斯来说，阿尔及尔的被囚生活终生难忘。但是，他个人的这种遭逢，其实并非偶然，而是他所处的那个时代使然。当时，一些欧洲强国，诸如西班牙、葡萄牙和英国，同地跨欧亚非三大洲的奥斯曼帝国之间的争夺异常激烈。除公开的战争之外，它们之间还通过海盗方式相互劫掠航行在海上的船只。被劫虏的船上人员，有钱的可以赎身，无钱的只能为奴服苦役，最终客死异域他乡。塞万提斯通过自己亲身经历的描绘，真实而生动地反映了那一时代所特有的这一社会政治现象。这一现象正是资本主义发展初期野蛮的原始资本积累的一种表现。塞万提斯是这一现象的目击者，也是其受害者。他以戏谑性的笔触对这一现象做了真实而生动的描述。描述不但涉及政治和战争问题，还触及基督教和伊斯兰教的信仰冲突，触及西方和东方的文化心理差异，是相当深刻的。

人们一般都把塞万提斯视为描写中世纪骑士生活的讽刺小说家，这当然是不错的。但是，认真阅读一下他的全部作品，我们还会发现，他也是独具一格的反映中世纪海盗行为的诗人和作家。他把自己在阿尔及尔被囚生活造成的精神创痛化为一股悲愤的力量，创作出一系列包括诗歌、戏剧和小说在内的文学作品，给西班牙乃至世界文学史增添了璀璨的篇章。

（2007 年 10 月 10 日）

福楼拜的创作与东方之旅

　　旅居埃及三年多时间，我发现当地朋友津津乐道的欧洲人，武者当属拿破仑，文者则是福楼拜。拿破仑这位法国军队的统帅，曾率部远征埃及、巴勒斯坦和叙利亚，炫武功，落败绩，留下不少谈资。福楼拜这位法国大作家曾有两次西亚北非之旅，察民情，逛青楼，创作了几部富有"东方风情"的历史小说，为法国文学增添一道浓重的异域色彩。

　　欧洲人历来以自我为中心，把西亚北非地区视为"东方"。在他们眼里，那里不但有丰裕的物质财富，还有独特的精神文明。从 18 世纪末叶开始，先是英国人来到埃及经商和殖民。法国人见势无限艳羡，于 1798 年 7 月派遣拿破仑·波拿巴率领远征军 3.5 万人浩浩荡荡前来。军队攻城略地，大批随行的科学家、考古学家、艺术家则劫掠灿烂的古文明遗存。一年后，法军败退撤离，随从文人出版 20 卷本的《埃及记述》。作为拿破仑远征艺术顾问的多米尼克·维维昂·德农，还单独出版画集《上下埃及行》。埃及的壮丽建筑和奇异风情，通过口头传述、文字记叙和视觉描绘，在法国掀起一阵追寻东方古老

福楼拜

1895 年英文版的
《圣安东尼的诱惑》封面

文明的热潮。各色的法国文人竞相涌向埃及和邻近国家。其中，既有劫掠东方财宝的探险家，也有寻找异域刺激的旅游者，还有"探求艺术灵感"的骚人墨客。法国大文豪维克多·雨果曾说，如果说欧洲人在文艺复兴时期向往的是古希腊文化，"人人都是希腊学家"，那么，他们的热情后来却转向东方，"人人都是东方学家"。其中，最引人注目的作家是古斯塔夫·福楼拜。

福楼拜于 1849 年 11 月来到埃及。那时，这个 28 岁的年轻人刚刚踏上文学创作之途，完成第一部长篇小说《圣安东尼的诱惑》的初稿。他把这部反映东方古代宗教传说的书稿给朋友路易·布耶和马克西姆·杜康朗读，期望得到赞赏。岂料，两位友人听罢这个"沉闷的故事"，当头泼了一瓢冷水，劝他"必须把它扔到火里烧掉"。笔锋初试不顺，再加上同交往经年的女诗人路易丝·克莱闹翻，福楼拜感到心烦意乱。这时，两年前曾同他结伴在国内游历的杜康建议，既然想写东方，东方又那么迷人，不如联袂再去埃及和西亚游览一番。这个建议可谓正中下怀。福楼拜早就迷恋东方，阅读过不少关于东方的著述。他觉得，游踪的变换，不但可以领略异域风情，还可借机"寻找异国的性体验"。于是，1849 年 11 月 4 日，他和杜康从马赛登上客轮，11 天后抵达埃及北部的亚历山大港。在这座著名的港口城市盘桓几日，他们即换乘汽艇前往埃及首都开罗。

在开罗，福楼拜仿照半个世纪前拿破仑的做法，尽力把自己打扮成当地人模样。他剃光头发，戴上土耳其式红顶帽，穿上穆斯林白布长袍。他参观金字塔，谒访清真寺，下馆子抽水烟，到沙漠中探险打猎，欣赏当地人耍猴玩蛇。他还单独拜见科普特大主教，请教基督教的福音书、圣灵说等问题，记下大量笔记。

在开罗停留两个月之后，福楼拜和杜康两人于1850年2月6日乘船溯尼罗河而上，开始为期17周的上埃及之游。他们饱览这条古老河流两岸的美丽风光，吃鸽子肉，尝椰枣，嚼无花果。不几日，他们到达距开罗近700公里的尼罗河西岸小镇埃斯奈。这个小镇，其实他们早有所闻。从1834年起，根据埃及政府颁布的一项社会改革法令，开罗的所有艺馆和妓院都被取缔，所有舞女和妓女都被赶到埃斯奈等南方城镇。到埃及寻欢作乐的法国人无一不光顾这里。因此，福楼拜和杜康待船一靠岸，就急忙寻花问柳，被带到一个深巷小院。小院的门口站着一位乳丰臀肥的风尘女子。她身着粉红色灯笼裤，发辫上扣着一顶垂丝小红帽，胸前裹着一袭薄纱衫。她叫库楚克·哈奈姆，意为"俏舞女"。她显然是刚刚出浴，周身散发着松节油的清香，极富青春活力。她带领两位异邦客来到一个宽敞的房间，轻轻一跺脚，两个蒙着双眼的乐师就奏起激情四射的鼓乐。她一只脚踏地，另一只跷起，扭动腰肢，抖动肚皮和前胸，跳起狂暴的《蜜蜂舞》。这是埃及流行的东方舞中一个极富特色的舞蹈，表现蜜蜂钻进舞者的内衣后漫爬猛蜇。她又痒又疼，不得不疯跳狂舞，同时把衣服一件件脱掉。福楼拜事后写道，她的舞姿"很色情"，她的胴体"很润滑"，令人神飘意荡。最后，她把两位客人引到一间密室，爬上一张棕绷床，迅即展开"魅力攻势"。福楼拜后来致信友人路易·布耶，用坦诚得鄙俗不堪的文字详尽描述这场颠鸾倒凤之遇，称赞这位埃及女郎"算得上一个上等婆姨"，折腾得自己"整夜都在无边无际的幻想中度过"。福楼拜虽然不时在巴黎的花街柳巷中消磨，但他仍慨叹，"这个销魂之夜令人终生难忘"。在沿着尼罗河回返开罗时，他和杜康不由再度把她"探访"，临别留下"无边的哀伤"。

在埃及勾留七个多月之后，福楼拜和杜康转赴巴勒斯坦、黎巴嫩和土耳其。一路上，他仍是一面探访名胜古迹，一面继续惹花拈草。到贝鲁特时，他发现自己染上性病，不得不提前经希腊和意大利回国。这次为时 14 个月的东方之行的直接结果是，他遗留下一部《旅行漫记》和大量书信与日记。更重要的是，他亲身领略异国风情和文化，为其后来创作的几部重要作品提供了灵感和素材。因此，福楼拜的传记作者杰弗雷·沃尔称这次东方之行为"福楼拜的东方教育之旅"，"丰富了他的人生"。美国东方学家爱德华·萨义德认为，福楼拜后来的创作总是把东方的神秘同东方的女性编织在一起，风情万种的舞女库楚克"无疑是福楼拜好几部小说中女性人物的原型"。

回到巴黎之后，福楼拜一边玩赏一路上收集的羚羊皮、蜥蜴皮、水烟具等诸多具有东方色彩的纪念品，反刍和消化"那震撼心魄的收获"，一边投入描述法国社会风情的小说《包法利夫人》的创作。他用近 5 年时间完成这部后来成为其最重要代表作的小说，于 1856 年在《巴黎评论》上连载。小说对社会现实的深刻揭露和两性关系的大胆描写，不但激怒教会人士，还受到司法当局"有伤风化"的控告。几经周折，他最后被宣告无罪，连载结集成书出版后名扬天下。这部小说没有直接描写他的东方之行，但有人认为，小说中的两性描写和女主人公包法利夫人的形象塑造，或多或少受到这次埃及之旅的影响。还有人认为，福楼拜在开罗下榻的旅馆，老板名叫布瓦雷（Bouvaret），很可能就是小说的女主人公包法利夫人（Emma Bovary）名字的由来。而据杜康记述，在同库楚克共度良宵之后，福楼拜登上尼罗河畔的一个小山包，高声吼叫："我终于想起来了。我就叫她包法利！"显然，是库楚克激发他确定了正在酝酿中的小说女主人公的名字。

如果说在《包法利夫人》中尚未发现这次东方之行对福楼拜创作的直接影响，他后来带有鲜明东方色彩的三部作品，则显然得益于他的东方经历。

在《包法利夫人》引发社会风波之后，福楼拜转向历史小说创作。有了一些东方的感性知识，又阅读大量古希腊罗马的典籍，他决定选取公元前 240 年发生在北非的迦太基富商政权与其雇佣军之间的一场内战为题材，创作一部历史小说。可是，在即将落笔的时候，他发现有关这场内战的史料还不够用，于是决定到发生地游历一番。1858 年 4 月，他绕经阿尔及利亚前往迦太基古国的中心地突尼斯。他游览迦太基遗址，参观保存下来的古建筑，了解当地的风情，收集各种民间传说。经过近两个月的实地考察，他感到已掌握足够的创作素材。此后，他将过去与现在的所积累的材料进行梳理，用四年多时间完成描写迦太基雇佣兵叛乱的小说《萨朗波》，于 1862 年 11 月出版。小说的大背景有充分的历史依据，但女主人公萨朗波却是个虚构人物。她是迦太基统帅哈米尔卡尔的宝贝女儿，但却爱上起义军领袖马托。她有过人的侠肝义胆，又有真诚的浪漫情怀。起义军失败，她目睹马托受刑身死，悲情难抑，以死殉情。福楼拜对友人一再说，在写作过程中，耳畔一再响起埃及沙漠中野狼嚎叫的声音。萨朗波这个人物，特别是她狂舞的场景，显然有库楚克的影子。

《萨朗波》出版后，他又捡拾起早年被友人斥为"只能烧掉"的宗教历史小说《圣安东尼的诱惑》的草稿，根据在东方之旅中收集的新材料和获得的新认识大刀阔斧地进行修改。小说以剧本形式描写公元 4 世纪基督教圣徒安东尼在埃及抵制魔鬼的种种诱惑而圣心不变的故事。作品涉及尼罗河、埃及沙漠和基督教圣训，他都根据自己的亲眼所见和那位忠厚的埃及科普特教长老的"教诲"重新构思。而对妖冶的示巴女王的描述，特别是她的诱惑之词"我像蜜蜂一样舞蹈"，显然是参照了他同库楚克幽会的场景。经过两次大的修改，他这部从青年时代着笔直到接近老年时才完成的"毕生之作"于 1872 年出版。在把定稿朗读给著名女作家乔治·桑听时，他这次得到的是"写得很高超"的赞许。

晚年的福楼拜于 1877 年创作出版短篇小说集《三个故事》，其中一篇题为《希罗迪娅》，与其东方之行密切攸关。这篇小说以《新约·福音书》为题材，描写公元初年罗马帝国统治下的一个犹太小王国的宫廷斗争。国王希罗德·安提帕斯喜欢上自己的弟媳希罗迪娅，而希罗迪娅见他有权有势便抛弃丈夫委身于他。这一有悖伦理的行为遭到圣徒施洗者约翰的谴责。希罗迪娅对约翰怀恨在心，就设计将他谋杀。一天，在安提帕斯举行的宴会上，希罗迪娅同前夫所生的女儿莎乐美突然出现。莎乐美以自己艳丽的容貌和撩人的舞蹈征服了在场所有的人。安提帕斯也被她弄得神魂颠倒，当即向她许下诺言："你随意要什么，我都给你。"她于是根据母亲的谋划提出，其他任何东西都不要，只要约翰的人头。安提帕斯闻此"浑身瘫软，缩成一团"，但最终还是命下人将约翰的头颅献给她。在这篇小说中，福楼拜对莎乐美跳舞的场面做了生动的描写。她跟着笛子和响板的节拍，双脚前后交替地跳动，"身体比蝴蝶还轻盈"。她闪动双眸，扭摆腰肢，抖动乳峰，"把男人们的心撩拨得火辣辣的"。他最后点明，莎乐美的舞姿和激情"就像（尼罗河）瀑布边的努比亚女郎"。这就等于承认，他是借助"瀑布边的努比亚女郎"库楚克在描写莎乐美。十六七年过去，库楚克的形象看来仍不时闪现在福楼拜的眼前。

福楼拜对库楚克的怀恋，在同友人的交往中还屡屡展现。他不但在从埃及致家人和友人的信函中多次谈到她，归来后在闲谈中也一再提及她。友人布耶对此印象极为深刻，后来还以库楚克为题材专门创作一首诗。老情人路易丝·克莱则对此既艳羡又好奇。1869 年，她前往埃及旅游，曾专门到埃斯奈探寻库楚克。归来后，她告诉福楼拜，库楚克已经人老色衰。据说，福楼拜闻此沉默不语，神色黯然。

福楼拜同库楚克虽系逢场作戏，但这位埃及舞妓确实给他留下终生难忘的印象。现在的埃及人谈起这段浪漫往事，大多鄙夷福楼拜的玩世不恭，而对库楚克则引以为傲，认为是她在某种程度上令福楼拜激情迸发，写出好几部带有鲜明东方色彩的传世之作。对此，欧美学人也多有记叙，而福楼拜遗留下来的那些东方之行的信札、日记和相关作品，更足资为佐证。

（2013 年 1 月 5 日）

雪莱对济慈的一片心

　　站在亚平宁半岛西北部海岸上，波涛汹涌的地中海水把180多年前那悲惨的一幕重新推到我的眼前：海滩上横躺着一具被海水浸泡得有点发胀的尸体。死者上衣的两个口袋中，一个装着古希腊作家索福克勒斯的剧本，另一个装着一年多前刚在罗马夭折的英国诗人约翰·济慈的诗集。诗集的页面打开着，说明死者一直在阅读，只是在身遇险境时才匆忙收起。见此情景，人们一方面对他的惨死表示惋惜，一方面也为他对济慈的那份深情所感动。那么，死者是谁呢？从那颀长的身躯和白净的面颊，人们一眼就认出，他就是几天前在风暴中覆舟失踪的英国著名浪漫主义诗人珀西·雪莱。

　　雪莱同济慈从结识到双双离开人间，只有四年多时间，但他们之间的友情，特别是年龄仅长济慈三岁的雪莱"像贤明大叔一样"对一直在逆境中苦苦挣扎的济慈的关心和爱护，却是感人至深。

　　我在伦敦参观过英国19世纪思想激进的作家李·亨特位于希思谷的故居。据介绍，亨特在任《检查者》杂志主编时，团结了一批文学青年。雪莱和济慈是1817年初在他家的一次聚会上相识的。亨特当时的印象是，已颇有诗名的贵族青年雪莱对刚踏上诗坛的马厩夫之子济慈颇为友善，但生性敏感的济慈"眼神中却流露出妒火和敌意"。后来，雪莱邀请济慈到家中聚会，济慈竟拒不应邀说："我有自己无拘无束的天地。"对此，雪莱一笑了之，并不放在心上。在听说济慈要出版第一本

雪莱画像

诗集时，雪莱以真诚的态度劝他不要发表早期那些不成熟之作，同时又给他介绍出版商，努力使诗集尽早出版。两人照常去亨特家，并不时进行诗艺比赛，先以尼罗河为题各创作一首十四行诗，后以半年时间为限则分别创作长诗《伊斯兰起义》和《安狄米恩》。通过这些活动，两人逐渐加深了彼此间的了解，雪莱进一步看到这位后来者的光辉诗才，济慈则冰释了对他那位前行者的偏见和猜忌。

1818 年 4 月，济慈的长诗《安狄米恩》出版。同他第一本诗集出版时备受冷落的情况相反，这本书一出版就遭到《黑林杂志》《评论季刊》等保守刊物的攻击和谩骂。有的说这首诗是亨特作品的"拙劣模仿"，有的说诗的思想混乱，语言粗俗。有的甚至进行人身攻击，说什么济慈"不是写诗的材料，不如回到老爸的马厩去干活"。面对这种情况，阅世不深、心胸偏狭的济慈甚为颓丧，只有"像吞下致命的毒药一样"疯狂地写作来打发时日。

此时，雪莱因受政治迫害正流落意大利。得悉济慈的遭遇，他毫不犹豫地挺身相助。他知道，《安狄米恩》这首诗，确如作者自己所说是一部"非常无经验、不成熟"之作。但济慈受到攻击的根本原因不在这里。近两年的交往使雪莱看到，这位原来只囿于个人生活圈子、追求"单纯艺术美"的青年诗人，开始拓展他的诗路，面对现实，将自由和光明的探索变成他诗作的主题。这才是他遭到保守人士攻击的真正原因。因此，雪莱高度评价这首长诗，认为它"充满某种崇高的、精美的诗的光彩"，表明作者"是个伟大的诗人，犹如破云而出的太阳，浸染着大气的艳丽色泽"。同时，雪莱给《评论季刊》主编写了一封长信，

义愤地指出，该刊的一些粗暴攻击使济慈的身心受到严重损害。他要求
该刊重新考虑其不负责任的批评态度，严肃地审视《安狄米恩》的崇高
美学价值。

劳累和郁闷交并，济慈不久就发现罹患肺病，并大量咯血。医生建
议，最好离开寒冷的伦敦，到气候温暖的南欧度过冬日。但他入不敷
出，生活清贫，无法办到。这时，雪莱再次伸出友谊之手。他于1820
年7月27日写信，热诚劝说济慈前来他所在的意大利名城比萨进行疗
养。济慈接到这封他称之为"非常亲切"的来信后，于8月16日复信
说："我非常感激你在异国他乡的百忙之中，给我写来这样富有情味的
信函。"他表示，自己将尽快启程。

济慈复信的原件现展放在他于伦敦的故居中。在故居二楼的一个展
室里，我看到这封信同他最后一首十四行诗《明亮的星》放在一起。诗
是绝唱，信是有名的诗论。雪莱在来信中还谈到，他再次阅读了《安狄
米恩》，"重新领略到它所蕴含的诗的光彩，这些光彩的流露是大量的，

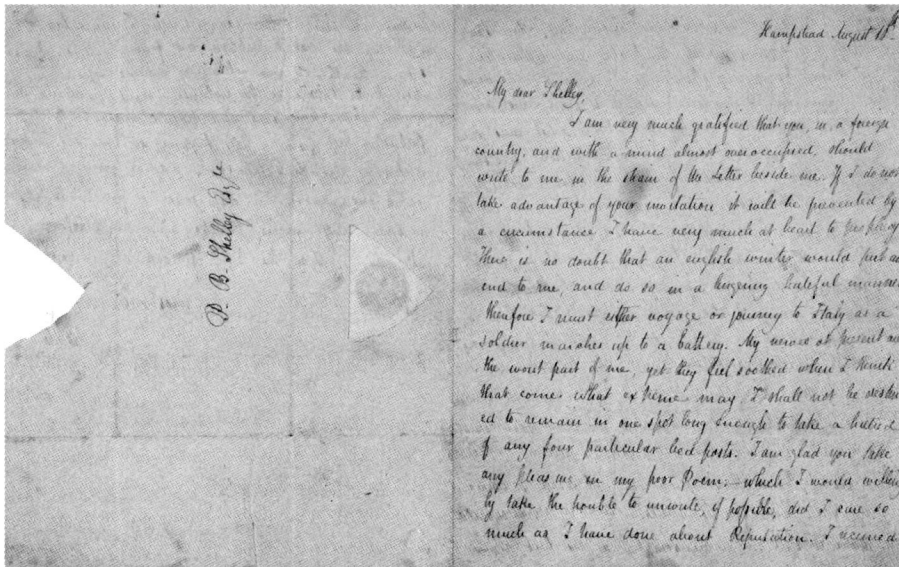

济慈1820年8月16日给雪莱的复信

但却不那么明晰"。他还说："凭感觉,我认为你是一个将成就伟业之人,你要尽力而为之。"济慈在复信中则谈到,他刚读过雪莱的长诗《沈西》。他坦诚地提出劝告说:"你应当勒住你灵感的缰绳,更像一个艺术家那样,用矿石填满你创作思想中的每一个缝隙。"两位诗友以笔谈心,各抒己见,表露出率直、亲切的知音之感。

1820 年 10 月,雪莱得悉济慈启程来意大利,致函亨特夫人说:"我热切期待着他到意大利,那时我就可尽心尽力更多地照看他。我认为,他的生命是一条最有价值的生命,我深为其安危担心。我想既做他身体也做他心灵的医生,一方面使他感到温暖,另一方面教他学习希腊文和西班牙文。我深切地感到,我是在培养一个对手,他将远远超过我。这是我接待他的另一个动机,而这将使我感到更加欢愉。"这段文字,活脱脱地表现出雪莱爱才惜才之心。他以敏锐的眼光洞察到,这位染病在身的年轻诗人在创作上具有巨大潜力,有可能成为一位了不起的大诗人。后来的不少文学家都同意雪莱的看法,认为如果假济慈以年寿,他是有可能同拜伦和雪莱一起在英国浪漫主义诗坛上形成三足鼎立之势的。从这个意义上说,雪莱也显示了他被恩格斯所赞誉的"天才的预言家"的本色。而雪莱这个预言家,心胸开阔,豁达大度,即使对手可能超过自己,也决不排斥或扼杀,而是尽心尽力加以呵护和扶持。这该是多么崇高的人品和诗德。

11 月初,济慈一到意大利的那布勒斯,就收到雪莱的来信,邀请他继续北上,到他比萨附近的家中来疗养。陪同济慈前来的画家约瑟夫·塞弗恩说:"这是一封最慷慨的来信,也是他从那位优秀诗人和品格高尚的人那儿收到的第二封信。"遗憾的是,济慈没有来得及去比萨,就于次年 2 月 23 日病逝于罗马,时年不足 26 岁。

雪莱直到 4 月中旬才得到济慈的死讯。5 月,他写了挽诗《哀济慈》,将这位追求飘逸之美的年轻诗人比喻为希腊神话中被野猪咬死的才华横溢的美少年阿童尼。6 月,他又写了长诗《阿童尼》,将阿童尼的故事和济慈的遭遇交织在一起，以悲切凄婉的调子咏怀亡友"青春之花凋萎在含苞未放之际"。他满怀悲愤地写道：他活着，醒着——死的是死亡，不是他。

当然，雪莱也不认为济慈是个十全十美的人。他说："对于他若干早期作品所据以创作的那种狭隘的美学观念，我是颇不以为然的。"他认为，济慈是"一个抱负有余、自信不足而又渴望荣誉的年轻诗人，缺乏评断人世间冷嘲热讽真实价值的能力"。因而，济慈有时显得很脆弱，经受不住一时的挫折和打击。雪莱就这样公正地指出了济慈的缺点和不足，并表示充分理解。这种实事求是、不为友人讳的真诚态度，确实是难能可贵的。

雪莱清楚地了解，敌对势力诋毁济慈，友人中也有对他缺乏了解者。另一著名浪漫主义诗人戈登·拜伦就是其中之一。拜伦对济慈同浪漫主义前期的湖畔诗人的接近甚为反感，讥之为想做"湖畔诗人的青蛙"。雪莱曾多次向拜伦讲起济慈的才华和处境，希冀得到他的理解。在雪莱的推荐下，拜伦阅读了济慈未完成的长诗《海庇里安》，发现他的思想确实有变化，作品具有"史诗般的意味"。这次，雪莱一听到济慈去世的消息，就立即通知也寓居意大利的拜伦。拜伦于这年7月写了《约翰·济慈》一诗，对他表示深切悼念。后来，他又在长诗《唐璜》中用了一节的篇幅专写济慈，谴责反动势力对他的迫害，对他的夭折表示痛惜：

　　济慈啊，他被一篇批评扼杀了，
　　正当他渴望写出伟大作品之时。

雪莱看到亡友得到拜伦的理解，哀痛稍微平复。此后，他开始收集济慈遗留下来的文稿和传记材料。他打算尽快出版济慈的遗作，并写一篇回忆录和一篇评介文字。他对济慈的一片热情，谁知竟未能付诸实施，因为一年之后的 1822 年 7 月 8 日，他不幸溺水夭亡，差 27 天不到而立之年。在离比萨不远的维亚雷焦附近的海滩上，举行了简单的火化仪式，他珍视的济慈那本诗集同他的遗体一起化为炽烈的光焰，恰似两人携手一起走向不朽。年底，雪莱的骨灰葬进罗马的非天主教徒公墓，先他而去的好兄弟济慈也葬在那里。

雪莱生前关心、爱护济慈，死后又与他在一起永住。这正如他去世前不久写的《墓志铭》一诗所说：

这里是两个生命不曾分开过的好友，

就这样记住吧，如今他们已进入坟茔；

愿他们的骸骨也永远不分离，因为，

他们的两颗心，生前已结合成一颗心。

雪莱和济慈，这两个名字确实是"永远不分离"。雪莱死后，欧美各地纷纷建立雪莱－济慈学会，将两位大诗人联系在一起纪念和研究。在罗马，我看到，济慈当年居住的西班牙广场 26 号寓所，已被意大利的济慈－雪莱纪念学会购买下来，辟为济慈－雪莱纪念馆。在伦敦，我在济慈故居的图书馆中看到，两位大诗人的作品摆放在一起，其中许多是欧美各国的雪莱－济慈学会捐赠的。在参观作为英国文豪群墓的西敏寺诗人角时，我发现，为纪念雪莱和济慈而修造的两方椭圆形石匾也紧紧靠在一起。雪莱与济慈，两颗美丽动人的诗心确实"已结合成一颗心"，永远不会分离开来。

（1987 年稿，26 年后补订）

诗人拜伦的斗士本色

 戈登·拜伦是英国 19 世纪最杰出的诗人之一。他的诗作，无论是抒情短篇，还是记游长篇，无不篇篇精妙，备受激赏。在赞叹他卓绝诗才的时候，我们也不要忘记，他还是一位难得的政治斗士。他身为贵族，为平民代言，先是在国内反对封建专制，继而在意大利协助当地人展开争取民族自由的斗争，最后毅然投笔从戎，献身希腊争取民族独立的疆场，在诗歌之外谱写了一曲悲壮的英雄主义凯歌。

 拜伦于 1788 年 1 月出生在一个衰败的贵族家庭，生活比较艰辛。10 岁那年，受封伯爵的伯祖父逝世，拜伦继承其爵位，同母亲移居世袭领地，一夜之间成为富家豪门。1805 年，他进入剑桥大学读书，主修文学和历史。他深受伏尔泰、卢梭等启蒙主义思想家的影响，痛恨英国的封建专制统治，向往法国的资产阶级大革命。1807 年，他出版诗集《闲暇时光》，抒写自己的理想和追求，遭到以《爱丁堡评论》为代表的社会保守势力的奚落和攻击。他旋即创作长诗《英格兰诗人和苏格兰评论家》，以辛辣的讥讽之词进行反击。他以罕见的诗才和独到的政治见解在英国诗坛初露锋芒。

 1809 年 3 月，拜伦大学毕业，且已成年，根据贵族世袭制度获得上议院议员席位。三个月后，他出国漫游，前往心仪已久的"东方列国"阿尔巴尼亚、希腊和土耳其。他边走边记，增长了社会见识，扩展了政治视野，积累了创作素材。两年后，他回到英国，发表长诗《恰尔德·

哈罗尔德游记》的前两章，在英国引起轰动。他不无惊喜地说："一觉醒来，我发现自己业已成名。"这部记游诗和随后发表的《异教徒》《海盗》《莱拉》等叙事诗，以浓郁的浪漫情调，塑造了一个个孤傲狂热、充满反叛精神的人物形象，在某种程度上成为他自己后来政治生涯的写照。

就在他诗名大振之时，政治风波接踵而来。1811年，英国爆发工人以破坏机器来反对资本家剥削的"卢德运动"。议会随即通过法案，规定凡破坏机器者一律处死。拜伦领地所在的诺丁汉郡是"卢德运动"的中心之一，他最了解工人破坏机器的原委，对他们持同情态度。因此，他挺身而出，表示"我不是单单为了写诗而活着"。他在议会发表演说，坚决反对该法案实施。同时，他还亲往英国统治下的爱尔兰，抨击英国奉行的民族压迫政策，支持爱尔兰的独立要求。这就惹恼了英国统治阶级，引发一场对他的政治围剿。

恰在此时，他陷于情感漩涡。他毕竟是贵族纨绔子弟，喜欢逢场作戏，风流韵事不断，结婚刚一年的妻子竟离他而去。一时间，社会上流言纷起，指斥他制造家庭暴力、与多人通奸、甚至与异母姐姐有乱伦之嫌。上流社会和教会人士抓住这些把柄对他展开猛烈攻击。他本来就讨厌英国上流社会的伪善和冷酷，认为"撒克逊浮华的繁文缛节，不合我生来自由的意志"。于是，他愤然离开英国，前往欧洲大陆寻梦。他后来在《本国既没有自由可争取》一诗中写道：

本国既没有自由可争取，
就为邻国的自由去战斗！
去关心希腊、罗马的荣誉，
为这番事业断头！

他这一走，虽是一种无奈之举，但后来证明也是一种明智之举，不但进一步成就了他独步英国诗坛的诗名，而且造就了一名争取民主与自由的斗士，得以诗人兼斗士的英名永垂后世。

拜伦乘船于 1816 年 4 月 25 日从伦敦东南部的多佛尔港出发，渡过英吉利海峡，经比利时和普鲁士来到瑞士的日内瓦。日内瓦风景秀丽，气候宜人，但不是他理想的长居之地。他从小学习拉丁文，喜欢阅读古罗马典籍，对作为欧洲文明源头之一的意大利情有独钟。因此，在日内瓦稍作停留，他就前往威尼斯和拉韦纳。在继续写作未完成的记游诗之外，他埋头学习意大利语，努力融入当地人之中。他虽然天生跛足，但皮肤白皙，双眼清澈，一头卷发，长相英俊，且气质高雅，谈吐不凡，诗才横溢，到哪里都是人见人爱。在拉韦纳，他征服了特瑞萨·桂齐奥里伯爵夫人，通过她结交其父亲和兄长。其时，意大利北部仍处在奥地利统治下，争取民族解放与独立的斗争正在酝酿之中。斗争的组织者是处于秘密状态的烧炭党，而伯爵夫人的父兄皆为该党成员。这样，一向痛恨英国、沙俄、奥地利结成封建王朝"神圣同盟"的拜伦，通过他们又结识了烧炭党的地区领导人。他帮助这个党接济穷人，扩大群众基础，还帮助它书写传单，甚至筹款购买武器。不久，他的活动被奥地利当局发现，受到严密监视。他毫不畏惧，每天照常外出活动。他写诗表示："我们，不自由便阵亡！"1821 年春，烧炭党发动武装起义，拜伦也积极参加。起义失败后，伯爵夫人及其父兄先后流亡到比萨和热那亚，拜伦紧随其后，继续给予力所能及的帮助。

就是在这样动荡不定的岁月，拜伦从未放下手中的笔，诗歌创作日臻成熟。他完成《恰尔德·哈罗尔德游记》三、四章，一如既往，表达对风云人物的歌颂，对自由的向往。他还开拓新的创作领域，完成《曼弗雷德》《该隐》等 7 部诗剧，创作讽刺诗《审判的幻景》。更重要的是，他开始创作史诗般的巨著《唐璜》。他把这一时期称为"自己一生最幸福、最有成果的时期"。

烧炭党斗争失败后，拜伦把目光转向希腊。当时的希腊已被土耳其人建立的奥斯曼帝国占领 350 多年。1821 年 3 月，希腊西部爆发人民起义，并迅速向全国各地蔓延。消息传来，拜伦激情难捺。早在第一次"东方之行"时，他就亲眼看到奥斯曼帝国对希腊的残酷统治，在《唐璜》第二章追述希腊光辉的历史时，曾表示"哀其不幸，怒其不争"。现在，得悉希腊人开始行动，他当即表示要把变卖祖传庄园的钱款和稿费捐献，并着手准备远征，直接参加希腊的解放战争。闻此，身在魏玛的德国大诗人歌德于 1823 年 6 月 22 日写了一首贺诗，祝愿"这位具有最优秀思想的人"早日完成其伟大事业。

1823 年 7 月 16 日，拜伦断然放下尚未写完的《唐璜》的最后一章，包租一艘英国船，从热那亚驶往希腊。同行的都是像他一样激情澎湃的青年人，包括一直陪伴他的友人、退役海军校官爱德华·特里劳尼和桂齐奥里伯爵夫人的兄长彼得罗·甘巴。他们携带着新购置的大炮、长枪、弹药、马匹、药品，还有大量现金，于 8 月 4 日抵达希腊西部的

迈索隆吉翁总督率众欢迎拜伦到来

凯法利尼亚岛，受到当地军民的热诚欢迎。拜伦迅即制定了招募新兵、军事训练和战争动员的计划，但一时却不知向谁陈述。希腊虽然早在一年多之前就宣布建立新政府，但其内部派系林立，相互争斗。经过几个月的观察，拜伦决定同曾任希腊总统、时任希腊西部迈索隆吉翁总督的亚历山大·马夫罗科扎托斯亲王携手。

1824年1月5日，经过一周的海上颠簸，拜伦抵达迈索隆吉翁，受到亲王的热情欢迎，被任命为希腊独立军一个方面军的总司令。此后，拜伦一方面调解希腊不同派别之间的纷争，一方面加紧军队建设，整顿纪律，统一指挥，训练新兵，筹措粮饷。他摒弃贵族少爷习气，同士兵同吃同住同操练。他同亲王一起商讨，制定了攻打敌人要塞的计划。2月初，部队准备开拔时，他因劳累过度突然病倒。这样，出征只得延期一个多月。4月初，在一次强行军途中，他遭遇暴雨，浑身湿透，引发重感

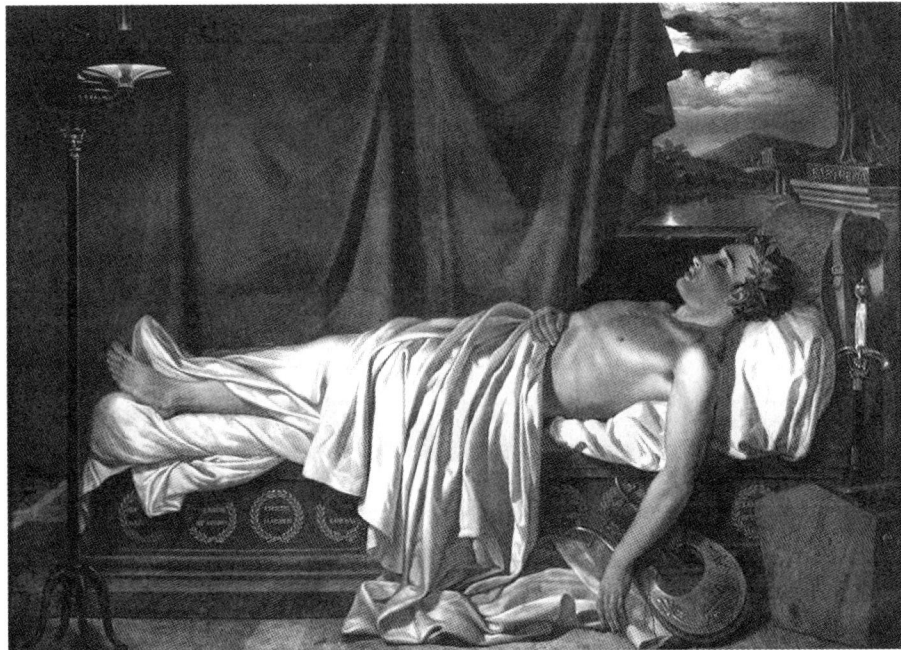

病榻上的拜伦

冒。医生坚持给他作放血治疗，结果病情反而加重，发起高烧，陷于昏迷。4月18日，他自知不久于人世，无限感慨地说道："不幸的希腊！为了她，我付出我的时间，我的财产，我的健康。现在，又要加上我的性命。"次日傍晚六时许，他在昏迷中呓语："前进—前进—要勇敢!"说完，他即逝世于军帐之中。

"出师未捷身先死，长使英雄泪满襟"。希腊政府为这位被称为"最伟大的奇才诗人"举行了隆重的葬礼，灵柩上放着一柄宝剑，一套盔甲，一顶桂冠。士兵列队肃立街头，牧师高唱赞歌。哀悼活动连续进行三周。希腊军民强烈要求将其遗体就地安葬，与他们永远战斗在一起。后经反复研究决定，遗体做了防腐处理，由其挚友特里劳尼护送回伦敦；心脏留下来，安葬在迈索隆吉翁。

1830年希腊赢得独立后，希腊人民怀念英勇捐躯的拜伦，在安葬其心脏的墓地修建一座雕像。雕像上的拜伦头戴钢盔、身披斗篷，一副英姿勃勃的战士形象。同时，在首都雅典，一个郊区以他的名字命名，市中心的国家公园外边竖起一座高大的拜伦雕像。雕像名为《希腊与拜伦勋爵》，系根据他1810年初访这里时即兴写下的一首情诗《雅典的女郎》制作。拜伦半躺在一位希腊姑娘的怀中，姑娘在为他献上一束鲜花。有人说这是姑娘在向心上人示爱，有人说这是她代表整个希腊在把桂冠献给来自异国的英雄。两个解释也许都不无道理，因为他当年在诗中一再咏叹的"我爱你啊，你是我的生命"，既是对那位他倾慕的雅典姑娘的表白，也是对他热爱的整个希腊的倾诉。

1824年6月底，拜伦的遗体经海路运回伦敦。按身份和贡献，拜伦完全有资格安葬在伦敦的英国名人墓地威斯敏斯特大教堂。歌德撰写悼文说，"他使他的祖国现在和将来都享有令人惊讶的荣誉"，希望"他的国家将会从对他进行非难指责的迷醉状态中突然清醒过来"。但是，歌德的希望落空。英国政府和教会以"道德问题"为借口，断然拒绝在威斯敏斯特大教堂给他一席安息之地。7月12日，人们只好把他的遗体运送到其先祖在纽斯台德封地附近的圣玛丽·玛格达伦教堂下葬。墓前竖立着一块石碑，碑文是遵照其异母姐姐奥古斯塔的建议拟定的："这里埋葬着《恰尔德·哈罗尔德游记》的作者。他在1824年4月19日逝世于希腊西部的

雅典的拜伦纪念碑

迈索隆吉翁。当时他正在英勇战斗，奋力为希腊夺回其昔日的自由与荣光。"后来，希腊国王祭献一块白色大理石纪念牌，摆放在他的墓前。希腊政府则捐建了一尊红褐色的拜伦石雕像，安放在伦敦著名的海德公园的东南角。拜伦站在高大的台基上，左手按着放置在膝头的书本，右手则托腮沉思。他在想什么，他要说什么，任凭人们去揣测。

拜伦的朋友们筹资为他定制了一尊雕像，本期望安放在伦敦的大英博物馆、圣保罗教堂或国家画廊，但这些场地均拒不接收，最后只好安

放在他的母校剑桥大学三一学院的图书馆。20世纪初，一位画家满怀忧愤为拜伦的宠犬墓地画了一幅画，画的说明是："拜伦勋爵的狗尚有一个体面的墓地，但他自己却没有。"不少英国人为此感到惊诧和羞耻，认为英国"对其真正伟大的儿子应有一种负罪感"。他们于是自动筹款，计划在作为英国文学殿堂的威斯敏斯特大教堂的诗人角为拜伦安放一个纪念牌位或胸像。但是，几十年过去，却没有成功。直到拜伦去世145年后的1969年5月，他的仰慕者们才以诗学会的名义在那里为他竖起一方大理石纪念碑。简朴的石碑没有任何雕饰，除姓氏、逝世日期和地点之外，也没有任何赞颂之词。竖立此碑虽然是后人诚挚悼念的表示，但肯定有违他本人生前之意愿，因为这个大教堂曾是他不屑一顾的地方，他的心永远在被压迫人民中间。

拜伦生前曾自我调侃："我是好与坏之奇异混合物，人们很难对我进行描述。"确实，他身为伯爵，性情孤傲，不时沉湎奢华和声色犬马，但他本质是走在时代前沿的诗人，正如鲁迅所说，他"超脱古范，直抒所信，其文章无不函刚健抗拒破坏挑战之声"。他"立意在反抗，指归在动作"，更是一名为实现自己的理想不惜牺牲年轻生命的猛士。他诗作的魔力和人格的魅力，都永世为人所称道。

（2013 年 9 月 15 日）

拜伦及其爱犬波森

在伦敦海德公园的东南角，有英国著名诗人戈登·拜伦的一尊石雕像。高大的红褐色石座上，拜伦安然而坐，左手按在膝头的书本上，右手托腮沉思。他显然正沉浸在诗兴激荡的创作状态。他的右脚边，安卧着一只长毛犬，犬头微扬，深情地注视着诗人。那么，这又该作何解释呢？

拜伦1788年出生在伦敦，父亲约翰属游手好闲的没落贵族，只会花钱，不会挣钱。因此，拜伦幼年时家境极为窘迫。10岁那年，突然时来运转，身为伯爵的伯祖父去世，由拜伦承继荣耀的爵位和巨额的遗产。他于是同母亲从伦敦搬迁到诺丁汉郡的世袭领地纽斯台德寺院，立时厕身富贵之族。从此，衣食无忧的拜伦，不但习练骑术、游泳、冲浪、击剑、射击，还蓄养各种宠物。他不但养有马、羊、狗、熊、猫、狐狸、猴子等动物，还养有老鹰、猛隼、乌鸦、天鹅、孔雀、珍珠鸡等禽鸟。在所有这些宠物中，他最喜欢的是狗，雕像上的那只长毛犬就是他最珍爱的犬只"波森"。

波森是一只纽芬兰犬。纽芬兰位于现今加拿大东北部，当时是英国的殖民地。那里属高寒地带，所产之犬体大毛长，而性情温驯。波森生于1803年，拜伦于次年购得。除颈部和四肢下部雪白之外，它通体乌黑，长毛闪亮，煞是可爱。1805年，拜伦前往剑桥大学就读，本想携它一同前往。可是，学校明文规定，禁止学生养犬，他未能如愿。

海德公园的拜伦雕像

波森留在纽斯台德寺院，每值拜伦回来，就在家给他做伴，出门为他壮胆，还会从邮差那里为他接取信件。拜伦觉得它"最懂自己的心思"，对它倍加宠爱。1808 年 11 月，英国爆发狂犬病，波森出门时被一只疯狗咬伤，受到病毒感染。拜伦非常可怜它，不顾自己被咬伤和病毒传染的危险，每天都把它揽在怀中，喂食和擦洗。波森染病后虽然很痛苦，但一直保持往常的温顺性情，从未伤害任何人。那时尚无治疗狂犬病的有效药品和疫苗，波森不久死去。拜伦极为伤心，为它在庭院中修墓埋葬。他当时虽负债累累，还为它在墓前修建一座大理石墓碑。墓碑是六棱形圆锥体，上方有一盏长明灯台。11 月 30 日，拜伦写了一首悼诗，镌刻在墓碑的正面。

278

悼诗题为《一只狗的墓志铭》，也称《纽芬兰犬墓碑题诗》。悼诗的前面是一则 12 行的铭文，说明这里埋葬的是一只名叫波森的纽芬兰犬的遗骸。他赞美这只狗说："它有美质，而无虚荣，有威力，而无傲慢，有胆量，而无残暴，有人的一切美德，而无其邪恶。"他说，这些颂词是对这只狗的"恰如其分的赞美"，"倘若铭刻在人的墓顶，那就是一文不值的谀辞"。这番对狗的赞颂之词，好似话外有音。最后，像对逝去的人一样，他标明波森生卒的时间和地点。

拜伦为爱犬修建的墓碑

铭文下面，是悼诗的本文，共 26 行。有相当一段时间，人们都以为整篇悼诗皆为拜伦撰写，后来才发现，头两行出自他的贵族朋友、剑桥大学同学约翰·霍布豪斯的手笔。因此，现在的拜伦诗集中，有的是全文照录，有的则将开始的两行删掉。据说，拜伦起初只想把这首诗的最后两行镌刻在墓碑上："谨在此立碑，标志我朋友的墓地：我生平唯一的朋友——在此安息。"后来，他可能觉得只镌刻这两行，悼诗的意蕴全无，就改变主意，还是镌刻诗的全文。他在诗中首先赞扬这只长毛犬"是最可信赖的朋友"："主人还家，第一个趋前迎候；／挺身卫主，与主人心心相印，／全为了主人，才劳碌、搏斗、生存。"紧接着，他为它鸣不平："卑微地死去，好品德不为人知，／灵魂进不了天国，横遭拒斥。"这实际上既是对波森的委婉赞誉，也是对教会的辛辣讥刺，因为根据宗教规定，只有人死后灵魂才可进天国，不管其品德如何；而狗决无此福分，不管其如何善良。

再往下，诗人笔锋一转，借题发挥，以狗斥人，认定有的人其实不如狗。他写道："而人——愚妄的虫蚁！只希图免罪，／想自家独占天堂，排斥异类。／人啊！你这虚弱的、片时的客户！／权力腐蚀你，奴役更使你卑污；／谁把你看透，就会鄙弃你，离开你——／僭获生命的尘土，堕落的东西！／你的爱情是淫欲，友谊是欺诈，／你的笑容是伪善，言语是谎话！／你本性奸邪，称号却堂皇尊贵，／跟畜生相比，你真该满脸羞愧。"（杨德豫译文）

一首悼亡爱犬之诗，就这样变成对社会、对现实世界的怒斥和批判。翻开英国诗歌史，我们可以发现，古往今来的诗人，从被称为"英国文学之父"的杰弗里·乔叟到被称为"大英帝国诗人"的拉迪亚德·吉卜林，喜欢狗、以狗或狗墓入诗者不乏其人。但是，他们大多单纯赞扬狗的忠顺，或描述狗的勇猛，像拜伦这样借狗论人者，却极为鲜见。苏格兰民族诗人罗伯特·彭斯倒是有一首叙事诗《两只狗》，描写一贫一富两家各养一只狗，两只狗友爱互助，活得轻松愉快，而它们的主人一为豪绅，生活荒淫无度，一为农民，终年有服不尽的劳役。这首诗借狗描写其主，揭示英国乡村尖锐的阶级矛盾，实为难得。但是，他的诗笔温文蕴藉，不同于拜伦的胸臆直陈。彭斯和拜伦虽然都受启蒙主义思想和法国大革命的影响，反对封建专制，倡导民主自由，但拜伦来自统治阶级营垒内部，性情刚直，对人世间的种种卑劣现象看得更为清晰，毫无顾忌地喜欢秉笔直书。因此，他这篇悼诗虽然篇幅不长，却成为一篇酣畅淋漓、痛斥人间恶行劣迹的旷世奇文。

波森墓是拜伦在纽斯台德寺院生活期间修建的唯一建筑。1811年，年仅23岁的拜伦即留下遗嘱，要求自己死后埋葬在波森墓旁。1824年4月，他在参加希腊独立战争时以身殉职，遗体由好友护送回国。他是英国上议院议员和著名诗人，本可以安葬在伦敦的威斯敏斯特大教堂或圣保罗大教堂。但是，这两个教堂均以他有"道德问题"拒不接受。遗体运到纽斯台德寺院，又因为这座房产已经易主，新主人不愿接受。结果，只好将他的遗骸安葬在几英里外的一座教堂中的拜伦家族墓地。很遗憾，他死后同波森永在一起的心愿未能实现。但是，他通过悼念它的诗篇，却有如同它永远在一起，永远不分离。

上个世纪初，一位英国画家满怀忧愤地为波森墓画了一幅画，画的说明是："拜伦勋爵的狗尚有一个体面的墓地，但他自己却没有。"就这么一幅小小的画作及一句说明词，在英国引起轰动。人们认为，拜伦是英国的骄子，那样歧视他简直是英国的耻辱。一时间，全国掀起为他捐资修墓的浪潮。海德公园那尊拜伦雕像，就是在这个浪潮中由他为之捐躯的希腊出资修建的。

希腊人感激拜伦，也了解拜伦，在为他修建雕像时，既着意表现他作为战斗诗人孜孜不倦的战斗品格，也没有忘掉让他钟爱的朋友波森陪伴在身边。2008 年 11 月，在波森逝世 200 周年时，热爱拜伦的读者携带各自宠爱的纽芬兰犬齐集其墓前，为它献上一束束鲜花，感念它当年为诗人的生活增添无限情趣，也感念它激发诗人写下那样一首富有战斗性的诗篇。他们面对波森的墓碑，同声朗读拜伦为爱犬撰写的铭文和悼诗，祝祷诗人的英灵永远安息。

（2013 年 9 月 21 日）

苏格兰"农夫诗人"彭斯

他一手扶犁耕田，一手挥笔写诗。短短一生 37 年，他耕耘多少土地，难以数计；写诗 550 多首，则是有案可查。他被称为"诗才天赋的农夫"，"手扶犁杖的诗人"。他名叫罗伯特·彭斯，是"迄今唯一用诗歌忠实表达苏格兰民族喜怒哀乐之人"，不但在苏格兰备受尊崇，在整个英国文学史上也占有重要地位。

彭斯于 1759 年 1 月出生在苏格兰西南部艾尔郡的小镇阿洛韦。当时，英国正推行"圈地运动"，土地大多被封建贵族和新兴资产者强占，丧失土地的农民都沦为一无所有的佃农。彭斯的父亲就是其中之一，为租得一块"合适"的土地，四处漂泊，居无定所。他生有七个孩子，彭斯是老大，从 15 岁起便成为家中的主要劳动力。繁重的农活，使他从小就体味到生活的艰辛，了解到农民的疾苦。他无暇也无力接受正规教育，好在父亲有点文化，农耕之余就成为他的"家庭教师"。有一段时间，父亲曾强撑着送他到正规学校，学习拉丁文、法文和数学。他所受正规教育不多，但读的书却不少，既读过苏

彭斯画像

格兰早期的诗歌，也读过莎士比亚、亚历山大·蒲伯、托马斯·格雷等英国诗人的作品，还读过《圣经》、古希腊经典和当代欧洲启蒙主义思想家的一些著作。早年的这些经历，为他后来走上诗歌创作道路奠定了坚实的基础。

1784 年 1 月，父亲病逝，25 岁的彭斯挑起家庭生活的重担。他同弟弟一起，像父亲那样继续租种人家的土地。经验不足，经营不善，租税加重，使他日益感到此路再也难以走下去。同时，他的两个女友，一个为他生下孩子，另一个因难产而死，使他觉得既烦心又没有脸面。他像家乡很多佃农一样，也曾萌生远走高飞、移民美洲的念头。可是，张罗来张罗去，路费一直筹措不足。正在无奈之际，一个了解他的朋友建议，何不把写作的诗歌拿去出版，换几个小钱。原来，从十五六岁开始，在耕作和阅读之余，他就练习编写歌谣。他先是写作与耕作有关的"劳动诗"。后来，他结交几个年轻姑娘，发现自己是个"多情种"，又写起爱情诗。而随着对社会的认识加深，他又写起讥讽不良社会现象的讽喻诗。诗写好之后，他就念给乡亲们听。十多年过去，他竟写作各种题材的诗歌 200 多首。

听从朋友的建议，彭斯从写好的作品中挑选一部分，于 1786 年 4 月送交相距不远的基马尔诺克小镇的出版商约翰·威尔逊。三个月后，威尔逊就给他结集出版，题名为《主要用苏格兰方言写作的诗》。集中的作品，有描绘乡村美丽风景的抒情诗，有表现少男少女春心萌动的爱情诗，也有像《两只狗》那样借贫富两家豢养的看家狗来讽喻人世不公的叙事诗，像《威利长老的祈祷》那样揭露宗教虚伪性的讽刺诗。这些作品从农民生活和民间传说中汲取素材，凭真情实感描写大自然及乡村生活，以生动幽默的语言针砭社会现实，一扫笼罩当时英国诗坛的萎靡之风，带来一股朴实清新的生活气息，令人读后两眼为之一亮。诗集虽只印行 612 册，却在苏格兰乃至整个英国文学界引起强烈反响。一个默默无闻的苏格兰年轻农夫就这样脱颖而出，踏上一直为文人学士独占的英国诗坛。

　　彭斯得到一笔不菲的稿酬，当即打消向美洲移民的念头，决定按照"种田与写诗"的路子继续走下去。不久，知名文学评论家托马斯·布莱克洛克来函，对他的诗作大加赞赏，邀请他到苏格兰首府爱丁堡，共商出版诗集的增补版。彭斯喜出望外，随即于这年的11月借了一匹马，快马加鞭赶过去。翌年4月，《主要用苏格兰方言写作的诗》的爱丁堡版出版发行。彭斯名利双收，既得到多达400英镑的稿酬，100枚金币的版权费，还结识爱丁堡不少文人雅士。一个"两手沾满泥巴的庄稼汉"，竟以"天育诗人"身份闯入上流社会。然而，为时不长，他就发现，自己的农夫天性和激进思想与爱丁堡上流社会格格不入，而他原有的酒色嗜好更使他受到讥讽和贬斥。1788年3月，在爱丁堡逗留一年零三个月之后，他感到再也难以生活下去，于是断然返乡，同为他生下双胞胎的女友琼·阿穆尔正式结婚。

彭斯生前居住的小屋

彭斯又租下一个农场，继续种田。但是，庄稼收成不好，住房又盖不起来，养家糊口立时又成为他的一大精神负担。这时，一些朋友出面相助，为他谋得一个有稳定收入的税收员职位。他于是放弃农耕，携妻挈迁居到与英格兰接界的行政区首府邓弗里斯，就任他毕生担任过的唯一公职。

生活有了保障，时间比较充裕，彭斯的诗歌创作进入一个新的丰收期。他熟悉民间文艺，收集、整理、改编370多首富有音乐性的民间歌谣，收入与人合编的苏格兰歌谣集之中。他更致力于自己的创作，时而使用纯熟的苏格兰方言，时而使用标准的英文，时而两种语言交互使用。他的诗作如歌，大多能演唱；他的歌谣似诗，能演唱也能吟诵。无论诗还是歌，都富有浓厚的乡村生活气息，饱含浓郁的苏格兰民族风情，既不同于文人书生玩弄辞藻的矫情之作，也不同于流传于社会底层的那些粗鄙不堪的戏谑性小调。他的诗和歌，朴实无华，音韵优美，既受农家老妪的喜爱，也为不少沙龙贵妇所赏识。

彭斯这一时期流传下来的作品，大多脍炙人口。其中，最著名的有歌颂真挚友谊的《昔日的时光》，赞美两情相悦的《一朵红红的玫瑰》。他的诗句"啊，我的爱人像朵红红的玫瑰，/六月里迎风初开；/啊，我的爱人像支甜甜的曲子，/奏得合拍又和谐"，一直为世界各国读者所喜爱和传唱。他钟情于爱，但不沉溺于爱。他关注社会，反对宗教的伪善，反对地主的盘剥，反对社会的不公。他的诗作《快活的乞丐》，通过描写一群男女流浪者在小酒店饮酒作乐，充分表达他同情下层平民、主张社会平等的思想感情。他以苏格兰北部风情为题材创作的诗歌，追述苏格兰早年被英国征服的历史，展示他追求民族平等与解放的强烈愿望。其中，《我的心呀在高原》赞颂苏格兰是"英雄的故乡，可敬的古国"，表达了他热爱祖国的一片深情。

特别引人注目的是，彭斯的一生虽然囿于苏格兰乡野，但却一直关注着世界风云的变幻。这对一个农夫来说极为难能可贵。可是，认真一想，这一点也不奇怪。他最喜欢阅读的书籍之中，有美国政论家托马斯·潘恩鼓吹美国革命的小册子《常识》，还有维护法国大革命的《人的权利》。他关心美国摆脱英国殖民统治的独立战争，也关心随后发生的法国大革命。他创作的《自由树》《不管那一套》等诗歌，明确表示反对封建专制，坚决主张建立共和。他甚至趁任职于税务部门之便，买下被扣留的走私船上的四门小炮运往法国。火炮在运送途中被英国当局拦截，未能送达，但他以实际行动支持法国大革命的热诚实属难能可贵。

彭斯于 1796 年 7 月 21 日病逝，年仅 37 岁。四天后，他所在的邓弗里斯镇为他举行了隆重的葬礼。全镇上千人几乎全部出动，站在街道两旁为他送行致哀。遗体安葬在镇上迈克尔教堂墓地的一角。妻子为他在墓旁竖立了一块简陋的石牌做墓碑。十八年后，他的朋友和粉丝自动捐款，在墓地东南方一个引人注目的地块为他修建一座白色大理石陵墓。陵墓的中央重新安葬着他的遗骸，后面竖立起他手扶犁杖的高大石雕像。雕像后面的墙壁上镌刻着诗神缪斯。根据他的诗作《幻景》的描述，缪斯撩起她那激发诗人灵感的罩衣向他抛去，他则殷勤地仰头瞩望，预示着他的诗情永不衰竭。

彭斯是具有悠久诗歌传统的苏格兰历史上划时代的诗人。他的出现，给沉寂已久的苏格兰诗坛带来巨大的冲击，成为苏格兰诗歌复兴运动的前奏。他的出现，也开启整个英国一代纯朴清新的诗风，成为英国诗坛新古典主义式微之后向浪漫主义过渡的第一位重要诗人。英国浪漫主义诗歌的几位重要代表人物，从华兹渥斯、柯勒律治到雪莱、济慈，都在不同程度上受到他的影响。华兹华斯、济慈等都曾专门到苏格兰拜谒他的故居和陵地，向他表示敬意。济慈事后写了两首十四行诗，称誉彭斯是"伟大的灵魂"，表示"我常常敬重你"。

彭斯在整个英国都备受尊崇。他在阿洛韦出生的那座茅舍，现已命名为"彭斯小屋"，成为他的第一个纪念地。他在邓弗里斯的故居，则成为彭斯纪念馆，展出有关于他的生平和创作的大量展品。爱丁堡的作家博物馆，实际上是苏格兰最杰出的作家彭斯、瓦尔特·司各特和罗伯特·斯蒂文森的纪念馆，而他们三人之中，彭斯被称为"苏格兰文学的先驱者"。1月25日的彭斯诞生日，现已成为苏格兰的民族节日，每年都举行各种纪念活动。彭斯的作品仍在重印，他的雕像和纪念碑竖立在英国各地。其中，竖立在伦敦威斯敏斯特大教堂"诗人角"的那块纪念碑，虽然不大，但却标志着"他在英国文学的神圣殿堂占有一席之地"。

彭斯不只属于苏格兰和英国，而是属于全世界。世界各地建立有上百个纪念和研究他的"彭斯俱乐部"。在欧洲、美洲和大洋洲不少国家，特别是苏格兰后裔较多的美国、加拿大、澳大利亚和新西兰，各大城市都修建有他的雕像。据不完全统计，仅美国就有他的雕像三十多座。有些城镇和街道纷纷以他的名字命名，有些大学还专门设立有彭斯教席。

英国文学史上不乏"田园诗人"，但他们大多是归隐田园或描写田园的文人之自命，不同于像彭斯这位"以农民身份写农民问题"的"农夫诗人"。我在爱丁堡购买彭斯全集时，书店老板说，听说中国有不少农民诗人和作家，但在我们苏格兰，甚至整个英国，真正称得上农民诗人者，唯有彭斯一人。说到这里，他不无得意地声言："仅此一人，也许就更值得珍视和骄傲。"

（2014 年 6 月 15 日）

乔伊斯成功背后的三个女人

人们常说，一个成功的男人背后肯定有一个甘于奉献的女人。爱尔兰作家詹姆斯·乔伊斯开西方现代派文学之先河，厥功甚伟。其成功的背后，也有甘于奉献的女人，但不是一个，而是三个，来自不同国家的三个。

乔伊斯于1882年2月出生在现今爱尔兰京城都柏林。当时，爱尔兰处在英国殖民统治下，民族压迫惨烈，宗教歧视严重，经济十分落后。他从小聪颖好学，16岁进入大学研习哲学和语言，课余积极参加戏剧和文学活动，撰写时评、剧论、诗歌，批评社会体制，抨击天主教会。大学毕业后，父亲盼望他做官，母亲希冀他当神父。他则决定学医，帮助家庭摆脱贫穷。可是，他不久发现，自己对医学实在没有兴趣，心底最强烈的愿望是舞文弄墨当作家。怎么办？借用他后来小说中一个人物的话说："如欲有所作为，就必须出走。"他决定离开爱尔兰，到环境比较宽松的欧洲大陆去实现自己的抱负。他这一决定得到刚结识不久的女友诺拉·巴纳克尔的支持。她从而成

乔伊斯

为他的终身伴侣，事业有成的第一个有功的女人。

诺拉出生在爱尔兰西部港城戈尔韦，从小失去父母之爱，长大后离家出走，到都柏林一家小旅馆当侍女。1904 年 6 月，她同心事重重的乔伊斯在街头邂逅。她体态修长健壮，一头漂亮的金发，两眼闪着自信的光芒，令他一见钟情。这年的 10 月，他们不顾双方家庭的反对，以私奔方式前往欧洲大陆，开始流亡生涯。他们先是落脚奥地利统治下的的里雅斯特。乔伊斯谋求不到理想的职业，只能靠教授英文糊口。一双儿女出生后，一家人生活更加窘迫，经常寅吃卯粮。为改变这种状况，乔伊斯只好一边执教，一边写稿赚点小钱。他后来编了一部短篇小说集《都柏林人》，但找了 40 多家出版商，却无一愿意出版。懊丧情绪难以排遣，他就到酒吧酗酒，酒后在街头游荡，黄夜不归。是诺拉一次次把他从幽暗的街头找回。他后来坦承，诺拉当时是他唯一的精神支柱。

第一次世界大战爆发后，乔伊斯一家于 1915 年搬迁到中立国瑞士的苏黎世。生活条件没有改善，家中的烦心事又接踵而来。乔伊斯罹患青光眼，女儿发现精神疾病。父女两人全靠诺拉一人照管。偏偏在这时，本来生活就不大检点的乔伊斯，又惹出一点风流韵事。生活的重担和精神的折磨一时都落到诺拉肩头。多亏她胸怀宽广，对他总是采取包容态度。他深受感动，在提笔撰写短篇小说《死者》时，特意将诺拉同他相识前的一段感情波折糅合进去，构成一段委婉凄切的爱情故事，成为爱尔兰文学中的著名篇章。

乔伊斯和夫人诺拉同儿女在一起

1920 年 7 月，乔伊斯携家人来到巴黎，生活条件大为改善。他开始讲究享受，吃住在高级饭店。节俭的诺拉一再提醒他，不要忘记那些近乎一文不名的穷日子。在他写作不大顺利之时，她鼓励本来就有歌唱天赋的他引吭高歌一曲，用以振作精神。她的体贴创造了一种欢愉的家庭气氛，使他更加集中精力，先后完成他的代表作《尤利西斯》和《为芬妮根守灵》这两部长篇小说。在写作《尤利西斯》时，他特意将故事安排在都柏林的一天之内。这一天就是1904年6月16日，亦即他同诺拉第一次约会的日子。从这里足以看到，这一天在他眼中的分量；也足以看到，他对诺拉那份感情的珍视。

第二次世界大战爆发后，德国法西斯军队进逼法国。身体孱弱的乔伊斯在诺拉的照料下离开巴黎回到苏黎世。1941年1月13日，他因胃溃疡穿孔逝世，终年59岁。诺拉满怀悲痛把他安葬在一个邻近动物园的墓地，因为她知道，他最爱听那里的狮子吼叫。安排葬礼时，一位天主教神父提出愿为他主持宗教仪式，诺拉婉拒了，因为她最了解丈夫，知道他早已同天主教决裂。同时，她也最了解丈夫，知道他同已经获得独立的爱尔兰心存芥蒂，但他确实非常热爱这个国家。因此，她向爱尔兰政府提出申请，允许将他的遗体运回都柏林安葬。可是，她的申请没有被接受。这令她异常伤心。她只好守候在苏黎世，逝世后陪葬在他身旁。她为他奉献了自己的一生，期望来世还同他坚守在一起。

第二个甘愿为乔伊斯做奉献的女人，是来自英国的哈里特·肖·韦弗。她不但帮助他出版作品，还慷慨解囊，解除了他后半生的生活之忧。

韦弗于1876年9月出生，长乔伊斯6岁。她父亲是医生，母亲从经营纺织业的娘家继承一大笔资产，家中异常富有。她受开明的家庭教师的影响，从小就对时政感兴趣，阅读大量激进书刊，逐渐接受社会主义思想。成年后，她决定从事争取妇女平等权利的斗争，于1912年10月资助女权刊物《自由女性》出版。次年11月，根据担任文学编辑的美国诗人埃兹拉·庞德的建议，刊物改名《唯我主义者》，韦弗出任主编。

就在此时，庞德向她推荐新的撰稿人，其中之一是乔伊斯。她阅读过乔伊斯的文章，确信他是个写作能手。从 1914 年起，她开始在自己的刊物上连载他的小说《青年艺术家的肖像》。两年后，她又鼎力相助，使这部小说在纽约出版。同时，她还极力为他在英国寻找出版商，但没有成功。1916 年 12 月，她自掏腰包，以她的杂志社的名义将这部小说在英国印行。又过两年，她在自己的刊物上选登《尤利西斯》的部分章节，并为这部小说的出版四处奔走。

在通过庞德同乔伊斯打交道的过程中，韦弗得悉这位爱尔兰作家生活非常困难。庞德等友人虽然帮助他从英国得到一笔资助，但只有 75 英镑，解决不了根本问题。于是，从 1917 年起，她通过庞德，匿名向他提供一笔又一笔数额不菲的资助。她一再叮嘱庞德千万不要透露她的姓名。乔伊斯在感激之余，很想知道这位"恩主"是何方神圣。庞德不慎泄露天机后，她才不得不浮出水面，直接同乔伊斯通信，评论他的书稿，讨论他遇到的各种困难。1922 年 8 月，两人在伦敦首次晤面，相互了解加深。她后来得知乔伊斯手上有钱总爱乱花，但也并未因此而减少对他的资助。1930 年，她看到《为芬妮根守灵》的一些片段，认为他的创作走上歧路，两人的关系一度疏远。1936 年 11 月，她来到巴黎会晤乔伊斯，重叙旧谊，表示继续支持他的创作。乔伊斯逝世后，她支付了他的全部丧葬费用，并志愿做他的文学代理人，帮助编辑出版《乔伊斯书信集》。

在两人相识的 20 多年中，她总共捐助他多少资金，言人人殊。一般的说法是，她一向出手阔绰，仅在 1930 年之前，就资助他 2.3 万英镑。这在当时可不是一笔小数额。有人说，大抵相当现在的六七十万英镑。她就以这种超凡的利他主义精神无私相助，使得在两次世界大战之间苦苦挣扎的乔伊斯松下一口气，得以集中精力进行创作。乔伊斯曾对人说，没有比她更忠实的朋友。确实，她的捐助没有任何个人动机，也从未想到索取任何回报。有人曾问她何以这样大方助人。她回答道，对她个人来说，钱的用处非常有限，只有把钱用到自己认定的事业上，用到需要帮助的人身上，才能发挥其应有的作用。

韦弗1931年加入英国工党，后来因阅读马克思的著作，心灵受到极大震动，于1938年转入英国共产党。她1961年逝世，遗言将所有财产捐助公益事业。英国报刊评判说，这位心无私念的女子，身材并不高大，容貌也属一般，但"她浑身闪现的尽是勇敢和美丽"。她一生独身，却从不孤独，因为她结交很多朋友，成就了像乔伊斯这样的不少杰出作家。

第三位出手成就乔伊斯的女性，是来自美国的西尔维亚·比奇。她不但热情帮助他出版作品，还帮助他扩大了在欧美文学界的影响力。

比奇1887年3月出生在美国的巴尔的摩，比乔伊斯小5岁。她从小随同做牧师的父亲来到法国，后来入索邦大学学习法国文学。时值一战之后，美国、英国、爱尔兰等国的大批作家和艺术家蜂拥来到自由空气较浓的巴黎。他们既需要阅读英文书刊，也需要出版英文作品。她于是于1919年11月在巴黎开办一个专门出售并出借现代英文文学书刊的

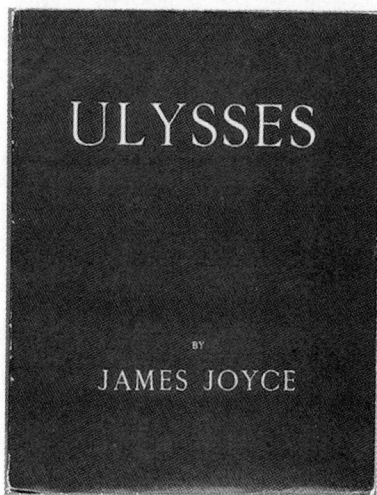

比奇主持印制的首版《尤利西斯》

书屋，名为莎士比亚书店。她以激进的文学自由的主张，还有热情周到的服务，赢得旅居巴黎的欧美文人雅士的好感，她的书店很快成为他们社交活动的中心。就是在这里，她于1920年7月结识了从苏黎世来巴黎刚三天的乔伊斯。

初见之下，乔伊斯并没有把这个小店主放在眼里。几个月后，他却发现，她人虽小，但气度不凡。1921年2月，纽约的《小评论》杂志在将《尤利西斯》连载两年多之后突然停载。原因

是，美国新闻检查机构认定这部小说是"淫秽读物"。这使乔伊斯极端不安，担心他这部呕心沥血之作今后能否出版。比奇得悉，当即向乔伊斯表示，如果找不到出版商，她来设法出版。一个多月后，她告诉乔伊斯，她决定用她书店的名义出版他这部作品，并愿承担出版的全部费用和可能引起的法律风险。她还告诉他，她已在外省物色到一家较好的印刷厂，力争在 1922 年 2 月 2 日他 40 周岁生日前把书印出来。乔伊斯闻此喜出望外，当即在她准备好的出版合同上签字。

比奇办事一向干脆利落。她要求乔伊斯加紧整理和修订书稿。他视力不佳，她就找人帮他打字，打好就送印刷厂发排。清样一出来，她立即送给他，请他再做补充或校改。这样折腾来折腾去，书稿直到 1921 年 10 月底才杀青，最后一批校样直到翌年 1 月底才送到印刷厂。她原来设想的出版日期不得不推迟。但为庆祝乔伊斯四十大寿，她商请印刷厂先印刷和装订出两册样书，一本作为生日礼物送给作者，另一本摆到书店橱窗里做广告。乔伊斯拿到样书，据说激动得满眼泪花，对她一再表示感谢。

比奇在忙活出版的同时，还抓紧时间搞征订。书籍印刷 1000 册，每册定价 150 法郎，大致相当现在的 100 欧元，价位不可谓不高。为把这些书销售出去，比奇全力展开公关和推销活动。她书店的常客，基本上都成为订户。有些人虽然早从连载中就发现这部小说"深奥得难以卒读"，最终也答允订购。她还派人到英国登门拜访名人。时任殖民大臣、后来担任首相的温斯顿·丘吉尔成为英国首批订户之一。为把这本被列为禁书的作品销往美国，比奇恳请当时在巴黎担任加拿大《多伦多明星报》记者的美国作家欧内斯特·海明威等人相助，将书籍巧做包装，冒着被查禁的风险偷运入境。

就这样，以"莎士比亚书店出版"印制的《尤利西斯》，初版很快销售一空，到 1930 年共印刷 11 次。几年后，这部作品的德文版和法文版也相继问世。乔伊斯一下子成为巴黎乃至整个欧洲的文学名人。记者采访、报刊约稿、稿酬领取、书评资料收集等琐事骤然增加，比奇都主动协助乔伊斯应付。一时间，她简直成为乔伊斯的文学代理人。

出人意料的是，她的热情相助，不但没有得到应有的回报，反而招来一些麻烦。乔伊斯的家人要求她对书籍销售的收入作出澄清。乔伊斯自己则在没有知会她的情况下，将版权私自卖给一家出版商，使她的书店蒙受经济损失。对这些，她不是没有自己的想法，但都没有在乎，而是对他继续相助。1929年，看到乔伊斯最后一部小说《为芬妮根守灵》连载遭非议，她就以书店名义召开这部作品的评议会，事后将与会十多位作家的发言结集出版，给乔伊斯很大支持。随后，她又帮助他出版了这部尚未完稿的小说的摘编本。

比奇成就了乔伊斯，自己的晚景却有点悲凉。第二次世界大战期间的1941年，占领巴黎的德国法西斯军队的一个军官来到她的书店。他看到橱窗中展有一本《为芬尼根守灵》，坚持要购买。比奇则以"这是店中最后一册"为借口，坚决不卖给他。不久，她被德国占领军带走，关押半年多时间。她的书店从此关闭，生计几乎难以维系。1962年6月16日，得悉都柏林将乔伊斯在《尤利西斯》中描写的圆形炮塔辟为乔伊斯纪念馆，比奇不顾年迈体衰，欣然应邀前往参加开馆仪式。回来不久，她就在巴黎溘然长逝。她同乔伊斯的那份难得的情谊，可谓至死不渝。

乔伊斯是文学奇才，写了几部奇书，这已广为人知。他的成功，固然主要是由于他自己的努力，但同诺拉、韦弗和比奇以各自不同方式相助，显然也是分不开的。但她们的事迹，一向却鲜为人知。因此，在铭记乔伊斯的时候，我们也不要忘记这三位来自不同国度的奇女子。

（2014年6月2日）

寓居乡僻之所的萧伯纳

一到都柏林，我就去参观爱尔兰著名剧作家萧伯纳的故居。不巧，故居所在的那栋赭色小楼房门紧闭。过路的一位热心人相告，房子正在修葺。大概是看到我一脸失望的神色吧，他紧接着追加两句话：其实这里并没有什么东西可看。要了解萧伯纳，还是到伦敦的"萧伯纳之角"。他礼貌地点点头走了，留给我的是无奈，还有迷惘。

何为"萧伯纳之角"？我后来到伦敦，首先想廓清的就是这个问题。原来，萧伯纳长寿，在世 94 年中，前 20 年在故乡都柏林，中间 30 年在伦敦，最后 40 多年则在"萧伯纳之角"。"萧伯纳之角"这个名称是萧伯纳自己创制的。"角"者，犹言"蓬门"、"茅庐"，是他晚年的寓所，准确地说，这个并不在伦敦，而是在离伦敦不远的赫特福德郡。

萧伯纳 1856 年 7 月出生于当时仍在英国"治理"下的都柏林，父亲是失意的公务员和经营不善的粮商，母亲是总想出人头地的歌唱演员。在他很小的时候，母亲就前往伦敦谋

晚年的萧伯纳

求发展。他在父亲督导下上学，但他讨厌正规教育，强忍了几年，就到一家地产公司当办事员。他不喜欢这种工作，一到 20 岁就前往伦敦投奔母亲。一时找不到合适的工作，他就一边在公共图书馆贪婪地看书，一边尝试着为报刊写稿。他先是撰写音乐和戏剧评论，出了点小名，赚了点小钱。后来改写小说，但连写 5 部，却无人愿意出版。这时，他投入政治活动，加入倡导通过非暴力手段用社会主义取代资本主义的费边社，撰文揭露资本主义的丑恶，宣扬社会主义的优越。他还研究轰动欧洲的挪威剧作家易卜生的《玩偶之家》《人民公敌》等"社会问题剧作"，并决定自己也在戏剧创作上一试身手。从 1892 年起，他接连写出揭露资产者利用出租房屋盘剥贫民的《鳏夫的房产》、谴责卖淫现象的《华伦夫人的职业》等几部"不愉快的戏剧"作品。这些作品触及的是

萧伯纳之角庭院

人人看得到却认识不到的社会问题，在英国引起强烈反响。他还写了谴责英国对爱尔兰进行殖民统治的政治剧《英国佬的另一个岛》，据说连年迈的国王爱德华七世都钦点观赏。从此，萧伯纳的戏剧创作一发而不可收，接连撰写涉及历史、宗教、婚姻、教育等题材的剧本 10 多个。19 世纪初以来逐渐衰落的英国戏剧从此开始复兴，萧伯纳被称为"英国新戏剧运动的开路先锋"。

萧伯纳的声誉日隆，版税也赚取不少。1906 年 11 月，在伦敦漂泊整整 30 年之后，他和夫人夏洛特·佩恩－汤森决定离开那里的奢华与喧嚣，找个清幽的乡僻之地定居。恰在此时，伦敦北边的赫特福德郡阿约特－圣劳伦斯村有房宅出租，他们看后颇为满意，很快就搬迁过去。

从伦敦到阿约特－圣劳伦斯村，仅有不到一小时的车程。村庄很小，既无商场林立，也无车马之喧，甚至连个人影都难看到，显得异常

萧伯纳的小木屋

幽静。亏得我们带着地图，就按图索骥，在一个叫作比布斯豪尔的小巷找到萧伯纳之角。"角"现为萧伯纳故居纪念馆，大门敞开，随便进出，任由参观。走进大门，发现这里俨然是一个花园，高大的松柏冲天而立，树下是一片片翠绿的草地，地上辟有一畦畦花圃，姹紫嫣红的各色花枝争奇斗艳。沿着花间的鹅卵石小径前行，只见一座新古典式的两层小楼矗立在前面。小楼外墙上爬满杂花点点的青藤。青藤之间镶嵌着拱形玻璃窗，窗顶上耸立着高高的壁炉烟囱。这就是萧伯纳一家当年的栖息之地。

小楼始建于 1902 年，原为给新教教区长准备的住宅。教区长没有居住，萧伯纳先是租下，14 年后出高价购买，买后将院落大加拓展。在这个面积 1.4 公顷的院落里，他广栽树木，遍植花草，将其打造成一座花园式住宅。他欣喜异常，名其为"萧伯纳之角"，一住就是 44 年。

从小楼前的台阶拾级而上，走进楼内。底层是厨房、仆役室、储藏室和会客室。会客室不大，靠墙是沙发，中间是一张大圆桌，桌面上凌乱地散放着一些书报。墙角摆着一个衣帽架，上面挂着礼帽、鸭舌帽、护耳帽等各种式样的帽子，旁边放着雨伞和手杖，好似主人随时准备出门。二层是书房，还有萧伯纳和夫人的卧室各一间。他的卧室很小，只有一张单人床和一个大衣柜。他一生生活简朴，从敞开的柜门中可以看到，里边悬挂的皆为一般的棉布衣服。书房里摆着一排书橱，里面整齐地摆满书籍，顶端则摆着铜盘、瓷器等纪念品。书橱旁边是一张木制写字台和一把铁制旋转椅。写字台上放着打字机、水笔、纸张等一应文具。他生前就是坐在这里辛勤笔耕的。

离开小楼，我们徜徉在花木之间，看到花园深处的几棵大树下有一个小木屋，酷似北京街头常见的报刊亭。这里原是萧伯纳的写作室兼日光浴室。打从年轻时起，萧伯纳就爱好游泳、划船、爬山、打网球、骑马和跑步。运动之后，他喜欢在河边、草地、运动场躺下来晒太阳，享受日光浴。晚年，这种日光浴减少，他就想法来弥补，建造了这个小木屋。小木屋呈方形，四壁用一条条木板拼搭而成，顶部覆盖着一层铁皮。小木屋大致坐北朝南，北边开着一个进出的小门，南边开着三个玻璃窗，可以充分吸纳阳光。小木屋的中央立有一个钢棍，钢棍下面是一个圆形的转盘，整个小木屋可以随着太阳的升降而旋转。这样，小木屋里整个白天都充满阳光，使他能尽享日光之浴。因此，他称这间小木屋为"日光浴室"。

当然，这还不是小木屋的主要功能。在面积只有 5.9 平方米的空间里，主要的摆设是一张简易写字台、一架老式打字机和一把破旧的铁椅。他总是坐在铁椅上，一边享受日光浴，一边敲打打字机的键盘，忘掉时间和休憩，敲出一部部文稿。一年四季，不管任何气候条件，他白天都来这里"上班"。小木屋成为他小楼中的书房之外的另一个"生产车间"。这可以说是小木屋的主要功能。我们注意到，他坐的铁椅旁边，还有一把简陋的小凳。那是专供一些不速之客小坐之用。其实，君子之交，不在乎"接待规格"，而重在倾心相谈。他曾以这样简单的方式接待过不少来自各国的文人雅士。小木屋因此也成为他的即兴接待室。现在，这间小木屋已成为故居纪念馆的一大景观，游客无不在这里久久驻足观看和沉思。

萧伯纳的后半生，白天和夜晚基本上都是在小木屋和书房"轮流坐班"，挥着"两把刷子"，一把写剧本，一把写时评。据统计，他一生创作剧本 60 多部，一半以上完成于"萧伯纳之角"。其中，最著名的有《医生的困境》《卖花女》《伤心之家》《圣女贞德》和《苹果车》。所有这些作品，无论是现实题材还是历史题材，反映的都是教育、婚姻、宗教、医疗、阶级特权等资本主义国家普遍存在的社会问题。在论及这些严肃的问题时，他总是运用轻松幽默的语言，讥诮嘲讽的笔调，使人在享受精神愉悦的过程中，深入思考人生和社会的大问题。有人认为，如果说他在伦敦确立了自己在英国戏剧史上的地位，那么，从这个僻静的乡野之所，他继续向前走，在世界戏剧史上赢得光辉的一席之地。1925

年，他因歌颂法国抗英女英雄的历史剧《圣女贞德》被授予诺贝尔文学奖。13年后的1938年，他将舞台剧本《卖花女》改编为电影剧本《窈窕淑女》，获得奥斯卡最佳编剧奖。这个本来已走红欧洲戏剧舞台的作品，从而又走红整个世界影坛。

萧伯纳离开伦敦来到乡野，并没有"躲进小楼成一统"，而是时刻关注着外面的大世界，对英国乃至天下大事继续发表自己的看法。一战爆发时，他撰写小册子《关于战争的常识》，认为作为战争双方的德国和英国都有罪过，双方的士兵都应该把自己的长官枪毙，回到农村去收割庄稼，回到城市去进行革命。他因此遭到英国当局的严厉谴责，几乎受到"叛国罪"审判。二战爆发前夕，他创作的政治狂想剧《日内瓦》，以虚幻的人物对开始登上政治舞台的法西斯独裁者希特勒、墨索里尼和佛朗哥进行了无情的讥讽和鞭挞。1931年，他访问苏联，预言世界的未来属于社会主义。两年后的2月，他前往东方访问，应以宋庆龄为主席的中国民权保障同盟总会之邀来到中国，在上海与宋庆龄、蔡元培、鲁迅等会面。他不但关注中国悠久的文化传统，还关注日本开始对中国的侵略和抗日救亡运动在中国的兴起，赢得中国人民的赞扬和尊敬。

与萧伯纳相伴45年的夫人于1943年逝世。他没有子女，晚年显得有点孤单。但他保持头脑清醒，笔耕不辍，出版有揭露资本主义弊病的政论《大众政治指南》、自传性小品《自我速写十六篇》、讥讽贪恋财富行为的剧本《女百万富翁》和《亿万浮财》。写作之余，他坚持在庭院中劳作。1950年10月末的一天，已经年逾94岁，他仍攀登着梯子去修剪树枝。脚下不慎，他从梯子上滑下来，身受重伤。11月2日，他安然离开人间。他留下遗嘱，将所有存款捐出，用以资助爱尔兰国家画廊、大英博物馆、皇家戏剧艺术研究院等文化公益机构；"萧伯纳之角"的房产交由国家历史信托公司经管，其中所存的文物，包括他最珍视的古老钢琴和他拍摄的大量照片，都完好地保存下来，供后人观赏。

萧伯纳临终前写过一首小诗，题为《四十四年乡居》：

任何住所都难同阿约特媲美：
我曾在这里辛勤耕耘，
把水从放在架子上的壶中倒出来。
我做梦都想着尽力理性行事，
因为住在这里经受了各种风雨。

诗作简约地记录了他在"萧伯纳之角"的所思与所为，生动地反映了他对这个乡僻居所的喜爱和依恋。他去世之后，人们根据其遗愿，将他和夫人的骨灰混在一起，撒在他们经常携手散步的庭院小径两侧。我们默默地念诵着这首小诗，一遍又一遍，轻轻地走在小径上，一遭又一遭，祝祷他们的在天之灵永远安息。

（2014 年 5 月 22 日）

两次沉痛失败成就一位杰出作家

　　走出内罗毕的卡伦·布利克森纪念馆，我不由想起"失之东隅，收之桑榆"这句话。失与收其实并无因果关系，失转化为收，需要付出艰辛。丹麦女男爵卡伦·布利克森以自己的经历对此作出了生动的诠释。她千里迢迢从北欧来到东非，白手起家经营咖啡种植园，不久惨遭破产，之后再也无心此业。她追求理想的婚姻，却连遭不幸，于是彻底弃绝了这方面的努力。事业和感情上的两连败，没有将她击垮，而是促使她另辟人生蹊径，最终成为杰出的作家，以《走出非洲》等文学名篇永为世人所铭记。

　　卡伦·布利克森—芬内克于1885年4月出生在丹麦首都哥本哈根一个殷实之家。父亲为军官，退伍后闯荡美洲感染梅毒，在她10岁时自缢身死。她同姊妹们居住在自家的尤斯泰兹庄园，从商的母亲给她们聘请了家庭教师。她爱好绘画，稍长即进入哥本哈根皇家艺术学院，后又辗转于巴黎、罗马和伦敦求学。当时北欧的时尚是，多数有钱的人家都想方设法为子女讨个爵号。卡伦的母亲早就瞄准了她的两个侄子。他们是瑞典人，都拥有男爵封号。在她的安排下，卡伦先是追求大表兄，但没有成功；随即又转向二表兄布勒·冯·布利克森—芬内克。1914年1月，她如愿以偿，同他喜结连理，得到女男爵的封号。结婚后，这对年轻夫妇奔向东非的肯尼亚度假。他们非常喜欢这块风光旖旎的英国殖民地，就在双方家长的资助下，在首府内罗毕西南郊的恩贡山下购得一片草场，开办起咖啡种植园。

卡伦·布利克森后来写道，来到非洲，像做梦一样过起贵族生活。种植园雇用当地员工上千人，她呼婢唤奴，优游自在。可是，为时不长，她的美梦就幻灭。她同丈夫所受教育不同，脾性也不一样。他是个浪荡公子，不用心经营种植园，而是四处游猎。他玩弄女人，结婚不到一年就感染梅毒，并传染给妻子。

卡伦·布利克森于 1957 年

卡伦·布利克森不得不离开肯尼亚回国治疗。治疗归来，她发现丈夫确实变心，婚姻名存实亡。她得以告慰的是，爵衔毕竟到手，仆人和员工总是尊称她为女男爵，虚荣心得到满足。1921 年，两人分居，1925 年正式离婚。她被迫独自经营起种植园。可是，她根本不懂得咖啡种植，更没有经营头脑。恰在这时，世界遭遇经济大萧条，国际市场咖啡价格猛跌，种植园连年亏损。1930 年，种植园发生火灾，刚刚采摘的咖啡豆几乎全部烧毁。种植园再也办不下去，她不得不忍痛将其廉价拍卖。

就在婚姻与事业连遭打击的时候，一个英国男子闯入她的生活。精神苦闷的卡伦·布利克森经常以打猎自娱，从中寻求刺激。一次，她在出猎时遭遇一头雄狮奔袭。危急关头，这位身手不凡的英国猎手将她搭救。英雄救美人，美人羡英雄，两人一见倾心。此人名叫丹尼斯·芬奇·哈顿，是一位贵族出身的空军飞行员，退役后来肯尼亚游猎。他英俊潇洒，富于冒险精神，浑身充满游侠之气。落寞中的卡伦·布利克森很快就对他以身相许，期望同他厮守终生。可是，他热爱大自然，喜欢独自漂泊，对她不即不离，一直未答应同她结婚。她两次为他怀孕，又两次流产。就在她仍苦苦追求的时候，1931年，他驾驶的游猎飞机失事。他葬身于肯尼亚东南部沃伊地区的丛林，两人七年的交往戛然中断。她感到万念俱灰，痛不欲生。她于是带着无限的哀怨与忧伤，带着无限的痛心与绝望，告别深深爱恋的非洲，只身回到丹麦。

　　已是中年的卡伦·布利克森，青春耗尽，事业无望，爱无所托，后半生怎么度过，一时间连她自己都不知道。她落脚在生她养她的尤斯泰

种植园改建成卡伦·布利克森纪念馆

兹家庭庄园。百无聊赖之中，她只好以读书打发时日。她读圣经，读荷马、薄伽丘、莎士比亚，读《天方夜谭》，读北欧各国的英雄史诗，读她的同胞安徒生的童话。她原本从小就热爱文学，喜欢讲故事。20岁时，她就为丹麦的杂志写过一篇神怪故事，受到好评。可是，她"从来没有想到要成为一名作家"，"对被固定在某个陷阱中有一种本能的恐惧感"，写作因此中断。来到非洲之后，她为美丽的自然风光所陶醉，为经营种植园而烦恼，为当地人讲述的动人故事所打动，曾产生创作的冲动。但为事业所累，为情爱所苦，她无暇也无心写作。从肯尼亚"铩羽而归"之后，时间有了；读过诸多文学经典之后，写作的欲望重新萌发。就这样，在时断时续中，她用英文写出几篇神秘故事，结集为《哥特式故事七篇》，于1934年以伊萨克·迪内森的笔名在美国出版。这些故事大多发生在18世纪的异域他乡，充满凶险的情节和奇幻的色彩。集子问世，大获好评，被认为是北欧"传统家族英雄史诗的现代翻版"。不久，英国再版，丹麦出了译本。伊萨克·迪内森因此一举成名。但是，谁也未料到，这位初登文坛的作者竟是一位职场和情场双双失意的丹麦女男爵。

这时，本已心灰意冷的卡伦·布利克森对生活又萌生新的希望。她后来回忆说，为谋求生存，她觉得自己所能做的只有两件事，一是厨艺，二是写作。厨艺是为养活自己，而写作是既养活自己也慰勉大众。因此，她虽然没有想到要当作家，但还是决定继续写下去。还能写什么？她未加多想，一个全新的念头就猛烈地撞击她的心扉：暂时按下北欧往昔的传奇故事，转写东非那段悲喜交织、刻骨铭心的生活经历。

从1934年起，卡伦·布利克森用三年时间完成一部题为《走出非洲》的作品。这部作品由相对独立又彼此关联的五部分组成。前三部分集中描写她同种植园当地职工朝夕相处的生活，第四部分描述她作为一个白人种植园主的所思与所为，最后一部分讲述她在种植园破产后离开肯尼亚时的恋恋不舍之情。有人说这部作品是她肯尼亚17年生活的回忆录，有人说是她以肯尼亚为背景撰写的事业冒险兼情爱恩怨的自传体小说。不同的说法，是从不同角度对这部作品的解读与评品。其实，这部作品从生活实际出发，信笔写来，结构比较松散，没有将叙事、写景、抒情很好地糅合在一起，倒更像一些内容相互关联的随笔或散记的合集。所有的篇什都以讲故事的语气娓娓道来，笔调轻松自然。她同当地人从相互猜忌和误解到彼此同情和信任的心理路程的变化，抒写得尤为真切动人。

欧美作家以非洲为题材创作的文学作品以前并不鲜见。但是，视角的不同，表现手法的差异，使《走出非洲》在欧美文坛上独树一帜。虽然她在书中有时也流露出种族主义偏见，被肯尼亚著名作家西昂戈·恩古吉指责为"白人至上主义者"，但总体看，她还是同情非洲人、尊重非洲人的。非洲绮丽的自然风光、欢腾的野生动物和独特的人文风情，经画家出身的她以敏锐而细腻的笔触稍加点染，使这部作品充满强烈的异国情调和惊人的蛮荒之美。这是最为打动欧美和其他各地读者之心的地方。她自己也许没有料到，这部作品在世界上受到广泛好评，牢固地确立了她在丹麦、甚至整个欧洲文坛上的地位。1939 年，她荣获丹麦专为女性作家设立的文艺和学术奖。随后，她又被选为丹麦科学院院士，并荣获多种文学奖项。1954 年和 1957 年，她两次被提名为诺贝尔文学奖获得者，虽然最终并未通过，但许多作家认为她是完全有资格获得这一奖项的。美国著名作家海明威在接受诺贝尔文学奖时，特别提到以伊萨克·迪内森的笔名闻达于美国的这位丹麦女作家。他坦言道："如果《走出非洲》的作者、美丽的伊萨克得到此奖项，我今天会更高兴。"

《走出非洲》写完之后，卡伦·布利克森的创作一发而不可收。她回归讲述历史故事的传统，创作了一系列以 19 世纪为背景的历史题材的短篇小说，先后结集出版《冬天的故事》《最后的故事》和《命运的逸事》。第二次世界大战爆发后，她曾到德国旅行。有人告诉她，希特勒想得到她的著作的签名本。但她憎恶这个法西斯魁首，根本没有理会他。德国侵占丹麦后，尤斯泰兹庄园成为"逃亡转运站"，她曾帮助不少犹太人逃离追捕。正是在这个时候，她创作了描写强盗浪漫生活史的长篇小说《天使复仇者》，以女主人公的可怕经历暗讽德国法西斯的暴行。

1955 年，卡伦·布利克森发现患有胃癌，胃切除三分之一。她从此进食困难，导致严重营养不良。她的梅毒病虽已治愈，但却留下终生难以摆脱的精神折磨。而长期使用汞和砷治疗，造成双腿感觉神经失灵。就是在这种情况下，她仍坚持写作，于 1960 年又回到非洲题材，创作长篇小说《草地绿荫》。这部作品犹如"最后一声天鹅鸣叫"，为她近 30 年的文学创作画上一个圆满的句号。1962 年 9 月，她在自家的庄园与世长辞，终年 77 岁。

卡伦·布利克森去世后，人们将她遗留下的 6 部作品整理出版。她的家族将尤斯泰兹庄园的部分房舍捐出，辟为她的纪念馆。同时，丹麦政府购得她当年在内罗毕居住的房舍和拥有的部分土地，然后捐赠给肯尼亚政府，也辟为以她的名字命名的纪念馆。1986 年，由好莱坞根据《走出非洲》改编的同名电影，一举获得七项奥斯卡金像奖。卡伦·布利克森因此更加声名远播。

在内罗毕以卡伦·布利克森命名的小区，我找到已辟为纪念馆的她的故居。书房、客厅、卧室、厨房等都基本保持当年的原貌。墙上挂着她和家人的大幅照片。睹物思人，想起她这个柔弱的女子，从爱慕虚荣到绝望哀叹，从浪漫轻信到知人阅世，从无路可走到踏出一条新的人生之路，她在挫折中收获坚韧，在失败中燃起新的希望。她的一生，充满悲凄，但也不乏欢欣。人世间少了一位并不缺少的种植园主和贵妇，得到的却是一位极为难觅的杰出女作家。

（2012 年 8 月 12 日于养马岛）

瑞典文坛怪杰斯特林堡

斯德哥尔摩市政厅大楼前的花园里，林木扶疏，碧水荡漾，一座白色的男子雕像兀然矗立。雕像高三米余，全身赤裸，一丝不挂，显得异常刺眼。走上前一看，原来是瑞典 19 和 20 世纪之交的作家斯特林堡。市政厅本是一个极为严肃的场所，斯特林堡本是瑞典最著名作家，何以制作和安放这样一尊雕像？我在雕像前逡巡良久，不得其解。

斯德哥尔摩市政厅
前的斯特林堡雕像

十多年前这一遭逢，至今印象深刻。记得在瑞典常驻经年的友人解释说，雕像是瑞典著名雕塑家卡尔·埃尔德的作品，1923 年市政厅启用时竖立。当时，竖立这样一座雕像曾遭到一些人的强烈反对，认为"一不合时宜，二对作家不恭"。但是，瑞典毕竟是个开放与多元的社会，有些人一笑置之，认为无可无不可。更多人则表示赞赏，认为斯特林堡是瑞典"文坛怪杰"，应该"打破常规、用怪一点的方式"纪念他。

斯特林堡究竟如何"怪"又何以称"杰"呢？怀着半是好奇半是探询的心情，我们来到离市政厅不远的王后大街 85 号，走进已辟为纪念馆的斯特林堡故居。故居所在是一座 7 层高的浅蓝色塔形建筑，一般称"蓝塔"。从 1908 年 7 月到 1912 年 5 月的近 4 年时间，斯特林堡曾居住在 5 层的一个三室一厅的套房。据介绍，他一生大部分时间在斯德哥尔摩度过，先后有 25 个住处，这里是他最后一个落脚点。作为纪念馆，厅室近年重新装修，但从墙面到地板仍显得有点破旧。令人欣慰的是，纪念馆对他经历和成就的介绍还比较详尽。

奥古斯特·斯特林堡 1849 年 1 月出生在斯德哥尔摩。父亲是航运经纪人，母亲出身低微，原为客栈女招待，后被雇用为女管家。她同主人先同居后结婚，生育十多个孩子，斯特林堡排行小三。小三从小喜欢读书，对自然科学、绘画、摄影、音乐最感兴趣。他 13 岁那年，母亲去世，父亲再婚。父亲经常殴打他，继母虐待他。年龄稍长，他被赶出家门，失去继承权。这样一个无爱可言的家庭，使他从小就生成一种扭曲的心理，视父亲和继母为"死敌"。1867 年，他考上大学，先学医药学，后改学化学，再改学美学和现代语言。因生活费用不足，他的学习时断时续，其间曾做过家庭教师、小报记者和龙套演员。1872 年，他离开学校，先任小学教师和电报员，后任皇家图书馆管理员。多种社会经历，使他体察到民众的苦难和官场的腐败，养成愤世嫉俗的习性。他看上去极为腼腆，"内心却凝聚着满腔怒火"，被视为"一个古怪的年轻人"。

故居纪念馆保存有大量照片，展示他曲折而多彩的人生。早在大学学习期间，他就开始写剧本，边写边烧，烧后又重写。1871 年，他根据北欧神话创作反映父女之间宗教信仰冲突的剧本《被放逐者》，并得以上演。虽然社会反应冷淡，但国王查理十五世却表示赞赏，不仅接见他，还赐予一笔赏金。翌年 8 月，他又写成后来成为其代表作之一的剧本《奥洛夫老师》。这是一个以 16 世纪瑞典宗教改革为题材的历史剧，长时间没有人愿意排演。他生活无着落，只好不顾死活地为报刊写稿和翻译，得点稿酬度日。他精神落寞，不时混迹于青楼妓馆。生活和精神的双重折磨，使得他一度心理近乎变态，甚至痛不欲生。

戏剧创作遭遇的尴尬，迫使他转向小说创作。1879年，他以斯德哥尔摩为背景，创作《红色房间》。在这部小说中，他运用自然主义手法，描绘形形色色的社会图景，对丑恶的现实无情地讥讽和鞭挞。不少批评家认为，这部作品是瑞典真正意义上的"第一部现代小说"。可是，有的报刊却使用尖刻的语言对他进行指责，说他是"疯人写疯文"。他感到在瑞典难以生活，就携妻挈女"自我流亡"到法国。法国思想自由的空气令他非常兴奋。他一边学习法文，一边下乡考察法国农民生活状况。1884年，他在一个月内写出12篇以婚姻为题材的短篇小说，结集为《结婚集》出版。他自认为这是他"写得最妙的一本书"。可是，书一出版，他就遭到斯德哥尔摩司法当局的起诉，因为其中一篇"亵渎上帝和嘲笑圣礼"。斯特林堡迅即回国应诉，在法庭上严词驳斥对他的指控。最后，法院虽然宣判他无罪，但他感到遭受巨大打击，心中愤愤难平。

创作不顺，家庭生活又起波澜。他的芬兰裔妻子西丽·冯·埃森同他结婚，本指望依仗他登上戏剧舞台。可是，她的希望落空，两人关系恶化，争吵不休。1891年3月，共同生活13年、育有3个孩子之后，两人正式离婚。两年后，他在德国同比他年轻22岁的奥地利女记者弗丽达·乌尔结婚。可是，不久他就发现，她是个攀附名流之徒，暗中怀上别人的孩子。极度的精神苦闷无法排遣，他就转向自然科学研究。本来，他早就喜欢自然科学，曾在法国研究过植物学。这次，他前往法国，购置坩埚、蒸馏器和化学物品，转向化学试验，并一度沉迷于炼金术。法国报刊对此进行了报道，他感到备受鼓舞，自命为"诗人化学家"。这一切努力最后均以失败告终，一些报刊于是反过来对他大加讥讽，说他是"神经错乱"。他从此变得越来越狂暴，最后同弗丽达离婚。1899年，他回到斯德哥尔摩定居，同小他29岁的挪威女演员哈丽特·鲍塞结婚。这时的他，一度精神焕发，一连写出好几个剧本。可是，年龄上的巨大差异，加上他性格古怪，而她放荡不羁，两人很快就分手。

社会的和情感的这一切经历，给他造成巨大的精神苦痛，也为他

斯特林堡画像

的文学创作提供了生动而丰富的素材。因此，他的剧本和小说大多带有不同程度的自传色彩。这构成他文学创作的一大特色。从故居纪念馆的展示来看，他首先是个剧作家。他创作的反映现实社会生活的剧本《父亲》、《朱丽小姐》和《债主》，在瑞典和其他一些欧洲国家连演不衰。特别是《朱丽小姐》，描述一位伯爵的女儿朱丽受家中男仆的引诱，展示上等女人的自我毁灭和下等男子的精神胜利，被称为"反叛社会传统的典型之作"。这部作品和同时期的其他几部剧作一样，人物不多、结构严谨、对白流畅、布景简洁，是自然主义创作方法在戏剧创作上的成功运用。从1898年起，他又创作《前往大马士革》、《死魂舞》、《一出

梦的戏剧》等剧本，改用梦幻形式表现人物的悲愤、伤感和绝望，标志着他的戏剧创作从自然主义又转向象征主义。他一生创作剧本60多部，在坚持戏剧社会批判功能的同时，在表现形式上也作出了不懈的探索和创新。从马克西姆·高尔基到田纳西·威廉姆斯和约翰·奥斯本，许多欧美作家都承认在戏剧创作上受到他的影响。美国作家尤金·奥尼尔1936年在接受诺贝尔文学奖时甚至称赞他说："直至今天，他比我们任何人都具现代性，他一直是我们的领军者。"

斯特林堡还被誉为瑞典现代小说创作的开拓者，出版有小说20多部。除《红房间》之外，他的小说代表作是用法文写作的《地狱》和《狂人辩词》。前者是他在法国痴迷炼金术时创作的，没有多少情节，充满主观幻景，成为后来风行欧美的意识流小说之滥觞。后者是他经历几次婚变后创作的，显示出他对妇女的偏见和歧视，是一部备受争议之作。

斯特林堡多才多艺。他还是诗人，出版有3部诗集；是摄影家，留下大量风光摄影之作；是画家，留下100多幅画法迥异的绘画作品。他爱好音乐，既能弹钢琴，还能谱曲。他具有惊人的语言天赋，晚年一方面为报刊撰文抨击时政，一方面发奋语言研究，出版有《世界语言之根》、《母语的历史》等学术性著作，对瑞典语的发展做出重要贡献。故居纪念馆工作人员告诉我们，他还曾自学汉语，把汉语同其他语言进行比较研究，撰写有一本小册子《中国文字的起源》。

斯特林堡在文学创作上取得的成就，很早就引起人们的注意。从1909年起，他曾两度被提名为诺贝尔文学奖候选人。但是，他最终未能获选，因为主持评选的瑞典皇家科学院认为，他"思想过于激进"，奖金不能授予"一个骂人的作家"。对此，瑞典民众极为不满，随即发起建立"反诺贝尔奖"，并通过社会募捐筹集到4.5万克朗。1912年1月，在他63岁寿辰的时候，由后来成为瑞典首相的社会民主党领袖卡尔·布兰廷代表民众将这笔捐款作为奖金授予他。上万名各界人士高举火把来到"蓝塔"前，呼喊着"人民的斯特林堡"，对他表示祝贺与支持。

4个多月后的5月14日，他因病在寓所逝世。他留下的遗言是，不要把他埋葬在"名利场上的富人中间"，不要为他举行任何形式的葬礼。人们满足了他的第一个遗愿，把他安葬在一个普通的公共墓地。但是，他们实在无法执行他的第二个遗愿。下葬那天，有6万多名工人、学生、知识界人士和市民自动聚集在"蓝塔"下，向他鞠躬致敬，并将他的灵柩一直护送到墓地。

参观完故居博物馆，心潮起伏，五味杂陈。走出"蓝塔"，心绪才稍微平复。可是，没走多远，街心花园中的一尊雕像又引起我的好奇。走上前一看，又是全裸，又是斯特林堡，又是出自卡尔·埃尔德之手。其实，裸体雕像在欧洲大城市的街头并不鲜见，不值得大惊小怪。但为纪念像斯特林堡这样大名鼎鼎的作家而制作，确实尚未见到过。埃尔德是斯特林堡晚年的朋友，对他极为尊崇，也极为了解。他制作这样两尊雕像，并安放在街头最惹人注目之处，想来绝非随意而为。那么，他的考虑究竟为何？一路走一路想，实在捉摸不透。后来听人说，这是表现斯特林堡一生艰辛，生活有时一贫如洗。另有人说，这是展示斯特林堡简朴清纯，胸怀坦荡。还有人说，这是在表明，斯特林堡是赤条条而来，赤条条而去，誓不与社会同流合污。这些说法当然都是揣测，是否符合或接近雕塑家的本意，实在难以言说。正因难以言说，反倒使得斯特林堡这位瑞典"文坛怪杰"，从人生到创作，显得更加诡异，更加耐人琢磨。这也许正是雕塑家操起雕刀时的初衷。你说呢？

（2015年4月5日）

名人后事篇

拿破仑魂归法兰西

拿破仑不是土生土长的法兰西人，但是，他对法国的热爱，却不逊于血统纯正的法兰西人。这不仅表现在他为法国的生存和发展所做的巨大贡献，还表现在他同欧洲封建势力作斗争失败后，在流放到几千公里之外的南大西洋孤岛，仍念念不忘法国，临死前还郑重立下遗嘱，希望死后将遗骸运回法国安葬。

遗嘱是从 1821 年 4 月 13 日起开始口授，由战时追随他、流放时陪护他的贝特兰伯爵代笔，地点是南大西洋上的圣赫勒拿岛首府詹姆斯敦。他很认真，遗嘱几经修改才定稿。他在遗嘱中写道："我因遭受英国寡头政治及其雇用的刽子手的谋害而过早死去，法国人民迟早会为我报仇。"他决定，将两亿多法郎的资产分成两部分，一部分分给曾在他麾下作战的官兵，另一部分则捐给遭受外国入侵的法国各省人民。他明确表示："我希望将我的遗体安葬在塞纳河畔，安葬在我如此热爱的法兰西人民中间。"

拿破仑·波拿巴是在 1815 年 10 月被流放到圣赫勒拿岛的。他一生同海岛有缘，1769 年 8 月 15 日出生在地中海上的科西嘉岛。这个小岛长期遭受位于意大利西北部的热那亚城邦国统治，很多岛民具有意大利血统。拿破仑的父亲夏尔·波拿巴是意大利中部托斯卡纳地区一贵族的后裔。在拿破仑出生前一年，热那亚感到难于应对岛民争取独立的斗争，将这个小岛出售给法国。因此，拿破仑一出生就是法国公民。年龄稍长，父亲送他到法国本土受教育，语言和情感上同法国本土同学还有不少隔阂。此时正值法国大革命爆发前夕，他喜欢读书，接受了反对封建专制和倡导自由平等的启蒙主义思想，成为大革命的坚定支持者，逐渐融入法国社会。17 岁那年，他从军校毕业，成为一名法国军官。1789 年大革命发生后，从南方外省到首都巴黎，他几次带兵平定保王党发动的叛乱，声名鹊起，感到自己"从科西嘉人变成法兰西人"。此后，为捍卫大革命成果，他多次征战结成反法联盟的欧洲封建专制国家，战果辉煌。不到 20 年时间，他就从一个炮兵少尉晋升为将军、国家执政，最终于 1804 年被推举为法兰西帝国皇帝，成为"一个纯粹的法兰西人"。这时的他，勃勃雄心日渐变成狂暴野心，一心想成为整个欧洲的霸主。1814 年，他出征俄国失败，被迫宣告下野，流放到地中海上的厄尔巴岛。不到一年时间，他东山再起，重新执政，但不到百日，就被英国、普鲁士、沙俄等国反法联军再次击败。他再次宣告退位，被流放到远离欧洲大陆的圣赫勒拿岛。

圣赫勒拿岛是英国的海外殖民地，来到岛上的拿破仑由英国驻岛总督监管。虎落平川被犬欺。不可一世的法国皇帝拿破仑，现今沦为囚徒，生活上受刁难，精神上遭折磨。不到三年时间，他胃病复发，健康状况开始恶化。英国医生给开药，他出于不信任，根本不服用。1821 年初，他呕吐发烧，疼痛难忍。他意识到自己可能不久于人世，从 4 月 13 日起，开始口授遗嘱。5 月 4 日夜晚，遗嘱刚刚写完，窗外忽然狂风大作，他闻声一边痛苦地呻吟，一边呼唤"法兰西民族——军队——冲锋——"。次日下午 5 时 49 分，在被幽禁近 6 年之后，他停止呼吸，差 3 个多月不满 52 周岁。

贝特兰伯爵等随从人员当即致函英国和法国当局，希望满足他的遗愿，将遗体运回巴黎安葬。英国方面没有答应。复辟后上台的法国国王路易十八认为遗体运回会引起政治动乱，表示婉拒说，"此事以后再考虑"。在这种情况下，遗体只好暂时掩埋在岛上。

　　墓地选在离他驻地不远的托贝特谷地。那里山清水秀，是拿破仑经常散心的地方。三块石板铺在地上，权作墓碑。因英法双方对拿破仑的称谓问题意见不一，碑上没有镌刻任何铭文。碑的后面是几棵枝条摇曳的柳树，树下是墓穴。4 天后，在贝特兰伯爵等人的坚持下，为暂无名分的拿破仑举行了比较隆重的葬礼。在礼炮的轰鸣声中，为他特制的五层套棺徐徐沉下墓穴。这位叱咤风云的英雄人物，就这样暂时静寂地长眠在异乡僻壤。

　　1830 年 7 月，法国发生史称的"七月革命"，路易十八的波旁王朝被推翻，路易－菲利普登上王位。这时，法国各界人士强烈要求运回拿破仑遗体，重新隆重安葬。新的王朝考虑，顺应民心运回遗体，将会带来巨大政治效应，有助于巩固王朝统治。于是，就于 1840 年 5 月向英

拿破仑在圣赫勒拿岛上的墓地

国政府提出申请，得到积极回应。路易－菲利普国王指派如瓦维尔王子率领一个由各方面人士组成的团队前往圣赫勒拿岛。他们乘坐护卫舰贝勒－普勒号从法国南部的土伦港出发，航行93天时间，于10月8日抵达詹姆斯敦港。经长时间协商，英国驻岛当局同意于10月15日将拿破仑的遗体移交给法国。

10月14日夜晚，在如瓦维尔王子的监视下，英国士兵将坟墓掘开，把巨大的棺椁抬到事先搭起的帐篷里。棺椁由桃花心木、灌铅、紫檀木、红木和铸锡等五层构成。一层层小心翼翼地打开，最后显露出一团白色的缎子，拿破仑的遗体安卧其中。他穿着镶红边的绿色军装，胸前交叉放着荣誉军团的红绶带，法军的两角帽摆放在大腿旁，头枕在高高的布垫上，好像刚刚入睡一样。在场的人无不大惊失色，法国人都失声痛哭起来。这样验明正身之后，在遗体上洒了一点香水，就迅即将棺椁复原，装进从法国带来的一具巨大的橡木棺套内。整个棺椁重达1200公斤，由43名炮手抬到覆盖着黑纱的灵车上。灵车由披着黑纱的四马匹拉着，在隆隆的礼炮声中缓缓驶向詹姆斯敦码头，安放到停泊在那里的法国护卫舰上。次日黎明时分，英国驻岛总督同法国王子来到护卫舰上，简短交谈几句，就算正式办完遗骸交接仪式。此后，由如瓦维尔王子扶搬，将棺椁安放在护卫舰尾特设的小教堂里。这样，

巴黎荣军院中的拿破仑棺椁

流亡在外 25 年的拿破仑就算踏上法国的领土。

10 月 18 日 8 点，挂满黑色法兰绒的护卫舰起锚返航。11 月 29 日，经过 40 多天的航行，护卫舰抵达法国西北部塞纳湾外的瑟堡。从那里，转换汽艇，逆塞纳河水而上，于 12 月 14 日抵达巴黎。次日，早已筹备好的国葬大礼隆重举行。葬礼以严格的军礼形式进行。装饰华丽肃穆的灵车，长 3 米，高 10 米，由分成四组的 16 匹高头大马拖拉，从凯旋门出发，通过香榭丽舍大街，穿过协和广场，向圣杰罗姆小教堂进发。尽管时值隆冬季节，天寒地冻，街道两旁和屋顶上都站满观礼的人群。路易-菲利普国王和军政各界要人迎候在小教堂门前。灵车一抵达，国王就下令将拿破仑生前使用过的宝剑轻轻地放在棺椁上，表示欢迎他的英魂归来。遗体计划安葬在专为法国军人修建的荣军院，但是，荣军院当时尚未竣工，只好暂厝于小教堂。从 12 月 16 日到 24 日，小教堂全天开放，供人们瞻仰他们崇敬的将军的遗体。

20 年后的 1861 年 4 月，荣军院竣工，辉煌壮丽的大圆顶下，专为拿破仑修建一个墓穴。4 月 2 日，法兰西第二帝国的皇帝、拿破仑的侄子路易·波拿巴为法兰西第一帝国创始人的拿破仑举行遗体搬迁仪式。大圆顶下用绿色的花岗石修建的基座上，安放着一具用沙金石英岩制作的棺椁套。被称为拿破仑三世的路易·波拿巴目睹成殓着从圣赫勒拿岛运回的先皇的遗骸被装进棺椁套中。至此，拿破仑的遗愿终于完全实现，他永远安睡在他所向往的塞纳河畔，他所热爱的法兰西人民中间。

拿破仑出生在科西嘉，但从未表示要魂归故里。这并非他不爱故乡，而是他早就摆脱了狭隘的乡情的羁绊，把整个法国视为自己的故乡，自己的祖国。这正如他在遗嘱中所说："我的座右铭：一切为了法国人民。"

（2016 年 5 月 16 日）

席勒的墓葬之谜

今年 5 月是德国最知名剧作家席勒逝世 210 周年。席勒生前屡遭磨难，身后幸得一点哀荣，安葬在官家陵地。可是，从逝世十多年起，就发生他有陵地而失却遗骸。后来，人们发现他的疑似头骨，于是论证和进一步寻找他的遗骸就成为一个争论不休的问题。几年前，德国和其他几个国家的专家经科学鉴定确认，现存他的所有疑似头骨都不是真品。这不免令德国文学史家感到失落，更使他的粉丝们感到凄迷。

弗里德里希·席勒于 1759 年 11 月 10 日出生在位于现今德国南部的符腾堡公国，很早就接受卢梭等法国启蒙主义思想家反对暴政、追求自由与平等的思想，20 岁出头就创作出剧本《海盗》和《阴谋与爱情》，在德国引起巨大轰动。他同长他十岁的大诗人沃尔夫冈·歌德一起被誉为争取个性解放和社会进步的"狂飙突进"文学运动的急先锋。但是，他命运多蹇，屡遭当局迫害，不得不四处流亡。1787 年 7 月，他来到社会环境比较宽松的魏玛，与时任魏玛公国重臣的歌德结下诚笃深厚的友谊。他们互相鼓励和支持，竞赛一般

席勒

地进行诗歌创作。同时，席勒把歌德从自然科学研究中拉回到文学创作之路，先是写作小说《威廉·麦斯特的学习时代》，最终完成酝酿已久的史诗《浮士德》；歌德则将席勒"拖出历史和唯心主义哲学的泥潭"，重新面对现实生活，先后写出《华伦斯坦》三部曲、《玛利亚·斯图亚特》《奥尔良的姑娘》《威廉·退尔》等多部剧作。他们相互配合，携手合作，将德国文学推向前所未有的巅峰时期。

可惜的是，席勒的健康状况日益恶化。1805 年 5 月 9 日，他沉疴与新疾交并，不治而亡，年仅 46 岁。不知是因为他走得出人意料，还是因为家境比较窘迫，后事处理比较匆促。遗体装殓在一具普通的松木棺材中，发送到圣雅各教堂墓地。这个墓地 12 世纪开始启用，在相当长的时间里是魏玛唯一的公共墓地。18 世纪中期，公国财政部在墓地东南角修建一个小亭子，亭子下面开挖出墓穴，专门安葬没有私家墓地的政府官员和社会名流。席勒不但在公国颇有文名，逝世前三年还被封为公国枢密顾问，擢升为贵族，因此得以安葬在这个墓穴。根据当时的习俗，所有安葬在公墓者，不论职位高低，都不是一人一穴，而是若干人共用一穴。与席勒共享一穴的，据说有几十个人。几年后，他的遗孀夏洛特·封·伦格菲尔德购得一块私家墓地，决定将他迁出来重新安葬。可是，进入墓穴，她发现装殓他遗骸的棺木已经毁坏，其中的遗骸与其他人的遗骸混杂在一起，难以区分识别。因此，迁葬未能如愿。

1818 年，魏玛市在城南另辟现在称为"历史公墓"的公共墓地。这样，圣雅各教堂墓地被废弃，那里的墓穴被填平。八年之后，崇拜席勒的魏玛市长卡尔·莱贝雷希特·施瓦贝下令，找出席勒的遗骸，像样地重新安葬。几经挖掘，从圣雅各教堂墓地的墓穴中找到 23 个颅骨，但哪个是席勒的，一时无法确定。市长灵机一动，想起席勒生前身躯高大，约 1.90 米，头颅必定也大，就将其中最大的一个颅骨认定为席勒的，暂存在魏玛公爵图书馆中。歌德得悉，派人悄悄把这个颅骨捧回自己家中，安放在一个玻璃罩中妥为保存，并写了一首悼亡诗，将其比喻

为"一个神秘的器物"。此后，歌德亲自主持设计和制作了一具橡木棺
椁，成殓起"那块铭刻着神思奇想的颅骨"。不久，历史公墓中修建完
成专为王公贵胄使用的"公侯墓穴"，歌德就于 1827 年 12 月 16 日将认
定为亡友席勒遗骸的那个颅骨移葬进去。4 年多后的 1832 年 3 月 22 日，
歌德病逝。根据他的遗愿，其遗骸也装殓在事前准备好的同样一具橡木
棺椁，安放在公侯墓穴中席勒棺椁的旁边。歌德生前做出这样的安排，
意在表明他同席勒的友谊至死不渝。

　　我到魏玛后曾专程前往历史公墓拜谒。公墓不大，高大挺拔的林木
之荫下，青翠绵密的绿草地上，散置着一些十字架和墓碑。沿着碑石之
间的小径往前走，只见一块微微隆起的高地上，有一座黄褐色的双层圆
顶楼台。这座新古典主义风格的亭榭式建筑，有人称之为小教堂，其实
就是公侯墓穴的所在地。从门首的四根罗马式圆柱中间走进去，是一个
淡蓝色的拱形厅堂，厅堂下面是墓穴。沿着狭窄的阶梯走下去，只见空
旷的室内闪耀着几盏幽暗的灯光，稀稀落落地停放着一些棺椁，显得极

歌德与席勒的棺椁

为静寂而肃穆。棺椁中最著名的，当属魏玛公国大公卡尔·奥古斯特的白色石棺。而最引人注目的，则是作为公国臣属的歌德和席勒的两具木棺。这两具褐黄色的木棺，长两米多，宽一米多，并排安放在高约半米的白色底座上。棺头用金色的大字分别镌刻着他们两人的名字。随着时间的推移，在很多人的眼中，这个陵寝实际上已不再是什么"公侯墓穴"，而是"德国文学双璧的合葬地"，"德国古典主义文学的神龛"。

被魏玛市长和歌德认定的那个颅骨虽然装进席勒的棺木，但却没有从此而盖棺论定。1883 年，德国著名人类学家兼解剖学家赫尔曼·威尔克首先对这个颅骨的真实性提出质疑。他提出的理由是，这个颅骨与席勒逝世时所做的面模根本不相符。1911 年，以著名解剖学家奥古斯特·冯·弗罗里普为首的一些德国科学家重新挖掘圣雅各教堂墓地那个地下墓穴，又发现 60 多个颅骨，并将其中之一断定为席勒的。这样，世界上就先后出现两个疑似席勒颅骨。第二次世界大战期间，为防止毁坏，歌德和席勒的棺椁被转移到一个地下防空洞中。战争结束后，这两具棺椁复位。东德和苏联的科学家将两块疑似颅骨进行检测，认定第二块是一位女性的头骨，第一块是不是席勒的还难以确定。德国统一后，有些科学家提出对这两个颅骨重新检测。于是，在席勒逝世 200 周年的前夕，负责监管席勒档案馆的魏玛经典基金会决定，邀请德国、奥地利和美国几所大学的科学家组成的一个国际小组进行这项被称为"席勒密码"的破解工作。经过几个月的努力，科学家们根据两个颅骨复制出来的主人面容，根据颅骨上的牙齿骨质分析，断定第一块颅骨是席勒的。这就同东德和苏联专家的结论前后矛盾。2006 年，魏玛经典基金会和中德意志广播电视台联合组织欧美几个国家的科学家，对包括两个疑似席勒颅骨在内的所有从圣雅各教堂墓地发掘出来的颅骨进行 DNA 比较研究。科学家们把埋葬在波恩等地的席勒的两个儿子和两个姊妹的遗骸也挖掘出来，同与席勒有关的所有颅骨放在一起，通过 DNA 取样，反复比较研究。经过两年的艰苦努力，他们于 2008 年 5 月初得出结论说：

据称与席勒有关的所有那些颅骨，实际上没有一块是席勒的。此结论一出，德国内外所有关注席勒命运的人都感到非常沮丧。那么，席勒的遗骸到底在哪里，一时间又成为人人纷纷探讨与猜测的问题。有人推测，他的颅骨可能在其安葬后不久就被人盗走；有人认为，他的颅骨在清理圣雅各教堂墓地时毁坏或丢失；也有人认为，他的颅骨肯定在圣雅各教堂墓地，只是迄今尚未被发现而已。魏玛经典基金会无奈地宣布，关于席勒颅骨的争论到此结束，今后不再组织寻觅和论证席勒颅骨的活动。

既然所有疑似席勒颅骨被证实都不是真的，原来放置在席勒棺椁中那个颅骨，在检测时被取出后就再也没有放回去。因此，席勒那具棺椁，现在实际上是空的。但这似乎并没有影响人们对席勒和歌德墓穴的拜谒之情。来自世界各地的参拜者每年仍在不断涌来。他们站在歌德与席勒的棺木前，有的向他们鞠躬致敬，有的用不同语言呼唤他们的名字，有的高声朗诵他们美妙的诗章。在人们的心目中，席勒与歌德这两位德国文学巨匠密不可分，永世长在。

（2015 年 2 月 13 日）

莫扎特的身后事

　　维也纳中央公墓的"荣誉墓区"，安葬着贝多芬、舒伯特、勃拉姆斯、施特劳斯父子等几十名音乐大家。他们造型各不相同的墓碑，形成一个大致呈圆形的碑林。占据碑林中心位置的，是一座看上去最为简单的白色石碑。那是一个不太高的方形石柱，顶端安放着音乐女神的青铜像，中间镶嵌着一尊毛发浓密的青铜侧面头像。其他碑石上均镌刻着碑主的姓名和生卒日期，唯独这一座没有任何文字标识。显然，这座碑石不是墓碑，而是一座纪念碑。这表明，碑主值得纪念，但却没有埋葬在这里。那么，碑主是何人？前来拜谒的音乐爱好者无不发出这样的探问。

　　碑上虽未标示碑主姓名，但从纪念碑所处位置看，碑主绝非无名之辈。大凡熟悉欧洲古典音乐的人，仅凭碑体上那个青铜侧面头像，就会认定他是被誉为"音乐之王"的莫扎特。一点不错，这从在公墓大门口购得的墓园图志也得到证实。但这产生一个问题：同长眠在这里的其他音乐名家一样，他也曾长期居住、最后逝世在维也纳，为什么却没有安葬在这里呢？

　　沃尔夫冈·阿马多伊斯·莫扎特 1756 年出生在奥地利西部城市萨尔茨堡，从小就显露出极高的音乐天赋。他 3 岁练琴，5 岁作曲，6 岁就在父亲带领下到欧洲各地演出，大获成功，被赞为"音乐神童"。15岁，他受聘为萨尔斯堡大主教宫廷乐师。十年后，他辞掉这一令人艳羡的职位，前往首都维也纳，寻求自由创作的道路。此后的十年，是他生命中最后、也是最辉煌的十年。在著名作曲家弗兰兹·海顿影响下，他集中精力创作大型音乐作品，先后写出脍炙人口的《费加罗的婚礼》《唐璜》《魔笛》等多部歌剧，《哈夫纳交响曲》《林茨交响曲》《布拉格交响曲》等 40 多首交响曲。他的作品富有深刻的思想内涵，节奏明快，情绪乐观，为欧洲音乐的发展开辟了崭新的道路。海顿称赞说，莫扎特"是我认识的最伟大的作曲家"。但是，他的才情并不是所有人都赏识，妒忌、申斥、排挤他的事情不时发生。这对生性敏感、也有点高傲的莫扎特造成很大的心理伤害。1791 年 12 月 5 日，他在维也纳逝世，年仅36 岁。

莫扎特一生短暂，但却遗留下丰富的音乐遗产，也留下一些有争议的问题。

争议问题之一是死因。无论当时还是现在，不断有人说，莫扎特是"在贫病交加中死去"。这样讲不能说完全没有根据，但恐怕主要是出于对他人生后期处境的同情。评断任何事情都要实事求是，不能感情用事，也不要为尊者讳。根据现存的材料，不妨晒一下他的收入账单。从1787 年 12 月起，他担任奥地利皇帝约瑟夫二世的宫廷作曲师，薪俸不菲。他还有稿费、演出费、指挥费、各种酬金和礼赠等"灰色收入"。他最后五六年的年均收入大约是 2000 古尔登，在维也纳位居 5％ 的最高收入者之列。他过的是上层社会的优裕生活，但确实也并非无忧无虑。他先后搬家十多次，开销越来越大。他不善理财，还不时赌博输钱。因此，他经常入不敷出，不得不举债，甚至向友人乞讨。临终时，据说他尚有大约 3000 古尔登的债务未能偿还。对这笔债务，也有持保留态度者，认为那不过是其遗孀康斯坦茨为得到一笔遗孀年金而蓄意编造。不管怎么说，总的来看，莫扎特一家的生活是有忧，但无贫可言。

说"病"，那倒确实是事实，虽然现有的材料对其病状的描述不尽相同。一度有人说，他是被嫉妒者投毒致命。但医生开具的死亡证明是

"急性伤寒"，教区的记录是"严重粟粒疹热"。另有人说，他最后一次赴布拉格演出时风湿热病复发，归来后施行放血治疗，失血过多，导致心力衰竭。新近的研究认为，他因链球菌感染导致肾脏衰竭，最后不治而终。当年诊断手段落后，他的具体死因难以确定，但有病是肯定的，"投毒"之说显然缺乏事实根据。

争议问题之二是他的丧葬安排。不少出版物宣称，莫扎特死时家中缺钱，只好将他"像叫花子一样草草掩埋在乱坟冈中"。此说有点离谱，难怪有的论者认为此乃"不了解历史的信口雌黄"。历史的记载是，在他逝世之前七年的 1784 年，国王约瑟夫二世颁布特别谕令，倡导殡葬改革，一是鉴于维也纳城内的公墓人满为患，且影响公共卫生，要在城外加修公墓；二是葬礼从简，不得使用昂贵的棺木；三是实行集体安葬，尽量少占用公墓内的土地。此令虽遭到一些人的抵制，未能完全落实，但也并未完全废止，在一定程度上开启了"简葬"之风的先河。

正是在这种情况下，莫扎特逝世后先在教堂举行简单的葬礼，然后用马车将其遗体拉到圣马克斯公墓安葬。这座公墓位于维也纳东南郊，谕令发布后修建，环境极为幽静。莫扎特安葬在那里，可以说是顺势而为，而不是出于丧葬费用的考虑。按照节约用地的规定，安葬在公共墓地者，不是一人一穴，而是几人同享一穴。莫扎特的遗体装殓在一具木棺中，同其他四五个人埋葬在一起。这应该说是当时的安葬方式，而不是现代人所理解的"穷人的群葬"，更不是"叫花子的乱葬"。因此，不能把安葬在城郊公墓和几人同穴视为对莫扎特这位伟大音乐家的亵渎。继他之后逝世的奥地利著名旅行家弗兰兹·普菲佛、建筑师约瑟夫·考恩豪斯、作曲家老约翰·施特劳斯的儿子约瑟夫·施特劳斯等人也是按照同样方式安葬在这座公墓，确证对莫扎特并非轻慢或歧视。

第三个、也是争议最大的问题是，莫扎特的坟茔在公墓的何处。走进圣马克斯公墓，沿着平缓的坡地前行，鹅卵石小路的两旁栽满茂密的丁香树。一般的说法是，他就埋葬在丁香树丛中。当时，不准立墓碑，就为他插了一块木牌。当时，据说因为天气太冷，又突然降雨，前来墓地送葬的人很少，康斯坦茨因悲伤过度也未能前来。不久，她另结连理，也未及时前来祭奠。大约十多年过去，待她来到公墓时，那个木牌早已不翼而飞，竟找不到丈夫埋葬的确切地点。墓地管理人说，为给后来的逝者"腾出更多的身位"，所有先葬者的遗骸十年后都要挖掘出来，更加密集地重新埋葬。那么，莫扎特的遗骸挖出后重新安葬在何处，他们已无法确定，只含糊地说是在坟茔密集的第三排或第四排。正是根据这一说法，雕刻家汉斯·加塞尔于1859年为莫扎特修建了一个简单的纪念碑。1874年，这座公墓改为公园，包括考恩豪斯、约瑟夫·施特劳斯等在内的能够确认坟茔者，遗骸挖出来都迁往他处。1888年，维也纳中央公墓设立主要安葬音乐家的"荣誉墓区"，首先考虑的是把莫扎特的遗骸迁过去。可是，他坟茔的位置无法确定，遗骸无从找寻。怎么办？荣誉

圣马克斯公园中的莫扎特纪念碑

公墓是不能没有他的位置的。斟酌再三，有关方面决定把加塞尔为他制作的那座纪念碑搬迁过去。这就是现在处于"荣誉墓区"中心位置的那座纪念碑的来由。结果，安葬在荣誉墓区的人都有墓地和墓碑，唯有莫扎特既没有墓地也没有墓碑，只有一座纪念碑权表对他的尊崇。

莫扎特纪念碑搬迁之后，改为公园的圣马克斯公墓管理人员感到怅然若失，就在纪念碑留下的空地上安放了一块石板，镌刻上莫扎特的姓名和生卒年月，表示对他的追怀，也显示公园昔日的荣耀。1950年，雕刻家弗洛里安·约瑟夫－德罗沃特拆掉这块石板，就地修建一个基座，把一个有点破损的白色圆柱竖立在上面，镌刻上莫扎特的姓名和生卒年月，同时在圆柱旁边加修一个低头默哀的小天使。这样，一座新的纪念碑又竖立起来，表示对这位音乐大家的永久轸念，成为他仍然长眠在这里的象征。

莫扎特遗骸下落问题未解决，又产生一个颅骨问题。那是1801年，一个自称曾为莫扎特掘墓的人宣称，在后来清理坟茔时，他发现一块颅骨，自信是莫扎特的，特意保存下来作纪念。这是莫扎特逝世十年后的一个重大新闻，有人相信，有人怀疑。几经转手，这块颅骨于20世纪初被萨尔茨堡的莫扎特纪念馆收藏。后经科学检测，认定这确实是莫扎特的颅骨。但是，颅骨究竟是在何处捡到的，当事者当时未说清楚，后来人无法确定。这样，这块颅骨虽然珍贵，但来路不明，又是孤证，仍无助于解决莫扎特遗骸所在的确切位置。

莫扎特逝世已220多年，他的亲人过世后安葬在欧洲各地：父亲和妻子在萨尔茨堡，母亲在巴黎，儿子托马斯和弗兰兹分别在意大利的米兰和捷克的卡罗维发利。他自己究竟在哪里？每当欣赏他的乐曲，特别是看到他的纪念碑，人们总不免这样追问。他的两个儿子没有子嗣，其他族人无法回答。他的研究者缺乏必要的资料，也无法回答。我们只能说：他一直活在他的亿万敬慕者的心里。

（2014年7月30日）

西贝柳斯旋律的形象展示

    芬兰首都赫尔辛基的公共雕塑很多，而最具创意者当属著名作曲家西贝柳斯的纪念碑。纪念碑不是一般的碑石，而是几百根钢管的巧妙组合，酷似一架超大型管风琴。海风吹来，钢管发出低沉的乐声，如泣如诉。流动的音乐化为凝固的建筑，凝固的建筑又化为流动的音乐。纪念

西贝柳斯

碑独特的构思与创制，成为赫尔辛基建筑艺术中的一绝。

让·西贝柳斯 1865 年 12 月 8 日出生在赫尔辛基以北 120 多公里的小镇海门林纳。父亲是外科医生，英年早逝。西贝柳斯随母亲寄居在外祖父家，从小喜欢拉小提琴，朗读民族史诗。中学毕业后，他到赫尔辛基的亚历山大帝国大学学法律。可是，他一心想成为小提琴手，很快就放弃法律，转学到赫尔辛基音乐学院。学院毕业后，他先后到柏林和维也纳深造，改变当小提琴手的夙愿，醉心于音乐创作。当时，芬兰正处在沙皇俄国的统治下，人民渴望民族独立，弘扬自己的民族文化。西贝柳斯深受这一爱国热潮的感染，回国后一边在音乐学院任教，一边从事音乐创作。1892 年，他取材民族史诗《卡勒瓦拉》创作神话音乐诗《英雄传奇》，演出后一举成名。次年，他创作交响传奇曲《土奥涅拉的天鹅》，以身陷地狱的天鹅的悲鸣，表现芬兰人民在异族统治下的苦难和对自由与解放的渴望，进一步扩大了他的影响力。1899 年，他谱写气势宏大的《第一交响曲》，以强烈的浪漫主义情怀和鲜明的民族色彩震动全国。同年，沙皇发表"帝国文告"，企图使芬兰彻底俄罗斯化，激起芬兰人民的反抗。这年的 11 月，赫尔辛基举行声援芬兰爱国者的募捐游艺会，上演图画剧《芬兰的觉醒》，西贝柳斯为其配乐。乐曲的终曲，音调粗犷高昂，集中表现芬兰人民奋起反对压迫、争取自由的英勇斗争，后来被称为《芬兰颂》，又被誉为芬兰的"第二国歌"，从而奠定了西贝柳斯"芬兰民族音乐家"的历史地位。

西贝柳斯于 1957 年 9 月 20 日逝世，终年 91 岁。他的创作活动集中在 27 岁到 62 岁的 35 年间，创作有音乐作品 100 多部。其中有小提琴协奏曲、钢琴曲、管风琴曲、圆舞曲、独唱曲和合唱曲。但其主要成就是创作有 7 部交响乐和 4 部交响传奇曲。他的这些交响乐曲，均大气磅礴，但又无一雷同，显示了他卓越的音乐天赋和罕见的创作才能。他以"杰出的交响曲作家"闻名于世，在世界音乐史上占有崇高的地位。

为纪念这位伟大音乐家，以他的名字命名的一个协会于 1961 年决定，在他逝世 10 周年时为他竖立一座纪念碑。纪念碑的设计进行公开招标，有 50 多位芬兰国内外的雕塑家参加竞标。经过两轮评选，芬兰年轻女雕塑家埃伊拉·希尔图宁的设计中标。她的设计方案与众不同，没有直接表现作曲家，而是将几百根钢管高高低低竖立在一起，状似一架超大型管风琴。消息传开，在芬兰社会上引起很大争议。有人赞扬，认为设计别出心裁，对作曲家的礼赞"显而不露"；有人持有异议，认为设计过于抽象，没有展现出作曲家的精神风貌。

综合各方面的意见，希尔图宁提交的最后设计方案是，纪念碑的主体基本不变，但更加细化和美化。主体仍状似一架管风琴，由 600 多根钢管构成。钢管根根竖立，由四根支柱架起，悬立在半空中，给人以凌空腾起的美感。钢管皆为银白色，但长短不一，粗细有别，高低不同，形同波浪状，给人以流动感，状似五线谱，标示对乐音的认同。钢管由防酸的不锈钢制作，外面雕饰有不同的花纹，显得既光洁明亮，又多姿多彩。外层的一些钢管呈崩裂后的锯齿状，使人感到冷峻的材质内部炙热蒸腾，蕴含着巨大的张力和爆破力。为防止钢管遇热遇冷而变形和海

西贝柳斯纪念碑

上飘来的湿气造成锈蚀，钢材中使用了特别的添加剂。这样，一根根特制的钢管利用特殊的工艺焊连在一起，形成一个整体，长10.5米，宽6.5米，高8.5米，重达26吨，显得既厚重又坚实。

纪念碑的"抽象性主体"确定之后，希尔图宁又特意增加一个"形象性雕塑"。在精致的主体建构之侧，她放置一块未加雕琢的赤褐色巨石，造成一种鲜明的精与璞的对比之美。巨石之上，她雕制一尊作曲家的金属头像。头像上的西贝柳斯蹙额皱眉，目光凝重，似心生忧愤，又似陷于沉思。有人认为，头像及作为其基座的巨石游离在纪念碑主体之外，难免画蛇添足之嫌。但是，多数人认为，头像显示的忧愤，是为国为民，显示的沉思，是在酝酿新的创作。这生动地揭示了西贝柳斯一生内在的精神特质。因此，"管风琴"与头像合二而一，形成一座完整的纪念碑。这是相得益彰，锦上添花。

希尔图宁用近6年时间完成纪念碑的制作，将它安放在赫尔辛基西部特别开辟的一个以作曲家的名字命名的滨海公园中。1967年9月7日，适值西贝柳斯逝世10周年，芬兰以国家的名义举行了隆重的纪念碑揭幕式。时任总统克罗宁以及政界和文化界诸多名流出席。在碧草如茵的公园中央，人们看到，酷似一架硕大无比的管风琴半悬在空中。海风吹来，气流穿过钢管，发出时而高亢、时而低沉的乐声，轻柔如同弹奏小夜曲，粗犷好似合奏交响乐。人们静心倾听，仿佛作曲家重返人间为他的祖国和同胞再次奏响他那动人的旋律，又仿佛清风海浪乃至整个大自然同声演奏起这位伟大音乐家的作品。这时，人们一方面惊诧不已，一方面恍然大悟。他们终于领略到雕塑家的苦心孤诣，称赞纪念碑设计是匠心独运。

四十多年过去，纪念碑现在仍矗立在那里，一点也没有老化或腐蚀的迹象。把耳朵贴上去，人们仍可听到那大自然清晰的回响。对这座纪念碑说长道短之声早已平息。也许是出于喜爱之情吧，芬兰人展开丰富的想象，对纪念碑作出新的不同的诠释。有人认为，纪念碑是一片白桦林。芬兰全国三分之二的面积为森林覆盖，因此有"森林王国"之誉。森林中的一个主要树种是白桦，高大的白桦昂首天外，风过处掀起一片哗哗的声浪。树形与风响与这座纪念碑该是多么相像。另有人认为，纪念碑是一堆冰柱。芬兰处于高寒地带，大部分地区半年时间为白雪覆盖，素装银裹，冰柱倒挂。冰柱与那一根根钢管放在一起，简直难分彼此。还有人认为，纪念碑是一道道北极光的闪现。芬兰有四分之一的国土在北极圈内，那里经常出现极光现象，漫山遍野火光迸飞，将夜晚的天空映照得透亮。星光闪耀下的一根根钢管，就是一道道极光幻化而生。看来，芬兰所有这些独特的自然景观，都被聪颖的雕塑家抓住并调动起来，用以表现西贝柳斯这位非凡音乐艺术家独特的精神气质。

对纪念碑的诠释还延伸到音乐家独特的创作环境和创作习惯。西贝柳斯从小就喜爱大自然，而芬兰无处不有的湖泊和森林则构成他"生命和创作的基本元素"。在故乡海门林纳小镇，有一泓平静的湖水，越过湖水是漫山遍野的松林。少年的西贝柳斯总是凝视着湖水的道道涟漪，谛听松林发出的阵阵涛声，弹奏他心爱的小提琴。结婚之后，他搬到以妻子的名字命名的乡间别墅埃诺拉。据他的传记作者说，那里也有大片湖水和森林，他总是关注大自然的情态和季节变化，观察天鹅在结冰的湖面上飞翔，倾听野鹤在天空中鸣叫。正是这一切，最早"营养了他的音乐细胞"，激发了他的创作灵感。从这样一个背景考虑，把西贝柳斯的纪念碑安放在靠海临水、林木葱茏的公园中，是再妥帖不过了。

西贝柳斯纪念碑现已成为赫尔辛基的一座标志性建筑。几乎所有到访赫尔辛基的人，都会前来参观。在纽约的联合国总部和巴黎的联合国教科文组织总部，都展示有这座纪念碑的小型复制件。西贝柳斯的音乐创作为纪念碑的创作提供了丰富的想象空间，而纪念碑的竖立又为西贝柳斯的音乐旋律作出了形象化的展示。只要走近纪念碑，就会听到乐音响起，使人感到这位被誉为"芬兰音乐之父"的作曲家仍活在人们心里。

（2012 年 12 月 9 日）

葡萄牙的武胆与文魂

　　走进里斯本的热罗尼姆斯大教堂，最惹人注目的不是堂壁上的圣像，也不是大殿中的王冢，而是大门口的两个巨大石棺，其中分别装殓着著名航海家伽马和著名诗人卡蒙斯的遗骸。一个天主教神圣之堂奥，一个葡萄牙王公贵胄栖息之陵地，何以让两位既未封圣也没有半点皇家血脉的人安寝，并不时有人前来顶礼膜拜？

热罗尼姆斯大教堂

任谁来到这座雄伟的大教堂，都难免会提出这样的问题。而只要回顾一下葡萄牙的发展史，问题恐怕也就迎刃而解。

葡萄牙位于欧洲大陆的西南角，曾长期处于异族统治之下，直到14世纪才独立建国。建国虽晚，但发展很快。15世纪，西欧列强勃然兴起，竞相探索前往东方的海上通道。葡萄牙凭借东近地中海、西临大西洋的地缘优势，凭借航海事业比较发达的技术优势，率先组织远洋船队，沿着非洲西海岸南下，试图绕过非洲大陆南端，到达想象中"黄金和香料遍地"的东方世界。在一次次海上探险活动中，葡萄牙涌现出一大批航海家。其中最著名者之一就是伽马。

瓦斯科·达·伽马约于1460年出生在葡萄牙西南部沿海地区的一个贵族家庭，祖父和父亲均从事航海活动。伽马从小接受航海训练，随同父亲参加对西班牙作战，并曾独自到海上拦截法国船只，受到王室的赏识。1488年，葡萄牙船队在非洲大陆南端发现好望角之后，伽马的父亲奉国王若昂二世之命率船队远征印度。可是，他尚未出发，就不幸病逝。出征印度的重任不由落到伽马身上。1497年7月8日，伽马率领由四艘轻快帆船和170名水手组成的远征队从里斯本出发向南行驶。尚未到达好望角，船队就遇到暴风袭击，水手们大多无意前行，而是要求返回。伽马力排众议，宣称不到印度决不罢休。船队闯过惊涛骇浪，绕过好望角，驶入西印度洋。这时，他雇请谙熟印度洋航行情况的阿拉伯导航员作指引，乘着愈刮愈大的季风，横渡印度洋，于次年5月下旬到达印度南部港口城市卡利卡特。停留3个多月后，船队满载香料、丝绸、宝石、象牙返回。1499年8月29日回到里斯本时，船仅剩三艘，水手仅剩55名。尽管损失巨大，但他毕竟成功地开辟了东西方交流的第一条航道，成为人类历史上的空前壮举。国王曼努埃尔一世亲自到码头迎接，全国接连举行盛大庆祝活动。随后，国王钦封伽马为维迪格拉公爵，赏赐他一大笔年金，任命他为"阿拉伯海、波斯海、印度洋及全东方海军上将"。一时间，伽马成为葡萄牙声名煊赫的"航海英雄"。

此后，伽马又两次奉命前往印度。一次是1502年2月，由于葡萄牙另一航海名家佩德罗·阿尔瓦雷斯·卡布拉尔率领船队赴印度未能完成签署贸易协议的任务，伽马遂率领一支由15艘船舰和800多名军人组成的船队，满载着枪支、火炮、弹药等大量军械，准备用武力迫使印度人接受葡萄牙的贸易条件，确立葡萄牙在印度洋上的霸主地位。一路之上，船队耀武扬威，臣服东非的几个小王国，抢劫阿拉伯商船，甚至放火将一艘从麦加返回的朝觐船上的400多名穆斯林全部烧死。抵达卡利卡特后，他强迫当地的土王将所有阿拉伯人赶走。对方不从，他就下令轰击其城池，将俘获的当地人剁掉双手，割掉耳朵和鼻子。凭借这样骇人听闻的暴力手段，他完成了预定的任务，在卡利卡特及其周围地区确立葡萄牙的统治地位。

另一次是20年后的1524年2月，伽马作为"武力至上的问题调停

卡蒙斯的石棺

者"，被任命为葡萄牙驻印度总督。这时的葡萄牙以印度为基地，通过武力进一步拓展势力范围，西面控制了亚丁湾和波斯湾入口，东面攻占了马六甲海峡、苏门答腊、爪哇等地。当时只有 150 万人口的葡萄牙，操控了亚洲几千万人口。当年 9 月，伽马率领由 14 艘船舰组成的船队，浩浩荡荡抵达印度。他本来立志要进一步扩大葡萄牙在亚洲的殖民统治，可是天不从人愿，不久就染病，于圣诞节前夕病逝在科钦城。他的遗体就地火化，15 年后骨灰运回葡萄牙，埋葬在他的世袭领地。

说起来有点巧合，就在伽马逝世的同年同月，葡萄牙的另一位伟人路易斯·瓦斯·德·卡蒙斯诞生。关于他出生的年月和地点，因缺乏文献记载，一直有争议。一般认为，他出生在里斯本，时间是 1524 年 12 月。他父亲是一个小贵族的后裔，作为船长随远征船队去过印度，死于果阿。卡蒙斯靠母亲抚养成人，在著名学府科英布拉大学学习文学和历史。他学习勤奋，熟练地掌握了拉丁文和希腊文，热衷于研读古希腊罗马经典著作。这为他以后的文学创作奠定了坚实基础。

卡蒙斯未读完大学就回到里斯本，先后在几个贵族家庭担任教师，不时出入宫廷。据传，他曾爱上王后的侍女和一位公主。还有传说，他创作的一个剧本，内有冒犯国王的情节。这些因素叠加在一起，导致他于 1548 年不得不离开里斯本到外省，后又到葡萄牙强占的北非服兵役。在北非与摩尔人的一次交战中，他右眼受伤，失去视力，留下终身残疾。1551 年秋，他回到里斯本，生活放荡不羁。在一次街头斗殴时，他刺伤一名法官，随即锒铛入狱。母亲到处为他求情，几个月后获释，前提条件是必须到印度的葡萄牙军队中服役 3 年。这样，他于 1553 年来到果阿，一边参与军事活动，一边研究当地的历史和习俗，并开始写诗。他曾认为到东方是"一个发财的好机会"，岂料他不但没有发财，不久就身陷债务之累，遭到拘禁。

祸不单行。就在这时，他因为写了一首讽刺诗开罪于人，于 1556 年被调离果阿，发配到被葡萄牙强占的中国澳门。这次，他却因祸得福，到澳门不久就被提升为准尉军官，负责管理在东方战死或失踪的葡萄牙军人的遗物。他觉得这是一个闲差，就经常钻进公园的一个洞穴中，像在果阿时那样继续诗歌创作。大概是因为埋头写诗而疏于本职工作的缘故，他不久就受到"财务管理不善"的指控，被召回果阿接受质询。返回途中，他所搭乘的小船在湄公河口失事。他一只手紧紧抓住浮板，拼命游上河岸，保住性命，另一只手高高举起未完成的诗稿，保存下几年来的呕心沥血之作。不幸的是，他所钟爱的华裔情人却因翻船而殒命。这位在澳门人眼中的"独眼佬"，在澳门一共停留两年时间，是唯一到过中国、并与中国结缘的欧洲古典诗人。现在，澳门的白鸽巢公园内仍保留着他当年写诗的石洞。澳门民政总署大楼内竖立有他的一座半身铜像。澳门有一条马路和一个广场以他的名字命名。

卡蒙斯于1570年应准回国，手中几乎是一文莫名。但长期的海外漂泊生活，使他亲自体察了这个殖民帝国的发展与扩张的过程。这为他提供了难得的创作素材。回到里斯本两年后，他终于完成经过近20年的酝酿和写作的长篇叙事诗《卢济塔尼亚人之歌》。这部长达9000多行的诗作，主要描述伽马远洋航行、发现与征服印度的艰险历程，宣扬葡萄牙人坚韧不拔的开拓精神，赞颂他们所取得的光辉成就。作品中有纪实，有虚构，有神话传说，史诗般的宏大叙事中充满浓烈的浪漫主义色彩。作品一发表，就在葡萄牙引起轰动，被称为葡萄牙文艺复兴时期最杰出的文学作品。国王塞巴斯蒂安颁给他一笔年金，使他得以体面地生活。可是，几年后，国王去世，年金中止发放，卡蒙斯又陷入穷困潦倒之境，于1580年6月10日逝世，终年56岁。他一生创作抒情诗近600首，剧本3个，长篇叙事诗只有《卢济塔尼亚人之歌》一部，但却是公认的他的代表作。这部诗作在葡萄牙被称为"民族灵魂和国家精神之颂歌"，卡蒙斯则因此而被尊崇为"伟大的民族诗人"、"民族精神之魂"。

17世纪之后，葡萄牙日趋衰落。而越是在这个时候，人们对以卡蒙斯和伽马为代表的民族先贤越发怀念。这集中地体现在热罗尼姆斯大教堂的修建上。这座教堂的原址上修建的本是一个小礼拜堂，专供出海远航的水手们祈祷之用。伽马及其麾下的船员在远征印度之前就曾在这里通宵祈祷。远征屡获成功，葡萄牙进入全盛时期之后，小礼拜堂扩建为一座大教堂。扩建于 1501 年动工，前后延续整整 100 年，结果是越修越大，越大越奢华。这样，大教堂就变成皇亲贵胄祈祷和殡葬的专用之地。到 19 世纪中叶，随着葡萄牙的衰落，王室的控制力式微，作为皇家陵地的大教堂逐渐开禁，仿效英国的西敏寺和法国的先贤祠，开始允许安葬皇族之外的贤臣良将。

1898 年是伽马"发现"印度 400 周年。对葡萄牙来说，这无疑是一个具有重要历史意义的年份。如何纪念，一时成为全国上下共同热议的话题。伽马虽然生性暴虐凶残，遭后人非议，但他毕竟是世界地理大发现的先驱之一。他个人及其父辈、兄弟和儿子，均从事航海事业，可谓"一门忠烈"，为葡萄牙殖民帝国的建立立下汗马功劳。因此，大多数人主张将他的遗骸迁葬热罗尼姆斯大教堂。同时，有不少人提出，伽马是武力征服的代表，而精神涵养的代表也不可少。这实际上就把卡蒙斯提了出来。因此，1894 年，葡萄牙作出正式决定，将伽马和卡蒙斯作为民族先贤一并迁葬热罗尼姆斯大教堂。

决定作出后，葡萄牙著名雕刻家科斯塔·莫塔受托设计和制作两位先贤的灵棺。莫塔考虑，灵棺一定要同整个大教堂的建筑风格相协调。因此，他决定采用纯白大理石来制作。两个人的灵棺一般大小，长约两米，高约一米半。石棺的总体设计基本相同，底部由六只匍匐在地的雄狮之头颅高高托起，四面镌刻着精美的花纹图案，里面成殓着他们的遗骸，上沿的四周镌刻着介绍他们生平事迹的文字，顶端仰卧着他们双手合十的石雕像。不同的是，伽马灵棺的花纹图案，中间一块展示的是一艘扬帆航行的小船，左边是他笃信的天主教的十字架，右边是他航行使用的陀螺型浑天仪。而卡蒙斯灵棺上的图案均为单纯的花纹，唯有他仰卧的身旁放着一柄长剑。文人配长剑，也许是在强调他曾有长期从军的身世吧。

1898 年，里斯本举行了隆重的迁葬仪式。两人的灵棺由帆船、战车、马队组成的仪仗队和上万名市民护送，运到大教堂，安放在主殿大门内，唱诗台之下，左边是伽马，右边是卡蒙斯。后来，还有其他一些文臣武将的遗骸迁葬进来，但其墓地的规模和形制无一超过伽马和卡蒙斯。从此，热罗尼姆斯大教堂不仅是历代帝王的陵地，更成为民族先贤的灵龛。伽马和卡蒙斯的灵棺地位之突出，超过所有帝王将相。这实际上也反映了他们在人们心中的分量。因此，无论节假日还是平素，来到大教堂的人总是首先到他们两人的灵前瞻仰。到访葡萄牙的外国元首，也都是在他们二人的灵前献花致敬。

伽马和卡蒙斯，一武胆一文魂，已成为葡萄牙民族与国家的象征。

（2013 年 11 月 20 日）

从三座碑石看唯美作家王尔德

　　爱尔兰的奥斯卡·王尔德是一位备受社会争议的作家，也是一位备受人们喜爱的作家。他去世已经110多年，但时间的流逝并未冲淡人们对他的怀念。他的作品仍在以各种文字出版，研究他的书刊仍在不断发

都柏林的王尔德雕像

行，纪念他的碑石仍在一座座竖起来。

纪念王尔德的碑石世界上有多少，实在说不清。就我所见，最引人瞩目者有三座，分别在都柏林、伦敦和巴黎，反映他不同时期的生活和创作情况。

第一座是他的卧式雕像，位于其故乡爱尔兰首都都柏林。在离其故居所在的梅里昂大街不远的梅里昂公园里，摆放着一块形状不规则的大青石。青石上镌刻的是他的全身像：他留着一头长发，穿着紫红色的衬衣、翠绿色的外套和深蓝色的裤子。两只大脚一前一后伸开，脚上的皮鞋闪闪发亮。他把两只手垫在脑后，悠然自得地仰天躺卧，脸上闪现出一丝揶揄的笑容。这是他青少年时代悠游生活的写照。他身材高大，气宇轩昂，衣饰华美，特立独行。他生性早慧，自鸣得意，傲视一切，睥睨流俗。他是一个典型的不愁吃穿、沉醉于自我的公子哥儿。

王尔德1854年出生在一个生活优裕的知识分子家庭。父亲是名医，曾任爱尔兰科学院院长；母亲是小有名气的诗人，支持爱尔兰摆脱英国统治的斗争。王尔德从小聪颖好学，又有良好的家教，除英语外还通晓法语、德语和拉丁语。从17岁开始，他就读于爱尔兰最知名的高等学府都柏林三一学院，一边研习古希腊经典，一边用英文写诗。毕业时，他获得全额奖学金，进入英国牛津大学，继续研读古希腊文学和哲学。他的两位导师，约翰·罗斯金被称为"美的使者"，瓦尔特·佩特倡导"为艺术而艺术"。正是在他们的影响下，王尔德逐渐形成自己的唯美主义艺术观，认为艺术家的天职是创造美，作品只有美与不美之分，同政治和道德无关。

牛津大学毕业后，王尔德没有返归"荒蛮的"都柏林，而是滞留在奢华的伦敦。他同富家小姐康斯坦丝·劳埃德结婚，担任《妇女世界》杂志执行主编，边写诗边写童话和小说。1888年出版的童话集《快乐王子及其他故事》，以感人的情节和生动的语言震撼英国文坛，赢得"童话王子"的称誉。三年后，他出版长篇小说《道林·格雷的肖像》，以怪诞的形式描述一个怪诞画家怪诞的一生，令诸多自视甚高的英国文人对他这个初出茅庐的爱尔兰青年作家刮目相看。他在这部小说的序言中系统阐释了"艺术应超脱现实，只崇尚美"的美学观点，从而被称为唯美主义文学的倡导者和践行者，对欧洲后来的超现实主义和存在主义文艺产生重大影响。1891 年，他华丽转身，投入戏剧创作，五年内连续发表《少奶奶的扇子》《无足轻重的女人》《理想丈夫》《认真的重要》等四部社会喜剧作品。这些作品着力描述英国上层社会风情，结构精巧，情节生动，对话风趣，语言讥诮，各大剧院争相排演，各界人士竞相观赏。王尔德遂以"才子"之名轰动英伦。从此，他风流倜傥的身影活跃于上流社会，他睿智俏皮的话语四处传诵。

就在他声名鹊起之时，灾祸突然降临。原来，一个偶然的机会，他于 1891 年结识有钱有势的昆斯伯里侯爵的公子艾尔弗雷德·道格拉斯。其时，这个年仅 21 岁的青年人正在牛津大学读书，对王尔德甚为崇拜。而在王尔德眼中，这个小伙子外貌英俊，举止迷人。两人相互吸引，彼此迷恋。1895 年 4 月，昆斯伯里侯爵一张状纸将王尔德告到法庭，指控他是"与男色鬼混的鸡奸客"。当时的英国，对同性相悦行为尚无定说，"鸡奸客"实际上就是后来所说的同性恋者。道格拉斯与其父长期不合，敦促王尔德反诉这位侯爵"败坏他人声誉"。但是，反诉需要道格拉斯出庭作证，而王尔德不愿看到儿子当众指责父亲，于是自己甘心受辱，遭受逮捕。在法庭上，他坚称自己无罪，宣称过去所发生的一切皆出自"一种不敢说出名分的爱"，"一种年长男性对年轻男性的伟大的爱"。法庭不认可他所说那种爱，于 5 月宣判他犯有"有伤风化的猥亵罪"，关进伦敦郊区的里丁监狱，服苦役两年。

王尔德就这样从人间天堂堕入人间地狱。公众嘲弄他，朋友鄙弃他。妻子指责他不忠，将两个儿子的姓氏更改，移居意大利。他的著作被查封，戏剧遭停演。伦敦再也不提他的名字，更不见赞扬他的文字。他这段孤寂而痛苦的生活，隐晦地反映在伦敦街头的一座雕像中。

这座造型奇特的王尔德雕像位于喧闹的伦敦市中心阿德莱德大街的一块空地上，1998年11月他逝世98周年时修建。这时的社会风气和人们的认知早已大变，他所犯的那种事已"不再是什么事"，他在文学史上的地位重新得到评估。因此，英国文学界一些人士提出，他在伦敦从事文学活动十大几年，成就卓著，伦敦应为他修建一座雕像。这一建议得到社会各界人士的支持，委托现代派女雕刻家马吉·汉布林来制作。现代派毕竟是现代派，雕像设计十分别致，分为底座和胸像两部分。底座用花岗石雕制，状似一个中间弓两头翘的沙发。胸像用青铜制作，形如一头雄狮，匍匐在沙发一端的扶手上。这一怪诞制作有何含义，雕刻家一直三缄其口。于是，有人解释，这象征王尔德对自己遭逢的极端愤懑。另有人解释，因遭受贬斥而沉睡逾百年的王尔德准备挺身跃起，开口发声。这种解释从沙发另一扶手的设计中也显露端倪。这个扶手的外侧，镌刻着"同王尔德对话"几个字。这一般被视为整座雕像的名称，可是也有人理解为这是他想同人说话的表示。我们看到，经过这里的行人，大多在这个绿色的石质沙发上小坐一下，据说他们并非想小憩片刻，而是要同他进行"心灵对话"，聆听他机智的谈吐。有的人显然是有备而来，拿出特意带来的他的作品，高声朗诵其中一段，以慰藉他充满伤痛的文心。此情此景，联系到他大起大落的一生，确实令人不胜唏嘘感叹。

当然，最令人感叹的是他生命的最后三年。1897年5月，两年的刑拘期满，王尔德获释。这时的他，众叛亲离，身体孱弱，穷困潦倒。他觉得无法在伦敦生活，又无颜面返归都柏林，只有亡命欧洲大陆。他只身来到巴黎，隐姓埋名，租住在一个邋遢的小旅馆，断绝一切社交活动。寂寞难耐之中，他曾同妻子联系，期望破镜重圆，但没有成功。后来，道格拉斯赶来，两颗孤寂的心一度相互慰藉，但不久又分道扬镳。王尔德只有以酒浇愁，清醒时回忆狱中的痛苦生活，完成长诗《里丁监狱之歌》。这是他文学生涯中的绝唱，由另一位不忘旧情的男友罗伯特·罗斯帮助，使用化名出版。

　　生活和精神的双重折磨使王尔德再也难以活下去。他孩提时曾在英国国教新教堂受洗，但成年后很少去那里。在生命的最后时日，他在罗斯的帮助下皈依天主教。精神虽稍得疏解，但身体却垮下来。1900 年 11 月 30 日，他因患脑膜炎客死巴黎，终年 46 岁。陪侍在他病榻之侧的，只有罗斯和另一位朋友。

　　罗斯手头不大宽裕，只好在巴黎郊区寻得一块最普通的墓地，草草将他掩埋。九年后，作为文学经纪人，罗斯通过出售王尔德作品版权筹集到一点钱，才在巴黎城内著名的拉雪兹神父公墓购买一块 10 平方米的地皮，将他重新安葬。这时，一位对他崇慕已久的女性匿名捐款 2000 英镑，希望为他在墓前竖立一块石碑。

加上玻璃围栏的王尔德墓地

　　作为王尔德的第三块著名碑石，其实就是他的墓碑。墓碑由英国著名雕刻家雅各布·爱泼斯坦制作。经过反复琢磨，他挑选一方重达20吨的乳白色花岗石，采用王尔德诗作《斯芬克斯》的意念来设计。《斯芬克斯》发表于1894年，描述一个学生面对一尊仿制的狮身人面像，想起古埃及、亚述和希腊的神话传说，追忆这个贪恋性爱的怪物与一些王公和魔兽的淫靡生活。爱泼斯坦将石材辟削成高逾两米的方形石板，下面的底座上镌刻王尔德的名字，上面的碑体上雕制一个天使。天使面目清秀，头戴峨冠，全身赤裸，双腿微屈，两臂向后平伸。两臂上生有又宽又长的翅膀，带动整个身躯呈飞翔状。这个天使一般认为是暗喻墓主，但我国著名文学家朱自清在其《欧游杂记》中却说，墓碑上雕着一个大飞人，"雄伟飞动，与王尔德并不很称"。那么，这个天使形象的真切含义究竟为何，则是言人人殊。有人认为，王尔德是"一位玩世不恭的才子"，墓碑上的雕像"把他的聪颖和愚蠢、傲慢和屈辱、骄奢和贫困表现得淋漓尽致"。也有人认为，王尔德是"同性恋受害者的先驱"，而随着同性恋被普遍接受，雕像旨在把他表现为"一种特殊爱的文化偶像"。孰是孰非，无法判断，给进一步解读王尔德这一特殊历史人物留下了无限想象的空间。

　　墓碑用三年时间完成，从伦敦运往巴黎后遇到麻烦。法国警方和公墓管理当局均认为，墓碑上的雕像全裸，不宜公开展示，必须用苫布遮盖起来。后来，几经交涉达成妥协，整体不必遮盖，只需将男性生殖器用一块像蝴蝶一样的铜片覆盖。这样折腾来折腾去，直到1914年墓碑才在拉雪兹神父公墓正式示人。可是，示人不几天，雕像上被覆盖的生殖器就被人砸掉。什么人砸的，不得而知。人们只知道，砸下来的那块石头，后来出现在墓地管理人员的办公桌上，当作镇纸使用。不管怎么说，墓碑总算保存下来。1950年，罗斯病逝，按照其遗愿，其骨灰安葬在王尔德的墓穴中。

　　时迁风易。昔日对王尔德的鄙视，早已化为同情，甚至崇敬。他那长期冷清的墓地，日益热闹起来，成为粉丝和游客的朝拜之地。他们开始是献花，后来是在墓碑上用各种文字留下赞美的涂鸦，画上追慕的心字形图案。近年，有传闻说，亲吻他的墓碑，留下吻痕，能增强性爱能力。于是，一些游客就在双唇涂上厚厚的唇膏，用力亲吻墓碑，把鲜明的红色吻痕印在上面。据墓园管理人员说，吻痕中的油渍渗入到碑石中，很难清洗，长此以往将造成碑石的损毁。王尔德在世时曾感慨："一个吻可以毁掉一个人的一生。"现在，一个吻则有助于毁掉他的碑石。因此，2011年11月，在他逝世111周年前后，墓碑上所有涂鸦和吻痕均被清除，同时在墓碑四周修筑一道钢化玻璃护栏，使游客只能看到而不能触摸碑石。墓碑前还嵌放一块石板，用英文和法文刻着这样的提示语：请尊重对奥斯卡·王尔德的怀念，不要损毁墓碑。

这座墓碑是王尔德所有纪念性碑石中最值得珍视的一座，已被爱尔兰和法国有关当局宣布为"历史性纪念物"，受到法律保护。伫立碑前，我感到，王尔德虽为爱尔兰人，但其影响已远远超出爱尔兰。他的成就不仅在于创作了对西方现代文学发生重要影响的唯美主义小说，更在于创作了几部对现实生活讥诮嘲讽的社会喜剧。他与其同时代的另一位爱尔兰杰出剧作家萧伯纳虽不能相提并论，但他们确实是以各自不同内容和风格的作品，为爱尔兰乃至英国戏剧的复兴做出了重要贡献。因此，对他的人生和创作尽管还存訾议，但他仍是公认的欧洲文学史上一位特色独具的重要作家。

（2014年3月11日）

乔伊斯的家国恩怨

　　詹姆斯·乔伊斯被誉为 20 世纪现代派文学的开拓者。他生活于世59 年，前半生在现今爱尔兰首都都柏林度过，后半生则漂泊在欧洲大陆的几个城市。他的作品不多，主要是一个短篇小说集和三部长篇小说。这些作品都是撰写和出版于流亡国外时期，但书写的无一不是故国的故事，其中交织着浓烈的家国爱怨之情。

　　乔伊斯于 1882 年 2 月出生在当时处于英国殖民统治下的爱尔兰。父亲是税收官，具有强烈的民族主义思想，母亲是家庭主妇，是虔诚的天主教徒。他 9 岁那年，父亲涉嫌同情民族主义运动被解职，家庭生活很快陷入困顿之境，乔伊斯一度辍学。1898 年秋天，他幸运地进入都柏林大学学院，研习现代语言，掌握英、法、德、拉丁等多种语言。母亲期望他将来做神父，他也曾有志于此。但是，大学生活和社会交往使他对宗教产生厌弃情绪，对文学写作则产生浓厚兴趣。他一面学习，一面撰写时评、剧论、诗歌，批

都柏林街头的乔伊斯胸像

评保守的社会体制，表达对自由的向往。1902 年 6 月大学毕业，从生计出发，他决定再学医。但他很快发现，自己对医学毫无兴趣，于是弃医从文，靠教书、演唱和写作艰难糊口。为时不久，他给女友诺拉·巴纳克尔写信说：我与现行的社会秩序，与宗教和家庭，与被认可的德行，均格格不入，忍受不了这一切的束缚。都柏林再也待不下去，必须到新的地方寻求生活出路。这正如他后来借用其小说中的人物之口所说："如果想有所作为，你必须出走。你在都柏林会一事无成。"于是，他于 1904 年 9 月偕同诺拉私奔，前往欧洲大陆寻梦。这一走，除省亲和办事短暂回国几次外，他再也没有踏上养育他的那方故土。

乔伊斯在都柏林生活 22 年。对这座滨海城市，他充满既爱又怨的复杂情感。他爱其美丽的自然环境、悠久的历史和文化传统，这一切给予他丰厚的精神营养。另一方面，随着年龄的增长，他感到，英国的殖民统治，天主教会的精神束缚，偏执的社会氛围，简直令人窒息。他看到，爱尔兰人曾一再抗争，但也一再失败。因此，不少有良知的知识分子或远走美国，或到欧洲大陆寻觅生计。自由思想萌生的乔伊斯也未能逃脱这种历史的宿命。

乔伊斯来到欧洲大陆，先是在当时处于奥匈帝国统治下的港口城市的里雅斯特住下。在这个荒僻的小城，难以寻觅理想的工作，他就靠教授英文糊口。生活艰难，经常是寅吃卯粮；精神苦闷，只能靠酗酒自慰。这时的他，藕断丝连，身在异邦思恋起故土。他拿起笔来继续几年前在都柏林开始的短篇小说创作。1906 年，他将这些作品结集为《都柏林人》。从书名可以看出，集子中的作品描述的都是都柏林的人和事。他毕竟生于斯长于斯，熟悉那里的生活。他揭示政客、神父、市民、浪子等各色人物的贪婪、麻木与沦落，描述社会环境造成理想、希望和追求的失落与幻灭。创作是成功的，只是书稿前后投给 40 来家出版商均被退还，直到 1914 年 6 月才得以出版。

作品出版虽屡遭挫折，乔伊斯并不灰心。他以坚韧不拔的毅力，又将几年前草拟的一部中篇小说捡起来重写，定名为《青年艺术家的肖像》。这部作品描述青年艺术家斯蒂芬·戴德勒斯不同成长时期的内心感受，展示他在同家庭束缚、社会陋习、宗教传统和民族偏见所作的艰苦斗争。最后，他感到孤军奋战没有前途，就冲破现实与心理的各种羁绊，前往欧洲大陆寻求一个艺术家无拘无束的生活。这部带有浓重自传色彩的作品，既是他对爱尔兰知识精英"逃离故土"现象的生动阐释，也是对狭小封闭的爱尔兰社会的深刻解剖。这部作品于 1916 年 12 月出版，也算是对他自己 20 多年故土生活的一个痛苦追述。

1914 年第一次世界大战爆发，乔伊斯的学生大多被强征参战。他遂于次年离开居住 10 年的的里雅斯特，迁居中立国瑞士的苏黎世。租住在既狭窄又破败的公寓房里，在两个孩子的吵闹声中，他又沉浸在故国往事的追忆之中。他借助餐桌、小凳、床板，甚至膝头，先是创作一个题为《流亡者》的剧本，描述一个作家背离故乡又折返的痛苦经历。创作不大顺利，且正值战事蜂起，创作完成也无法搬上舞台。他于是又转向早在的里雅斯特就开始构思的长篇小说《尤利西斯》。

1920 年 7 月，乔伊斯应友人之邀来到巴黎，原本打算只停留两周，岂料到期却没有离开。第一次世界大战这时刚刚结束，作为战胜国之一的法国，无处不洋溢着喜庆宽和的气氛，大批欧美作家和艺术家云集巴黎。爱尔兰的一些知名作家，诸如巴特勒·叶芝和乔治·穆尔，把英国统治下的都柏林视为一座"幽闭症病室"，也纷纷前来巴黎呼吸"艺术自由的空气"。乔伊斯深受启发，发觉巴黎充溢着"驱使文艺创作的原动力"。他断然决定羁留下来，继续预想中的《尤利西斯》的写作。

《尤利西斯》所描绘的一切也均发生在都柏林。乔伊斯借用古希腊史诗《奥德修纪》的历史故事作框架，描述都柏林的现实生活。通过青年艺术家斯蒂芬、广告经纪人利奥波德·布卢姆及其寻欢作乐的妻子莫莉这三个人物在 1904 年 6 月 16 日这一天的生活经历和感受，全方位地深刻揭露社会的腐朽与堕落，凸现人的孤独与绝望，形成一幅别致的都柏林世俗风情画卷。他描述的是三个人在一天一地发生的事情，喻示的却是所有的人在各天各地的遭际。为把这三个人物写活，他倾尽了多年的生活积累，并一再咨询都柏林的来客。他在作品出版后说："只有深入到都柏林的心脏，我才能深入到世界上所有城市的心脏。"为了准确描绘久违的都柏林，他曾把涉及的小区、街道、商店、旅馆、酒吧都按照《城市建设指南》一一核实。这部小说因此也被称为"都柏林的导游图"。乔伊斯自己说，如果都柏林在一场灾难中被摧毁，完全可以利用他这部作品进行重建。他对都柏林的熟悉和挚爱，由此可见一斑。但是，这只是事情的一方面，另一方面是，他怀恋都柏林，但怀恋中也不乏厌弃。他是怀着极大的痛楚在描写这座既熟悉又觉得有些陌生的城市。也许，正是这样一种矛盾交织的感情，才使得他笔下的都柏林显得极为逼真而又荒诞不经。

《尤利西斯》从 1918 年 3 月起在美国的《小评论》杂志上连载。两年后，美国新闻检查机构宣称这部作品"充斥淫秽之词"，连载于是从 1921 年起中断。这令乔伊斯十分担心，他这部呕心沥血之作能否找到出版商出版。旅居巴黎的美国出版商西尔维亚·比奇女士慧眼独具，主动提出将他这部作品出版，不但付给优厚的稿酬，还愿承担可能引起的司法风险。这样，在 1922 年 2 月乔伊斯 40 岁生日的前夕，耗时 7 年完成的《尤利西斯》得以出版。小说写作运用的是颠覆传统的意识流手法，语言极为晦涩，一问世就被有的批评家称为"一个疯子的杰作"。正是这部连他自己都认为"难看懂"的奇书，使他一下子成为西方现代文学的大家。

正是在《尤利西斯》出版前的 1921 年，经过长期斗争，英国政府被迫允许爱尔兰南部的 26 郡成为"自由邦"，享有自治权。诺拉建议乔伊斯回国看一看，他未接受。诺拉后来带着孩子回国，他拒不相陪。包括叶芝、萧伯纳在内的爱尔兰文学界知名人士邀请他回国，他也一一婉拒。所有这一切，到底是为什么？他没有明说，但人们认为，他对自治邦政府严重不信任。后来，刚出版的《尤利西斯》在美国和英国相继被查禁之时，有报道说，这部作品在爱尔兰也遭遇同样的命运。有人就此问及乔伊斯的感受，他特别在乎他的祖国爱尔兰的态度，痛心地表示"我为它感到遗憾"。十多年之后，美国和英国先后解除对这部小说出版发行的禁令。得悉这些消息，乔伊斯在致友人的信中说，从现在起，爱尔兰"可能尚需一千年才能照此行事"。事实是，爱尔兰始终没有颁发不准这部作品出版的禁令。乔伊斯对故国爱得深切，幽怨与误会实际上也很深切。

《尤利西斯》出版后，乔伊斯稍加喘息，即于1923年3月投入他最后一部小说《为芬妮根守灵》的创作。这时，他的眼睛已几近失明。不少章节是采用他口述、助手或朋友记录的方式完成的。这部比《尤利西斯》更难读的小说，仍然是以都柏林为背景。小酒店老板汉弗莱·钦普顿·伊尔威克在公园挑逗妇女，在酒店喝醉酒，纵容酒徒吵闹。犯罪感加上一天的忙碌，使他夜不成寐，产生包括乱伦在内的各种幻觉和潜意识活动。这部用梦幻语言写成的梦幻作品，把都柏林的现实生活、乔伊斯的个人经历和爱尔兰的历史神话编织在一起，据说是期望揭示整个人类"最真实而又最隐秘的思想和行为"。这部作品于1938年完成，次年2月出版。尚未看到人们对他这部作品的反应，第二次世界大战就爆发。德国军队在攻占波兰、丹麦和挪威之后，旋即向毫无准备的法国发动总攻，进逼巴黎。巴黎一片混乱，人们纷纷逃离。乔伊斯也在逃离者之列。

乔伊斯之所以逃离，是因为他当时持有的是英国护照。英国同法国一起，已经正式对德国宣战。德国占领巴黎后，肯定不会善待那里的英国人。因此，有人规劝乔伊斯放弃英国护照，申请爱尔兰护照。爱尔兰在1937年已成为共和国，并在战争爆发后宣示中立。乔伊斯对故国这种态度可能不大欣赏，再加上往日积淀已久的怨怼情绪，他宁愿逃离巴黎，也不改换爱尔兰护照。也有人规劝他回到爱尔兰。他有点不屑一顾

苏黎世的乔伊斯墓地

地说,那是一个"嫉妒的谗言使我一刻也不能安宁的地方"。他表示:"既然我已经选定爱尔兰作为我逃出去的地方,那么,我又何必改变初衷,又把它作为逃回去的地方呢?"

乔伊斯先是于1939年12月携眷疏散到法国南部,一年后辗转回到苏黎世。1941年1月13日,他客死异乡,终年59岁。两天后,他的遗体安葬在苏黎世的一个普通公墓。安排葬礼时,一位天主教神父提出愿为他主持宗教仪式,遗孀诺拉婉拒说:"我不能为他做那种事情。"就这样,乔伊斯始终没有向他厌弃的天主教会妥协。当时,爱尔兰在瑞士派驻有外交官,他们知道这位杰出的同胞逝世,但没有出席葬礼,大概是由于他拒绝改换护照的缘故吧。葬礼之后,诺拉曾请求爱尔兰政府允许将丈夫的遗体运回故国,遭到婉拒,婉拒的原因没有挑明。有人说,乔伊斯虽然对旧的社会秩序持批判态度,但却不关心爱尔兰争取民族独立的斗争,对新建立的爱尔兰共和政府不理不睬,招致民族主义者和共和政府的不满。也有人说,对他的不满主要来自爱尔兰的社会保守势力,这从爱尔兰大学三一学院的院长约翰·彭特兰·马哈菲的话中可以明晰体察到。在谈到乔伊斯出走欧洲大陆时，这位横跨教育和宗教两界的头面人物曾说："感谢上帝，他总算滚出都柏林。不过，他像一只臭鼬，是把他的臭气喷到所有正直人的身上之后才出走的。"

乔伊斯同其故国那说不清、理不断的恩怨，使诺拉感到很无奈。她只有守候在苏黎世，逝世后陪葬在丈夫的身旁。在一片青绿的草地上，镶嵌着一块石板，上面镌刻着乔伊斯和诺拉的名字及生卒日期。石板后面的灌木丛中，竖立着乔伊斯的一个石雕坐像。他跷着二郎腿低头沉思，好像在思念故国；他一手拿笔，一手拿笔记本，好像在继续书写故国的那些悲怆故事。

无论过去发生过怎样不愉快的事情，乔伊斯恐怕也不会忘记他的祖国，他的祖国更没有忘记他。1948 年 12 月，爱尔兰彻底摆脱英国的殖民统治获得完全独立。乔伊斯的著作开始在爱尔兰广泛流传，爱尔兰人为有这样一位独创性的作家感到骄傲。他有两座雕像在都柏林街头竖起来。以他的名字命名的研究中心在都柏林办起来。人们寻觅他在都柏林的遗迹，故居大多已不复存在，留下来的也破败不堪。于是，就把他曾居住过 6 天的桑迪考夫炮塔辟为纪念馆。都柏林的几十家饭店和酒吧，或保持他作品中曾提到的名字，或根据他作品中的人物重新命名。他的代表作《尤利西斯》描写的 6 月 16 日那一天，以主人公布卢姆的名字定名为"布卢姆日"，每年的这一天都举行盛大欢庆活动。乔伊斯与其故国之间，爱在加深，怨已消退。爱尔兰人民怀念他，他永远活在爱尔兰人民的心中。

（2014 年 4 月 5 日）

洛尔卡遗骸案引发政治论争

　　20 世纪 30 年代西班牙著名左翼作家洛尔卡殉难将近 80 载，他遭枪杀的真相逐渐明朗，但遗骸在哪里仍是一个谜。公众要求彻查，但有人却反对"揭开历史的伤疤"。这就导致西班牙近年发生一场激烈的政治论争。

　　加西亚·洛尔卡于 1898 年 6 月出生在西班牙南部格拉纳达市附近的一个小镇，从小就在音乐、绘画和文学方面表现出极高的天赋。在首都马德里上大学期间，他结识不少叱咤文坛的诗人和艺术家，开始诗歌创作。他的诗作《吉卜赛民谣》《深歌诗集》等，采用民间谣曲形式描绘家乡一带的自然风光和人民疾苦，在文坛独树一帜，被誉为"人民诗人"。同时，他还进行戏剧创作，先后有十多部剧本问世。1931 年 4 月，西班牙爆发民主革命，推翻封建君主专制，建立共和国。在共和国教育部资助下，从 1932 年至 1935 年，洛尔卡带领一个剧团下乡，专为文化水平不高的农民演出。在此期间，他创作剧本《血染的婚礼》和《耶尔玛》，反映遭受压迫最为深重的妇女的生活，对社会现实表现出强烈的批判意识。他既写剧本，又当导演和演员，还兼作化妆师和布景师，被誉为"大众戏剧家"。

　　正当洛尔卡全身心投入为大众写作和演出之时，西班牙政局突变。1936 年 7 月，在法西斯德国支持下，以佛朗哥为首的右翼军人发动武装叛乱，反对由共产党、工人社会党等左翼政党联合执政的人民阵线政府，一场内战由此爆发。佛朗哥分子大肆追捕和屠杀支持人民阵线的工人、农民和知识分子。在他们眼中，洛尔卡也是"赤色危险人物"，绝不能放过。洛尔卡预感到生命受到威胁，匆促离开马德里，回到自认为比较安全的家乡。岂料，佛朗哥分子早已控制那里。8月18日，他们杀害了他的时任格拉纳达市市长的妹夫、左翼人士马努埃尔·费尔南德斯－蒙特斯诺斯。当天下午，他们又将他逮捕，未经审讯就连夜把他押送到离格拉纳达市不远的比斯纳尔谷地，翌日凌晨将他枪杀，年仅38

传说洛尔卡遭杀害的地方

岁。在后来的几天中，他们把他的著作搜罗起来，堆放到格拉纳达市的广场上，纵火焚烧。

经过三年的惨烈内战，佛朗哥于1939年4月推翻人民阵线政权，实行独裁统治，大肆迫害和屠杀人民阵线的支持者和同情者。这时，洛尔卡的作品全部被查禁。他是怎么死的，死后埋在哪里，被视为"国家机密"，包括家属在内任谁都不准过问。洛尔卡就这样在西班牙成为"免谈话题"，延续长达近40年之久。

1975年11月佛朗哥死后，人们才敢于公开谈论洛尔卡。他之所以被杀害，有人说因为他搞同性恋，有人说因为他的家族同当地另一家族有世仇。而首先揭开事情真相的，是爱尔兰学者伊安·吉布森。经过大量实地调查，吉布森出版《洛尔卡之死》《洛尔卡遭暗杀真相》和《洛尔卡传》，驳斥了"同性恋"说和"世仇"说，证实那不是"私人问题"，而完全是一场政治谋杀。同时，他也批驳了佛朗哥分子散布的洛尔卡"死于混战中枪伤"之说，认定是他们害怕"他手中的笔杆子远胜过枪杆子"，不经审判就对他下了毒手。与他同时遇难的，还有思想激进的教师迪奥斯克罗·加林多·冈萨雷斯、工会积极分子弗朗西斯克·加拉迪和胡安·阿尔科拉斯。他们四个人的尸体被草草掩埋在一个匆促挖掘的土坑中。吉布森这一披露，令整个西班牙上下感到震惊，人们纷纷要求找出洛尔卡的遗骸，将他重新隆重安葬。

1998 年是洛尔卡百年诞辰，西班牙举办一系列纪念活动。从一般民众到国王都来纪念他，称誉他为"20 世纪西班牙文学之魂"。此后，一股"洛尔卡探索热"在西班牙各地悄然兴起，各种调查报告和传记作品纷纷面世。关于埋葬他的确切地点，一般的说法是，在比斯纳尔谷地阿尔法卡尔镇的一棵橄榄树下。于是，人们在那棵树上镌刻下他的名字和语录，供前来追怀者辨识。

要不要把洛尔卡及其他同葬者的遗骨挖掘出来，一一分辨清楚，然后移交给家属安葬？这本来是一个很容易解决的问题，但在西班牙却遇到极大的麻烦，因为这涉及所有丧命在佛朗哥屠刀下的政治冤魂问题。据历史学家估计，内战前后，西班牙有 50 多万人丧生。其中，大约有 6 万人是被人民阵线政府处决的叛乱分子，其余的则都是遭佛朗哥分子残杀的同情和支持人民阵线政府的左翼人士。佛朗哥当政时，遭处决的叛乱分子均得到"善待"，遗骸交给亲属，而被残杀的左翼人士却不准查问，至少有 12 万人被胡乱掩埋在群葬坑中。佛朗哥死后，西班牙各政党以"保证国家向民主制和平过渡"为由，达成一项所谓"忘却过去"的协议，决定"对过去发生的一切不再追究"，实际上是赦免了独裁者佛朗哥及其帮凶所犯下的罪行。对此，广大受害者的亲属表示强烈反对。可是，因历史的旧账与现实的利益纠结在一起，无论右翼的人民党还是左翼的工人社会党均不予置理。

2004 年 3 月，以罗德里格斯·萨帕特罗为首的工人社会党执政，议会随即通过一项"历史记忆法"，谴责佛朗哥当政前后的杀人暴行，决定拆毁他的所有纪念物，支持民众寻找长期失踪的亲人的下落。右翼人民党反对这一法律，认为讨论佛朗哥时代的问题"就会分裂西班牙社会"。双方争执不下，一场民间自发的寻找亡故亲人的活动迅即在全国各地展开。记者出身的埃米略·席尔瓦从调查其祖父失踪问题入手，建立起"恢复历史记忆协会"，帮助所有寻亲者进行查找。据报道，几年来，类似组织在西班牙建立 20 多个，开挖 170 多座群葬墓地，通过物证或遗传基因检测，4000 多受害者的尸骨得到确认和重新安葬。

为彻底解决这一历史遗案，西班牙著名法官巴尔塔萨·加尔松受一些被害者家属委托，于 2008 年 9 月起草一份起诉书，指名控告佛朗哥及其 44 个同伙犯有反人类罪。他认为，对他们的罪行必须追究，任何赦免的法律都是无效的。一个多月后，他宣布，经初步调查，至少还有 11.4 万名受害者被埋在全国各地上百个乱坟冈中。他建议，首先将其中 19 个打开，尤其是埋葬有洛尔卡遗骨的乱坟冈。

这一建议引起轩然大波。同洛尔卡埋葬在一起的冈萨雷斯和加拉迪的亲属表示拥护，全国几乎所有受害者的家属也都表示支持，格拉纳达市当局表示愿意从中协助。可是，由人民党牵头的反对党，仍以不赞同"重揭历史的伤疤"为由表示反对。最高检察院也表示反对，认为"旧事重提违反民族和解精神"。这时，世界上有 200 多个人权和律师组织联名发表公开信，支持卡尔松法官的建议。但是，出人意料的是，持反对意见的竟还有洛尔卡的亲属。作为亲属的代言人，洛尔卡的侄女劳拉说，早在 50 多年前，佛朗哥的代理人就企图将洛尔卡的遗体挖出来另行安葬。但是，家属拒绝了，认为那些乱坟冈是佛朗哥残酷镇压进步人士的确证，只能保护，不能毁弃。她还说，比斯纳尔谷地中埋葬着3000 多名受害者，70 多年来洛尔卡一直同他们长眠在一起，现在没有必要把他同他们强行分开。对洛尔卡的尊崇，应该是阅读他的作品，而不是搬动他的遗骸，打扰他的安息。

　　在这种情况下，加尔松法官一度放弃了寻找洛尔卡遗骸的努力。可是，西班牙各地要求公正对待洛尔卡之死的呼声一直未断。格拉纳达大学教授索利亚·奥尔梅多认为，洛尔卡的死是 20 世纪西班牙"国家悲剧最深刻、最强烈的标志"，现在必须对国家、对人民有个交代。不少人通过集会、讲话、撰文等方式申明，洛尔卡的尸骨不仅属于其遗属，也属于整个国家和民族。如何对待他，涉及如何对待成千上万殉难者的重大原则问题。

　　经过整整一年的论争，2009 年 8 月事情发生变化。鉴于同洛尔卡埋葬在一起的其他殉难者家属坚持掘墓认尸，劳拉表示，她和其他亲属不再阻挠掘墓行动，赞同彻底查明洛尔卡及其难友们被害的真相。同时，最高检察院表示，不再介入这一案件，而是将其交由洛尔卡家乡的地方法院处理。9 月初，格拉纳达所在的安达卢西亚自治区地方法院接受受害者家属的请求，决定尽快寻找和挖掘墓地。

　　挖掘于 10 月 29 日开始，由格拉纳达大学的考古学家和历史学家组成的一个挖掘小组执行。经过 50 天的紧张工作，他们于 12 月 18 日宣布，在阿尔法卡尔镇没有发现任何墓葬之地，"也没有找到一块人骨、一件衣物碎片和一颗子弹的遗迹"。在人们失望之际，各种说法风起。有人说，这个地点原是 30 年前由自称参与埋葬洛尔卡的曼努埃尔·卡斯蒂利亚指定的，他的说法可能有误。有人说，洛尔卡不是埋葬这里，很可能是离这里大约 400 米的一个叫巨泉的地方。还有人说，洛尔卡确实曾埋在这里，其遗骸后来被遗属偷偷迁走，很可能掩埋在其家中。说法不一，挖掘小组一时无所适从，只好暂时停止挖掘。

　　挖掘工作暂无所获，助长了反对势力的气焰。人民党讥讽发掘努力是"玩弄遗骸政治的失败"。2010 年 4 月，最高法院侦讯法官卢西亚诺·巴雷拉起诉卡尔松法官，指控他力主挖掘洛尔卡遗骸是"滥用权力，违反赦免法"，应该受到惩处。5 月 14 日，最高法院决定暂停卡尔松的职务，并威胁要对他进行审讯。卡尔松当然不服，认为对他的所有指责是右翼

树立在马德里的洛尔卡雕像

势力策动的政治事件，旨在制造屠杀民众无罪的舆论。在他走出法院时，上万名民众自动聚集在大门口，对他进行声援，警告右翼势力"绝不能再制造新的政治迫害"。

寻觅和挖掘洛尔卡遗骸的努力中止后，对他的怀念和崇敬开始以另一种形式进行。早在他百年诞辰前后，其家乡格拉纳达就修建了以他的名字命名的公园和文化中心，竖立了他的雕像，其故居改建为纪念馆。现在，阿尔法卡尔镇发掘遗骸的现场也建成以他的名字命名的公园，同时为他竖立一座纪念碑。在马德里，竖立起他的一座雕像，每天都有人给他披戴上红色的围巾，表达对他的哀悼和热爱。他的侄女劳拉主持的洛尔卡基金会，正在马德里修建洛尔卡中心，研究与宣扬他短暂一生所取得的光辉业绩。就连他临时停留过的纽约和布宜诺斯艾利斯，也都建立起纪念性的标识。他的作品在世界各国相继出版，他的诗歌在世界各地被广为朗诵。

西班牙历史上最黑暗的一页尚未翻过去，洛尔卡遗骸的搜寻仍会继续。一位西班牙作家认为，遗骸能否找到其实并不那么重要，重要的是，洛尔卡的业绩和精神长存，他永远活在西班牙人民的心中。

（2009年9月15日初稿，两年后修订）

站在帕尔梅墓前的追思

　　我对墓园文化情有独钟，每到一地都安排时间参观一两座名人陵墓。访问瑞典时，还没有安排就意外地碰到一座。那是在首都斯德哥尔摩漫步时，七拐八绕，来到斯维亚大街上一座教堂。教堂见得多了，我无意参观。逡巡在教堂外边，看到地面上有一块青石孑然兀立。不等询问，友人就指点说，这是前首相帕尔梅的墓地。

　　教堂名为阿道夫·弗雷德里克，在瑞典颇有名气。主体建筑的外面是公墓区，但墓地不多，显得有点空旷。帕尔梅墓占地不到 4 平方米，铺着十几方水泥板，上面镌刻着两行字。一行是墓主的姓名：奥洛夫·帕尔梅；另一行是墓主的生卒日期：1927 年 1 月 30 日 —— 1986 年 2 月 28 日。水泥板的后面，矗立着那块青石，显然是墓碑。墓碑高约一米，呈不大规则的蛋圆状，凹凸不平的石面上镌刻着帕尔梅生前草体签名的手迹。这方青石据说是天然石块，采自瑞典濒临的波罗的海中的一个小岛。经过不知多少年的风吹雨打，浪冲涛击，青石光洁而坚挺。这该是墓主政治品格的象征。青石左边，

帕尔梅的墓地

栽种有一棵同其高度大致相同的小树。小树显得柔弱孤单，但据说冬来冰冻不死，春来红花满枝。这该是墓主精神永存的标志。这样一个简单，或者说简陋的墓地，在世界各国政府首脑级人物的陵墓中，恐怕是独一无二的，但却准确地传达了帕尔梅这位瑞典"平民首相"的平生追求。

帕尔梅出生在斯德哥尔摩一个具有贵族背景的保险业巨头之家。他从小受到良好的教育，通晓英、法两种外语。少年时代，正值第二次世界大战肆虐。君主专制的瑞典宣布中立，他和家庭的生活基本没受什么影响。战争结束后的1947年，他前往美国留学，这成为他人生的重大转折点。在校园里，他积极参加政治辩论；离开校园，他搭乘别人的便车周游美国，看到这个标榜民主与自由的国家存在激烈的阶级、种族、贫富的矛盾与冲突。两年的留学生活，用他自己后来的话说，"资本主义的美国使我变成一个社会主义者"。回国后，他一面在大学继续读书，一面积极参加学生运动，走上社会民主主义道路，于1953年秋天加入瑞典社会民主党。

1954年5月，帕尔梅担任塔格·埃兰德首相的秘书，正式步入政坛。3年后，他当选议会议员。6年后，他青云直上，进入内阁，先后担任不管大臣、交通大臣和教育大臣。1969年，他当选社会民主党领袖，随后攀上国家权力的峰巅。从1969年10月到1976年10月，从1982年10月到1986年2月，他先后两次出任政府首相，当政总计10年零4个月。作为社会民主党新一代领导人，他奉行激进的社会民主政策。在国内，他以议会民主制取代实行160多年的君主专制，大大削减国王的权力。他倡导社会公平，增加大企业的税收，减少低收入家庭的所得税，限制资方解雇职工，提高工人的工资，改善社会福利待遇，使瑞典成为闻名于世的福利国家。他因此得到劳工阶层和左翼势力的支持，但遭到保守的右翼势力的反对。在国际事务中，他多次公开批评美国发动和扩大侵略越南的战争，反对美国孤立和敌视菲德尔·卡斯特罗领导的古巴。瑞典同美国的关系不断恶化，国内外都有人指责他"亲苏联"。可是，他也批评苏联，批评它入侵捷克和阿富汗，批评它的东欧盟国搞"政治独裁"。他还批评右派将军皮诺切特在智利发动军事政变，谴责南非种族主义政权推行种族隔离制度，指责以色列侵占阿拉伯土地。1980年，他作为联合国秘书长特使5次前往伊朗和伊拉克调解两伊战争，被誉为"和平使者"。

帕尔梅虽然政治上激进，讲话慷慨激昂，气势咄咄逼人，但平时为人谦和，体恤下属，从不摆架子，从不讲排场，喜欢过平民生活。他上下班经常由夫人驾驶自家车接送，他自己有时骑自行车逛街。他自信得到多数人的拥护，不存在个人安全问题。因此，除参加重大活动外，他外出总是轻车简从，甚至独自步行，不带任何扈从。

1986年2月28日是星期五。上午，帕尔梅签署瑞典同阿根廷、印度等国联合发表的呼吁美苏两个超级大国暂停地下核试验的声明。下午，他接受记者关于和平与裁军问题的采访。由于时逢周末，他很早就打发秘书和保镖回家，于6时许像一般公务员那样步行回家。斯德哥尔摩纬度高，冬季时间特别长，天黑得特别早。这时，全城早已是万家灯火。回到家中，夫人丽丝贝特告知，儿子马尔顿打电话来，约他们一起到格兰德电影院看电影。当时，瑞典著名女导演苏赞娜·奥司敦执导的电影《莫扎特兄弟》正在热映。帕尔梅非常喜欢看电影，就在三周前，中国大使馆为侨胞举行春节电影招待会，他就曾以一个普通观众的身份悄然走进这家电影院。现在，听夫人说又要去看电影，他自然非常高兴。

8点半，夫妇二人携手走出家门。天很冷，路结冰，人很少，街很静。夫人凭月票，他则买票，两人乘坐一段地铁。然后，他们沿着熟悉的斯维亚大街步行。9点整，他们来到电影院门口，看到马尔顿同其女友已在等候。得知他们已买好电影票，帕尔梅就自己到售票口去排队。可是，轮到他时，票却售罄。恰巧，售票员认出他是当朝首相，就将给别人预留的两张票卖给他。

11时许，电影放映完毕，儿子和女友先走，帕尔梅和夫人沿着斯维亚大街西侧的人行道回返。在阿道夫·弗雷德里克教堂前，他们穿过马路，沿着大街的东侧继续往前走。这时，他们发现，一个中等身材、穿着深色大衣、帽檐压得很低的男子正在一家商店橱窗前游动。他们急着回家，对这个人根本没有理会。不一会儿，他们转向吐纳尔大街，那个男子像幽灵一样追赶过来。待他们走到拐角处一家艺术品商店时，那个男子突然挡住他们的去路，举起左轮手枪，"砰砰"连开两枪。帕尔梅应声倒地，那个男子则掉头逃窜，消失在浓重的夜色之中。时为11点21分。

倒在人行道上的帕尔梅血流如注，染红了路边的积雪。恰在此时，一位护士和一位出租车司机从这里经过，急忙将他们夫妇救起，送往附近的医院。帕尔梅夫人背部受轻伤，无大碍。帕尔梅伤势很重，子弹从背部穿过胸腔，打断动脉。因失血过多，抢救无效，半个小时后的次日零时6分，他的心脏停止跳动。一个难得的愉快的周末，就这样上演了一场令人心碎的悲剧。

帕尔梅遇刺身亡，瑞典举国震惊。一直自感安全无虞的瑞典，这时才意识到，它也未能摆脱暴力、恐怖等社会弊病的困扰。两周后的3月15日，瑞典政府为帕尔梅举行隆重的追悼仪式。世界130多个国家的首脑或代表前来吊唁。帕尔梅是无神论者，为人简朴，葬礼因而从简，没有任何宗教色彩。灵车从市政厅出发，缓缓走过斯德哥尔摩的主要街衢，最后来到离遇刺地点不过200米之遥的阿道夫·弗雷德里克教堂墓地，将其遗体安放到事先掘好的墓穴中。

离开墓地，我们来到帕尔梅罹难的吐纳尔街角。街上行人不多，车辆也很少，显得极为空旷。我们发现，为纪念这位以身殉国的首相，吐纳尔街的一段已改名为"奥洛夫·帕尔梅街"。并不太宽的人行道上，镶嵌着一块铜板，上面镌刻着几行字："就是在此处，瑞典首相奥洛夫·帕尔梅遭暗杀，时为 1986 年 2 月 28 日"。行人匆匆走来走去，好像已经不大知道这里曾发生什么。但是，正是这里发生的事情，对以和平与安宁著称的瑞典来说"简直是一场民族灾难"，其"世界社会良知坚强维护者"的形象不能不严重受损。

　　刺杀帕尔梅的凶手是谁，令人捉摸不透。一般分析认为，帕尔梅虽然得到大众的广泛拥戴，但结怨也不少。在国内，有的左派人士指责他是"资本家的走狗"；而很多右派人士则说他"已沦为共产主义的代理人"。在国际上，广大第三世界国家赞扬他，但美国恨他，以色列政府和南非种族主义政权也恨他，苏联对他也没有多少好感。因此，有人推测，他可能是被国内某种政治极端势力杀害。而更多的人则认为，他可能是被美国中央情报局、苏联的克格勃或者以色列、南非等国的情报机

人们在帕尔梅遭暗杀的地方自发举行追悼

构除掉。

帕尔梅一案，是 1792 年古斯塔夫三世国王遭暗杀近 200 年以来，瑞典发生的首个国家领导人遇刺案。警方投入大量人力物力进行调查，并开出高达 820 万美元的悬赏金。据报道，警方先后搜集和发现重要线索 130 多个，传唤和拘捕 30 多名嫌疑人。但是，因证据不足，嫌疑人最后全部被释放。其中，嫌疑最大的是一个名叫克里斯特·彼得松的男子。他酗酒吸毒，有杀人前科。有四个人指证，事件发生后，他曾在土纳尔大街上仓皇奔逃。1988 年 7 月，他被确认是杀害帕尔梅的罪犯，判处终身监禁。可是，他不服，随即上诉。4 个月后，上诉法院认定罪证不足，宣布无罪释放。后来，检察官要求重新审理此案，但最高法院认为没有发现新的证据，不准重新开审。2004 年 9 月，彼得松因病去世，其案不了了之。

二十多年过去，案件的调查开销据说已达 3 亿美元，案卷积累多达 70 万页，但侦破却毫无进展。人们纷纷质询，这究竟是警方办案不力，法院对调查吹毛求疵，还是其他什么势力从中作梗。对此，好像谁也说不清，谁也难以说清。瑞典原来的法律规定，案件的审理期限是 25 年，逾期将不准再调查和审理。2010 年 7 月，瑞典废除了法律上的这一时间限制，使得帕尔梅一案得以继续调查。前不久，瑞典警方开出高薪，公开招聘能侦破此案的"高素质警员"。决心倒是很大，但能否招聘到理想的警员，即使招聘到，事隔多年能否侦破，谁也没有把握。

最近，又有消息传来：帕尔梅的墓碑遭人涂鸦。这令人不禁想起在他墓前逡巡时曾产生的悲凉之感。他人已死，凶手能否归案似已不那么重要。重要的是，让他的在天之灵，永远得到安息。

（2012 年 9 月 2 日）

被迫流亡瑞士小镇的卓别林

从洛桑出发,沿着莱蒙湖北岸向东行驶一刻钟,车子戛然而停。下得车来,只见离湖水不远的路边竖立着一座颜色有点发乌的人物雕像。头戴圆顶礼帽,上身裹着窄小的西服,下身套着宽松的长裤,左手斜搭在胸前,右手拄着一根似弓的竹节杖,一撇短髭挂在嘴角,乜斜的两眼在狡黠地闪耀。通体一副滑稽的神态,令人不禁发笑。不用说,这就是鼎鼎大名的电影演员卓别林了。

卓别林的雕像何以竖立在此处?此处名叫沃维,是瑞士的一个既普通又不普通的小镇。说普通,因为面积不到 2.4 平方公里,人口只有 1.8 万,像这样规模的小镇,瑞士有很多。说不普通,因为这里早就名声远播。近点说,雀巢咖啡的总部设在这里,这里已成为世界闻名的饮品中心之一。远点说,这里北近阿尔卑斯山的余脉,南临四季湛蓝的莱蒙湖,青草遍野,绿树满坡,远离尘嚣,空气清新,环境幽静,早从 19 世纪起,就成为欧洲文人雅士追逐的"人间仙境"。俄罗斯的果戈理、陀思妥耶夫斯基,法国的卢梭、雨果,

卓别林在沃维的雕像

德国的歌德，英国的格兰姆·格林，都曾来这里小住。卓别林生在英国，梦在美国，美国梦破，流亡瑞士。他一生中的最后25年，都在沃维度过，最终又长眠沃维。沃维给卓别林以极大的慰安，卓别林则给沃维增添无限光彩。

查理·斯宾塞·卓别林1889年4月出生在伦敦。父母皆为杂耍演员，靠卖艺为生，生活相当清贫。在他童稚时期，父母分居，他随同母亲生活，8岁就登台演出木屐舞剧。他12岁那年，父亲酗酒去世，母亲罹患精神疾病，他和同母异父的哥哥被收容到少年感化院。年岁稍长，他同哥哥有时打杂工，有时在歌厅舞场客串。17岁那年，时来运转，他凭借自己的表演天分，进入伦敦小有名气的卡诺杂剧团，担任小丑演员。1912年10月，他随同剧团到美国巡回演出。美国是他向往已久的"自由之邦"，施展才华之地。几个月演出下来，他所扮演的丑角引起人们的极大兴趣。

翌年初，他再次到美国演出，被美国电影导演麦克·塞纳特看中，留下来改演电影。从此，他的命运发生重大改变。起初，他按照导演的要求，在《流浪者》《淘金记》等一系列无声影片中扮演来自社会底层的小人物，诸如乞丐、小偷、无家可归的穷人、四处漂泊的移民。依靠雕像上那种滑稽的装束，再配以夸张性的僵硬动作，他把那些人物既滑稽可笑又凄婉可亲的性格刻画得惟妙惟肖，令人总是含着泪花发笑。他以这种独特的表演技巧，很快就赢得"喜剧电影明星"的称誉。

可是，他很快就认识到，"将一块奶油蛋糕飞掷到别人的脸上也许逗趣"，但难以真正打动观众，令他们回味和深思。于是，随着经济实力的积累，他着手建立自己的公司，尝试独立制片。他打破单纯制造喜剧噱头的做法，在影片中注入一定的社会政治内容。这在《城市之光》和《摩登时代》中已初露端倪。这两部电影描绘城市贫民和工人的艰难生活，喜剧因素与现实情感相互交融，令人在发笑之余传达出一种政治信息。一些敏感的影评家当即指出，卓别林的电影开始涂抹上"反资本主义色彩"。1940年，他拍摄《大独裁者》，直言不讳地讥讽、嘲弄法西斯头子希特勒，批判其宣扬的"爱国民族主义"说教。随后，他又拍摄《凡尔杜先生》，通过银行小职员凡尔杜在世界性经济危机中苦苦挣扎，谴责战争贩子和军火商人的"杀人英雄行为"。美国政府认为这是一部批判现实社会的"有害影片"，禁止在许多大城市放映。进步影评家们则认为，卓别林的电影作品从对下层劳动者寄予深切同情，到对上流社会的种种弊端进行辛辣讥讽，反映了他从一个普通的人道主义演艺人在成长为一位批判现实主义的艺术大师。

1952年9月，卓别林新拍的电影《舞台生涯》在欧洲各国举行首映式，他携家人前往参加。轮船刚刚驶离纽约港，他就收听到美国司法部发表的声明，表示美国政府拒绝他再入境。其实，早在1947年，美国联邦调查局就认为他是"国家安全的潜在威胁"，开始对他进行调查。他的电影出现"政治异动"的苗头，他提出在西欧开辟反法西斯第二战场的呼吁，他同美国共产党人士的密切交往，都被视为"危险的信号"，有"共产主义嫌疑"。卓别林抵达欧洲后坚决否认对他的指责。他表示，他信仰的是自由，只想把电影拍摄好。但是，无论他如何为自己辩解，美国政府都不松口。

卓别林几十年来对美国的期望与幻想至此全部破灭。他和美籍妻子乌娜商量，决定留居在瑞士。1953年初，乌娜代表他返回美国卖掉全部资产，把他的手稿、影片等珍贵资料运到瑞士。同时，乌娜宣布放弃美国籍，加入丈夫拥有的英国籍，决心再也不回美国。几经寻找，他们在风景优美的沃维购买了一座名叫班府的宅邸，全家都搬迁进去。班府是一个面积14公顷的大花园，林木郁郁葱葱，草坪一碧如茵，花枝姹紫嫣红。园子中央有一座修建于19世纪的新古典式二层小楼，清幽典雅，设备齐全。就在这里，卓别林开始了一种全新的生活。

在旅居沃维的25年中，他主要做了三件事。一是继续拍摄电影。其中，1957年拍摄的《一个国王在纽约》，假借一个国王在纽约的遭逢，无情地讽刺美国对坚持正义和进步的人士的迫害，不啻为对猖獗一时的麦卡锡主义反共恶浪的一个有力回击。二是整理或重新编辑昔日的一些影片。终其一生，卓别林共拍摄长短影片80多部。他对其中几部或重新剪辑，或重新配乐，然后重新发行放映。三是撰写了40万字的回忆录《我的自传》，还编写了自己的画传，忠实地记录了自己艰苦奋斗的一生。

在沃维期间，有两件截然不同的事令他激动和难忘。一是1954年夏天，他应邀出席了参加日内瓦会议的中国总理周恩来举行的宴会。宾主双方一边品尝茅台酒和香酥鸭，一边热情交谈。卓别林回忆了1936年短暂访问上海的经历。周恩来向他介绍了中国的革命和建设情况，盛赞他在电影艺术上所取得的巨大成就。正遭受政治迫害的卓别林异常激动，当即表演了他著名的"流浪汉舞步"。此事报道出去，他的"亲共"嫌疑再次遭到美国媒体的炒作。二是他的影片在美国得到重新评价。1960年前后，美国国内的政治空气缓和下来，卓别林的一些电影获准重新放映。1972年，美国电影艺术与科学院发出邀请，恳请他回美国接受一项荣誉奖。从1929年到1948年，他已5次从这个机构获奖。因此，对他来说，授奖本不是什么新鲜事。但是，这次颁奖与以往不同，奖励的不是他的某部电影，而是授予他一种特别奖项，对他作为演员兼导演、编剧、制作人、音乐人作出全面的肯定。更重要的是，这次授奖说明，在蛮横地驱逐他整整20年之后，美国开始对他作出新的评价，他终于赢得一场道义之战。因此，他毫不犹豫，决定应邀前往。在隆重的颁奖仪式上，他被称颂"使通俗娱乐上升为典雅艺术"，"为本世纪的电影艺术做出了不可估量的贡献"。与会者全体起立，鼓掌欢呼长达12分钟。年届83岁高龄的卓别林笑了，笑得很开心。

晚年的卓别林曾几次中风，再也不能在美丽如画的沃维海滨自由散步，只能坐在轮椅上由妻子推着在自家的花园中溜达。1977年12月24日圣诞之夜，他同亲友欢聚，席间喝了一点酒。上床后，他久久不能入

眠，就服用几片安眠药。次日凌晨，家人发现他竟"一觉不醒"。检查
证实，他是酒后突发中风，与世长辞，终年88岁。随后，他被安葬在
沃维近郊的科西埃公墓。岂料，两个多月之后的1978年3月1日，他
的墓地遭盗掘，棺椁和遗骸不翼而飞。瑞士警方当即在全国范围内进行
搜查。5月17日，罪犯被抓获归案。原来，两个来自波兰和保加利亚
的移民，长期失业，生活无着，就在卓别林这位世界名人身上打主意。
他们趁夜深人静，把他的棺椁从墓穴中挖出，本期望得到一些"富人殉
葬的财宝"，结果却一无所获。随后，他们打电话给逝者的遗属，索要
33万英镑的赎金。乌娜坚决拒绝说："我丈夫活在我的心里，他的遗体
在哪里并无关紧要。"盗墓者的勒索企图没有得逞，反暴露了自己的行
迹，随即被警方抓获。幸运的是，棺椁和遗骸被盗劫到一块玉米地，竟
完好无损。

经慎重考虑，卓别林的遗骸仍安葬在科西埃公墓。为防止再次被
盗，棺椁深埋后又覆盖上厚达六英尺的混凝土。现在，我们看到，在绿
草青葱的墓地上，只简单竖立起一块方形的灰色石碑，上面没有任何雕

卓别林（右）与夫人的墓地

饰，只是镌刻着他的姓名和生卒年份。同他的墓地并排的，是 14 年后去世的夫人乌娜。乌娜是美国著名剧作家尤金·奥尼尔的女儿，比卓别林小 36 岁。1943 年 6 月，她作为一个 18 岁的妙龄少女，坚持要嫁给 54 岁、结婚三次的卓别林。此事遭到父亲的反对，导致父女二人失和。但是，她从不后悔，热心陪伴卓别林度过后半生，生育有八个子女，成为"难得的幸福的一对"。因此，人们非常尊重她，认为她是一位极有见识的女性。她的墓前同卓别林一样，鲜花总是终年不断。

踏着鹅卵石铺就的人行道，徜徉在沃维迷人的街巷，可以看到卓别林的名字无处不在：一个公园以他的名字命名，两幢大楼上镌刻着他那令人笑口常开的形象，街头小摊展售着精心仿制的他的手杖。回到莱蒙湖边，再度审视他那座雕像，我忽然发觉以前仿佛在哪里见到过。是的，在其故乡伦敦的莱斯特广场上，就有英国当代著名铜雕艺术家约翰·道布尔戴制作的一座完全相同的雕像。向附近休憩的当地人求证，得悉这里的雕像原是伦敦那座雕像的复制品。两座雕像，就这样把长眠异乡的卓别林同其故国紧紧地联结在一起。

这位从英国哑剧团走出来，在娱乐界劳作 70 多年的天才艺术家，已成为全世界尊崇的文化偶像。

（2013 年 10 月 6 日）

后 记

这是继非洲、中东和亚洲之后，我就西欧题材所写散文随笔的结集。西欧可写的东西太多，走笔时侧重文学艺术方面。文学艺术方面可写的东西也不少，就舍弃现在而偏重往昔。因此，集子的内容难免显得有点芜杂而与现实又有点疏离。

过去几十年，几乎走遍西欧。在岗之时，忙于繁杂事务，只是随手写过一些记叙性文字。退休之后，结合当年的体察，读了一点书，才断续写了一些带点感受性的东西。结集时，在基本保留原貌的前提下，对所有篇什都做了不同程度的梳理和修订。

西欧国家大多气候温润，一年大部分时间繁花满枝。即使在冬日，大雪漫天飞舞，雪堆中也时有两三艳丽的花枝展露，迎风摇曳。而每值秋季，败叶颓黄满地，落红飘洒其间，则形成另一番曼妙美景。看到这大自然的天趣，总觉得眼前一亮。那花枝，那落红，当然照眼。而同样照眼，甚至说更为照眼的，还是分布在西欧各地那多种多样、多姿多彩的人文景观。这些景观，无论是壮丽的建筑、生动的雕塑、美妙的音符，还是感人的文学遗踪，无不悦目赏心，引人遐思。于是，在端起相机将之摄入镜头之时，我也总想用文字记录一二，与人同品共鉴。

西欧文史精彩纷呈，委实撩人。在写作过程中，眼前总是浮现出这些诗句："无边落木萧萧下，不尽长江滚滚来"，"落红不是无情物，化作春泥更护花"。书稿杀青时，需要命题，这些诗句再次撞击我的心扉。

西欧文明的恢宏演进，确实可以用"不尽长江"上的"无边落木"来取譬；而落红"化作春泥更护花"，则精准地道出了人类文明发展的积极传承关系。越是琢磨，越觉得这些诗句别有情味，遂决定以之为集子命名。但是，集名不能太长，踌躇再三，只好舍"落木"而单取"落红"，将书稿定名为《遍访西欧赏落红》。写作的要义之一是文题相应。这个题名是否与文本迎合，推敲再三，有点说不大清楚。迫于交稿日近，只好由它去了。

写作过程中，曾得到新华社西欧问题专家杨起、陈家瑛、沈孝泉、张征东等好友的指点和帮助。书的出版则得到新华出版社要力石、刘飞、王婷等同志的鼎力相助。在此，对他们一并表示衷心的感谢。

对西欧文史，我虽有所偏好，但毕竟只是涉猎，没有深入研究。因此，笔下难免出现错讹，真诚期望得到专家和读者的指正。

高秋福　2016 年 8 月 18 日